GAROTAS
DE XANGAI

Lisa See

GAROTAS DE XANGAI

TRADUÇÃO
Léa Viveiros de Castro

Título original
SHANGHAI GIRLS

Esta é uma obra de ficção histórica. Exceto no caso de pessoais reais conhecidas, acontecimentos e locais que figuram na narrativa, todos os demais nomes, personagens, lugares e incidentes são produtos da imaginação da autora ou foram usados de forma fictícia.

Copyright © 2009 by Lisa See
Todos os direitos reservados.

Copyright da edição brasileira© 2010 by Editora Rocco Ltda.
Edição brasileira publicada mediante acordo de
Sandra Dijkstra Literary Agency e Sandra Bruna Agencia Literária, SL.
Todos os direitos reservados.

Agradecimento à University of California Press pela autorização da reprodução de excertos de *Beyond the Neon Lights: Everyday Shanghai in the Early Twentieth Century*, de Hanchao Lu, copyright © 1999 by Regents of the University of California.
Reproduzido por autorização.

Direitos para a língua portuguesa reservados
com exclusividade para o Brasil à
EDITORA ROCCO LTDA.
Av. Presidente Wilson, 231 – 8º andar
20030-021– Rio de Janeiro, RJ
Tel.: (21) 3525-2000 – Fax: (21) 3525-2001
rocco@rocco.com.br
www.rocco.com.br

Printed in Brazil/Impresso no Brasil

Projeto gráfico: Fatima Agra
Diagramação: FA Editoração

CIP – Brasil. Catalogação na fonte.
Sindicato Nacional dos Editores de Livros, RJ.

S454g

See, Lisa, 1955-
  Garotas de Xangai/Lisa See; tradução de Léa Viveiros de Castro.
– Rio de Janeiro: Rocco, 2010.

  Tradução de: Shanghai girls
  ISBN 978-85-325-2562-8

  1. Chinesas – Estados Unidos – Ficção. 2. Imigrantes – Estados Unidos – Ficção. 3. Segredos de família – Ficção. 4. Ficção norte-americana. I. Castro, Léa Viveiros de. II. Título.

10-1889
CDD – 813
CDU – 821.111(73)=3

*Para minha prima Leslee Leong,
que, como eu, coleciona memórias*

Nota da Autora

Garotas de Xangai se passa entre 1937 e 1957. Os leitores irão encontrar o que hoje chamamos de termos politicamente incorretos, mas eles são fiéis à época. Eu usei o sistema Wade-Giles de transcrição das palavras chinesas – seja em mandarim, cantonês ou nos dialetos sze yup e wu – mais uma vez para ser fiel à época.

Com relação às taxas de câmbio: dólares de prata eram usados em Xangai antes de novembro de 1935; o *yuan* chinês foi adotado depois de 1935. Os dois eram praticamente equivalentes. Escolhi usar dólares e centavos porque ainda havia alguns em circulação e são uma moeda mais familiar para leitores ocidentais. A taxa de câmbio cobre-prata variava de 300 a 330 cobres para cada dólar de prata (ou *yuan*).

Parte um

DESTINO

Lindas garotas

— Nossa filha parece uma camponesa do Sul da China com aquelas bochechas vermelhas – reclama meu pai, ignorando acintosamente a sopa à sua frente. – Você não pode dar um jeito nelas?

Mama fica olhando para Baba, mas o que pode responder? Meu rosto é bem bonito – alguns diriam encantador –, mas não tão luminoso quanto a pérola que inspirou meu nome. Tenho uma tendência a ficar ruborizada. Quando fiz cinco anos, minha mãe começou a esfregar meu rosto e meus braços com cremes de pérolas e a misturar pérolas moídas no meu *jook* matinal – mingau de arroz – na esperança de que a essência branca clareasse a minha pele. Isso não funcionou. Agora minhas bochechas ficam vermelhas – exatamente o que meu pai odeia. Eu me encolho na cadeira. Sempre me encolho quando estou perto dele, mas me encolho ainda mais quando Baba tira os olhos de minha irmã para olhar para mim. Sou mais alta que meu pai, o que ele odeia. Nós moramos em Xangai, onde o carro mais alto, o muro mais alto ou o prédio mais alto envia uma mensagem clara e categórica de que o dono é uma pessoa muito importante. Eu não sou uma pessoa importante.

– Ela pensa que é sabida – continua Baba. Ele usa um terno estilo ocidental de bom corte. Seu cabelo tem apenas alguns fios grisalhos. Ele anda nervoso ultimamente, mas esta noite seu humor está pior do que o habitual. Talvez seu cavalo favorito não tenha vencido ou os dados tenham se recusado a favorecê-lo. – Mas esperta é exatamente o que ela não é.

Essa é outra das críticas habituais do meu pai, e uma crítica que ele aprendeu com Confúcio, que escreveu "Uma mulher instruída é uma mulher inútil". As pessoas me acham livresca, o que, mesmo em 1937, não é considerado uma coisa boa. Mas, por mais sabida que eu seja, não sei me proteger das palavras do meu pai.

A maioria das famílias come ao redor de uma mesa redonda para estarem sempre inteiras e conectadas, sem quinas. Nós temos uma mesa quadrada de madeira de teca e sempre nos sentamos nos mesmos luga-

Destino 11

res: meu pai ao lado de May, de um lado da mesa, minha mãe bem em frente a ela, para que meus pais possam dividir minha irmã igualmente. Toda refeição – dia após dia, ano após ano – é um lembrete de que eu não sou a favorita e nunca serei.

Enquanto meu pai continua a enumerar meus defeitos, eu o ignoro e finjo interessar-me pela sala de jantar. Na parede próxima à cozinha, normalmente ficam pendurados quatro pergaminhos representando as quatro estações. Esta noite foram removidos, deixando sombras na parede. Eles não são as únicas coisas que estão faltando. Nós costumávamos ter um ventilador de teto, mas neste ano Baba achou que seria mais elegante ter os empregados nos abanando enquanto comêssemos. Eles não estão aqui esta noite, então a sala está abafada. Normalmente, um lustre art déco com luminárias nas paredes combinando com ele, de vidro trabalhado amarelo e rosa, iluminam a sala. Eles também foram retirados. Eu não me preocupo muito com isso, imaginando que os pergaminhos foram guardados para evitar que suas extremidades sedosas enrosquem-se com a umidade, que Baba deu folga aos criados para celebrar um casamento ou um aniversário com suas famílias, e que as luminárias foram retiradas temporariamente para limpeza.

O cozinheiro – que não tem esposa nem filhos – retira nossas vasilhas de sopa e traz os pratos de camarão com castanhas, porco cozido no molho de soja com legumes e brotos de bambu, enguia cozida no vapor, um prato de legumes com oito variedades e arroz, mas o calor me deixa sem fome. Eu preferia alguns goles de suco de ameixa gelado, sopa fria de ervilha com hortelã ou um caldo de amêndoas.

Quando Mama diz "O restaurador de cestas cobrou muito caro hoje", eu relaxo. Se meu pai é previsível em suas críticas a mim, então também é previsível que minha mãe recite seus aborrecimentos do dia. Ela está elegante, como sempre. Pregadores de âmbar mantêm preso seu coque na nuca. Seu vestido, um *cheongsam* feito de seda azul noite com mangas três quartos, foi feito sob medida para sua idade e posição social. Uma pulseira feita de uma única peça de jade pende do seu pulso. O barulho que faz quando bate na beirada da mesa é confortador e familiar. Minha mãe tem pés contidos, e seus modos são igualmente antiquados. Ela quer saber o que sonhamos, avaliando o significado da presença de água, sapatos ou dentes como bons ou maus presságios. Ela acredita em astrologia, admoestando ou elogiando a mim e a May por uma coisa ou outra porque nós nascemos no Ano do Carneiro e no Ano do Dragão, respectivamente.

Mama tem uma vida boa. Seu casamento arranjado com nosso pai parece relativamente tranquilo. Ela lê sutras budistas de manhã, pega um riquixá para almoçar com as amigas, joga mah-jongg até o final da tarde e se junta às esposas do mesmo nível social para reclamar do tempo, da indolência dos empregados e da ineficácia dos remédios mais recentes para seus soluços, gota ou hemorroidas. Ela não tem nada com que se afligir, mas sua amargura silenciosa e sua preocupação persistente permeiam cada história que nos conta. "Não existem finais felizes", ela costuma dizer. Ainda assim, ela é linda, seu andar de lírio é tão delicado quanto o balanço dos talos de bambu agitados pela brisa da primavera.

– Aquela empregada preguiçosa da casa ao lado foi negligente com as fezes da família Tso e empesteou a rua com seus excrementos – Mama diz. – E o cozinheiro! – Ela dá um leve assobio de censura. – O cozinheiro serviu um camarão tão velho que o cheiro me fez perder o apetite.

Nós não a contradizemos, mas o odor sufocante não vem dos excrementos derramados do camarão velho, e sim dela. Como não temos empregadas para movimentar o ar na sala, o cheiro que sobe do sangue e do pus de ataduras que prendem seus pés fica preso na minha garganta.

Mama ainda está reclamando quando Baba interrompe.

– Vocês não podem sair esta noite. Eu preciso conversar com vocês.

Ele fala com May, que olha para ele e sorri daquele seu jeito encantador. Nós não somos garotas más, só que temos planos para esta noite, e ouvir lições de Baba sobre a água que desperdiçamos no banho ou por não comermos o último grão de arroz em nossos pratos não faz parte deles. Normalmente, Baba reage ao charme de May sorrindo de volta para ela e esquecendo suas preocupações, mas desta vez ele pisca algumas vezes e me fita com seus olhos pretos. Mais uma vez, eu afundo na cadeira. Às vezes, eu acho que esta é a minha única maneira de demonstrar devoção filial, me fazendo pequena diante do meu pai. Eu me considero uma garota moderna de Xangai. Não quero acreditar em toda essa bobagem de obediência que as garotas aprendiam no passado. Mas a verdade é que May – por mais que eles a adorem – e eu somos só garotas. Nenhuma de nós vai perpetuar o nome da família, e nenhuma de nós vai reverenciar nossos pais como antepassados quando chegar a

Destino 13

hora. Minha irmã e eu somos o final da linhagem Chin. Quando éramos muito pequenas, nossa falta de valor fazia com que nossos pais tivessem pouco interesse em nos controlar. Nós não valíamos nem o trabalho nem o esforço. Mais tarde, algo estranho aconteceu: meus pais se apaixonaram – perdidamente – pela filha caçula. Isso permitiu que nós conservássemos um certo grau de liberdade, e que o jeito mimado da minha irmã fosse normalmente ignorado, mesmo quando faltávamos com o respeito e com o dever. O que outros chamariam de desrespeitoso e pouco filial, nós consideramos moderno e livre.

– Vocês não valem um tostão furado – Baba me diz, com a voz zangada. – Não sei como vou um dia...

– Ah, Baba, pare de implicar com Pérola. Você tem sorte de ter uma filha como ela. E eu tenho mais sorte ainda de tê-la como irmã.

Nós nos viramos para May. Ela é assim. Quando fala com você, não há como não prestar atenção. Quando está na sala, não há como não olhar para ela. Todo mundo a ama – nossos pais, os rapazes do riquixá que trabalham para meu pai, os missionários que nos deram aula na escola, os artistas, revolucionários e estrangeiros que viemos a conhecer nesses últimos anos.

– Você não vai me perguntar o que eu fiz hoje? – May diz, sua pergunta leve como a brisa nas asas de um pássaro voando.

Com isso, eu desapareço da visão dos meus pais. Sou a irmã mais velha, mas May toma conta de mim de muitas maneiras.

– Eu fui ver um filme no Metrópole e depois fui até a avenida Joffre comprar sapatos – ela continua. – De lá, fui até a loja de madame Garnet no Hotel Cathay para pegar meu vestido novo. – May deixa que um leve tom de censura transpareça. – Ela disse que não vai entregá-lo até que você passe lá.

– Uma garota não precisa de um vestido novo toda semana – Mama diz delicadamente. – Você podia ser mais parecida com sua irmã neste aspecto. Um Dragão não precisa de babados, rendas e laços. Pérola é prática demais neste aspecto.

– Baba pode pagar – May responde.

Meu pai contrai o rosto. Foi algo que May disse ou ele está se preparando para me criticar de novo? Ele abre a boca para falar, mas minha irmã o interrompe.

– Nós estamos no sétimo mês e o calor já está insuportável. Baba, quando você vai nos mandar para Kuling? Você não quer que Mama e eu fiquemos doentes, quer? O verão deixa a cidade tão desagradável, e nós ficamos sempre mais alegres nas montanhas nesta época do ano. May teve tato suficiente para me deixar de fora da pergunta. Eu prefiro ser lembrada depois. Mas essa conversa toda é só uma maneira de distrair nossos pais. Minha irmã olha para mim, balança a cabeça quase imperceptivelmente e se levanta rapidamente.

– Venha, Pérola. Vamos nos arrumar.

Eu afasto a cadeira, agradecida por estar a salvo da censura do meu pai.

– Não! – Baba dá um soco na mesa. Os pratos chacoalham. Mama estremece, espantada. Eu fico paralisada. As pessoas na nossa rua admiram meu pai por seu tino comercial. Ele viveu o sonho de todo nativo de Xangai, bem como de todos os estrangeiros do mundo inteiro que vieram para cá ganhar dinheiro. Ele começou sem nada e transformou a si mesmo e sua família em alguma coisa. Antes do meu nascimento, ele tinha um negócio de riquixás em Cantão, não como proprietário, e sim como sublocador, e alugava riquixás por setenta centavos por dia, depois os alugava a um sublocador menor por noventa centavos por dia antes que fossem alugados aos puxadores de riquixá por um dólar por dia. Depois de ganhar dinheiro suficiente, ele se mudou para Xangai e abriu seu próprio negócio. "Melhores oportunidades", ele, e provavelmente um milhão de outros na cidade, gosta de dizer. Baba nunca nos contou como ficou rico nem como aproveitou essas oportunidades, e eu não tenho coragem de perguntar. Todo mundo concorda, até nas famílias, que é melhor não perguntar sobre o passado, porque todo mundo em Xangai veio para cá para fugir de alguma coisa, ou tem alguma coisa a esconder.

May não liga para nada disso. Olho para ela e sei exatamente o que quer dizer: *Eu não quero ouvir você dizer que não gosta do nosso cabelo. Eu não quero ouvir que você não quer que andemos com os braços ou as pernas de fora. Não, nós não queremos arranjar "empregos regulares de tempo integral". Você pode ser meu pai, mas, por mais estardalhaço que faça, você é um homem fraco e eu não quero ouvir você.* Em vez disso, ela apenas vira a cabeça e olha para o meu pai de um tal jeito que ele fica indefeso diante dela. Ela aprendeu este truque quando era pequena e o aperfeiçoou quando cresceu. Sua calma e sua naturalidade derretem todo mundo. Seus lábios abrem um leve sorriso. Ela dá um tapinha no ombro dele, e ele olha para as unhas dela que, como as minhas, foram pintadas de vermelho com a aplicação de camadas de extrato de bálsamo vermelho. O toque – mesmo dentro da família – não é um tabu completo, mas não é bem aceito. Uma boa família não troca beijos nem abraços nem tapinhas afetuosos. Então, May sabe exatamente o que está fazendo quando toca nosso pai. Ela aproveita aquele momento de espanto e repulsa para se afastar, e eu saio rapidamente atrás dela. Damos alguns passos e, então, Baba nos chama.

– Por favor, não saiam.

May, naquele seu jeito habitual, apenas ri.

– Nós vamos trabalhar esta noite. Não espere acordado.

Subo atrás dela, com a voz dos nossos pais nos acompanhando numa espécie de canção discordante. Mamãe puxa a melodia:

– Tenho pena dos maridos de vocês. "Preciso de sapatos." "Quero um vestido novo." "Podem comprar entradas para a ópera?"

Baba, com sua voz mais grave, faz o tenor:

– Voltem aqui. Por favor, voltem. Eu preciso dizer uma coisa a vocês. – May os ignora, e eu tento ignorá-los também, admirando o modo com que ela fecha os ouvidos para as palavras e a insistência deles. Nós somos o oposto uma da outra nisso e em muitas outras coisas.

Sempre que há duas irmãs – ou irmãos de qualquer sexo – são feitas comparações. May e eu nascemos na aldeia de Yin Bo, a menos de meio dia de caminhada de Cantão. Temos só três anos de diferença, mas não poderíamos ser mais diferentes. Ela é engraçada; eu sou criticada por ser tristonha demais. Ela é pequena e adoravelmente curvilínea; eu sou alta e magra. May, que acabou de se formar no ensino médio, não se interessa por leitura alguma além das colunas de fofocas; eu me formei na faculdade cinco semanas atrás.

Minha primeira língua foi sze yup, o dialeto falado nos Quatro Distritos da província de Kwangtung, onde está localizada a nossa casa ancestral. Tive professores americanos e ingleses desde os cinco anos, portanto meu inglês é quase perfeito. Eu me considero fluente em quatro idiomas – inglês britânico, inglês americano, dialeto sze yup (um dos muitos dialetos cantoneses) e dialeto wu (uma versão única do mandarim que só é falada em Xangai). Moro numa cidade internacional, então uso palavras inglesas para cidades chinesas e lugares como Cantão, Chungking e Yunnan; uso o *cheongsam* cantonês em vez do *ch'i pao* mandarim para nossos vestidos chineses; uso indiscriminadamente o termo mandarim *fan gwaytze* – demônios estrangeiros – e o cantonês *lo fan* – fantasmas brancos – quando me refiro a estrangeiros; e uso a palavra cantonesa para *irmãzinha* – *moy moy* –, em vez do termo em mandarim – *mei mei* –, para me referir a May. Minha irmã não tem facilidade com línguas. Nós nos mudamos para Xangai quando May era um bebê, e ela nunca aprendeu sze yup, exceto umas poucas palavras para certos pratos e ingredientes. May só sabe inglês e dialeto wu. Deixando de lado as peculiaridades dos dialetos, o mandarim e o cantonês têm tanto em comum quanto inglês e alemão – são relacionados, mas incompreensíveis para quem não fala essas línguas. Por causa disso, meus pais e eu, às vezes, nos valemos da ignorância de May e usamos sze yup para enganá-la.

Mamãe insiste em dizer que May e eu não poderíamos ser diferentes do que somos, mesmo que tentássemos. May é complacente e feliz como o Carneiro, em cujo ano nasceu. O Carneiro é o mais feminino dos signos, segundo mamãe. Ele é elegante, artístico e compassivo. O Carneiro precisa de alguém que cuide dele, para ter sempre comida, casa e roupas. Ao mesmo tempo, é conhecido por sufocar os outros de afeto. A sorte sorri para o Carneiro por causa da sua natureza pacífica e do seu coração bondoso, mas – e este é um grande "mas", segundo mamãe – o Carneiro às vezes só pensa em si e no seu conforto.

Eu tenho fortes aspirações próprias de Dragão que nunca podem ser inteiramente realizadas. "Não há lugar aonde você não possa ir com seus grandes pés", mamãe me diz frequentemente. Entretanto, um Dragão, o mais poderoso dos signos, também tem suas desvantagens. "Um Dragão é leal, exigente, responsável, um domador do destino", mamãe me disse, "mas você, minha Pérola, será sempre atrapalhada pelo vapor que sai da sua boca."

Eu tenho ciúme da minha irmã? Como posso ter ciúme se a adoro? Nós compartilhamos *Long* – Dragão – como nosso nome geracional. Eu sou Pérola Dragão e May é Lindo Dragão. Ela adotou a forma ocidental do seu nome, mas, em mandarim, *mei* é uma das palavras para *linda*, e ela é linda. Meu dever como irmã mais velha de May é protegê-la, garantir que ela siga o caminho certo e mimá-la pela preciosidade de sua existência e pelo lugar de amor que ocupa em nossa família. Sim, às vezes, eu fico zangada com ela; por exemplo, quando usou meu sapato italiano de salto alto de seda cor-de-rosa sem minha permissão e ele ficou arruinado pela chuva. Mas o importante é que minha irmã me ama. Eu sou sua *jie jie*

– irmã mais velha. Na hierarquia da família chinesa, estarei sempre acima dela, mesmo que minha família não me ame tanto quanto a ama.

Quando chego no nosso quarto, May já tirou o vestido, deixando-o caído no chão. Fecho a porta, confinando-nos em nosso belo mundo feminino. Temos camas iguais, com dossel de linho branco debruado de azul e bordado de glicínias. A maioria dos quartos em Xangai tem um pôster ou um calendário com uma bela moça, mas nós temos vários. Nós servimos de modelo para artistas e escolhemos nossas imagens favoritas para pendurar nas paredes: May sentada num sofá usando uma jaqueta de seda verde, segurando um cigarro Hatamen numa piteira de marfim; eu envolta em arminho, os joelhos encostados no queixo, contemplando a vista de um arco emoldurado que dá para um lago místico, vendendo as pílulas cor-de-rosa do dr. Williams para pessoas pálidas (quem pode vender melhor essas pílulas do que alguém que tem uma pele naturalmente rosada?); e nós duas sentadas num elegante vestiário, cada uma carregando um filho gorducho – símbolo de riqueza e prosperidade – e vendendo leite em pó para mostrar que somos mães modernas que usam a melhor invenção moderna para nossos filhos modernos.

Eu atravesso o quarto e me junto a May no armário. É assim que nosso dia realmente começa. Esta noite vamos posar para Z.G. Li, o melhor dos artistas especializados em calendários, pôsteres e anúncios com belas modelos. A maioria das famílias ficaria escandalizada em ter filhas que posam para artistas e geralmente passam a noite toda fora, e no início meus pais também ficaram. Mas, quando começamos a ganhar dinheiro, eles deixaram de se importar. Baba investia nosso dinheiro dizendo que, quando conhecêssemos nossos maridos, nos apaixonássemos e decidíssemos casar, iríamos para a casa dos nossos maridos com dinheiro nosso.

Escolhemos *cheongsams* combinados para mostrar harmonia e estilo, enviando ao mesmo tempo uma mensagem de frescor e calma que promete trazer alegria primaveril para todos que usarem o produto que estivermos vendendo. Eu escolho um *cheongsam* de seda cor de pêssego debruado de vermelho. O vestido foi feito tão colado no corpo que a costureira fez a fenda do lado ousadamente profunda para permitir que eu ande. Presilhas feitas com o mesmo debrum vermelho abotoam o vestido no meu pescoço, na frente do peito, debaixo dos braços e descendo pelo lado direito. May veste um *cheongsam* de seda amarelo claro, estampado de flores brancas com núcleos vermelhos. O debrum e as presilhas são do mesmo tom forte de vermelho do meu. Sua gola dura estilo mandarim é tão alta que vai até as orelhas; mangas curtas acentuam a magreza dos seus braços. Enquanto May desenha as sobrancelhas no formato de folhas de salgueiro – longas, finas e insinuantes –, eu passo pó de arroz branco no rosto para esconder minhas bochechas rosadas. Depois calçamos sapatos de salto alto e pintamos a boca com batom do mesmo tom de vermelho. Recentemente, nós cortamos o cabelo e fizemos permanente. May reparte o meu cabelo no meio e depois prende os cachos atrás das minhas orelhas, onde eles ficam estufados como peônias de pétalas pretas. Depois eu penteio o cabelo dela, deixando que os cachos emoldurem seu rosto. Nós colocamos brincos de cristal cor-de-rosa, anéis de jade e pulseiras de ouro para completar nossos trajes. Nossos olhos se encontram no espelho. Dos pôsteres nas paredes, múltiplas imagens nossas se juntam a May e a mim no reflexo. Ficamos assim por um momento, vendo como estamos bonitas. Temos vinte e um e dezoito anos. Somos jovens, somos lindas e moramos na Paris da Ásia.

Nós descemos barulhentamente a escada, damos até logo apressadamente e saímos para a noite de Xangai. Nossa casa fica no distrito de Hongkew, bem do outro lado de Soochow Creek. Nós não fazemos parte do Assentamento Internacional, mas estamos perto o suficiente para acreditar que seremos protegidos de possíveis invasores estrangeiros. Não somos muito ricos, mas isso não é sempre uma questão de comparação? Vivemos apenas modestamente pelos padrões britânicos, americanos e japoneses, mas temos uma fortuna pelos padrões chineses, embora alguns de nossos compatriotas sejam mais ricos do que muitos estrangeiros somados. Nós somos *kaoteng Huajen* – chineses superiores – que seguem a religião de *ch'ung yang*: adorando tudo o que é estrangeiro, desde a ocidentalização de nossos nomes até o amor por cinema, bacon e queijo. Como membros da *bu-er-ch'iao-ya* – classe burguesa –, nossa família é próspera o suficiente para que nossos sete empregados se revezem comendo suas refeições na escada da frente, para que os puxadores de riquixá e os mendigos que passam saibam que aqueles que trabalham para os Chin têm comida para comer e um telhado sobre suas cabeças.

Nós caminhamos até a esquina e negociamos com diversos puxadores de riquixá sem camisa e sem sapatos até conseguir um bom preço. Subimos no riquixá e nos sentamos lado a lado.

– Leve-nos para a Concessão Francesa – diz May.

Os músculos do rapaz se contraem com o esforço de puxar o riquixá. Logo ele atinge um trote confortável e a velocidade do riquixá alivia o peso em seus ombros e costas. Lá vai ele, puxando-nos como um animal de carga, mas só o que sinto é liberdade. Durante o dia, uso um guarda-sol quando vou fazer compras, visitas ou ensinar inglês. À noite, porém, não preciso me preocupar com minha pele. Sento-me bem ereta e respiro fundo. Olho para May. Ela está tão à vontade que deixa seu *cheongsam* voar com o vento e abrir até a coxa. Ela é namoradeira e não poderia viver numa cidade melhor do que Xangai para exercitar suas habilidades, seu riso, sua linda pele, sua conversa encantadora.

    Atravessamos uma ponte sobre Soochow Creek e depois viramos à direita, afastando-nos do rio Whangpoo e seu cheiro azedo de óleo, algas, carvão e esgoto. Eu amo Xangai. Não é como outros lugares na China. Em vez de telhados de rabo de andorinha e ladrilhos, nós temos *mo t'ien talou* – mágicos prédios altos – que se erguem na direção do céu. Em vez de portões em forma de lua, telas contra fantasmas, janelas rebuscadas e colunas laqueadas de vermelho, temos prédios neoclássicos de granito decorados com ferro batido art déco, desenhos geométricos e vidro entalhado. Em vez de bosques de bambu enfeitando riachos ou salgueiros mergulhando seus galhos em lagos, temos mansões europeias com fachadas lisas, sacadas elegantes, fileiras de ciprestes e gramados cercados de canteiros de flores. A Cidade Antiga ainda tem templos e jardins, mas o resto de Xangai se ajoelha diante dos deuses do comércio, da riqueza, da indústria e do pecado. A cidade tem armazéns onde mercadorias são carregadas e descarregadas, pistas de corrida para cavalos e cachorros, inúmeros cinemas e clubes para dançar, beber e fazer sexo. Xangai abriga milionários e mendigos, gângsteres e jogadores, patriotas e revolucionários, artistas e senhores da guerra, e a família Chin.

    Nosso puxador de riquixá nos leva por becos com largura suficiente para pedestres, riquixás e carrinhos de mão com bancos para transportar clientes que pagam, antes de virar em Bubbling Well Road. Ele trota pela avenida elegante, sem temer os Chevrolets, Daimlers e Isotta-Fraschinis que passam quase esbarrando. Num sinal, crianças pobres cercam nosso riquixá e puxam nossas roupas. Cada quarteirão cheira a morte e ruína, gengibre e pato assado, perfume francês e incenso. As vozes altas dos nativos de Xangai, o *clique-clique* dos ábacos e o barulho dos riquixás rolando pelas ruas são os sons que me dizem que estou em casa.

Na fronteira entre o Assentamento Internacional e a Concessão Francesa, o rapaz para. Nós pagamos a ele, atravessamos a rua, passamos ao lado de um bebê morto deixado na calçada, encontramos outro puxador de riquixá com licença para trafegar na Concessão Francesa e damos a ele o endereço de Z.G., perto da avenida Lafayette.
Este puxador de riquixá é ainda mais sujo e suado do que o anterior. Sua camisa rasgada mal esconde os ossos do seu corpo esquelético. Ele hesita antes de entrar na avenida Joffre. É um nome francês, mas a rua é o centro da vida dos russos brancos. Placas em cirílico estão penduradas por toda parte. Nós sentimos cheiro de pão fresco e bolos saindo das padarias russas. E o som de música e dança já se derrama dos clubes. Quando nos aproximamos do apartamento de Z.G., a vizinhança muda de novo. Passamos pela rua da Busca da Felicidade, que abriga mais de 150 bordéis. Desta rua, muitas das Famosas Flores de Xangai – as prostitutas mais talentosas da cidade – são eleitas e estampadas na capa das revistas todo ano.
Nosso puxador para e nós saltamos e lhe pagamos. Ao subirmos a escada até o terceiro andar do prédio de Z.G., eu afofo os cachos em volta das minhas orelhas com a ponta dos dedos, esfrego os lábios um no outro para amaciar meu batom e ajusto meu *cheongsam*, de modo que a seda caia de forma perfeita sobre meus quadris. Quando ele abre a porta, torno a me espantar com a beleza de Z.G.: cabelos negros e revoltos, corpo esbelto, óculos grandes e redondos, e uma intensidade no olhar e na postura que fala de noites em claro, de temperamento artístico e fervor político. Eu posso ser alta, mas ele é mais alto ainda. Esta é uma das coisas que eu amo em relação a ele.
– O que vocês estão vestindo está perfeito – ele diz. – Entrem, entrem!
Nós nunca sabemos exatamente o que ele planejou para a sessão. Moças se preparando para mergulhar numa piscina, para jogar minigolfe ou para atirar uma flecha na direção do céu são extremamente populares atualmente. Estar em boa forma e saudável é o ideal. Quem pode educar melhor os filhos da China? A resposta: uma mulher que saiba jogar tênis, dirigir um carro, fumar um cigarro e ainda parecer a mais atraente e sofisticada possível. Z.G. irá nos pedir para fingir que estamos saindo para um chá dançante? Ou irá compor algo inteiramente ficcional, exigindo que usemos fantasias alugadas? May será Mulan, a grande guerreira, trazida de volta à vida para promover o vinho Parrot? Eu serei

pintada como a donzela Du Liniang de *O pavilhão de Peônia* para exaltar os méritos do sabonete Lux?

Ele nos leva para um cenário que já preparou: um cantinho aconchegante com uma poltrona, um biombo chinês de madeira trabalhada e um vaso de cerâmica estampado de laços, de onde saem alguns galhos de ameixeira em flor, dando a ilusão do frescor da natureza.

– Hoje vamos vender cigarros My Dear – Z.G. anuncia. – May, eu gostaria que você ficasse na cadeira. – Depois que ela senta, ele dá um passo para trás e a olha intensamente. Eu amo Z.G. pela gentileza e sensibilidade que demonstra em relação à minha irmã. Afinal de contas, ela é jovem, e o que nós estamos fazendo não é exatamente o que a maioria das moças bem-educadas fazem. – Mais relaxada – ele diz –, como se você tivesse passado a noite toda fora e quisesse compartilhar um segredo com sua amiga.

Depois de posicionar May, ele me chama. Põe as mãos nos meus quadris e torce meu corpo até eu me empoleirar no encosto da cadeira de May.

– Eu gosto do seu corpo longilíneo e do comprimento dos seus membros – ele diz enquanto traz o meu braço para a frente, de modo que meu peso fique na minha mão enquanto inclino-me sobre May. Seus dedos abrem os meus, separando o mindinho do resto. Sua mão se demora por um momento, e então ele chega para trás para contemplar sua composição. Satisfeito, ele nos dá cigarros. – Agora, Pérola, incline-se na direção de May como se você fosse acender seu cigarro na ponta do dela.

Eu obedeço. Ele dá um passo à frente uma última vez para tirar um fiapo de cabelo do rosto de May e inclinar seu queixo de modo que a luz dance em seu rosto. Eu posso ser aquela que Z.G. gosta de pintar e tocar – e como isso parece proibido –, mas o rosto de May vende tudo, de fósforos a carburadores.

Z.G. vai para trás do cavalete. Ele não gosta que a gente se mexa ou fale enquanto pinta, mas ele nos distrai tocando música na vitrola e conversando conosco sobre uma coisa e outra.

– Pérola, nós estamos aqui para ganhar dinheiro ou para nos divertir? – Ele não espera minha resposta. Ele não quer uma resposta. –É para manchar ou polir nossa reputação? Eu digo que nem uma coisa nem outra. Nós estamos fazendo algo diferente. Xangai é o centro da beleza e da modernidade. Um chinês rico pode comprar o que vê em

nossos calendários. Aqueles que têm menos dinheiro podem aspirar possuir essas coisas. Os pobres? Eles só podem sonhar.
— Lu Hsün pensa de outra forma — diz May.
Eu suspiro impacientemente. Todo mundo admira Lu Hsün, o grande escritor que morreu no ano passado, mas isso não significa que May deva falar sobre ele durante nossa sessão. Fico calada e mantenho minha pose.
— Ele queria que a China fosse moderna — continua May. — Queria que nos livrássemos do *lo fan* e de sua influência. Ele criticava as lindas garotas.
— Eu sei, eu sei — Z.G. responde calmamente, mas eu fico surpresa com o conhecimento de minha irmã. Ela não é uma leitora; nunca foi. Deve estar tentando impressionar Z.G., e está conseguindo. — Eu estava lá na noite em que ele fez aquele discurso. Você teria rido, May. E você também, Pérola. Ele mostrou um calendário com vocês duas.
— Qual deles? — pergunto, rompendo meu silêncio.
— Não fui eu que pintei, mas ele mostrava vocês duas dançando o tango juntas. Pérola, você estava dobrando as costas de May. Era muito...
— Eu me lembro desse! Mamãe ficou tão aborrecida quando o viu. Lembra, Pérola?

Eu me lembro muito bem. Mamãe ganhou o pôster da loja em Nanking Road onde ela compra absorventes para a visita mensal da irmãzinha vermelha. Ela chorou, gritou e berrou que estávamos envergonhando a família Chin agindo como dançarinas de cabaré russas. Tentamos explicar que calendários de lindas garotas na verdade expressam respeito filial e valores tradicionais. Eles são entregues no Ano-Novo chinês e no Ano-Novo ocidental como incentivos, promoções especiais ou presentes para clientes especiais. Daquelas boas casas, eles são passados para vendedores ambulantes que os vendem aos pobres por alguns tostões. Dissemos à mamãe que um calendário é a coisa mais importante do mundo para todo chinês, embora não acreditássemos nisso. Ricas ou pobres, as pessoas regulavam suas vidas pelo sol, pela lua, pelas estrelas e, em Xangai, pela maré do Whangpoo. Elas se recusavam a fechar um negócio, marcar uma data de casamento ou iniciar o plantio sem considerar se o *feng shui* era auspicioso. Tudo isso pode ser encontrado nas margens dos calendários das lindas garotas, e é por isso que eles servem como referência de tudo o que é bom ou potencialmente perigoso no ano se-

guinte. Ao mesmo tempo, eles são uma decoração barata até mesmo para a casa mais humilde.
– Nós estamos tornando a vida das pessoas mais bonita – May explicou à mamãe. – É por isso que somos chamadas de lindas garotas.
– Mas mamãe só se acalmou depois que May lhe contou que o anúncio era de óleo de fígado de bacalhau. – Nós estamos mantendo as crianças saudáveis – disse May. – Você devia se orgulhar de nós!

Por fim, mamãe pendurou o calendário na cozinha ao lado do telefone para poder anotar números importantes – o vendedor de leite de soja, o eletricista, madame Garnet e os aniversários de todos os nossos empregados – nos nossos pálidos braços e pernas. Ainda assim, depois deste incidente, nós escolhíamos com cuidado os pôsteres que levávamos para casa e nos preocupávamos com os que poderiam ser dados a ela pelos comerciantes da vizinhança.

– Lu Hsün disse que calendários são depravados e nojentos – May continua, mal movendo os lábios para manter o sorriso no lugar. – Ele disse que as mulheres que posam para eles são doentes. Disse que este tipo de doença não vem da sociedade...

– Ela vem dos pintores – Z.G. termina por ela. – Ele achava que o que nós fazemos é decadente e disse que não vai ajudar em nada a revolução. Mas diga-me, pequena May, como a revolução irá acontecer sem nós? Não responda. Fique bem quietinha aí sentada. Senão, ficaremos aqui a noite toda.

Fico satisfeita com o silêncio. Nos dias anteriores à República, já teria sido mandada às cegas para a casa do meu marido numa cadeira laqueada de vermelho. Nesta altura, eu já teria vários filhos, de preferência meninos. Mas eu nasci em 1916, o quarto ano da República. A contenção de pés foi banida e a vida das mulheres mudou. As pessoas em Xangai agora consideram casamentos negociados um atraso. Todo mundo quer se casar por amor. Enquanto isso, nós acreditamos em amor livre. Não que eu fosse me entregar livremente. Eu ainda não me entreguei a ninguém, mas eu me entregaria a Z.G. se ele pedisse.

Ele tinha me posicionado de tal jeito que meu rosto estava virado para o de May, mas ele queria que eu olhasse para ele. Mantive minha pose, olhei para ele e sonhei com nosso futuro juntos. Amor livre é uma coisa, mas eu quero que nos casemos. Toda noite, enquanto ele pinta, eu penso nas festas em que estive e imagino o casamento que meu pai fará para mim e Z.G.

Perto das dez horas, ouvimos o vendedor de sopa gritar: "Sopa quente para fazer suar, esfriar a pele e a noite."

Z.G. fica com o pincel parado no ar, fingindo pensar onde aplicar mais tinta, enquanto nos observa para ver qual de nós duas irá sair primeiro da pose.

Quando o vendedor está bem debaixo da janela, May dá um pulo e grita: "Não posso esperar mais!" Ela corre para a janela, faz o pedido de sempre e depois baixa uma tigela amarrada numa corda que fizemos amarrando diversos pares de meia uns nos outros. O vendedor manda para cima uma tigela de sopa atrás da outra, que nós tomamos com apetite. Depois nós voltamos aos nossos lugares e continuamos a trabalhar.

Pouco depois da meia-noite, Z.G. larga o pincel.

– Acabamos por hoje – diz. – Vou trabalhar no fundo até a próxima vez que vocês vierem posar. Agora, vamos sair!

Enquanto ele troca de roupa, vestindo um terno listrado, gravata e chapéu, May e eu fazemos alongamento para relaxar o corpo. Retocamos nossa maquiagem e penteamos o cabelo. E então vamos para a rua, nós três de braços dados, rindo, descendo o quarteirão a pé, enquanto vendedores ambulantes oferecem suas iguarias.

"Sementes de ginkgo de queimar a mão de tão quente. Todas grandes!"

"Ameixas cozidas salpicadas de açúcar. Ah, muito doces! Só dez centavos um pacote!"

Nós passamos por vendedores de melancia em cada esquina, cada um com sua conversa, cada um prometendo a melancia mais doce, mais suculenta, mais gelada da cidade. Por mais tentadores que sejam os vendedores de melancia, nós os ignoramos. Muitos deles tentam deixar suas melancias mais pesadas injetando nelas água do rio ou de um dos riachos. Uma única mordida pode resultar em disenteria, tifo ou cólera.

Chegamos no Casanova, onde amigos irão nos encontrar mais tarde. May e eu somos reconhecidas como lindas garotas, e conseguimos uma mesa boa perto da pista de dança. Pedimos champanhe, e Z.G. me tira para dançar. Eu amo o modo como ele me segura enquanto giramos pela pista. Depois de duas músicas, olho para a nossa mesa e vejo May sentada sozinha.

– Talvez você deva dançar com minha irmã – sugiro.

– Se você quiser – ele diz.

Nós voltamos para nossa mesa. Z.G tira May para dançar. A orquestra inicia uma melodia lenta. May descansa a cabeça no peito dele como se estivesse ouvindo seu coração. Z.G. conduz May graciosamente no meio dos outros casais. Ele olha uma vez para mim e sorri. Meus pensamentos são tão adolescentes: nossa noite de núpcias, nossa vida de casados, os filhos que iremos ter.

– Aí está você! – Sinto um beijo no rosto e vejo minha amiga de escola, Betsy Howell. – Está esperando há muito tempo?

– Acabamos de chegar. Sente-se. Onde está o garçom? Vamos precisar de mais champanhe. Você já comeu?

Betsy e eu nos sentamos uma ao lado da outra, brindamos e bebemos nossa champanhe. Betsy é americana. O pai dela trabalha no Departamento de Estado. Eu gosto dos seus pais porque eles gostam de mim e não tentam evitar que Betsy faça amizade com chineses, como fazem tantos pais estrangeiros. Betsy e eu nos conhecemos na missão metodista, para onde ela foi mandada para ajudar os pagãos e para onde eu tinha sido mandada para aprender os costumes ocidentais. Somos melhores amigas? Não. May é minha melhor amiga. Betsy está num distante segundo lugar.

– Você está bonita esta noite – digo. – Gostei do seu vestido.

– E tinha mesmo que gostar! Você me ajudou a comprá-lo. Eu pareceria uma vaca velha se não fosse por você.

Betsy é meio gordinha e tem uma dessas mães americanas práticas que não entendem nada de moda, então eu a levei a uma costureira para ela encomendar vestidos decentes. Esta noite ela está bonita num vestido justo de cetim vermelho com um broche de brilhante e safira pregado acima do seio esquerdo. Cachos louros caem soltos sobre seus ombros sardentos.

– Veja como eles são fofos – Betsy diz, indicando Z.G. e May.

Nós os vemos dançar enquanto fofocamos sobre amigos da escola. Quando a música termina, Z.G. e May voltam para a mesa. Ele tem sorte de ter três mulheres em sua companhia esta noite e age corretamente dançando com uma depois da outra. Perto de uma da manhã, Tommy Hu chega. O rosto de May fica rosado quando ela o vê. Mamãe jogou mah-jongg com a mãe dele durante anos, e elas sempre torceram para que houvesse um casamento entre nossas famílias. Mamãe vai ficar animada com este encontro.

Às duas da manhã, nós tornamos a sair para a rua. É julho, quente e úmido. Todo mundo ainda está acordado, até as crianças, até os velhos. Está na hora de comer alguma coisa.

– Você vem conosco? – pergunto a Betsy.
– Não sei. Para onde vocês estão indo?
Nós todos olhamos para Z.G. Ele menciona um Café na Concessão Francesa que costuma ser frequentado por intelectuais, artistas e comunistas. Betsy não hesita.
– Então vamos. Podemos ir no carro do meu pai.
A Xangai que eu amo é um lugar fluido onde se misturam as pessoas mais interessantes. Às vezes, Betsy me leva para tomar um café com torrada e manteiga tipicamente americano; às vezes, eu levo Betsy aos becos para um *hsiao ch'ih* – pequenas iguarias, bolinhos de arroz embrulhados em folhas de cana ou bolos feitos de pétalas de cássia e açúcar. Betsy se torna aventureira quando está comigo; uma vez ela me acompanhou até a Cidade Antiga para comprar presentes baratos para levar para casa nas férias. Às vezes, eu fico nervosa de entrar nos parques do Assentamento Internacional, que até os meus dez anos eram proibidos para chineses, exceto para babás de crianças estrangeiras e jardineiros que cuidavam dos jardins. Mas eu nunca fico assustada ou nervosa quando estou com Betsy, que frequentou estes parques a vida inteira.

O Café está escuro e enfumaçado, mas nós não nos sentimos deslocados com nossas roupas elegantes. Nós nos juntamos a um grupo de amigos de Z.G. Tommy e May afastam suas cadeiras da mesa para poderem conversar calmamente e evitar uma discussão acalorada sobre quem "é dono" da nossa cidade – os britânicos, os americanos, os franceses ou os japoneses? Nós somos muito mais numerosos do que os estrangeiros, mesmo no Assentamento Internacional, mas não temos nenhum direito. May e eu não nos preocupamos em saber se podemos ou não testemunhar no tribunal contra um estrangeiro ou se eles nos deixarão entrar para um de seus clubes, mas Betsy vem de um mundo diferente.

– No final do ano – ela diz, com os olhos claros e apaixonados –, mais de vinte mil cadáveres terão sido recolhidos das ruas do Assentamento Internacional. Nós passamos por esses cadáveres todos os dias, mas eu não vejo nenhum de vocês tomar qualquer providência a respeito disso.

Betsy acredita na necessidade de mudança. A questão, eu acho, é por que ela tolera May e eu quando nós ignoramos tão propositalmente o que ocorre ao nosso redor.

– Você está perguntando se amamos nosso país? – Z.G. diz. – Há dois tipos de amor, você não acha? *Ai kuo* é o amor que sentimos por nosso país e nosso povo. *Ai jen* é o que eu sentiria por minha amante. Um é patriótico, o outro romântico. – Ele olha para mim e eu fico vermelha. – Não podemos ter os dois?

Nós saímos do Café quase às cinco da manhã. Betsy acena, entra no carro do pai e vai embora. Nós dizemos boa-noite – ou bom-dia – para Z.G. e Tommy, e tomamos um riquixá. Mais uma vez, trocamos de riquixá na fronteira entre a Concessão Francesa e o Assentamento Internacional, e depois vamos sacudindo nos paralelepípedos até em casa.

A cidade, como um grande mar, nunca dorme. A noite recua e agora os ciclos e ritmos da manhã começam a fluir. Homens que recolhem os dejetos da noite empurram seus carrinhos pelos becos, gritando: "Esvaziem seus penicos! Lá vem o homem dos excrementos! Esvaziem seus penicos!" Xangai pode ter sido uma das primeiras cidades a ter eletricidade, gás, telefones e água corrente, mas ficamos para trás no que se refere a esgoto. Entretanto, fazendeiros do país todo pagam caro por nossos excrementos porque sabem que são ricos por causa da nossa dieta. Os homens dos excrementos serão seguidos pelos vendedores de comida com seus mingaus feitos de sementes de lágrimas-de-jó, caroço de damasco e sementes de lótus, seus bolinhos de arroz feitos com rosa rugosa e açúcar branco, e seus ovos cozidos em folhas de chá e cinco temperos.

Chegamos em casa e pagamos o rapaz do riquixá. Abrimos o trinco do portão e caminhamos até a porta da frente. O sereno da noite realça o perfume das flores, dos arbustos e das árvores, deixando-nos embriagadas com os jasmins, magnólias e pinheiros anões que nosso jardineiro cultiva. Subimos os degraus de pedra e passamos sob um arco de madeira trabalhada que evita que espíritos maus entrem na casa – em deferência às superstições de mamãe. Nossos saltos fazem barulho ao bater nos tacos do hall. Uma luz está acesa na sala à esquerda. Baba está acordado, esperando por nós.

– Sentem-se e não digam nada – ele diz, indicando-nos o sofá em frente a ele.

Eu obedeço, depois pouso as mãos no colo e cruzo os tornozelos. Se estivermos encrencadas, parecer recatada vai ajudar. O ar ansioso que ele vem mostrando nessas últimas semanas se transformou em algo duro e imóvel. As palavras que pronuncia em seguida irão mudar minha vida para sempre.

– Eu negociei casamento para vocês duas – ele diz. – A cerimônia irá acontecer depois de amanhã.

Homens da Montanha Dourada

— Isso não tem graça! – May diz, rindo.
— Eu não estou brincando – Baba diz. – Eu arranjei casamento para vocês duas.

Eu ainda estou com dificuldade de absorver o que ele disse.
– Qual é o problema? Mamãe está doente?
– Eu já disse a você, Pérola. Você precisa prestar atenção e vai fazer o que eu mandar. Eu sou seu pai e vocês são minhas filhas. É assim que as coisas são.

Eu gostaria de poder mostrar o quanto ele soa ridículo.
– Eu não vou fazer isso! – May grita indignada.

Eu tento argumentar.
– Os tempos feudais terminaram. Agora não é mais como na época em que você e mamãe se casaram.
– Sua mãe e eu nos casamos no segundo ano da República – ele diz agressivamente, mas a questão não é essa.
– Mas o casamento de vocês foi arranjado, assim mesmo – retruco.
– Você tem respondido a perguntas de uma casamenteira a respeito de nossas habilidades com tricô, costura ou bordado? – Minha voz se torna irônica. – Para meu enxoval, você comprou um penico pintado com desenhos de dragão e fênix para simbolizar minha união perfeita? Você vai dar a May um penico cheio de ovos vermelhos para mandar para os sogros dela a mensagem de que ela terá muitos filhos homens?
– Diga o que quiser. – Baba sacode os ombros com indiferença. – Vocês vão se casar.
– Eu não vou! – May repete. Ela sempre teve facilidade para chorar e começa a derramar lágrimas abundantes. – Você não pode me obrigar.

Quando Baba a ignora, percebo que ele está falando sério. Ele olha para mim e é como se estivesse me vendo pela primeira vez.
– Não me diga que você achou que ia se casar por amor. – Sua voz é estranhamente cruel e triunfante. – Ninguém se casa por amor. Eu não me casei.

Destino

Ouço uma respiração rápida, me viro e vejo minha mãe, ainda de pijama, parada na porta. Nós a vemos atravessar a sala com seus pés contidos e se sentar numa cadeira de madeira trabalhada. Ela junta as mãos e baixa os olhos. Após alguns instantes, lágrimas caem sobre suas mãos. Ninguém diz nada.

Sento-me bem reta no sofá, para poder olhar de cima para o meu pai, sabendo que ele vai odiar isso. Depois seguro a mão de May. Nós somos fortes, juntas, e temos nossos investimentos.

– Eu falo por nós duas quando peço respeitosamente que nos devolva o dinheiro que aplicou para nós.

Meu pai faz uma careta.

– Nós temos idade suficiente agora para morarmos sozinhas – continuo. – May e eu vamos alugar um apartamento. Vamos trabalhar. Planejamos decidir nosso futuro.

Enquanto eu falo, May balança a cabeça e sorri para Baba, mas ela não está bonita como costuma ser. As lágrimas deixaram seu rosto inchado e manchado.

– Eu não quero que vocês fiquem sozinhas desse jeito – mamãe encontra coragem para sussurrar.

– Isso não vai acontecer mesmo – Baba afirma. – Não existe dinheiro algum; nem seu nem meu.

Mais uma vez, um silêncio atônito. Minha irmã e minha mãe deixam ao meu encargo perguntar.

– O que foi que você fez?

No seu desespero, Baba nos culpa por seus problemas.

– Sua mãe vive fazendo visitas e jogando com as amigas. Vocês duas só fazem gastar, gastar, gastar. Nenhuma de vocês enxerga o que está ocorrendo debaixo dos seus narizes.

Ele tem razão. Na noite passada mesmo, eu achei que a casa estava empobrecida. Imaginei o que tinha acontecido com o lustre, com as luminárias da parede, com o ventilador e...

– Onde estão nossos criados? Onde estão Pansy, Ah Fong e...

– Eu os demiti. Foram todos embora, exceto o jardineiro e o cozinheiro. É claro que ele não iria mandá-los embora. O jardim morreria rapidamente e os vizinhos saberiam que alguma coisa estava errada. E nós precisamos do cozinheiro. Mamãe só sabe supervisionar. May e eu não sabemos fazer nada. Nunca nos preocupamos com isso. Nunca acha-

mos que essa seria uma habilidade necessária. Mas o servente, o criado de Baba, as duas arrumadeiras e a ajudante do cozinheiro? Como Baba pode prejudicar tanta gente?
– Você perdeu o dinheiro no jogo? Ganhe de volta, pelo amor de Deus – eu disse com desprezo. – Você sempre consegue.
Meu pai pode ter uma reputação pública de homem importante, mas eu sempre soube que é ineficiente e inofensivo. O modo como olha para mim agora... Eu o vejo nu até a alma.
– De quanto é o prejuízo? – Eu estou zangada. Como não estaria?
No entanto, sinto uma certa pena do meu pai e, mais importante, da minha mãe. O que vai acontecer com eles? O que vai acontecer com todos nós?
Ele abaixa a cabeça.
– A casa. A empresa de riquixá. Seus investimentos. As poucas economias que eu tinha. Tudo se foi. – Passado um tempo, ele olha para mim, seus olhos implorando, cheios de tristeza e desespero.
– Não há finais felizes – mamãe diz. É como se todas as suas trágicas previsões tivessem finalmente se concretizado. – Não se pode lutar contra o destino.
Baba ignora mamãe e apela para o meu senso de dever filial e para minha obrigação como irmã mais velha.
– Você quer ver sua mãe mendigando nas ruas? E quanto a vocês duas? Como lindas garotas, vocês já estão muito perto de se tornarem garotas com três buracos. A única questão que permanece é: vocês vão ser sustentadas por um homem ou vão cair tão baixo quanto as prostitutas que percorrem Blood Alley atrás de marinheiros estrangeiros? Que futuro vocês querem?
Eu sou educada, mas que habilidades possuo? Ensino inglês para um capitão japonês três vezes por semana. May e eu posamos para artistas, mas o que ganhamos não cobre o custo de nossos vestidos, chapéus, luvas e sapatos. Eu não quero que nenhuma de nós se torne uma mendiga. E certamente não quero que May e eu nos tornemos prostitutas. Não importa o que aconteça, preciso proteger minha irmã.
– Quem são esses noivos? – pergunto. – Podemos conhecê-los primeiro?
May arregala os olhos.
– É contra a tradição – Baba diz.

— Eu não vou me casar com alguém sem conhecê-lo antes — insisto.

— Você não pode achar que eu vou fazer isso. — May fala com uma voz que revela que ela já cedeu.

Nós podemos parecer modernas e agir de forma moderna, mas não podemos fugir do que somos: filhas chinesas obedientes.

— Eles são homens da Montanha Dourada — diz Baba. — Americanos. Vieram para a China para procurar noivas. Essa é uma coisa boa, na verdade. A família do pai deles vem do mesmo distrito que a nossa. Somos praticamente parentes. Vocês não têm que voltar para Los Angeles com seus maridos. Chineses americanos gostam de deixar suas esposas aqui na China para cuidarem de seus pais e antepassados, para que eles possam voltar para suas amantes louras *lo fan* na América. Considerem isso apenas como um acordo comercial que irá salvar nossa família. Mas se resolverem partir com seus maridos, terão uma bela casa, criados para limpar e lavar, babás para cuidarem dos seus filhos. Vocês irão morar em *Haolaiwu*, Hollywood. Eu sei que vocês adoram filmes. Você iria gostar disso, May. Iria mesmo. *Haolaiwu!* Imagine só!

— Mas nós não os conhecemos! — May grita para ele.

— Mas conhecemos o pai deles — Baba responde calmamente. — Vocês conhecem o Velho Louie.

May torce a boca de nojo. De fato, nós conhecemos o pai. Eu nunca gostei do uso antiquado de títulos de mamãe, mas, para mim e para May, o chinês estrangeiro, magro e de rosto severo, sempre foi o Velho Louie. Como disse Baba, ele mora em Los Angeles, mas vem todo ano a Xangai para supervisionar o negócio que mantém aqui. É dono de uma fábrica de móveis de rattan e de outra de artigos de porcelana baratos para exportação. Mas não me importa o quanto seja rico. Eu nunca gostei do modo como o Velho Louie olha para May e para mim, como um gato nos lambendo. Não por mim — posso lidar com isso —, mas May só tinha dezesseis anos da última vez que ele esteve aqui. Ele não devia ter olhado daquele jeito para ela na idade dele, bem mais de sessenta anos, com certeza, mas Baba não disse nada, só pediu a May para servir mais chá.

Então, eu entendi.

— Você perdeu tudo para o Velho Louie?

— Não exatamente...

— Então, para quem?

– Essas coisas são difíceis de dizer. – Baba batuca na mesa com a ponta dos dedos e desvia os olhos. – Eu perdi um pouco aqui, um pouco ali.
– Tenho certeza de que sim, já que perdeu o meu dinheiro e o de May também. Isso deve ter levado meses... Talvez até anos.
– Pérola. – Minha mãe tenta me impedir de falar mais coisas, mas a raiva toma conta de mim.
– Esta perda tem que ser muito grande. Algo que ameaçaria tudo isto. – Eu mostro a sala, a mobília, a casa, tudo o que meu pai construiu para nós. – Qual é exatamente a sua dívida e como você vai saldá-la?
May para de chorar. Minha mãe fica calada.
– Eu perdi para o Velho Louie – Baba admite finalmente. – Ele vai deixar que sua mãe e eu fiquemos na casa se May se casar com o filho mais moço e você com o mais velho. Teremos um teto e algo para comer até eu conseguir trabalho. Vocês, nossas filhas, são nosso único capital.
May cobre a boca com as costas da mão, se levanta e sai correndo da sala.
– Diga à sua irmã que eu vou marcar um encontro para esta tarde. E fiquem agradecidas por eu ter arranjado casamento para vocês com dois irmãos. Vocês sempre estarão juntas. Agora suba. Sua mãe e eu temos muito o que discutir.

Do lado de fora da janela, os vendedores de café da manhã foram substituídos por uma quantidade de vendedores ambulantes. Eles tentam atrair os fregueses com suas vozes melodiosas.

"Pu, pu, pu, raiz de cana para deixar os olhos brilhantes! Deem para o bebê e ele não terá mais brotoejas!"

"Hou, hou, hou, deixe-me barbear o seu rosto, cortar seu cabelo, aparar suas unhas!"

"A-hu-a, a-hu-a, venham vender seu lixo! Garrafas estrangeiras e vidro quebrado trocados por fósforos!"

Duas horas depois, eu entro na área da Pequena Tóquio em Hongkew para meu compromisso do meio-dia com meu aluno. Por que não cancelei? O mundo se desmorona e você cancela coisas, certo? Mas May e eu precisamos do dinheiro.

Numa névoa, eu subi de elevador até o apartamento do capitão Yamasaki. Ele fez parte da equipe olímpica japonesa de 1932, então gosta de reviver suas glórias em Los Angeles. Ele não é mau, mas é obcecado

por May. Ela cometeu o erro de sair com ele algumas vezes, então quase todas as aulas começam com perguntas sobre ela.
— Onde está sua irmã hoje? — pergunta em inglês, depois que revisamos seu dever de casa.
— Ela está doente — minto. — Está dormindo.
— Que pena. Todo dia eu pergunto quando ela vai sair comigo outra vez. Todo dia você diz que não sabe.
— Correção. Nós nos vemos três vezes por semana.
— Por favor, ajude-me a me casar com May. Vou dar uma lista de casamento para você...
Ele me entrega um pedaço de papel, que lista seus termos de casamento. Percebo que ele usou um dicionário japonês-inglês, mas isso é demais. E logo hoje. Eu olhei para o relógio. Ainda faltam cinquenta minutos. Dobro o papel e guardo na bolsa.
— Vou fazer as correções e devolver para você na próxima aula.
— Entregue a May!
— Vou entregar a ela, mas, por favor, saiba que ela é muito jovem para se casar. Mau pai não irá permitir. — Com que facilidade as mentiras saem de minha boca.
— Ele deveria permitir. Ele tem que permitir. Esta é uma época de amizade, cooperação e coprosperidade. As raças asiáticas deviam unir-se contra o Ocidente. Chineses e japoneses são irmãos.
Pouco provável. Nós chamamos os japoneses de bandidos anões e de macacos. Mas o capitão fica retornando ao tema e fez um bom trabalho ao dominar os slogans em inglês e chinês.
Ele me olha aborrecido.
— Você não vai entregar a ela, vai? — Como eu não respondo logo, ele franze a testa. — Eu não confio em garotas chinesas. Elas mentem sempre.
Ele já me disse isso antes, e eu não gostei de ouvir antes e não gosto de ouvir agora.
— Eu não minto para você — retruco, embora eu já tenha mentido várias vezes desde que iniciamos as aulas.
— Garotas chinesas nunca cumprem promessa. Elas mentem no coração.
— Promessas. Seus corações — corrijo. Eu preciso mudar de assunto. Hoje isso é fácil. — Você gostou de Los Angeles?
— Foi muito bom. Em breve eu vou voltar para a América.

– Para outra competição de natação?
– Não.
– Como estudante?
– Como um... – Ele volta a falar chinês e diz uma palavra que conhece muito bem na nossa língua. – Conquistador.
– É mesmo? Como?
– Nós vamos marchar sobre Washington – ele responde, voltando a falar inglês. – As garotas ianques vão lavar nossa roupa.
Ele ri. Eu rio. E assim vai.
Logo que o tempo termina, eu recebo meu parco pagamento e volto para casa. May está dormindo. Eu me deito ao lado dela, ponho a mão sobre o seu quadril e fecho os olhos. Quero dormir, mas minha mente me fustiga de imagens e emoções. Eu achava que era moderna. Achava que tinha escolha. Achava que não era nada parecida com minha mãe. Mas o vício de jogo do meu pai destruiu tudo isso. Eu vou ser vendida – negociada como tantas garotas antes de mim – para ajudar minha família. Eu me sinto tão encurralada e impotente que mal consigo respirar.

Tento dizer a mim mesma que as coisas não são tão ruins quanto parecem. Meu pai disse até que May e eu não seremos obrigadas a ir com esses estranhos para uma cidade do outro lado do mundo. Nós podemos assinar os papéis, nossos "maridos" irão partir e a vida vai continuar como antes, com uma grande diferença. Vamos ter que sair da casa do meu pai e ganhar nossa vida. Vou esperar meu marido deixar o país, alegar abandono e pedir divórcio. Então, Z.G. e eu iremos nos casar. (Vai ter que ser um casamento menor do que eu imaginava – talvez só uma festa num Café com nossos amigos artistas e algumas das outras modelos.) Eu vou conseguir um emprego de verdade durante o dia. May vai morar conosco até se casar. Nós vamos tomar conta uma da outra. Vamos construir nosso caminho.

Sentei-me na cama e esfreguei as têmporas. Eu sou estúpida em sonhar. Talvez tenha vivido tempo demais em Xangai.

Sacudo delicadamente o ombro da minha irmã.

– Acorda, May.

Ela abre os olhos, e, por um momento, eu vejo toda a delicadeza e a confiança que possui dentro de si desde que era criança. Então, seus olhos escurecem quando ela se lembra.

– Temos que nos vestir – digo. – Está quase na hora de conhecermos nossos maridos.

O que devemos usar? Os filhos de Louie são chineses, então talvez devamos usar *cheongsams* tradicionais. Eles também são americanos, então talvez seja melhor usarmos alguma coisa que mostre que também somos ocidentalizadas. Não é para *agradar* a eles, mas também não podemos arruinar o acordo. Usamos vestidos de seda com estampas florais. May e eu trocamos olhares, sacudimos os ombros pela inutilidade daquilo tudo e saímos de casa.

Fazemos sinal para um riquixá e dizemos ao rapaz para nos levar para o lugar que meu pai combinou: o portão do Jardim Yu Yuan no centro da Cidade Antiga. O motorista – com a cabeça calva cheia de cicatrizes de doença de pele – nos puxa no meio da multidão e do calor, cruzando o Soochow Creek na Garden Bridge e seguindo o Bund, passando por diplomatas, estudantes de uniformes engomados, prostitutas, cavalheiros e damas, e membros da notória Gangue Verde com seus casacos pretos. Ontem essa mistura parecia excitante. Hoje parece sórdida e opressiva.

O rio Whangpoo corre à nossa esquerda como uma serpente indolente, sua pele suja subindo, pulsando, se arrastando. Em Xangai, você não pode escapar do rio. É nele que vão dar todas as ruas da cidade que se dirigem para o leste. Neste grande rio, flutuam navios de guerra da Grã-Bretanha, França, Japão, Itália e Estados Unidos. Sampanas – cheias de cordas, roupas e redes penduradas – amontoam-se como insetos numa carcaça. Barcos de excrementos espremem-se para passar no meio de navios de carga e jangadas. Criados suados, nus até a cintura, enchem o cais, descarregando ópio e tabaco de navios mercantes, arroz e grãos de barcos a vela que desceram o rio, e molho de soja, cestas de frangos e grandes rolos de esteiras de barcas de fundo chato.

À nossa direita erguem-se imponentes edifícios de cinco e seis andares – palácios estrangeiros de riqueza, ambição e avareza. Passamos pelo Hotel Cathay com seu teto em forma de pirâmide, pela Alfândega com sua enorme torre do relógio e pelo banco de Hong Kong e Xangai com seus majestosos leões de bronze, que atraem transeuntes para esfregar suas patas para trazer sorte para homens e filhos para mulheres. Na fronteira da Concessão Francesa, pagamos o puxador de riquixá e continuamos a pé ao longo do que se torna o Quai de France. Após alguns quarteirões, nos afastamos do rio e entramos na Cidade Antiga.

Vir aqui é desagradável e pouco auspicioso, é como entrar no passado, que é precisamente o que Baba quer que façamos com esses casamentos. Ainda assim, May e eu viemos, obedientes como cachorros, estúpidas como búfalos. Cubro o nariz com um lenço perfumado com lavanda para bloquear o cheiro de morte, esgoto, óleo de cozinhar rançoso e carne crua para vender estragando no calor.

Normalmente ignoro as coisas feias da minha cidade, mas hoje meus olhos são atraídos para elas. Aqui há mendigos com olhos saltados e pernas queimadas e transformadas em cotos, pelos pais, para os tornarem ainda mais dignos de pena. Alguns têm feridas putrefatas e tumores enormes, aumentados com bombas de bicicleta. Atravessamos ruelas cheias de ataduras para contenção de pés, fraldas e calças rasgadas penduradas para secar. Na Cidade Antiga, as mulheres que lavam essas peças são preguiçosas demais para torcê-las. A água pinga como chuva sobre nós. Cada passo nos lembra de onde poderemos terminar se não concordarmos com estes casamentos.

Encontramos os filhos de Louie no portão do Jardim Yu Yuan. Tentamos falar inglês com eles, mas eles não parecem interessados em nos responder nessa língua. O pai deles é dos Quatro Distritos de Cantão, então, naturalmente, eles falam o dialeto sze yup, que May não fala, mas eu traduzo para ela. Como tantos de nós, eles adotaram nomes ocidentais. O mais velho aponta para si mesmo e diz: "Sam." Depois aponta para o irmão mais moço e declara em sze yup "O nome dele é Vernon, mas os pais o chamam de Vern".

Eu amo Z.G., então não importa o quanto este Sam Louie seja perfeito, eu não vou gostar dele. E o noivo de May, esse Vern, só tem catorze anos. Não saiu sequer da puberdade. Ainda é um menino. Baba deixou de mencionar isso.

Nós todos nos encaramos. Nenhum de nós parece gostar do que vê. Os olhos se dirigem para o céu, para o chão, para qualquer lugar. Ocorre-me que talvez eles também não queiram se casar conosco. Se esse for o caso, todos nós podemos considerar isso uma transação comercial. Vamos assinar os papéis e voltar às nossas vidas normais, sem corações partidos nem sentimentos feridos. Mas isso não quer dizer que não seja embaraçoso.

– Talvez possamos caminhar um pouco – sugiro.

Ninguém responde, mas, quando começo a andar, os outros me seguem, nossos sapatos tateando naquele labirinto de ruas cheias de po-

Destino

ças, pedras e buracos. Salgueiros balançam no ar quente, dando a ilusão de frescor. Pavilhões de madeira trabalhada e pintura dourada evocam o passado remoto. Tudo é feito para criar um sentimento de equilíbrio e unidade, mas o jardim ardeu sob o sol de julho a manhã inteira, e o ar da tarde está pesado e úmido.

O menino Vern corre para uma das pedreiras e sobe pelas pedras. May olha para mim, perguntando silenciosamente: *E agora?* Eu não tenho resposta e Sam não oferece nenhuma. Ela desce a ladeira até o pé da pedreira e começa a chamar baixinho o menino para fazê-lo descer. Acho que ele não entende o que ela está dizendo, porque fica lá no alto, parecendo um pirata no mar. Sam e eu continuamos a andar até chegarmos na Delicada Pedra de Jade.

– Eu já estive aqui antes – ele murmura em sze yup. – Você conhece a história de como a pedra veio parar aqui?

Eu não lhe conto que geralmente evito a Cidade Antiga. Em vez disso, tentando ser educada, eu digo:

– Vamos nos sentar para você me contar a história.

Encontramos um banco e ficamos olhando para a pedra, que parece igual às outras para mim.

– Durante a dinastia Sung do Norte, o imperador Hui Tsung tinha uma grande sede por curiosidades. Ele mandou enviados para as províncias do sul para procurar os melhores exemplares. Eles encontraram esta pedra e a puseram num navio. Mas a pedra nunca chegou no palácio. Uma tempestade, talvez um tufão, talvez a ira dos deuses do rio, afundou o navio no Whangpoo.

A voz de Sam é bem agradável – não muito alta nem mandona nem superior. Enquanto ele fala, eu fico olhando para os pés dele. Ele estica as pernas à sua frente com o peso sobre os calcanhares dos seus sapatos novos de couro. Eu tomo coragem e olho para o rosto dele. Ele é bem atraente. Atrevo-me até a dizer que é bonito. Ele é bastante magro. Seu rosto é comprido como um talo de arroz, o que parece exagerar a saliência dos ossos. Seu tom de pele é escuro demais para o meu gosto, mas isso é compreensível. Ele vem de Hollywood. Eu li que artistas de cinema gostam de tomar sol até suas peles ficarem morenas. O cabelo dele não é totalmente negro. Sob o sol, tem reflexos vermelhos. Aqui dizem que essa variação de cor acontece com os pobres porque eles não têm uma dieta apropriada. Talvez na América a comida seja tão abundante e

gordurosa que cause essa mudança. Ele está elegantemente vestido. Até eu reconheço que seu terno foi feito sob medida. E ele é sócio do pai nos negócios. Se eu não estivesse apaixonada por Z.G., então Sam me pareceria um bom partido.
– A família Pan tirou a pedra do rio e a trouxe para cá – Sam continua. – Você pode ver que ela tem todas as características de uma boa pedra. Parece porosa como uma esponja, tem uma forma bonita e faz você pensar em seus milhares de anos de história.
Ele fica calado outra vez. Ao longe, May rodeia a pedreira, com as mãos nos quadris, sua irritação se irradiando pelo jardim. Ela chama por mim uma última vez e depois olha em volta para me procurar. Ela levanta a mão, derrotada, e caminha em nossa direção.
Ao meu lado, Sam diz:
– Eu gosto de você. Você gosta de mim?
Concordar com a cabeça parece a melhor resposta.
– Ótimo. Vou dizer ao meu pai que seremos felizes juntos.

Assim que nos despedimos de Sam e Vern, eu chamo um riquixá. May sobe, mas eu não subo atrás dela.
– Você vai para casa – digo a ela. – Eu ainda tenho que fazer uma coisa. Encontro com você mais tarde.
– Mas eu preciso falar com você. – Ela segura com tanta força no encosto de braços do riquixá que suas juntas ficam brancas. – Aquele menino não me disse uma palavra.
– Você não fala sze yup.
– Não é só isso. Ele parece um garotinho. Ele *é* um garotinho.
– Isso não importa, May.
– Você pode dizer isso. Afinal, ficou com o bonitão.
Tento explicar que se trata apenas de um acordo comercial, mas ela se recusa a escutar. Ela bate com o pé, e o puxador tem dificuldade em manter o riquixá firme.
– Eu não quero me casar com ele! Se tiver que me casar, deixe-me ficar com Sam.
Eu suspiro, impaciente. Estas crises de ciúme e teimosia são a cara de May, mas são inofensivas como uma chuva de verão. Meus pais e eu sabemos que a melhor maneira de lidar com isso é concordar com ela até a crise passar.

– Vamos falar sobre isso mais tarde. Eu vejo você em casa. – Faço um sinal para o puxador, que levanta o riquixá e começa a correr descalço pela rua de pedras. Espero até eles dobrarem a esquina e então vou até o Velho Portão Ocidental onde tomo outro riquixá. Dou o endereço de Z.G. na Concessão Francesa.

Quando chegamos no prédio de Z.G., subo a escada correndo e bato à porta. Ele atende vestindo uma camiseta sem mangas e calças largas amarradas com uma gravata no lugar do cinto. Ele tem um cigarro pendurado nos lábios. Eu caio em seus braços. Ponho para fora todo o choro e a frustração que estava reprimindo. Conto tudo a ele: que minha família faliu, que May e eu vamos nos casar com chineses estrangeiros e que eu o amo.

Na ida para lá, pensei nas suas possíveis reações. Calculei que ele pudesse dizer algo do tipo "Eu não acredito em casamento, mas amo você e quero que venha morar aqui comigo". Achei que se mostraria corajoso: "Vamos nos casar. Tudo vai dar certo." Achei que perguntaria por May e a convidaria a morar conosco. "Eu gosto dela como uma irmã", ele diria. Eu cheguei a cogitar que ele pudesse ficar zangado, corresse para falar com Baba e desse nele a surra merecida. Por fim, Z.G. diz a única coisa que eu não esperava ouvir.

– Você deve se casar com o homem. Ele parece um bom partido, e você tem obrigações para com seu pai. Quando menina, obedeça ao seu pai; quando esposa, obedeça ao seu marido; quando viúva, obedeça ao seu filho. Nós todos sabemos que isso é verdadeiro.

– Eu não acredito em nada disso! E achei que você também não acreditasse. Esse tipo de pensamento é para a minha mãe, não para você! – Eu estou magoada, mas, além disso, estou zangada. – Como você pode me dizer uma coisa dessas? Nós nos amamos. Você não diz coisas como essa para a mulher que ama.

Ele não fala nada, mas sua expressão consegue mostrar o cansaço e a irritação por ter que lidar com uma pessoa tão infantil.

Como estou magoada, indignada e sou jovem demais para saber como agir, eu fujo. Desço a escada chorando, batendo com os pés e fazendo papel de boba na frente da senhoria de Z.G., agindo como uma garota tão mimada quanto minha irmã. Isso não faz sentido, mas muitas mulheres – e homens também – já fizeram a mesma coisa. Eu acho... eu não sei o que eu acho... Que ele vai descer correndo atrás de mim. Que vai me tomar nos braços como nos filmes. Que vai me buscar na casa dos meus pais esta noite e nós vamos fugir juntos. Na pior das hipóteses, eu vou me casar com Sam e depois ter um caso a vida inteira com a pessoa que eu amo, como muitas mulheres fazem hoje em dia em Xangai. Esse não é um final tão infeliz, é?

Quando conto à minha irmã o que houve com Z.G., seu rosto empalidece de compaixão.

– Eu não sabia que você se sentia assim em relação a ele. – A voz dela é tão suave e confortadora que eu mal escuto. Ela me abraça enquanto eu choro. Mesmo depois que paro de chorar, sinto um tremor de simpatia que vem de dentro dela. Não podíamos estar mais unidas. Não importa o que aconteça, nós sobreviveremos juntas.

Eu sonhei com meu casamento com Z.G. por tanto tempo, mas meu casamento com Sam não é nada do que eu tinha imaginado. Nem renda, nem véu de oito metros de comprimento, nem cascatas de flores para a cerimônia ocidental. Para o banquete chinês, May e eu não vestimos vestidos vermelhos bordados e enfeites de cabeça de fênix que balançam quando caminhamos. Não há uma grande reunião das famílias, não há fofocas nem piadas, não há crianças pequenas correndo, rindo e fazendo bagunça. Às duas da tarde, nós vamos ao cartório e encontramos com Sam, Vern e o pai deles. O Velho Louie é exatamente como eu me lembrava dele: magro e severo. Ele cruza as mãos atrás das costas e observa os dois casais assinarem os papéis: casados, 24 de julho de 1937. Às quatro, nós vamos para o Consulado Americano e preenchemos nossos formulários para vistos de imigrantes. May e eu ticamos os espaços atestando que nunca estivemos na prisão, num asilo ou num sanatório de doentes mentais, que não somos alcoólatras, anarquistas, mendigas, prostitutas, idiotas, imbecis, débeis mentais, epiléticas, tuberculosas, analfabetas nem sofremos de inferioridade psicopática (seja o que for isso). Assim que assinamos os formulários, o Velho Louie os guarda no bolso do paletó. Às seis, encontramos nossos pais num hotel mambembe que hospeda chineses e estrangeiros pobres, e então jantamos no salão de jantar: quatro recém-casados, meus pais e o Velho Louie. Baba tenta manter a conversa, mas o que temos a dizer? A orquestra toca, mas ninguém dança. Travessas vêm e vão, mas até o arroz parece me sufocar.

Destino 41

Baba manda que May e eu sirvamos o chá, como é costume para as noivas, mas o Velho Louie dispensa a cerimônia.

Finalmente, chega a hora de nos retirarmos para nossas respectivas câmaras nupciais. Meu pai cochicha no meu ouvido:
– Você sabe o que tem que fazer. Depois que estiver feito, tudo isso estará terminado.

Sam e eu vamos para o nosso quarto. Ele parece mais tenso do que eu. Senta-se na beira da cama, curvado para a frente olhando para as mãos. Se eu passei horas imaginando meu casamento com Z.G., então também passei horas visualizando nossa noite de núpcias e o quanto ia ser romântica. Agora eu penso na minha mãe e compreendo finalmente por que ela sempre falava tão mal da coisa entre homem e mulher. "Você simplesmente faz aquilo e depois não pensa mais a respeito", ela costumava dizer.

Eu não espero que Sam se aproxime de mim, me abrace ou me acalme com beijos no pescoço. Fico parada no meio do quarto, abro a presilha do pescoço, depois as presilhas sobre meu peito e a primeira presilha sob meu braço. Sam levanta os olhos e me vê desabotoar todos os trinta botões que descem de baixo do meu braço pelo meu lado direito. Deixo o vestido deslizar e fico ali parada, com frio mesmo naquela noite quente. Minha coragem me levou até ali, mas não sei o que fazer em seguida. Sam se levanta e eu mordo o lábio.

É tudo muito embaraçoso. Sam parece nervoso ao me tocar, mas nós dois fazemos o que é esperado de nós. Uma pontada de dor e está acabado. Sam se apoia nos cotovelos por um momento e olha para mim. Eu não olho para ele. Fico olhando para a trança que prende as cortinas. Eu estava tão ansiosa em acabar logo com aquilo que não fechei as cortinas. Será que isso faz de mim insolente ou desesperada?

Sam sai de cima de mim e se vira para o outro lado. Eu não me mexo. Não quero conversar, mas também não consigo dormir. Talvez esta única noite e esta única vez não tenham importância numa vida inteira com meu marido de verdade, quem quer que ele possa ser. Mas, e quanto a May?

Quando eu me levanto ainda está escuro, tomo um banho e me visto. Depois me sento numa cadeira ao lado da janela e fico vendo Sam dormir. Ele acorda assustado pouco antes do amanhecer. Olha em volta, aparentemente sem saber onde está. Ele me vê e vacila, e eu adivinho o que está sentindo: uma vergonha enorme de estar neste quarto e um certo pânico por estar nu, por eu estar sentada a poucos metros dele, por ele ter que sair da cama e se vestir. Como fiz na noite passada, eu desvio os olhos. Ele desliza para o outro lado da cama, sai de baixo dos lençóis e entra rapidamente no banheiro. A porta é fechada e eu ouço a água saindo da torneira.

Quando chegamos no salão do restaurante, Vern e May já estão sentados junto com o Velho Louie. A pele de May está cor de alabastro – branca com um tom esverdeado por baixo da superfície. O garoto esfrega a toalha da mesa com os punhos. Ele não ergue os olhos quando Sam e eu nos sentamos, e eu percebo que nunca ouvi a voz de Vernon.

– Eu já pedi – diz o Velho Louie. Ele se vira para o garçom. – Certifique-se de que chegue tudo ao mesmo tempo.

Nós bebemos nosso chá. Ninguém comenta a respeito da decoração do hotel nem sobre os passeios que estes chineses da América podem fazer hoje.

O Velho Louie estala os dedos. O garçom vem até a mesa. Meu sogro – só esse título já é difícil de imaginar – faz sinal para o garçom se inclinar e então cochicha no ouvido dele. O garçom endireita o corpo, comprime os lábios e sai da sala. Ele volta poucos minutos depois com duas camareiras, cada uma carregando uma trouxa de pano.

O Velho Louie faz sinal para uma das moças se aproximar e pega a trouxa das mãos dela. Enquanto passa as mãos pelo pano, eu percebo horrorizada que ele está com o lençol de forrar da cama de May ou da minha. Os hóspedes à nossa volta olham para nós com graus de interesse variados. A maioria dos estrangeiros não entende o que está acontecendo, embora um casal entenda e fique escandalizado. Mas os chineses na sala – de fregueses a empregados do hotel – parecem estar curiosos e se divertindo.

As mãos do Velho Louie param quando ele chega numa mancha de sangue.

– De que quarto veio isto? – pergunta à camareira.

– Do quarto trezentos e sete – a moça responde.

O Velho Louie olha para cada um dos filhos.

– Quem estava nesse quarto?

– Era o meu – responde Sam.

O lençol cai das mãos do pai dele. Ele faz sinal para o lençol de May e, mais uma vez, começa aquela apalpação nojenta. May entreabre os lábios. Ela respira baixinho pela boca. O lençol continua a se mover. As pessoas em volta olham. Por baixo da mesa, eu sinto uma mão no meu joelho. É a mão de Sam. Quando o Velho Louie chega ao fim do lençol sem achar uma mancha de sangue, May se inclina e vomita sobre a mesa.

Isso termina o café da manhã. Um carro é pedido e em poucos minutos May, Velho Louie e eu estamos a caminho da casa dos meus pais. Quando chegamos, não há conversa, não é servido chá, não há elogios, só recriminações. Passo o braço em volta da cintura de May quando o Velho Louie começa a falar com meu pai.

– Nós fizemos um acordo. – O tom é áspero e não dá espaço para discussão. – Uma de suas filhas falhou. – Ele levanta a mão para evitar que meu pai dê alguma desculpa. – Eu vou perdoar isso. A moça é jovem e o meu filho...

Eu fico aliviada – mais do que aliviada – pelo fato do Velho Louie ter suposto que minha irmã e Vern não tinham feito o que deviam ter feito na noite passada, em vez de achar que eles tinham feito e que ela não era virgem. O resultado dessa segunda possibilidade é horrível: ser examinada por um médico. Se estivesse tudo intato, nós não estaríamos pior do que estamos agora. Mas se não estivesse, minha irmã seria forçada a confessar, o casamento seria anulado com base no fato de que May já havia feito coisa de marido e mulher com outro, os problemas financeiros do meu pai voltariam talvez multiplicados, nossos futuros voltariam a ficar incertos, sem mencionar que a reputação de May estaria manchada para sempre – mesmo nestes tempos modernos – e as chances de ela se casar com alguém de uma boa família – como a de Tommy Hu, por exemplo – estariam arruinadas.

– Não se preocupe com nada disso – o velho diz ao meu pai, mas parece que está respondendo aos meus pensamentos. – O que importa é que eles estão casados. Como você sabe, meus filhos e eu temos negócios em Hong Kong. Vamos partir amanhã, mas eu estou preocupado. Que garantia eu tenho de que suas filhas irão se encontrar conosco? Nosso navio parte para San Francisco no dia dez de agosto. Daqui a dezessete dias apenas.

Eu sinto um frio na barriga. Baba tornou a mentir para nós! May sobe correndo as escadas, mas eu não vou atrás dela. Fico olhando para o meu

pai, esperando que diga alguma coisa, mas ele não diz nada. Ele torce as mãos, agindo de forma tão subserviente quanto um puxador de riquixá.
– Eu vou levar as roupas delas – o Velho Louie anuncia.
Ele não espera a resposta de Baba nem a minha. Quando começa a subir a escada, meu pai e eu vamos atrás dele. O Velho Louie abre todas as portas até achar o quarto em que May está chorando na cama. Quando ela nos vê, corre para dentro do banheiro e bate a porta. Nós a ouvimos vomitar outra vez. O velho abre o armário, agarra um punhado de vestidos e os atira em cima da cama.
– Você não pode levar esses vestidos – digo. – Precisamos deles para posar.
O velho me corrige:
– Vocês só vão precisar deles na sua nova casa. Maridos gostam de ver as esposas bonitas.
Ele é frio, mas assistemático; brutal, mas ignorante. Ou ele ignora os vestidos ocidentais ou os atira no chão, provavelmente porque não sabe o que está na moda em Xangai este ano. Ele não pega a estola de arminho porque é branca, a cor da morte, mas tira uma estola de raposa que May e eu compramos usada vários anos atrás.
– Experimente estes – ele ordena, entregando-me uma quantidade de chapéus que tirou da prateleira de cima do armário. Eu obedeço.
– Chega. Pode ficar com o verde e com esse aí de plumas. O resto vai comigo. – Ele olha zangado para o meu pai. – Vou mandar alguém mais tarde para empacotar essas coisas. Sugiro que nem você nem suas filhas toquem em nada. Está entendendo?
Meu pai concorda com um movimento de cabeça. O velho se vira para mim. Sem dizer nada, ele me olha dos pés à cabeça.
– Sua irmã está doente. Seja bondosa e trate dela – ele diz e, em seguida, sai.
Eu bato à porta do banheiro e chamo baixinho. May abre a porta e eu entro. Ela se deita no chão, com o rosto no ladrilho. Eu me sento ao lado dela.
– Você está bem?
– Acho que foi o caranguejo do jantar de ontem – ela responde. – Está fora de época e eu não devia ter comido.
Eu me encosto na parede e esfrego os olhos. Como duas moças tão bonitas podem ter decaído tanto, tão de repente? Eu deixo cair as

Destino 45

mãos e fico olhando para os ladrilhos amarelos, pretos e turquesa que cobrem a parede.

Mais tarde, empregados vêm empacotar nossas coisas em caixotes de madeira. Esses são colocados na traseira de um caminhão enquanto nossos vizinhos olham. No meio de tudo isso, Sam chega. Em vez de se dirigir ao meu pai, ele vem direto para mim.

– Vocês devem tomar o barco para nos encontrar em Hong Kong no dia dezessete de agosto – ele diz. – Meu pai reservou passagens para viajarmos juntos para San Francisco três dias depois. Estes são os seus papéis de imigração. Ele diz que tudo está em ordem e que não vamos ter problemas ao desembarcar, mas ele quer que vocês estudem o que tem no livro de instruções, só por precaução. – O que ele me entrega não é um livro, mas alguns papéis dobrados, costurados a mão. – Estas são as respostas que você tem que dar aos inspetores se tivermos algum problema para desembarcar do navio. – Ele faz uma pausa e franze a testa. Provavelmente pensou a mesma coisa que eu: Por que temos que ler o livro de instruções se está tudo em ordem? – Não se preocupe com nada – ele continua com uma voz confiante, como se eu precisasse do apoio do meu marido e fosse me sentir confortada pelo seu tom de voz. – Assim que passarmos pela imigração, vamos tomar outro barco para Los Angeles.

Eu olho para os papéis.

– Sinto muito por isso – ele acrescenta, e eu quase acredito nele.
– Sinto muito por tudo.

Quando ele se vira para ir embora, meu pai – lembrando-se de repente que deve ser um anfitrião educado – pergunta:

– Quer que eu chame um riquixá?

Sam olha para mim e responde:

– Não, não, acho que vou a pé.

Fico olhando até ele virar a esquina, então entro em casa e jogo os papéis que ele me deu no lixo. O Velho Louie, os filhos dele e o meu pai cometeram um erro terrível se pensam que isto vai adiante. Em breve os Louie estarão num navio que irá levá-los para milhares de milhas daqui. Eles não vão poder nos obrigar a fazer nada que não queiramos. Nós todos pagamos um preço pelo vício do meu pai. Ele perdeu seu negócio. Eu perdi minha virgindade. May e eu perdemos nossas roupas e talvez nosso ganha-pão em consequência disso. Nós fomos magoadas, mas não somos nem remotamente pobres ou desgraçadas pelos padrões de Xangai.

Uma cigarra numa árvore

Agora que esse episódio cansativo e perturbador está terminado, May e eu nos recolhemos ao nosso quarto, que dá para o leste. Isso geralmente deixa o quarto um pouco mais fresco no verão, mas ele está tão quente e úmido que nós não vestimos praticamente nada – só finas calcinhas de seda. Nós não choramos. Não guardamos as roupas que o Velho Louie jogou no chão nem arrumamos a bagunça que ele fez no nosso armário. Comemos a comida que o cozinheiro deixa numa bandeja do lado de fora da porta, mas, fora isso, nada mais fazemos. Estamos abaladas demais para falar no que aconteceu. Se as palavras saírem de nossas bocas, isso não significa que teremos que enfrentar o fato de como as nossas vidas mudaram e imaginar o que fazer em seguida quando, pelo menos de minha parte, a minha mente está num tal tumulto, confusão, desespero e raiva que sinto como se uma neblina cinzenta tivesse invadido o meu crânio? Nós nos deitamos em nossas camas e tentamos... eu nem sei que palavra usar. Nos recobrar?

Como irmãs, May e eu compartilhamos uma intimidade especial: May é a única pessoa que me atura em qualquer situação. Eu nunca penso se somos boas amigas ou não. Nós simplesmente somos. Durante este tempo de adversidade – como acontece com todas as irmãs –, nossos ciúmes mesquinhos e a dúvida sobre qual de nós duas é mais amada perdem a importância. Precisamos confiar uma na outra.

Pergunto a May uma vez só o que aconteceu com Vernon, e ela diz: "Eu não consegui." Então ela começa a chorar. Depois disso, eu não pergunto sobre sua noite de núpcias e ela não pergunta sobre a minha. Eu digo a mim mesma que não tem importância, que apenas fizemos uma coisa para salvar nossa família. Mas não importa quantas vezes eu diga a mim mesma que não foi importante, não adianta negar que eu perdi um momento precioso. Na realidade, meu coração está mais partido pelo que aconteceu com Z.G. do que por minha família ter perdido sua posição ou por eu ter sido obrigada a fazer coisa de marido e mulher com

um estranho. Eu quero de volta minha inocência, minha ingenuidade, minha alegria, meu riso.
— Lembra quando vimos *A ode à constância*? — pergunto, na esperança de que a lembrança possa fazer May se lembrar de quando ainda éramos jovens o bastante para acreditar que éramos invencíveis.
— Nós achamos que seríamos capazes de escrever uma ópera melhor — ela responde da cama.
— Como você era mais moça e menor, fazia o papel da bela garota. Você *sempre* era a princesa. Eu sempre tinha que ser professor, príncipe, imperador e bandido.
— Sim, mas veja desta forma: você fazia *quatro* papéis. Eu só fazia um.
Eu sorrio. Quantas vezes já tivemos essa mesma discussão sobre as produções que costumávamos encenar para mamãe e Baba no salão principal quando éramos pequenas? Nossos pais aplaudiam e riam. Eles comiam sementes de melancia e tomavam chá. Eles nos elogiavam, mas nunca se ofereceram para nos mandar para a escola de ópera ou para a academia de acrobacia, porque nós éramos horríveis, com nossas vozes esganiçadas, nossos movimentos desajeitados, e nossos cenários e figurinos improvisados. O que importava era que May e eu tínhamos passado horas inventando enredos e ensaiando em nosso quarto ou correndo para mamãe para pegar emprestado um xale para usar como véu ou implorando ao cozinheiro para fazer uma espada com papel de cola para eu lutar contra os fantasmas e demônios que estivessem causando problemas.

Lembro-me das noites de inverno em que fazia tanto frio que May vinha para a minha cama e nós nos abraçávamos para nos esquentar. Eu me lembro de como ela dormia: o polegar encostado no queixo, a ponta do indicador e do dedo médio equilibrada na ponta das sobrancelhas, logo acima do nariz, o dedo anular encostado de leve numa pálpebra e o mindinho flutuando delicadamente no ar. Eu lembro que de manhã ela estava enroscada nas minhas costas com o braço em volta de mim para me manter bem apertada. Eu me lembro exatamente de como era a mão dela — tão pequena, tão pálida, tão macia, e os dedos finos como cebolinhas.

Eu me lembro do primeiro verão que fui para a colônia de férias em Kuling. Mamãe e Baba tiveram que levar May para me visitar porque ela estava muito solitária. Eu devia ter dez anos e May apenas sete. Ninguém me disse que eles vinham, mas quando chegaram e May me viu, ela correu para mim, parando bem na minha frente para olhar para mim. As outras meninas ficaram implicando comigo. Por que eu dava importância àquele bebê? Eu era esperta o suficiente para não dizer a verdade para elas: eu também sentia saudades da minha irmã e sentia que faltava uma parte de mim quando estávamos separadas. Depois disso, Baba sempre nos mandou juntas para a colônia de férias.

May e eu rimos a respeito dessas coisas, e elas fazem com que nos sintamos melhor. Elas nos lembram da força que encontramos uma na outra, do modo como ajudamos uma à outra, das vezes em que éramos nós contra todos, da diversão que tivemos juntas. Se conseguimos rir, tudo vai ficar bem, não é?

– Lembra quando éramos pequenas e experimentamos os sapatos de mamãe? – May pergunta.

Nunca vou esquecer aquele dia. Mamãe tinha saído para fazer visitas. Nós tínhamos entrado no quarto dela e tirado do armário vários pares dos seus sapatos para pés contidos. Meus pés eram grandes demais para os sapatos, e eu os ia atirando no chão sem o menor cuidado enquanto tentava enfiar meus dedos num par atrás do outro. May tinha conseguido enfiar os dedos no sapato e tinha caminhado pelo quarto imitando o andar de lírio de mamãe. Nós rimos às gargalhadas, e então mamãe chegou. Ela ficou furiosa. May e eu sabíamos que tínhamos sido más, só que tivemos dificuldade em conter o riso enquanto mamãe cambaleava pelo quarto tentando nos agarrar para puxar nossas orelhas. Com nossos pés naturais e nossa cumplicidade, nós fugimos, corremos pelo corredor e fomos para o jardim, onde caímos no chão de tanto rir. Nossa travessura tinha se tornado um triunfo.

Nós sempre conseguimos enganar mamãe e fugir dela, mas o cozinheiro e os outros criados não tinham paciência com nossas travessuras e não hesitavam em nos castigar.

– Pérola, lembra quando o cozinheiro nos ensinou a fazer *chiaotzu*? – May está sentada de pernas cruzadas na cama em frente a mim, com o queixo apoiado nos punhos, os cotovelos equilibrados sobre os joelhos. – Ele achou que nós devíamos saber fazer alguma coisa. Ele disse: "Como vocês vão se casar se não sabem fazer bolinhos para os seus maridos?" Ele não imaginava o quanto éramos desajeitadas.

– Ele nos deu aventais para vestir, mas os aventais não adiantaram nada.

– Eles adiantaram sim, quando você começou a atirar farinha em mim! – May diz.

O que começou como uma aula terminou como uma brincadeira e finalmente se transformou numa guerra de farinha, e nós duas ficando realmente zangadas. O cozinheiro, que mora conosco desde que nos mudamos para Xangai, sabia a diferença entre duas irmãs trabalhando juntas, duas irmãs brincando e duas irmãs brigando, e ele não gostou do que viu.

– O cozinheiro ficou tão zangado que não nos deixou entrar na cozinha por vários meses – May continua.
– Eu vivia dizendo a ele que só estava tentando empoar o seu rosto.
– Nada de guloseimas nem de lanchinhos. Nada de pratos especiais.
– May ri ao se lembrar. – O cozinheiro sabia ser severo. Ele dizia que irmãs que brigam não vale a pena conhecer.

Mamãe e Baba batem à porta e pedem para sairmos do quarto, mas nós recusamos, dizemos que preferimos ficar mais um pouco. Talvez isso seja rude e infantil, mas May e eu sempre lidamos com os conflitos familiares desta maneira – nos fechando e construindo uma barricada entre nós e o que quer que nos incomode ou desagrade. Nós somos mais forte juntas, unidas, uma força que não pode ser discutida ou negociada, até que as pessoas cedam aos nossos desejos. Mas essa calamidade não é como querer visitar a irmã na colônia de férias ou proteger uma à outra de um genitor, criado ou professor zangado.

May sai da cama e traz de volta revistas para podermos olhar vestidos e ler as fofocas. Nós penteamos o cabelo uma da outra. Abrimos o armário e as gavetas e tentamos calcular quantos trajes novos podemos compor com o que ficou. O Velho Louie parece ter levado quase todas as roupas chinesas, deixando para trás uma quantidade de vestidos, blusas, saias e calças em estilo ocidental. Em Xangai, onde as aparências são quase tudo, vai ser importante para nós parecer elegantes e não desleixadas, na última moda e não fora de moda. Se nossas roupas parecerem velhas, não só os artistas deixarão de nos contratar como também os carros não irão parar para nós, os porteiros dos hotéis e clubes talvez não nos deixem entrar, e os atendentes nos teatros irão checar duas vezes nossas entradas. Isso afeta não apenas as mulheres, mas também os homens; eles, mesmo que pertençam à classe média, preferem dormir em aposentos cheios de pulgas para poder comprar um par de calças mais elegante, que colocam debaixo do travesseiro à noite para manter a prega bem feita para o dia seguinte.

Está parecendo que ficamos semanas trancadas no quarto? Não. Só dois dias. Porque éramos jovens, a cura foi fácil. Nós também estávamos curiosas. Ouvíamos ruídos do lado de fora que ignorávamos durante horas de cada vez. Tentávamos não prestar atenção nas marteladas que sacudiam a casa. Ouvíamos ruídos estranhos, mas fingíamos que vinham dos criados. Quando finalmente abrimos a porta, nossa casa está mudada. Baba vendeu quase todos os móveis para a loja de penhores. O jardineiro partiu, mas o cozinheiro ficou porque ele não tem para onde ir e precisa de um lugar para dormir e de comida para comer. Nossa casa foi dividida e paredes foram construídas para abrigar hóspedes: um policial, sua esposa e duas filhas se mudaram para os fundos da casa; um estudante mora no pavilhão do segundo andar; um sapateiro ficou com o espaço debaixo da escada; e duas bailarinas se mudaram para o sótão. Os aluguéis vão ajudar, mas não vão ser suficientes para sustentar a todos nós.

Nós achamos que nossas vidas iriam voltar ao normal e, de certo modo, isso aconteceu. Mamãe ainda dá ordens a todo mundo, inclusive aos nossos inquilinos, então não ficamos subitamente sobrecarregadas com tarefas como esvaziar penicos, fazer camas ou varrer a casa. Mesmo assim, estamos conscientes do quanto decaímos e da rapidez com que isso se deu. Em vez de leite de soja, bolos de gergelim e espetinhos de massa frita no café da manhã, o cozinheiro prepara *p'ao fan* – sobras de arroz nadando em água fervida com alguns vegetais em conserva por cima para dar sabor. A campanha de austeridade do cozinheiro também é visível no almoço e no jantar. Nós sempre fomos uma daquelas famílias que têm *wu hun pu ch'ih fan* – nenhuma refeição sem carne. Agora comemos uma dieta de trabalhador que consiste em broto de feijão, peixe salgado, repolho e vegetais em conserva acompanhados por montes de arroz.

Baba sai de casa todas as manhãs para procurar trabalho, mas é difícil conseguir ser contratado. Você precisa ter *kuang hsi*, boas relações. Precisa conhecer as pessoas certas – um parente ou alguém que você bajulou durante anos – para conseguir uma recomendação. Mais importante, você precisa dar um presente substancial – uma perna de porco, uma mobília de quarto ou o equivalente a dois meses de salário – para a pessoa que irá apresentá-lo e outro para a pessoa que irá contratá-lo, mesmo que seja só para fabricar caixas de fósforo ou redes de cabelo numa fábrica. Nós não temos dinheiro para isso agora, e as pessoas sabem disso. Em Xangai, a via flui como um rio sereno em direção aos ricos, aos afortunados. Para aqueles com má sorte, o cheiro do desespero é tão forte quanto um cadáver em decomposição.

Nossos amigos escritores nos levam a restaurantes russos e nos oferecem tigelas de borscht e vodca barata. Playboys – nossos conterrâneos que vêm de famílias ricas, estudam na América e vão de férias para Paris – nos levam ao Paramount, a maior boate da cidade, para diversão, gim e jazz. Nós nos reunimos em cafés escuros com Betsy e seus amigos americanos. Os rapazes são bonitos e inflexíveis, e nós os embebedamos. May desaparece durante horas de cada vez. Eu não pergunto aonde ela vai nem com quem. É melhor assim.

Não conseguimos deixar de sentir que estamos escorregando, caindo. May não para de posar para Z.G., mas eu não tenho coragem de voltar ao estúdio depois de ter feito aquela cena. Eles terminam o anúncio do cigarro My Dear com May fazendo os dois papéis, posando para Z.G. no seu lugar original e depois tomando minha posição atrás da cadeira. Ela me conta isso e me incentiva a posar para outro calendário que Z.G. foi contratado para fazer. Eu poso para outros artistas, mas a maioria deles quer apenas tirar uma foto rápida e trabalhar a partir dela. Eu ganho dinheiro, mas não muito. Agora, em vez de conseguir novos alunos, eu perco meu único aluno. Quando digo ao capitão Yamasaki que May não irá aceitar seu pedido de casamento, ele me demite. Mas isso é só uma desculpa. Por toda a cidade, os japoneses estão agindo estranhamente. Aqueles que moram na Pequena Tóquio fazem as malas e deixam seus apartamentos. Esposas, filhos e outros civis voltam para o Japão. Quando muitos de nossos vizinhos abandonam Hongkew, atravessam o rio Soochow e vão morar temporariamente na parte principal do Assentamento Internacional, eu atribuo isso à natureza supersticiosa dos meus conterrâneos, especialmente os pobres, que temem o conhecido e o desconhecido, o natural e o sobrenatural, os vivos e os mortos.

Para mim, parece que tudo mudou. A cidade que eu sempre amei não dá atenção a morte, desespero, desgraça ou pobreza. Onde antes eu via luzes e glamour, agora vejo tudo cinzento: telhas cinzentas, pedras cinzentas, o rio cinzento. Onde antes o Whangpoo parecia quase festivo com seus navios de guerra de diversas nações, cada um com sua bandeira colorida, agora o rio parece sufocado pela chegada de mais de uma dúzia de imponentes navios da marinha japonesa. Onde antes eu via largas avenidas e a luz do luar, agora vejo pilhas de lixo, ratos correndo a solta, e Huang do rosto marcado de varíola e seus bandidos da Gangue Verde maltratando devedores e prostitutas. Xangai, por mais imponente que seja, está construída sobre lodo. Nada fica onde deveria ficar. Caixões enterrados sem pesos de chumbo são levados pela lama. Bancos contratam homens para examinar suas fundações diariamente, para terem certeza de que o peso do ouro e da prata não fez o prédio tombar. May e eu deslizamos da Xangai segura e cosmopolita para um lugar que é tão instável quanto areia movediça.

O que May e eu ganhamos agora é nosso, mas é difícil economizar. Depois de dar dinheiro ao cozinheiro para comprar comida, não sobra quase nada. Eu não consigo dormir de preocupação. Se as coisas continuarem assim, logo nós vamos estar vivendo de sopa de osso. Se eu quiser guardar algum dinheiro, vou ter que voltar para Z.G.

– Eu já superei isso – digo a May. – Não sei o que vi em Z.G. Ele é magro demais e eu não gosto dos óculos dele. Acho que nunca vou me casar de verdade. É tão burguês. Todo mundo diz isso.

Nada do que estou dizendo é verdade, mas May, que eu penso que me conhece tão bem, responde:

– Estou contente por você estar se sentindo melhor. Estou mesmo. Você vai encontrar o verdadeiro amor. Eu sei que vai.

Mas eu já encontrei o verdadeiro amor. Por dentro, eu continuo sofrendo ao pensar em Z.G., mas escondo meus sentimentos. May e eu nos vestimos, depois pagamos alguns tostões para viajar num carrinho de mão de passageiros até o apartamento de Z.G. No caminho, enquanto o puxador do carrinho pega alguns passageiros e deposita outros, fico agoniada com a possibilidade de que, ao ver Z.G. em seus aposentos, onde acalentei tantos sonhos, eu morra de vergonha. Mas, quando chegamos, ele age como se nada tivesse acontecido.

– Pérola, estou quase terminando uma pipa nova. É um bando de papa-figos. Venha ver.

Aproximo-me dele, sem jeito por estar parada tão perto de Z.G. Ele fala sobre a pipa, que é linda. Os olhos de cada papa-figo foram feitos de modo que eles girem com o vento. Em cada segmento do corpo, Z.G. prendeu asas que irão bater com a brisa. Nas pontas, há pequenas plumas que irão sacudir no ar.

– É linda – digo.

– Nós três iremos empiná-la assim que estiver pronta – Z.G. anuncia.

Não é um convite, mas uma afirmação. Eu penso, se ele não liga por eu ter feito papel de boba, então eu também não devo ligar. Tenho que ser forte para suportar meu sofrimento.

– Eu adoraria fazer isso – digo. – May e eu adoraríamos.
Eles sorriem um para o outro, claramente aliviados.
– Ótimo – Z. G. diz, esfregando as mãos. – Agora vamos trabalhar.
May vai para trás de um biombo e veste short vermelho e top amarelo amarrado atrás do pescoço. Z.G. cobre o cabelo dela com um lenço que amarra sob seu queixo. Eu visto um maiô vermelho estampado de borboletas. Ele tem um saiote e um cinto apertado na cintura. Z.G. prende um laço vermelho e branco no meu cabelo. May sobe numa bicicleta, um pé no pedal, o outro pousado no chão. Ponho uma das mãos sobre a dela no guidão. Minha outra mão mantém firme a bicicleta, segurando na parte de trás do selim. May olha para mim por cima do ombro e eu olho para ela. Quando Z.G. diz "Está perfeito. Não se mexam", eu não fico tentada a olhar para ele. Fico olhando firme para May, sorrio e finjo que nada poderia deixar-me mais feliz do que empurrar a bicicleta da minha irmã por uma colina verdejante dando para o oceano, para promover o spray contra moscas e mosquitos Terra.

Z.G. reconhece que é difícil segurar aquela pose, então, passado um tempinho, ele nos deixa descansar. Ele trabalha no cenário por um tempo, pintando um barco a vela sobre as ondas, depois pergunta:

– May, podemos mostrar a Pérola o trabalho que estávamos fazendo?

Enquanto May vai se trocar atrás do biombo, Z.G. guarda a bicicleta, enrola o pano de fundo e depois puxa uma espreguiçadeira até o meio da sala. May volta, usando um roupão leve, que tira ao chegar na cadeira. Eu não sei o que é mais surpreendente – o fato de ela estar nua ou de estar inteiramente à vontade. Ela se deita de lado, apoiada no cotovelo, com a cabeça pousada na mão. Z.G. joga uma seda diáfana sobre seus quadris e tão de leve sobre seus seios que eu posso ver seus mamilos. Ele desaparece por um minuto e volta com algumas peônias cor-de-rosa. Ele corta os talos e arruma as flores cuidadosamente ao redor de May. Depois revela o quadro, que estava escondido sob um pano no cavalete.

Está quase terminado e é uma beleza. A textura macia das pétalas das peônias é igual à da pele de May. Ele usou a técnica de esfregar e pintar, passando pó de carvão sobre a imagem de May e depois aplicando aquarela para dar um tom rosado ao seu rosto, seus braços e coxas. Na pintura, ela parece ter saído de um banho quente. Nossa nova dieta com mais arroz e menos carne e sua palidez resultante dos eventos dos últimos dias dão a ela um ar lânguido e preguiçoso. Z.G. já pintou os olhos com tinta preta, e eles parecem seguir o observador, chamando, enfeitiçando e respondendo. O que May está vendendo? Loção Watson para brotoeja, creme Jazz para os cabelos, cigarros Dois Bebês? Eu não sei, mas, ao olhar para minha irmã e para a pintura, eu vejo que Z.G. conseguiu o efeito de *hua chin i tsai* – uma pintura com emoções prolongadas – que só os grandes mestres do passado realizavam em seus trabalhos.

Mas eu estou chocada, profundamente chocada. Posso ter feito coisa de marido/mulher com Sam, mas isso me parece muito mais íntimo. Mais uma vez, isso mostra o quanto May e eu decaímos. Suponho que isso seja uma parte inevitável da nossa jornada. Quando posamos para artistas pela primeira vez, fomos encorajadas a cruzar as pernas e a segurar ramos de flores no colo. Esta pose era uma lembrança das cortesãs dos tempos feudais cujos buquês estavam entre as pernas. Mais tarde, nos pediram para cruzar as mãos atrás da cabeça e expor nossas axilas, uma pose usada desde o início da fotografia para capturar a sedução e a sensualidade das Famosas Flores de Xangai. Um artista nos pintou caçando borboletas na sombra dos salgueiros. Todo mundo sabe que borboletas são símbolos dos amantes, enquanto "sombra dos salgueiros" é um eufemismo para aquele lugar cabeludo entre as pernas das mulheres. Mas este novo pôster está muito longe do outro e mais longe ainda do que nos retrata dançando tango e que tanto aborreceu mamãe. Esta é uma bela pintura: May deve ter posado nua durante horas para Z.G.

Eu não estou apenas chocada. Também estou desapontada com May por ter permitido que Z.G. a convencesse a fazer isso. Estou zangada com ele por se aproveitar da vulnerabilidade dela. E estou deprimida por sermos obrigadas a aceitar isso. É assim que as mulheres acabam na rua vendendo seus corpos. Mas isso acontece com as mulheres em toda parte. Você tem um único lapso de consciência, imaginando até onde irá, o que irá aceitar e logo está no fundo do poço. Você se tornou uma garota de três buracos, a forma mais baixa de prostituição, vivendo num dos bordéis flutuantes no rio Soochow, tendo como fregueses chineses tão pobres que não se importam de pegar uma doença horrível em troca de alguns momentos fazendo coisa de marido/mulher.

Apesar de deprimida e enojada, eu volto à casa de Z.G. no dia seguinte e no outro. Nós precisamos do dinheiro. E em pouco tempo lá estou eu, praticamente nua. As pessoas dizem que você tem que ser forte, esperta e sortuda para sobreviver a tempos difíceis, guerra, catástrofes naturais ou tortura física. Mas eu digo que abuso emocional – ansiedade, medo, culpa e degradação – é muito pior e muito mais difícil de sobreviver. Esta é a primeira vez que May e eu experimentamos algo semelhante, e isso consome nossa energia. Enquanto eu não consigo dormir, May se refugia no sono. Ela cochila na cama até meio-dia. Ela tira sonecas. Alguns dias na casa de Z.G., ela chega a cochilar enquanto ele pinta. Ele a deixa sair da pose para dormir no sofá. Enquanto ele me pinta, eu olho para May, os dedos quase cobrindo o rosto, que fica pensativo até enquanto ela dorme.

Nós somos como lagostas fervendo lentamente numa panela cheia d'água. Nós posamos para Z.G., vamos a festas e bebemos refrescos de absinto. Vamos a clubes com Betsy e deixamos os outros pagarem para nós. Vamos ao cinema. Vemos vitrines. Simplesmente não entendemos o que está acontecendo conosco.

A data de partirmos para Hong Kong para nos encontrarmos com nossos maridos está se aproximando. May e eu não temos nenhuma intenção de embarcar naquele navio. Não poderíamos nem se quiséssemos, porque eu joguei fora as passagens, mas nossos pais não sabem disso. May e eu fingimos estar fazendo as malas para não levantar suspeitas. Ouvimos os conselhos de viagem de mamãe e Baba. Na noite anterior à partida, eles nos levam para jantar e nos dizem o quanto irão sentir saudades de nós. May e eu acordamos cedo na manhã seguinte, nos vestimos e saímos de casa antes que os outros acordassem. Quando voltamos à noite – bem depois do navio ter partido –, mamãe chora de alegria por estarmos ali e Baba grita conosco por não termos cumprido nossa obrigação.

– Vocês não sabem o que fizeram – ele grita. – Vai haver problemas.

– Você se preocupa demais – May diz no seu tom mais ligeiro. – O Velho Louie e os filhos partiram de Xangai e dentro de alguns dias deixarão a China para sempre. Eles não podem fazer nada contra nós agora.

O rosto de Baba fica contorcido de raiva. Por um momento, eu acho que ele vai bater em May, mas então ele fecha os punhos, sai da sala e bate a porta. May olha para mim e sacode os ombros. Depois nós nos viramos para mamãe, que nos leva para a cozinha e manda o cozinheiro fazer chá e nos dar dois preciosos biscoitos ingleses amanteigados que ele escondeu numa lata.

Onze dias depois, está chovendo de manhã, portanto o calor e a umidade não estão tão ruins como habitualmente. Z.G. resolve se exibir e chama um táxi para nos levar ao Lunghua Pagoda nos arredores da cidade para soltar sua pipa. Aquele não é o mais bonito dos lugares. Lá existe uma pista de decolagem, um local de execução e um quartel de tropas chinesas. Nós caminhamos até Z.G. encontrar um lugar para soltar a pipa. Alguns soldados – usando tênis rasgados e desbotados, uniformes malfeitos com insígnias pregadas nos ombros – largam um cãozinho com que estavam brincando para nos ajudar.

Cada papa-figo tem um gancho e um barbante separado preso na linha principal. May pega o papa-figo principal e o ergue no ar. Com a ajuda dos soldados, eu acrescento um novo papa-figo e seu barbante à linha principal. Um papa-figo atrás do outro decola, até que um bando de doze papa-figos dança no céu. Eles parecem tão livres lá em cima. O cabelo de May voa no vento. Ela protege os olhos com as mãos para olhar para cima. A luz se reflete nos óculos de Z.G. e ele ri. Ele faz sinal para eu me aproximar e me entrega o controle das pipas. Os papa-figos são feitos de papel e pau-de-balsa, mas o vento está forte. Z.G. vem para trás de mim e põe as mãos sobre as minhas para firmar o controle. As coxas dele encostam nas minhas e as minhas costas em seu torso. Eu me deixo embriagar pela sensação de estar tão perto dele. Ele não pode ignorar o que eu sinto por ele. Mesmo ele estando ali para me segurar, o empuxo da pipa é tão forte que eu acho que vou ser erguida para voar junto com os papa-figos para além das nuvens.

Mamãe costumava nos contar a história de uma cigarra pousada no alto de uma árvore. Ela canta e bebe o orvalho, sem se dar conta do louva-a-deus atrás dela. O inseto levanta as patas da frente para atacar a cigarra, mas ele não sabe que tem um papa-figo empoleirado atrás dele. O pássaro estica o pescoço para comer o louva-a-deus, mas não se dá conta do menino que chega no jardim com uma rede. Três criaturas – a cigarra, o louva-a-deus e o papa-figo –, todos queriam se dar bem sem saber do perigo maior e inexorável que estava chegando.

Naquela mesma tarde, são trocados os primeiros tiros entre soldados chineses e japoneses.

Flores de ameixa branca

Na manhã seguinte, 14 de agosto, nós acordamos tarde com o som de movimento, pessoas e animais do lado de fora de nossos muros. Abrimos as cortinas e vemos um bando de gente passando pela casa. Ficamos curiosas com isso? De jeito nenhum, porque nossas mentes estão voltadas para como extrair o máximo do único dólar que temos para gastar durante as compras que estamos planejando fazer. Isso não é uma coisa banal. Como lindas garotas, precisamos de roupas elegantes. May e eu fizemos o possível para misturar e combinar os trajes ocidentais que o Velho Louie deixou para trás, mas precisamos nos manter atualizadas. Não estamos pensando na moda de outono, porque os artistas com que trabalhamos já estão criando calendários e anúncios para a próxima primavera. Como os designers ocidentais irão desenhar os vestidos no novo ano? Um botão será acrescentado a um punho, a bainha será encurtada, o decote aumentado, a cintura ajustada? Nós resolvemos ir a Nanking Road para ver as vitrines e tentar imaginar quais serão as mudanças. Depois vamos dar uma passada no setor de aviamentos da loja de departamentos Wing On para comprar fitas, renda e outros aviamentos para modernizar nossas roupas.

May usa um vestido estampado de flores de ameixa branca com fundo azul pavão. Eu visto calças de linho branco e uma blusa de mangas curtas azul-marinho. Depois passamos a manhã examinando o que sobrou no nosso armário. É da natureza de May passar horas se arrumando, escolhendo a echarpe certa para amarrar no pescoço ou a bolsa ideal para combinar com os sapatos, então ela me diz o que devemos procurar e eu anoto no papel.

No final da tarde, colocamos nossos chapéus e pegamos nossos guarda-sóis para nos proteger do sol do verão. Agosto, como eu disse, é terrivelmente quente e úmido em Xangai, o céu branco e opressivo de calor e nuvens. O dia, no entanto, está quente, mas claro. Poderia estar até agradável se não fosse pelas milhares de pessoas que enchem as ruas. Elas carregam cestas, frangos, roupas, comida e tabuletas de antepassados. Avós e mães com pés contidos são sustentadas por filhos e maridos. Irmãos carregam varas atravessadas nos ombros ao estilo dos criados. Nas cestas penduradas nas pontas estão seus irmãos e irmãs menores. Carrinhos de mão transportam os idosos, doentes e deficientes. Aqueles que podem pagar contrataram empregados para carregar suas malas, baús e caixas, mas a maioria das pessoas é pobre e do campo. May e eu felizmente conseguimos um riquixá e nos afastamos deles.

– Quem são eles? – pergunta May.

Eu tenho que pensar, tamanho o meu desligamento de tudo o que se passa ao meu redor. Desencavo uma palavra que nunca disse alto antes.

– Eles são refugiados.

May franze a testa tentando entender.

Se eu dou a impressão de que esta súbita turbulência veio do nada, é porque foi assim para nós. May não presta muita atenção no mundo, mas eu sei algumas coisas. Em 1931, quando eu tinha quinze anos, os bandidos anões invadiram a Manchúria pelo norte e instalaram um governo fantoche. Quatro meses depois, no início do Ano-Novo, eles cruzaram o rio Soochow e entraram no distrito de Chapei, bem perto de Hongkew, onde nós moramos. A princípio, nós achamos que eram fogos de artifício. Baba me levou até o fim da North Szechuan Road e nós vimos o que estava acontecendo de verdade. Foi horrível ver as bombas explodindo e pior ainda ver os habitantes de Xangai bebendo, comendo sanduíches e rindo do espetáculo. Sem nenhuma ajuda dos estrangeiros, que ficaram ricos às custas da nossa cidade, o Décimo Nono Batalhão do Exército Chinês reagiu. O Japão só concordou com um cessar fogo onze semanas depois. Chapei foi reconstruída, e nós esquecemos o incidente.

Então, no mês passado, tiros foram disparados na ponte Marco Polo, na capital. A guerra oficial começou, mas ninguém achou que os bandidos anões viriam tão depressa até o sul. Deixe que eles tomem Hopei, Shantung, Shansi e um pedaço de Honan, foi o que pensaram. O povo de macacos precisa de tempo para digerir todo esse território. Só depois de estabelecer controle e dominar as revoltas é que eles pensariam em marchar para o sul e entrar no delta do Yangtze. O triste povo que iria viver sob domínio estrangeiro se tornaria *wang k'uo nu* – escravos da terra perdida. Nós não percebemos que a trilha de refugiados que

Destino 59

atravessa a Garden Bridge junto conosco se estende por dez milhas até o campo. Tem muita coisa que nós não sabemos.

Vemos o mundo como esse foi visto durante milênios pelos camponeses vivendo no campo. Eles sempre disseram que as montanhas são altas e que o imperador está muito longe, o que significava que as intrigas da corte e as ameaças imperiais não tinham impacto em suas vidas. Eles agiam como se pudessem fazer o que quisessem, sem medo de represálias nem consequências. Em Xangai, nós também achamos que o que acontece no resto da China nunca nos afetará. Afinal de contas, o resto do país é grande e atrasado, e nós vivemos num porto governado por estrangeiros, então, tecnicamente, nós nem fazemos parte da China. Além disso, nós acreditamos, acreditamos realmente, que, mesmo que os japoneses cheguem a Xangai, nosso exército irá expulsá-los como fez cinco anos atrás. Mas o generalíssimo Chiang Kai-shek tem uma visão diferente. Ele quer que a luta com os japoneses chegue ao delta, onde ele pode despertar o orgulho e a resistência nacional, e, ao mesmo tempo, consolidar sentimentos contra os comunistas que têm falado em guerra civil.

É claro que não sabemos de nada disso quando cruzamos a Garden Bridge e entramos no Assentamento Internacional. Os refugiados largam suas cargas, deitam nas calçadas, sentam-se nos degraus dos grandes bancos e se amontoam nos embarcadouros. Passantes se reúnem em grupos para ver nossos aviões tentando jogar bombas no navio-capitânia japonês, o *Idzumo*, e nos destróieres, caça-minas e cruzadores que o cercam. Homens de negócios estrangeiros e lojistas passam ao largo do que está a seus pés e ignoram o que está acontecendo no ar, como se aquilo acontecesse todos os dias. O clima é ao mesmo tempo desesperado, festivo e indiferente. O bombardeio parece mais um entretenimento, porque o Assentamento Internacional – sendo um porto britânico – não está sob ameaça dos japoneses.

Nosso puxador de riquixá para na esquina da Nanking Road. Nós pagamos o preço combinado e nos juntamos à multidão. Cada avião que passa no céu provoca gritos de incentivo e aplausos, mas, quando cada bomba erra o alvo e cai no Whangpoo sem causar nenhum dano, os aplausos se transformam em vaias. De alguma forma, tudo aquilo parece uma brincadeira engraçada e, por fim, uma brincadeira boba.

May e eu subimos a Nanking Road, evitando os refugiados e olhando para os moradores e nativos de Xangai para ver o que estão vestindo. Do lado de fora do Hotel Cathay, encontramos Tommy Hu. Ele está usando um terno branco e um chapéu de palha inclinado para trás na cabeça. Parece encantado ao ver May, e ela começa a flertar com ele. Não posso deixar de pensar se eles não combinaram aquele encontro. Atravesso a rua e deixo May e Tommy com as cabeças juntas e as mãos se tocando delicadamente. Estou bem em frente ao Hotel Palace quando ouço um *ratatatá* alto atrás de mim. Não sei o que é, mas me abaixo instintivamente. À minha volta, outros caem no chão ou correm para os vãos das portas. Olho para trás na direção do Bund e vejo um avião prateado voando baixo. É um dos nossos. Artilharia antiaérea sai de um dos navios japoneses. A princípio, parece que os bandidos anões erraram o alvo, e algumas pessoas dão vivas. Depois vemos fumaça saindo do nosso avião.

Atingido pela artilharia antiaérea, o avião se inclina na direção de Nanking Road. O piloto deve saber que vai cair, porque de repente ele solta as duas bombas presas na asa. Elas parecem levar um longo tempo para cair. Ouço um assobio e, então, sinto um abalo seguido de uma explosão quando a primeira bomba cai em frente ao Hotel Cathay. Meus olhos ficam brancos, meus ouvidos surdos e meus pulmões param de funcionar, como se a explosão tivesse deixado o meu corpo sem saber como funcionar. Um segundo depois, outra bomba atravessa o telhado do Hotel Palace e explode. Escombros – vidro, papel, pedaços de corpos – caem sobre mim.

Dizem que o pior de um bombardeio são os segundos de total paralisia e silêncio que se segue ao impacto inicial. É como se – e acho que esta é uma expressão usada em todas as culturas – o tempo tivesse parado. É assim comigo. Fico paralisada. Fumaça e pó me rodeiam. Depois eu escuto o barulho do vidro caindo das janelas do hotel. Alguém geme. Alguém grita. E então o pânico toma conta da rua quando outra bomba passa acima de nós. Um minuto ou dois depois, nós ouvimos e sentimos o impacto de mais duas bombas. Elas caem, eu fico sabendo depois, na interseção da avenida Eduardo VII e da rua Thibet, perto da pista de corrida, onde muitos refugiados estavam reunidos para receber arroz e chá de graça. Ao todo, as quatro bombas ferem, aleijam ou matam milhares de pessoas.

Penso imediatamente em May. Preciso encontrá-la. Tropeço sobre dois cadáveres. Suas roupas foram rasgadas, arrancadas, e estão sujas de sangue. Não sei se são refugiados ou se são moradores ou nativos de Xangai. Pernas e braços arrancados enchem a rua. Hóspedes e empregados do hotel saem correndo para a rua. A maioria está gritando, muitos estão sangrando. As pessoas correm por cima dos feridos e dos mortos. Junto-me à multidão em pânico, querendo voltar para onde deixei May e Tommy. Não consigo ver nada. Esfrego os olhos, tentando livrá-los da poeira e do terror. Encontro o que restou de Tommy. Seu chapéu desapareceu e sua cabeça também, mas eu reconheço o terno branco. May não está com ele, graças a Deus, mas onde ela está?

Eu me dirijo de volta para o Hotel Palace, achando que não a enxerguei na minha pressa. Nanking Road está coberta de mortos e moribundos. Alguns homens muito feridos cambaleiam no meio da rua. Diversos carros estão pegando fogo, enquanto outros tiveram os vidros estilhaçados. Dentro deles há mais mortos e feridos. Carros, riquixás, bondes, carrinhos de mão e as pessoas dentro deles foram perfuradas por pedaços de metal. Prédios, painéis e cercas estão cobertos de restos humanos. A calçada está escorregadia de sangue e carne humana. Cacos de vidro brilham na rua como diamantes. O fedor no calor de agosto queima meus olhos e fecha minha garganta.

– May! – grito e dou alguns passos. Continuo a gritar o nome dela, tentando ouvir a resposta no meio do pânico à minha volta. Paro para examinar cada corpo ferido ou morto. Com tantos mortos, como ela pode ter sobrevivido? Ela é tão delicada e fácil de machucar.

E então, no meio do sangue e dos restos humanos, eu vejo na multidão uma mancha azul com desenho de flor de ameixeira. Corro e encontro minha irmã. Ela está parcialmente coberta por reboco e outros destroços. Está inconsciente ou morta.

– May! May!

Ela não se move. O medo me aperta o peito. Ajoelho-me ao lado dela. Não vejo nenhum ferimento, mas seu vestido está empapado com o sangue de uma mulher ferida ao seu lado. Retiro os destroços do vestido de May e me inclino sobre ela. Sua pele está branca como cera.

– May – chamo baixinho. – Acorde. Vamos, May, acorde.

Ela se mexe. Eu torno a chamá-la. Ela abre os olhos, geme e torna a fechar os olhos.

Eu a encho de perguntas.

– Você está ferida? Sente dor? Pode se mexer?

Quando ela responde com uma pergunta, meu corpo inteiro relaxa de alívio.

— O que foi que aconteceu?

— Caiu uma bomba. Eu não conseguia encontrar você. Diga-me que está bem.

Ela mexe um ombro, depois o outro. Faz uma careta, mas não de dor.

— Ajude-me a ficar em pé — ela diz.

Ponho a mão atrás do pescoço dela e a empurro até ela sentar. Quando solto, minha mão está suja de sangue.

Ao redor, pessoas gemem de dor. Algumas pedem ajuda. Algumas soltavam os últimos estertores da morte. Outras gritam de horror ao ver um ente querido em pedaços. Mas eu já estive nesta rua muitas vezes, e existe um silêncio de fundo que é arrepiante, como se os mortos estivessem sugando o som para dentro do vazio e da escuridão.

Ponho os braços em volta de May e a ajudo a se levantar. Ela oscila e eu tenho medo de que volte a desmaiar. Com o braço em torno da cintura dela, nós damos alguns passos. Mas para onde vamos? As ambulâncias ainda não chegaram. Não conseguimos nem ouvir o barulho delas ao longe, mas de ruas próximas vêm pessoas — ilesas e, surpreendentemente, com roupas limpas. Elas correm de cadáver em cadáver, de ferido em ferido.

— Tommy? — May pergunta. Quando eu balanço a cabeça, ela diz:

— Leve-me até ele.

Eu não acho uma boa ideia, mas ela insiste. Quando chegamos no cadáver, os joelhos de May cedem. Nós nos sentamos no meio-fio. O cabelo de May está branco de pó de gesso. Ela parece um fantasma. Eu provavelmente também.

— Eu preciso ter certeza de que você não está ferida — digo, em parte para desviar a atenção de May do corpo de Tommy. — Deixe-me dar uma olhada.

May vira de costas para mim. O cabelo dela está colado de sangue coagulado, o que eu vejo como um bom sinal. Reparto cuidadosamente os cachos até encontrar um corte atrás da cabeça. Não sou médica, mas não me parece que ela vá precisar levar pontos. Ainda assim, ela perdeu os sentidos. Eu quero que alguém me diga que é seguro levá-la para casa. Esperamos um bom tempo, mas, mesmo depois que as ambulâncias chegam, ninguém vem nos ajudar. Tem muita gente exigindo atenção. Quando a poeira baixa, eu decido que é melhor irmos para casa, mas May não quer deixar Tommy.

– Nós o conhecemos a vida toda. O que mamãe diria se o deixássemos aqui? E a mãe dele... – Ela estremece, mas não chora. O choque é profundo demais para isso.

Quando os caminhões de mudança chegam para levar os mortos, sentimos a pancada das bombas caindo e ouvimos o barulho de metralhadoras ao longe. Nenhum de nós na rua tem qualquer ilusão sobre o que isso significa. Os bandidos anões estão atacando. Eles não vão bombardear o Assentamento Internacional ou uma das concessões estrangeiras, e sim Chapei, Hongkew, a Cidade Antiga e as outras regiões chinesas. As pessoas choram e gritam, mas May e eu controlamos o medo e ficamos com o corpo de Tommy até ele ser colocado numa maca e levado para um dos caminhões.

– Eu quero ir para casa agora – May diz quando o caminhão sai.

– Mamãe e Baba devem estar preocupados. E eu não quero estar na rua quando o generalíssimo puser mais aviões nossos no ar.

Ela tem razão. Nossa Força Aérea já se provou ineficaz, e nós não estaremos seguras na rua esta noite se os aviões tornarem a decolar. Então, vamos andando para casa. Estamos ambas sujas de sangue e pó de gesso. Os transeuntes se afastam de nós como se estivéssemos trazendo a morte a cada passo que damos. Eu sei que mamãe vai se descontrolar quando nos vir, mas estou louca para ver sua preocupação e suas lágrimas, seguidas pela raiva inevitável por termos corrido aquele perigo.

Nós entramos e vamos para o salão. As cortinas verdes franjadas de bolinhas de veludo foram fechadas. As bombas romperam os cabos de energia e a sala está iluminada pela luz suave de velas. Na loucura do dia, eu me esqueci dos nossos inquilinos, mas eles não se esqueceram de nós. O sapateiro está agachado ao lado do meu pai. O estudante está parado perto da cadeira de mamãe, tentando parecer calmo. As duas bailarinas estão encostadas na parede, torcendo nervosamente os dedos. A mulher e as duas filhas do policial estão sentadas na ponta das cadeiras.

Quando mamãe nos vê, ela cobre o rosto e começa a chorar. Baba atravessa a sala, abraça May e a leva quase carregada até a cadeira dele. As pessoas se amontoam em volta de nós, apalpando-a para ver se está bem – tocando seu rosto e examinando seus braços e pernas. Todo mundo fala ao mesmo tempo.

– Você está ferida?
– O que foi que aconteceu?
– Ouvimos dizer que foi um avião inimigo. Aqueles macacos são piores do que abortos de tartaruga!

Com toda a atenção voltada para May, a esposa e as filhas do policial se dirigem a mim. Eu vejo medo nos olhos da mulher. A filha mais velha puxa a minha blusa.

– Nosso Baba ainda não voltou para casa. – A voz dela mostra esperança e coragem. – Diga-nos que você o viu.

Eu sacudo a cabeça. A menina segura a mão da irmã mais moça e volta para a escada. A mãe fecha os olhos de medo e preocupação.

Agora que May e eu estamos a salvo, os eventos do dia me atingem com força. Minha irmã está bem e nós conseguimos chegar em casa. O medo e a excitação que me mantinham forte desaparecem. Eu me sinto vazia, fraca e tonta. Os outros devem ter notado, porque de repente eu sinto alguém me segurando e me levando para uma cadeira. Eu me atiro nas almofadas. Alguém encosta um copo nos meus lábios. Eu bebo goles de chá morno.

May, agora em pé, lista orgulhosamente o que considera que são minhas vitórias. Pérola não chorou. Ela não desistiu. Procurou por mim e me achou. Ela cuidou de mim. Ela me trouxe para casa. Ela...

Alguém ou alguma coisa bate à porta da frente. Baba cerra os punhos, como se soubesse o que está para acontecer. Nós não temos mais um empregado para atender a porta, mas ninguém se mexe. Estamos todos com medo. Serão refugiados pedindo ajuda? Os bandidos anões já entraram na cidade? A pilhagem começou? Ou algumas almas espertas já calcularam que podem enriquecer durante a guerra exigindo dinheiro para dar proteção? Nós vemos May se encaminhar para a porta – seus quadris balançando de leve – abrir a porta e dar vários passos para trás com as mãos estendidas diante do corpo como se estivesse se rendendo.

Os três homens que entram não estão usando uniforme militar, mas são imediatamente identificados como perigosos. Eles usam sapatos de couro de bico fino, para machucar mais com seus chutes. Suas camisas são de fino algodão preto, para esconder melhor as manchas de sangue. Usam chapéus de feltro bem enterrados na cabeça para esconder o rosto. Um deles segura uma pistola; outro tem um bastão. O terceiro carrega a ameaça no corpo, que é baixo, mas sólido. Eu morei quase toda vida em Xangai e sou capaz de identificar – e evitar – um membro da Gangue Verde na rua ou num clube, mas nunca esperei ver um, muito menos três, na nossa casa. Vou dizer o seguinte: você nunca viu uma sala esvaziar tão depressa. Nossos inquilinos – das filhas do policial ao estudante e às bailarinas – se espalham como folhas.

Os três valentões ignoram May e entram na sala. Por mais que esteja quente, eu estremeço.

– Sr. Chin? – o homem forte pergunta, parando na frente do meu pai.

Baba – e nunca vou esquecer isto – engole em seco, torna a engolir, como um peixe tentando respirar sobre uma placa de concreto quente.

– Está com alguma coisa presa na garganta ou o quê?

O tom de deboche do intruso me faz desviar os olhos do rosto do meu pai e eu vejo coisa pior. Sua calça fica escura porque a bexiga dele não aguenta. O homem forte, aparentemente o líder daquele pequeno grupo, cospe no chão, com nojo.

– Você não pagou a dívida que tem com Huang. Você não pode pegar dinheiro emprestado com ele durante vários anos para dar à sua família uma vida extravagante e não pagar. Não pode jogar nos estabelecimentos dele e não pagar suas dívidas.

A notícia não podia ser pior. O controle de Huang é tão grande que dizem que se um relógio for roubado em qualquer lugar da cidade, seus capangas irão devolvê-lo ao dono em vinte e quatro horas – por um preço, é claro. Ele é conhecido por entregar caixões para as pessoas que o desagradam. Geralmente, mata aqueles que o enganam de alguma forma. Nós temos sorte em receber uma visita da parte dele.

– Huang conseguiu um bom acordo para você reembolsá-lo – o gângster continua. – Foi complicado, mas ele foi condescendente. Você tinha uma dívida e ele estava tentando decidir o que fazer com você. – O bandido faz uma pausa e olha para meu pai. – Você vai explicar isto a elas – ele faz um gesto na nossa direção que, apesar de casual, parece ameaçador – ou quer que eu explique?

Nós esperamos que Baba diga alguma coisa. Como ele não fala nada, o bandido dirige sua atenção para nós.

– Há uma dívida considerável que precisa ser paga – ele explica. – Ao mesmo tempo, um comerciante da América nos procura querendo comprar riquixás para sua empresa e esposas para seus filhos. Então, Huang faz um acordo que possa beneficiar a todos.

Eu não sei quanto a mamãe e May, mas eu ainda tenho esperança de que Baba faça ou diga alguma coisa para fazer este homem horrível e seus capangas saírem de nossa casa. Baba não devia fazer isso – como homem, como pai, como marido?

O líder se inclina ameaçadoramente para Baba.

– Nosso chefe mandou que você atendesse as necessidades do sr. Louie dando a ele seus riquixás e suas filhas. Nenhum dinheiro seria pago a você, e você e sua mulher poderiam ficar na casa. O sr. Louie ia pagar sua dívida conosco em dólares americanos. Todo mundo ia ficar satisfeito e todo mundo ia ficar vivo.

Eu fico furiosa com meu pai por não ter nos contado a verdade, mas isso é insignificante diante do terror que sinto, porque agora não é só meu pai que não fez o que tinha que fazer. May e eu éramos parte do acordo. Nós também deixamos Huang zangado. O gângster não perde tempo com rodeios.

– Embora seja verdade que nosso chefe tenha tido um bom lucro, existe um problema – ele diz. – Suas filhas não embarcaram. Que tipo de mensagem será isso para outros que devem a Huang se ele deixar que você fique impune? – O bandido tira os olhos do meu pai e examina a sala. Ele faz um gesto primeiro na minha direção e depois na direção de May. – Essas são suas filhas, certo? – Ele não espera a resposta. – Elas deviam se encontrar com os maridos em Hong Kong. Por que isso não aconteceu, sr. Chin?

– Eu...

É uma coisa triste saber que seu pai é fraco, mas é terrível compreender que ele é patético.

Sem pensar, eu digo:

– A culpa não foi dele.

Os olhos cruéis do homem se viram para mim. Ele se aproxima da minha cadeira, se agacha diante de mim, põe as mãos nos meus joelhos e os aperta com força.

– Como assim, garota?

Prendo a respiração, petrificada.

May corre para o meu lado. Ela começa a falar. Cada declaração vem na forma de uma pergunta.

– Nós não sabíamos que nosso pai devia dinheiro para a Gangue Verde? Nós achamos que ele só devia dinheiro para um chinês da América? Nós achamos que o Velho Louie não era importante, que só estava aqui de visita?

– Boas filhas são um desperdício para um homem sem valor – o líder declara. Ele se levanta e vai até o meio da sala. Seus ajudantes se aproximam dele. Ele diz para Baba:

– Você só podia ficar nesta casa se mandasse suas filhas para a casa nova delas, então esta não é mais a sua casa. Você tem que sair. E tem que pagar sua dívida. Devo levar suas filhas comigo agora? Vamos encontrar bom uso para elas.

Como medo do que Baba vai dizer, eu me intrometo.

– Não é tarde demais para irmos para a América. Há outros navios.

– Huang não gosta de mentirosos. Vocês já foram desonestos, e você provavelmente está mentindo para mim agora.

– Nós prometemos que vamos cumprir nossa palavra – May murmura.

O líder estende a mão como se fosse uma serpente e agarra o cabelo de May, puxando-a para ele. Traz o rosto dela para bem perto do dele. Ele sorri e diz:

– Sua família está falida. Vocês deviam estar morando na rua. Por favor, vou perguntar outra vez, não seria melhor ir embora conosco agora? Nós gostamos de lindas garotas.

– Eu estou com as passagens delas – diz uma voz baixinho. – Vou tomar providências para elas partirem e para que o acordo que vocês fizeram com o meu marido seja cumprido.

A princípio, eu nem sei direito quem falou. Nenhum de nós sabe. Todos olhamos em volta até darmos com minha mãe, que não disse uma palavra desde que os homens entraram em nossa casa. Eu vejo nela uma força que nunca vi antes. Talvez isso aconteça com todas nós em relação às nossas mães. Elas parecem comuns até o dia em que se mostram extraordinárias.

– Eu estou com as passagens – ela repete. Ela tem que estar mentindo. Eu as joguei fora, junto com nossos papéis de imigração e o livro de instruções que Sam me deu.

– De que servem essas passagens agora? Suas filhas perderam o navio.

– Nós vamos trocá-las e as garotas irão se encontrar com seus maridos. – Mamãe torce um lenço nas mãos. – Eu vou cuidar disso. E depois

meu marido e eu sairemos desta casa. Pode dizer isso a Huang. Se ele não estiver de acordo, deixe que venha aqui conversar comigo, uma mulher...
O som de uma pistola sendo destravada interrompe as palavras da minha mãe. O líder levanta a mão, alertando os homens para ficarem preparados. O silêncio paira como uma mortalha sobre a sala. Do lado de fora, ambulâncias gritam e metralhadoras chocalham e tossem.

Então, ele diz:

– Madame Chin, a senhora sabe o que vai acontecer se descobrirmos que está mentindo para nós. Até amanhã – ele resmunga. Então ele ri grosseiramente ao perceber que sua exigência é quase impossível.

– Mas não vai ser fácil deixar a cidade. Se há uma coisa boa na desgraça de hoje, é que muitos demônios estrangeiros estarão indo embora. Eles vão ter prioridade nos navios.

Seus homens começam a se mover na nossa direção. Acabou. Nós agora vamos ser propriedade da Gangue Verde. May segura minha mão. Então, um milagre: o líder faz uma nova oferta.

– Eu vou dar três dias para vocês. Estejam a caminho da América neste prazo, mesmo que tenham que nadar. Nós voltaremos amanhã, e todo dia, para termos certeza de que vocês não vão esquecer de fazer o que se comprometeram a fazer.

Depois de estipular o prazo e deixar a ameaça no ar, os três homens vão embora, mas não sem antes derrubar alguns abajures e usar o bastão para quebrar alguns vasos e enfeites que ainda não foram levados para a loja de penhores.

Assim que eles saem, May cai no chão. Ninguém se mexe para ajudá-la.

– Você mentiu para nós – digo a Baba. – Você mentiu sobre o Velho Louie e o motivo dos nossos casamentos.

– Eu não queria que vocês se preocupassem com a Gangue Verde – ele admite.

Essa resposta me deixa furiosa e irritada.

– Você não queria que nós nos preocupássemos?

Ele se encolhe, mas então faz minha raiva desaparecer com uma pergunta:

– Que diferença isso faz agora?

Há um longo momento de silêncio enquanto reflitimos sobre isso. Eu não sei o que passa na cabeça de mamãe e de May, mas penso em muitas coisas que poderíamos ter feito de forma diferente se soubéssemos a verdade. Eu ainda acho que May e eu não teríamos embarcado no navio que nos levaria para junto de nossos maridos, mas teríamos feito *alguma coisa*: fugido, nos escondido na missão, implorado a Z.G. para nos ajudar...

— Eu tive que carregar este fardo por tempo demais. — Baba se vira para mamãe e pergunta, com uma voz de dar pena: — O que vamos fazer agora?

Mamãe olha para ele com desprezo.

— Vamos fazer o que pudermos para salvar nossas vidas — ela diz, prendendo o lenço na pulseira de jade.

— Você vai nos mandar para Los Angeles? — May pergunta com a voz trêmula.

— Ela não pode — digo. — Eu joguei fora as passagens.

— Eu as tirei do lixo — mamãe anuncia.

Eu me sento no chão ao lado de May. Não posso acreditar que mamãe esteja querendo nos despachar para a América para resolver os problemas dela e do meu pai. Mas não é isso que os pais chineses vêm fazendo há milhares de anos com suas filhas inúteis — abandonando-as, vendendo-as, usando-as?

Ao ver a expressão de mágoa e medo em nossos rostos, mamãe se apressa em dizer:

— Nós vamos trocar suas passagens para a América por passagens para Hong Kong para todos nós. Temos três dias para arranjar um navio. Hong Kong é uma colônia britânica, então não temos que nos preocupar com um ataque japonês. Se decidirmos que é seguro voltar para o continente, tomaremos o vapor ou o trem para Cantão. Depois iremos para Yin Bo, a aldeia do seu pai. — Sua pulseira de jade bate na mesa com um ruído decidido. — A Gangue Verde não nos encontrará lá.

As irmãs da lua

Na manhã seguinte, May e eu saímos para ir ao escritório da Dollar Steamship Line, na esperança de trocar nossas passagens – de Xangai para Hong Kong, de Hong Kong para San Francisco, e de San Francisco para Los Angeles – apenas por quatro passagens para Hong Kong. Nanking Road e a área em volta da pista de corrida permanecem fechadas para que os funcionários possam retirar os cadáveres e pedaços de corpos, mas esse é o menor dos problemas da cidade. Milhares e milhares de refugiados continuam a chegar, tentando se manter à frente do avanço japonês. Tantos bebês foram deixados nas ruas para morrer por pais desesperados que a Associação Assistencial Chinesa estabeleceu uma espécie de "patrulha bebê" para recolher os restos, empilhá-los em caminhões e levá-los para o campo para serem queimados.

Mas, além de toda essa gente que vem para a cidade, milhares de pessoas estão querendo sair. Muitos dos meus conterrâneos tomam trens de volta para suas aldeias no interior. Amigos que conhecemos nos cafés – escritores, artistas e intelectuais – fazem escolhas que determinam o resto de suas vidas: ir para Chungking, onde Chiang Kai-shek estabeleceu sua capital de tempo de guerra, ou para Yunnan para se juntar aos comunistas. As famílias mais ricas – estrangeiras e chinesas – partem em navios estrangeiros, que passam desafiadoramente na frente dos navios de guerra japoneses ancorados ao largo do Bund.

Esperamos durante horas numa longa fila. Às cinco horas, avançamos cerca de três metros. Voltamos para casa sem resolver nada. Eu estou exausta; May está nervosa e depauperada. Baba passou o dia visitando amigos, na esperança de conseguir dinheiro emprestado para nos ajudar a fugir, mas nestes tempos incertos quem pode se permitir ser generoso para com um homem fracassado? O trio de valentões não fica surpreso com nossa derrota, mas não gostam nada disso. Até eles parecem nervosos com o caos à nossa volta.

Aquela noite, a casa sacode com explosões em Chapei e Hongkew. Cinzas desses lugares se misturam com a fumaça de fogueiras e das grandes piras que os japoneses usam para queimar seus mortos.

De manhã, eu me levanto sem fazer barulho para não incomodar minha irmã. Ontem ela me acompanhou sem reclamar. Mas algumas vezes, quando achava que eu não estava olhando, eu a vi esfregando as têmporas. Na noite passada, tomou aspirina e logo vomitou. Ela deve estar com uma concussão. Espero que seja leve, mas como posso ter certeza? Pelo menos, depois de tudo o que aconteceu nos últimos dois dias, ela precisa dormir, porque hoje vai ser outro dia duro. O funeral de Tommy Hu é às dez horas.

Desço e encontro mamãe no salão. Ela faz sinal para eu me juntar a ela.

– Aqui tem um pouco de dinheiro. – Sua voz adquiriu um tom duro.

– Saia e traga alguns bolos de gergelim e tirinhas de massa. – Isto é mais do que temos comido no café da manhã desde a manhã em que nossas vidas mudaram. – Temos que comer bem. O funeral...

Eu pego o dinheiro e saio. Ouço o barulho dos canhões dos navios bombardeando nossa costa, o ruído incessante de metralhadoras e tiros de rifle, explosões em Chapei e batalhas acontecendo em distritos afastados. Cinzas das fogueiras funerárias da noite passada cobrem a cidade, portanto roupas que foram penduradas para secar terão que ser lavadas de novo, varandas varridas e carros lavados. O gosto amargo trava a minha garganta. Há muita gente na rua. A guerra pode estar acontecendo, mas todos nós temos coisas a fazer. Vou até a esquina, mas em vez de fazer as compras de mamãe, pego um carrinho de mão para me levar até o apartamento de Z.G. Eu posso ter agido de forma infantil antes, mas aquele era um momento derivado de anos de amizade. Ele tem que sentir algum afeto por May e por mim. Sem dúvida, ele vai nos ajudar a encontrar um meio de ajeitar nossas vidas.

Bato à porta. Como ninguém atende, eu desço e encontro a senhoria no pátio central.

– Ele foi embora – ela diz. – Mas que importa isso? Seus dias de linda garota terminaram. Você acha que vamos conseguir resistir aos macacos para sempre? Depois que eles estiverem no comando, ninguém vai precisar ou querer calendários de lindas garotas. – A histeria dela aumenta. – Mas aqueles macacos podem querer vocês para outra coisa. É isso que quer para você e sua irmã?

– Apenas me diga onde ele está – digo cansada.

– Ele partiu para se juntar aos comunistas – ela grita, cada sílaba saindo como uma bala de revólver.

– Ele não partiria sem se despedir – retruco, duvidando.

A velha ri.

– Como você é tola! Ele partiu sem pagar o aluguel. Deixou pincéis e tintas para trás. Saiu sem levar nada.

Mordo o lábio para não chorar. Tenho que pensar apenas na minha sobrevivência agora.

Ainda atenta ao meu dinheiro, pego um carrinho de mão para me levar para casa, espremendo-me junto com mais três passageiros. Enquanto sacudimos no caminho, faço uma lista mental de pessoas que poderiam ajudar. Os homens com quem dançamos? Betsy? Um dos outros artistas para os quais posamos? Mas todos têm seus próprios problemas.

Volto para uma casa vazia. Fiquei tanto tempo fora que perdi o funeral de Tommy.

May e mamãe voltam duas horas depois. Ambas estão vestidas de branco por causa do luto. Os olhos de May estão inchados como pêssegos maduros de tanto chorar, e mamãe parece velha e cansada, mas elas não perguntam onde eu estava nem por que não fui ao funeral. Baba não está com elas. Deve ter ficado no banquete do funeral junto com outros pais.

– Como foi? – pergunto.

May sacode os ombros, e eu não insisto. Encosta-se no batente da porta, cruza os braços e olha para o chão.

– Temos que voltar para as docas.

Eu não quero sair. Estou deprimida por causa de Z.G. Quero contar a May que ele partiu, mas o que vai adiantar? Eu me desespero com o que está acontecendo conosco. Eu quero ser salva. Se não puder, então quero voltar para a cama, me deitar debaixo das cobertas e chorar até não ter mais nenhuma lágrima. Mas eu sou a irmã mais velha de May. Tenho que ser corajosa. Tenho que ajudar a enfrentar os problemas. Respiro fundo e digo:

– Vamos. Estou pronta.

Nós voltamos a Dollar Steamship Line. A fila hoje está andando e, quando chegamos na frente, entendemos por quê. O funcionário é imprestável. Nós mostramos a ele nossas passagens, mas a exaustão prejudicou sua gramática e seu humor.

– O que vocês querem que eu faça com isso? – pergunta.
– Podemos trocar por quatro passagens para Hong Kong? – pergunto, certa de que ele vai ver que isso é vantajoso para a companhia.

Ele não responde. Em vez disso, faz sinal para as pessoas que estão atrás de nós.

– O próximo!

Eu não me mexo.

– Podemos pegar outro navio? – pergunto.

Ele bate na grade que nos separa.

– Sua estúpida! – Parece que todo mundo pensa a mesma coisa a meu respeito hoje. Então ele agarra a grade e sacode. – Não há mais passagens! Acabaram todas! Próximo! Próximo!

Percebo nele a mesma frustração e histeria que vi na senhoria de Z.G. May estende a mão e encosta os dedos nos dele. Tocar num homem – um estranho! – é considerado algo muito feio. Esse ato o deixa sem fala. Ou talvez ele tenha sido acalmado por aquela linda garota que fala com ele com uma voz doce.

– Eu sei que o senhor pode nos ajudar. – Ela inclina a cabeça de lado e deixa que um leve sorriso transforme seu rosto desesperado num rosto sereno. O efeito é imediato.

– Deixe-me ver suas passagens – o funcionário diz. Ele as examina atentamente e consulta um livro. – Sinto muito, mas estas passagens não irão ajudá-las a sair de Xangai – ele acrescenta finalmente. Ele puxa um bloco, preenche um formulário e então passa o formulário e as passagens de volta para May. – Se vocês conseguirem chegar a Hong Kong, vão até nosso escritório lá e entreguem isso a eles. Vocês vão poder trocar por novas passagens para San Francisco. – Após uma longa pausa, ele repete: – *Se* vocês conseguirem chegar a Hong Kong.

Nós agradecemos, mas ele não nos ajudou em nada. Nós não queremos ir para San Francisco. Queremos ir para o sul para fugir da Gangue Verde.

Sentindo-nos derrotadas, nós tomamos o caminho de casa. Nunca o barulho do trânsito, o cheiro de fumaça e o fedor de perfume pareceram tão opressivos. Nunca a cobiça por dinheiro, o comportamento criminoso e a dissolução do espírito pareceram tão tristes e fúteis.

Encontramos mamãe sentada nos degraus da frente, onde antes nossos criados faziam orgulhosamente suas refeições.

– Eles voltaram? – pergunto. Não preciso dizer quem. As únicas pessoas de quem temos realmente medo são os bandidos da Gangue Verde. Mamãe faz sinal que sim. May e eu digerimos a informação. O que mamãe diz em seguida me dá um arrepio de medo na espinha.

– E seu pai ainda não voltou.

Nós nos sentamos uma de cada lado de mamãe. Esperamos, olhando para os dois lados da rua, na esperança de ver Baba virar a esquina. Mas ele não volta para casa. Escurece e o bombardeio se intensifica. A noite brilha com incêndios em Chapei. Holofotes iluminam o céu. O que quer que aconteça, o Assentamento Internacional e a Concessão Francesa, sendo territórios estrangeiros, estarão a salvo.

– Ele disse se ia a algum lugar depois do funeral? – May pergunta, a voz fraca como a de uma menina.

Mamãe sacode a cabeça.

– Talvez esteja procurando um emprego. Talvez esteja jogando. Talvez esteja com uma mulher.

Outras opções me passam pela cabeça, e, quando olho para May por cima da cabeça de mamãe, vejo que também passam pela dela. Será que ele nos abandonou, deixando a esposa e as filhas para arcar com as consequências? Será que a Gangue Verde resolveu matar Baba antes do prazo, como um aviso para nós? Ou o fogo antiaéreo ou estilhaços de metal o atingiram?

Às duas da manhã, mamãe diz, dando um tapa nas coxas:

– É melhor dormirmos um pouco. Se seu pai não voltar para casa.
– Ela engasga. Respira fundo. – Se ele não voltar para casa, mesmo assim vamos continuar com o meu plano. A família do seu pai irá nos acolher. Nós agora pertencemos a eles.

– Mas como vamos chegar lá? Não conseguimos trocar as passagens.

O desespero toma conta do rosto de mamãe enquanto ela formula apressadamente outra ideia.

– Nós podíamos ir para Woosong. Fica a poucas milhas daqui. Eu poderia andar se fosse preciso. A Standard Oil tem um embarcadouro lá. Com os papéis de casamento de vocês, talvez eles nos deem espaço

numa de suas lanchas para alguma outra cidade. De lá, nós podemos ir para o sul.
– Acho que isso não vai funcionar – digo. – Por que uma companhia de petróleo iria querer nos ajudar?
Mamãe volta com outra proposta.
– Nós podíamos tentar achar um barco para nos levar pelo Yangtze.
– Mas e os macacos? – May diz. – Tem um monte deles no rio. Até os *lo fan* estão deixando o interior para vir para cá.
– Podemos ir para o norte, para Tientsin, e procurar lugar num navio. – Mamãe tenta de novo, mas desta vez levanta a mão para impedir que minha irmã e eu digamos alguma coisa. – Eu sei. Os macacos já estão lá. Nós podemos ir para o leste, mas quanto tempo vai levar para essas terras serem invadidas? – Ela faz uma pausa para pensar. É como se eu pudesse enxergar dentro do seu crânio e do seu cérebro enquanto ela antecipa os perigos das diferentes rotas de fuga de Xangai. Finalmente, ela se inclina para a frente e fala numa voz baixa, mas firme: – Vamos para sudoeste, para o Grande Canal. Quando chegarmos no Canal, vai ser possível conseguir um barco, um bote, qualquer coisa, e continuar até Hangchow. De lá, podemos alugar um barco de pesca para nos levar para Hong Kong ou Cantão. – Ela olha para cada uma de nós. – Vocês concordam?
Eu não sei o que dizer. Não faço ideia do que devemos fazer.
– Obrigada, mamãe – murmura May. – Obrigada por cuidar tão bem de nós.
Nós entramos. O luar entra pelas janelas. Só quando dizemos boa-noite é que a voz de mamãe falseia, mas então ela entra no quarto e fecha a porta.
No escuro, May olha para mim.
– O que vamos fazer?
Acho que a pergunta deveria ser: O que vai acontecer conosco? Mas eu não digo nada. Como *jie jie* de May, eu preciso esconder os meus medos.
Na manhã seguinte, nós embalamos rapidamente tudo o que consideramos prático e útil: utensílios sanitários, dois quilos de arroz por pessoa, panela e utensílios culinários, lençóis, vestidos e sapatos. No último minuto, mamãe me chama no quarto dela. De uma gaveta da penteadeira, ela tira alguns papéis, inclusive nosso livro de instruções e certidões de casamento. Na sua vaidade, tinha colocado junto nos-

sos álbuns de fotografias. Eles são pesados demais de carregar, então eu acho que mamãe vai levar algumas fotos de lembrança. Ela tira uma do papel preto. Atrás dela tem uma nota dobrada. Ela repete várias vezes o processo até juntar um pequeno maço de notas. Ela enfia o dinheiro no bolso, depois me pede para ajudá-la a afastar a penteadeira da parede. Há uma bolsa pendurada num prego que ela pega.

– Isto é tudo o que restou do meu dote – diz.
– Como você conseguiu manter essas coisas escondidas? – pergunto indignada. – Por que não se ofereceu para pagar a Gangue Verde?
– Não teria sido suficiente.
– Mas poderia ter ajudado.
– Minha mãe sempre disse "Guarde alguma coisa para si mesma" – mamãe explica. – Eu sabia que poderia precisar algum dia. Agora chegou o dia.

Ela sai do quarto. Eu fico mais um pouco, vendo as fotos: May quando bebê, nós duas vestidas para uma festa, o retrato de casamento de mamãe e Baba. Lembranças felizes, lembranças bobas, dançam diante dos meus olhos. Eles ficam embaçados e eu pisco para conter as lágrimas. Pego alguns retratos, coloco-os na minha bolsa e desço. Mamãe e May estão esperando por mim nos degraus da frente.

– Pérola, chame um condutor de carrinho de mão – diz mamãe.

Como ela é minha mãe e não temos outra opção, eu obedeço a ela, uma mulher de pés contidos que nunca planejou nada antes, exceto sua estratégia de mah-jongg.

Eu espero na esquina, atenta a um condutor de carrinho de mão que seja grande e forte. Condutores de carrinho de mão estão abaixo de puxadores de riquixá e pouca coisa acima de catadores de penico. Eles são considerados membros da classe dos coolie (peões) – tão pobres que farão qualquer coisa para ganhar dinheiro ou para receber algumas tigelas de arroz. Depois de várias tentativas, encontro um condutor, tão magro que a pele da sua barriga parece encostar na espinha, que aceita negociar.

– Quem iria tentar sair de Xangai agora? – pergunta sabiamente.
– Eu não quero ser morto pelos macacos.

Eu não digo a ele que a Gangue Verde está atrás de nós. Em vez disso, digo:
– Nós vamos para casa, na província de Kwangtung.

Destino 77

– Eu não vou empurrar até tão longe!
– É claro que não. Mas se pudesse nos levar até o Grande Canal...
Concordo em pagar o dobro da sua féria diária.
Nós voltamos para a casa. Ele coloca nossas malas no carrinho. Nós enfiamos os sacos com nossos vestidos atrás do carrinho para mamãe ter onde se encostar.
– Antes de irmos – diz mamãe –, eu quero dar isto a vocês. – Ela pendura uma bolsinha de pano no pescoço de May e outra no meu.
– Comprei num adivinho. Elas têm três moedas, três sementes de gergelim e três caroços de ervilha. Ele disse que isso irá protegê-las dos espíritos maus, da doença e das máquinas voadoras dos bandidos anões.
Minha mãe é tão suscetível, tão antiquada e fácil de enganar. Quanto ela pagou por essa bobagem – cinquenta moedas de cobre cada? Mais?
Ela sobe no carrinho e se ajeita para ficar mais confortável. Tem nas mãos nossos papéis – as passagens de navio, as certidões de casamento e o livro de instruções – embrulhados num pedaço de seda e amarrado com uma fita de seda. Então, nós contemplamos a casa pela última vez. Nem o cozinheiro nem nossos inquilinos saíram para dar adeus ou desejar boa sorte.
– Tem certeza de que devemos partir? – May pergunta, ansiosa. – E quanto a Baba? E se ele voltar? E se estiver ferido em algum lugar?
– Seu pai tem um coração de hiena e pulmões de víbora – mamãe diz. – Ele ficaria aqui por vocês? Iria procurar vocês? Se é assim, por que ele não está aqui?
Eu não acredito que mamãe tenha a intenção de ser tão insensível. Baba mentiu para nós e nos pôs numa situação horrível, mas ele ainda é marido dela e nosso pai. Mas mamãe tem razão. Se Baba estiver vivo, não deve estar pensando em nós. Também não podemos nos preocupar com ele se quisermos ter uma chance de sobreviver.
O condutor segura os cabos do carrinho, mamãe agarra os lados, e eles começam a se mover. Por ora, May e eu vamos andando, uma de cada lado. Temos um longo caminho a percorrer, e não queremos que o rapaz fique logo cansado. Como dizem, *não existe carga leve para quem tem que carregá-la por cem passos.*
Nós cruzamos a Garden Bridge. À nossa volta, homens e mulheres vestidos com roupas de algodão acolchoadas carregam tudo o que possuem: gaiolas de passarinho, bonecas, sacas de arroz, relógios, pôsteres

enrolados. Enquanto caminhamos ao longo do Bund, eu contemplo o Whangpoo. Navios estrangeiros brilham ao sol, com nuvens pretas de fumaça saindo de suas chaminés. O *Idzumo* e seus batedores estão na água – sólidos, cinzentos, e ainda sem avarias causadas por fogo chinês. Barcos a vela e sampanas flutuam nas ondas. Em toda parte, mesmo agora que a guerra chegou, trabalhadores andam de um lado para outro, carregando cargas pesadas.

Viramos à direita em Nanking Road, onde areia e desinfetante foram usados para limpar o sangue e o fedor da morte. Finalmente, Nanking Road vira Bubbling Well Road. A rua sombreada de árvores está movimentada e é difícil atravessá-la até a West Train Station, onde vemos vagões lotados de gente em quatro níveis: no chão, nos assentos, nos leitos e nos tetos. Nosso condutor continua andando. Com uma rapidez surpreendente, o concreto e o granito dão lugar a plantações de arroz e algodão. Mamãe pega um lanche para comermos, fazendo questão de dar ao condutor uma porção generosa. Paramos algumas vezes para aliviar a bexiga atrás de um arbusto ou árvore. Caminhamos enfrentando o calor do dia. Olho para trás de vez em quando e vejo fumaça subindo de Chapei e Hongkew, e imagino se os incêndios irão se apagar sozinhos.

Bolhas se formam em nossos calcanhares e dedos, mas não nos lembramos de trazer ataduras ou remédios. Quando as sombras ficam longas, o condutor – sem pedir nossa opinião – vira numa estradinha de terra que vai dar numa fazendinha de telhado de sapé. Um cavalo arreado mastiga feijões amarelos numa cesta, e galinhas ciscam o chão diante da porta aberta. Quando o condutor larga o carrinho e sacode os braços, uma mulher sai de dentro da casa.

– Eu tenho três mulheres aqui – nosso condutor diz no seu dialeto grosseiro. – Precisamos de comida e de um lugar para dormir.

A mulher não diz nada, mas faz sinal para entrarmos. Ela despeja água quente numa bacia e aponta para os meus pés e os de May. Nós tiramos os sapatos e enfiamos os pés na água. A mulher volta com uma jarra de cerâmica. Ela usa os dedos para passar uma pomada fedorenta, feita em casa, nas nossas bolhas. Depois se volta para mamãe. Ela ajuda minha mãe a se sentar num banquinho no canto da sala, despeja mais água quente na bacia e depois fica na frente dela, ocultando-a de nós. Mesmo assim, eu posso ver mamãe se inclinar e começar a tirar as ataduras dos pés. Eu desvio os olhos. O cuidado de mamãe com seus pés é a coisa mais íntima e particular que ela pode fazer. Eu nunca os vi nus, e não quero ver.

Depois que os pés da mamãe são lavados e enfaixados com ataduras limpas, a mulher começa a preparar o jantar. Nós lhe damos um pouco do nosso arroz, que ela despeja numa panela de água fervendo e mexe o arroz sem parar para preparar o *jook*.

Pela primeira vez, eu olho em volta. O lugar é imundo, e eu tenho medo de comer ou beber alguma coisa naquela sala. A mulher parece perceber isso. Ela coloca tigelas vazias e colheres de sopa na mesa, junto com uma panela de água quente. Ela faz um sinal para nós.

– O que ela quer? – May pergunta.

Mamãe e eu não sabemos, mas nosso condutor de carrinho pega a panela, despeja água nas tigelas, mergulha nossas colheres na água quente, mexe o líquido e depois joga a água no chão de terra batida, onde ela é absorvida. A mulher então serve o *jook*, no qual ela joga algumas folhas de cenoura fritas. Ela se afasta e volta logo depois com peixe seco, que joga na tigela de minha irmã. Depois ela fica parada atrás de May, massageando seus ombros.

Sinto uma pontada de irritação. Esta mulher – pobre, obviamente analfabeta, e uma completa estranha – deu ao condutor de carrinho a tigela maior de *jook*, proporcionou um pouco de privacidade a mamãe e agora se preocupa com minha irmã. O que há comigo que até estranhos sabem que não tenho nenhum valor?

Depois do jantar, nosso condutor sai para dormir ao lado do seu carrinho, enquanto nós nos deitamos em esteiras estendidas no chão. Estou exausta, mas mamãe parece ter um fogo queimando por dentro. A petulância que sempre pareceu fazer parte da sua personalidade desaparece quando fala sobre sua infância e a casa em que foi criada.

– No verão, quando eu era menina, minha mãe, minhas tias, minhas irmãs e todas as minhas primas costumavam dormir do lado de fora em esteiras como esta – mamãe recorda, falando baixo para não incomodar nossa anfitriã, que descansa numa plataforma elevada ao lado do fogão. – Vocês nunca conheceram minhas irmãs, mas nós éramos como vocês duas. – Ela ri com tristeza. – Nós amávamos umas às outras e discutíamos um bocado. Mas naquelas noites de verão quando estávamos sob o céu, nós não brigávamos. Ouvíamos as histórias que minha mãe contava.

Do lado de fora, as cigarras estão cantando. De muito longe vem o barulho das bombas caindo na nossa cidade. As explosões ecoam no chão e nos nossos corpos. Quando May choraminga, mamãe diz:
– Acho que vocês não estão velhas demais para ouvir uma delas agora...
– Ah, sim, mamãe, por favor – diz May. – Conte-nos aquela sobre as irmãs da lua.

Mamãe estende a mão e afaga May.
– Em tempos muito antigos – ela começa numa voz que me leva de volta à minha infância –, duas irmãs viviam na Lua. Elas eram garotas maravilhosas. – Eu espero, sabendo exatamente o que ela vai dizer em seguida. – Elas eram lindas como May, esbeltas como bambu, graciosas como ramos de salgueiro balançando na brisa, com rostos como as sementes ovais de um melão. E eram inteligentes e habilidosas como Pérola, bordavam seus sapatos de lírio com dez mil pontos. Toda noite as irmãs bordavam, usando suas setenta agulhas de bordado. A fama delas cresceu e logo as pessoas na terra passaram a se reunir para olhar para elas.

Eu sei de cor o destino que aguarda as duas lendárias irmãs, mas sinto que mamãe quer que ouçamos a história de um modo diferente esta noite.

– As duas irmãs conheciam as regras de conduta próprias das donzelas – ela continua. – Nenhum homem deveria vê-las. Nenhum homem deveria *olhar* para elas. A cada noite elas iam ficando mais e mais infelizes. A irmã mais velha teve uma ideia. "Vamos trocar de lugar com nosso irmão." A irmã mais moça não tinha tanta certeza, porque havia um pouquinho de vaidade nela, mas era seu dever seguir as instruções de sua *jie jie*. As irmãs vestiram seus mais lindos vestidos vermelhos bordados de dragões lançando jatos de fogo e foram visitar o irmão, que morava no sol. Elas pediram para trocar de lugar com ele.

May, que sempre gostou desta parte, passa a contar a história.
– "Mais pessoas andam na terra de dia do que à noite", o irmão ralhou com elas. "Vocês vão ter mais olhos em cima de vocês do que antes."

– As irmãs choraram, como você costumava fazer, May, quando queria conseguir alguma coisa com o seu pai – mamãe continua.

Aqui estou eu, deitada no chão de terra de um casebre, ouvindo minha mãe tentar nos consolar com histórias infantis, e meu coração se aflige com pensamentos sombrios. Como mamãe consegue falar sobre Baba com tanta naturalidade? Por pior que ele seja – fosse? – ela não devia estar sofrendo? E, pior, como ela pode escolher esta hora para me lembrar de que sou menos preciosa para ele? Mesmo quando eu chorava, Baba nunca se comovia com minhas lágrimas. Eu sacudo a cabeça, tentando afastar os pensamentos ruins que tenho sobre meu pai quando devia estar preocupada com ele, e dizendo a mim mesma que estou cansada e assustada demais para pensar direito. Mas dói, mesmo neste momento difícil, saber que não sou tão amada quanto minha irmã.

– O irmão adorava as irmãs e finalmente concordou em trocar de lugar com elas – mamãe conta. – As irmãs empacotaram suas agulhas de bordado e foram para seu novo lar. Lá na Terra, as pessoas olharam para cima e viram um homem na lua. "Onde estão as irmãs?", elas perguntaram. "Para onde elas foram?" Agora, quando alguém olha para o sol, as irmãs usam suas setenta agulhas de bordado para ferir aqueles que ousam olhar por tempo demais. Os que se recusam a desviar os olhos ficam cegos.

May solta o ar devagarinho. Eu a conheço muito bem. Ela logo estará dormindo. Da plataforma no canto, nossa anfitriã resmunga. Será que ela também não gostou da história? Eu sinto dor no corpo todo, e agora meu coração também dói. Eu fecho os olhos para evitar que as lágrimas escorram.

Voando no céu noturno

Na manhã seguinte, a mulher ferve água para lavarmos o rosto e as mãos. Ela prepara chá e nos dá outra tigela de *jook*. Passa mais remédio caseiro em nossos pés. Ela nos dá ataduras velhas, mas limpas, para usar. Depois, vai até lá fora conosco e ajuda minha mãe a se instalar no carrinho. Mamãe tenta pagá-la, mas ela não aceita, recusando-se até a olhar para nós de tão ofendida.

Nós caminhamos a manhã inteira. A neblina cobre os campos. O cheiro de arroz cozinhando em fogueiras feitas de palha vem das aldeias por onde passamos. O chapéu verde de May e o meu chapéu de plumas – ambos salvos da pilhagem do Velho Louie – foram cuidadosamente embalados, de modo que, com o correr do dia, nossa pele queima e escurece. De vez em quando, May e eu nos juntamos à mamãe no carrinho. Nosso condutor nunca reclama, nunca ameaça nos abandonar, nunca pede mais dinheiro. Estoicamente, continua simplesmente a por um pé na frente do outro.

No final da tarde, como no dia anterior, ele entra numa estradinha e nos leva a uma fazendinha que parece ainda mais pobre do que a última. A mulher está catando sementes com um bebê amarrado nas costas. Duas crianças de aparência doentia fazem outros trabalhos com extrema lentidão. O marido nos examina, calculando quanto deve cobrar. Quando vê os pés da minha mãe, ele abre um sorriso em sua boca desdentada. Nós pagamos mais do que devíamos por uma massa seca feita de milho moído.

Mamãe e May adormecem antes de mim. Eu fico olhando para o teto. Ouço um rato andando pelas paredes do cômodo, parando para roer isto e aquilo. A vida toda, fui privilegiada em relação a o que comia, o que vestia, onde dormia, como me movimentava de um lugar a outro. Agora eu penso como seria fácil para May, minha mãe, eu, gente como nós – privilegiada e bem cuidada – morrer aqui na estrada. Nós não sabemos o que significa sobreviver com quase nada. Nós não sabemos o que é preciso para sobreviver dia a dia. Mas a família que mora aqui e a mulher que nos recebeu ontem sabem. Quando não se tem muito, viver com menos não é tão ruim.

Na manhã seguinte, nós passamos por uma aldeia que foi totalmente queimada. Na estrada, nós vemos as pessoas que tentaram inutilmente escapar: homens mortos a tiros e golpes de baioneta, bebês abandonados e mulheres usando apenas túnicas, com a parte de baixo do corpo exposto e as pernas ensanguentadas abertas em ângulos esquisitos. Pouco depois do meio-dia, passamos por soldados chineses cozinhando sob o sol quente. Um deles está todo encolhido, quase como uma bola. Ele está com as costas da mão na boca como se tivesse morrido mordendo a mão de tanta dor.

Quanto já percorremos? Eu não sei. Talvez 25 quilômetros por dia? Quanto mais teremos que percorrer? Nenhum de nós sabe. Mas temos que continuar andando e torcer para não encontrar japoneses antes de chegar no Grande Canal.

Aquela noite, nosso condutor repete o comportamento de entrar numa estradinha de terra na direção de um casebre, só que desta vez não há ninguém lá, como se as pessoas tivessem simplesmente saído. Mas todos os pertences parecem estar lá, inclusive as galinhas e os patos. Nosso condutor vasculha as prateleiras até encontrar um pote de nabo em conserva. Nós assistimos – inúteis e impotentes – enquanto ele prepara o arroz. Como é que, depois de três dias, nós ainda não sabemos o nome dele? Ele é mais velho do que May e eu, mas é mais moço do que minha mãe. Ainda assim, nós o chamamos de Rapaz, e ele responde com o respeito que sua posição humilde requer. Depois de comermos, ele procura até encontrar incenso para afastar mosquitos, o qual acende. Depois sai para dormir ao lado do carrinho. Nós vamos para o outro cômodo, que tem uma cama feita de dois cavaletes e três tábuas de madeira. Há esteiras estendidas sobre as tábuas, e uma colcha estofada de algodão está caída no chão. Está quente demais para dormir sob a colcha, mas nós a estendemos sobre as esteiras para ter algo mais macio entre nossos ossos e a dureza das tábuas.

Aquela noite os japoneses vêm. Nós ouvimos o barulho de suas botas, suas vozes duras, guturais, e os gritos do condutor pedindo misericórdia. Quer de propósito ou não, o sofrimento e a morte dele nos dão tempo de nos esconder. Mas estamos num casebre de dois cômodos. Onde podemos nos esconder? Mamãe nos manda tirar as tábuas de cima dos cavaletes e encostá-las na parede.

– Escondam-se atrás – ela diz. May e eu nos entreolhamos. *O que Mamãe está pensando?* – Façam o que estou dizendo! – sussurra. – Agora! Depois que May e eu nos escondemos atrás das tábuas, mamãe enfia a mão lá dentro. Ela está segurando sua bolsa com o dinheiro do dote e nossos papéis embrulhados em seda.
– Segure isso.
– Mamãe...
– *Shhh!*
Ela agarra minha mão e me obriga a segurar a bolsa e o embrulho. Nós a ouvimos arrastar um dos cavaletes pelo chão. As tábuas são comprimidas sobre mim e minha irmã, obrigando-nos a virar a cabeça para o lado, de tão apertado que ficou o espaço. Mas é um esconderijo precário. Vai ser só uma questão de tempo até os soldados nos encontrarem.
– Fiquem aqui – ela murmura. – Não saiam de jeito nenhum, não importa o que escutarem. – Ela agarra o meu pulso e o sacode. Passa a falar em dialeto sze yup para May não entender. – Estou falando sério, Pérola. Não deixe sua irmã sair daí.
Nós ouvimos mamãe sair do quarto e fechar a porta. Ao meu lado, May respira ofegante. Cada expiração dela atinge meu rosto, quente e úmida. Meu coração bate disparado no peito.
Ouvimos a porta do outro cômodo ser aberta com um chute, o barulho de botas, vozes altas, e, em seguida, a voz de mamãe implorando. Num determinado momento, a porta do quarto é aberta. A luz de uma lanterna brilha dos lados do nosso esconderijo. Mamãe grita – um grito agudo –, a porta é fechada, e a luz desaparece.
– Mamãe – May geme.
– Você tem que ficar quieta – murmuro.
Nós ouvimos roncos e risos, mas nada de nossa mãe. Ela já está morta? Se estiver, eles virão aqui. Eu não tenho que fazer alguma coisa para dar à minha irmã uma chance? Largo as coisas que mamãe me deu e escorrego para a esquerda.
– Não!
– *Quieta!*
May segura meu braço com uma das mãos.
Eu solto o braço e, o mais silenciosamente possível, saio de trás das tábuas. Sem hesitação, vou até a porta, abro-a e entro na sala, fechando a porta atrás de mim.

Mamãe está no chão com um homem dentro dela. Fico espantada com a magreza de suas canelas, o resultado de quase uma vida inteira caminhando – ou melhor, não caminhando – sobre seus pés contidos. Mais uma dúzia de soldados de uniformes amarelos, sapatos de couro e carregando rifles pendurados no ombro, assistem, aguardando sua vez. Mamãe geme quando me vê.

– Você prometeu que ficaria onde estava. – A voz dela é fraca de dor e tristeza. – Era uma questão de honra para mim salvar vocês.

O bandido anão em cima de mamãe dá uma bofetada nela. Mãos fortes me agarram e me empurram de um lado para outro. Quem vai me pegar primeiro? O mais forte? O homem dentro de minha mãe de repente para o que está fazendo, levanta as calças e abre caminho no meio dos outros para me agarrar para si.

– Eu disse a eles que estava sozinha – mamãe murmura desesperada. Ela tenta se levantar, mas só consegue ficar de joelhos.

Na insanidade do momento, eu consigo, de alguma forma, me manter calma.

– Eles não entendem o que você diz – digo calmamente, sem me intimidar, com medo de pensar.

– Eu queria que você e May estivessem seguras – mamãe diz, chorando.

Alguém me empurra. Dois soldados voltam para junto de mamãe e batem nela na cabeça e nos ombros. Eles gritam conosco. Talvez não queiram que a gente fale, mas não tenho certeza. Eu não entendo a língua deles. Finalmente, um dos soldados tenta falar em inglês.

– O que a velha está dizendo? Quem mais vocês estão escondendo?

Vejo cobiça nos olhos dele. Há tantos soldados e só duas mulheres, uma das quais é mãe.

– Minha mãe está nervosa porque eu não fiquei escondida – respondo em inglês. – Eu sou sua única filha. – Eu não tenho que fingir que choro. Começo a soluçar, aterrorizada com o que vai acontecer em seguida.

Há certos momentos em que eu voo para longe, em que deixo o meu corpo, a sala, a terra, e voo no céu noturno procurando pessoas e lugares que amo. Eu penso em Z.G. Ele veria o que eu fiz como um ato supremo de piedade filial? Eu penso em Betsy. Penso até no meu aluno japonês. Será que o capitão Yamasaki está por perto, sabe que sou eu, torcendo para May ser descoberta? Ele está pensando no quanto a queria como esposa, mas que agora poderia tê-la como um troféu de guerra?

Minha mãe é surrada, mas nem seus gritos e seu sangue fazem os soldados parar. Eles desenrolam os pés dela, as ataduras voando pelo ar como fitas de acrobatas. Seus pés têm a cor de um cadáver gelado – um branco azulado com tonalidades de verde e roxo por baixo da carne esmagada. Os soldados puxam e torcem os seus pés. Depois, eles pisam neles para tentar fazê-los voltar à forma "normal". Os gritos dela não são como gritos de alguém que está tendo os pés contidos ou que está parindo um filho. São os gritos profundos e angustiados de um animal que sente uma agonia inenarrável.

Fecho os olhos e tento ignorar tudo o que eles estão fazendo, mas meus dentes coçam de vontade de morder o homem que está em cima de mim. Na minha mente, eu fico vendo os corpos das mulheres pelas quais passamos na estrada mais cedo, sem querer ver minhas pernas naqueles ângulos esquisitos. Sinto-me rasgar por dentro – não como na minha noite de núpcias –, mas algo muito pior, algo queimando, como se minhas entranhas estivessem sendo arrancadas. O ar está espesso e pegajoso com o cheiro sufocante do sangue, do incenso contra mosquito e dos pés expostos de mamãe.

Umas poucas vezes – quando os gritos de mamãe ficam mais desesperados –, eu abro os olhos e vejo o que eles estão fazendo com ela. *Mamãe, Mamãe, Mamãe*, eu quero chamar, mas não digo nada. Não vou dar àqueles macacos o prazer de ouvir o terror em minha voz. Eu estendo o braço e seguro a mão dela. Como posso descrever o olhar que trocamos? Somos mãe e filha sendo estupradas repetidamente, e, pelo que sabemos, até morrer. Vejo nos olhos dela o meu nascimento, as infinitas tragédias do amor materno, uma ausência total de esperança e, em seguida, no fundo daqueles olhos, uma ferocidade que nunca vi antes.

O tempo todo eu rezo silenciosamente para que May fique escondida, que não faça nenhum som, que não fique tentada a espiar pela porta, que não faça nada estúpido, porque a única coisa que não poderei suportar será vê-la nesta sala com estes... homens. Passado pouco tempo, eu não ouço mais a voz de mamãe. Eu não sei mais onde estou nem o que está acontecendo comigo. Só o que sinto é dor.

A porta da frente é aberta e eu ouço o ruído de mais botas pisando no chão de terra batida. A coisa toda é horrível, mas este é o pior momento, saber que ainda tem mais para vir. Mas eu me engano. Uma voz – zangada, autoritária e áspera como engrenagens rangendo – grita com os homens. Eles se levantam apressadamente. Endireitam as calças. Alisam os cabelos e limpam as bocas com as costas das mãos. Depois ficam em posição de sentido e fazem continência. Eu fico deitada o mais imóvel possível, para eles pensarem que estou morta. A nova voz grita ordens – ou serão reprimendas? Os outros soldados se agitam. A ponta fria de uma baioneta ou de um sabre pressiona o meu rosto. Eu não reajo. Uma bota me chuta. Mais uma vez, eu não reajo – *fique morta, fique morta, fique morta e talvez isso não recomece* –, mas meu corpo se enrosca como o de uma lagartixa ferida. Nenhum riso desta vez, só um terrível silêncio. Eu espero pelo golpe de baioneta.

Sinto uma lufada de ar fresco e então um pano sendo colocado sobre o meu corpo. O soldado zangado – diretamente acima de mim, eu percebo quando ele grita suas ordens e escuto o barulho das botas dos soldados saindo da casa – se inclina, ajeita o pano sobre os meus quadris e, então, sai.

Por um longo tempo, o silêncio toma conta da sala. Então eu ouço mamãe se mexer e gemer. Eu ainda estou com medo, mas sussurro:

– Fique quieta. Eles podem voltar.

Talvez eu só pense que sussurrei isso, porque mamãe não parece prestar atenção no meu aviso. Eu a ouço se arrastar mais para perto e, então, sinto os seus dedos no meu rosto. Mamãe, que eu sempre achei que fosse fisicamente fraca, me puxa para o seu colo. Ela se encosta na parede de barro do casebre.

– Seu pai lhe deu o nome de Pérola Dragão – mamãe diz, enquanto acaricia o meu cabelo – porque você nasceu no Ano do Dragão e o Dragão gosta de brincar com uma pérola. Mas eu gostei do nome por outra razão. Uma pérola cresce quando um grão de areia se aloja numa ostra. Eu era jovem, só tinha catorze anos, quando meu pai combinou meu casamento. Essa coisa de marido/mulher que nós temos que fazer era meu dever e eu fiz, mas o que seu pai pôs dentro de mim foi tão desagradável quanto areia. Mas veja o que aconteceu. Minha Pérola nasceu.

Ela cantarola por um tempo. Eu me sinto tonta. Meu corpo todo dói. Onde está May?

– Houve um tufão no dia em que você nasceu – mamãe continua subitamente, passando a falar sze yup, a língua da minha infância e a língua que guarda segredos de May. – Dizem que um Dragão nascido durante uma tempestade tem um destino particularmente tempestuoso.

Você sempre acha que tem razão, e isso faz com que faça coisas que não devia fazer.
– Mamãe...
– Apenas ouça desta vez... e depois tente esquecer... tudo. – Ela se inclina e murmura no meu ouvido: – Você é um Dragão, e, de todos os signos, só um Dragão pode domar o destino. Só um Dragão pode usar os chifres que simbolizam destino, dever e poder. Sua irmã é só um Carneiro. Você sempre foi uma mãe melhor para ela do que eu. – Eu me agito, mas mamãe me segura e me faz ficar quieta. – Não discuta comigo agora. Não temos tempo para isso.

A voz dela parece linda. Nunca antes eu senti seu amor de mãe com tanta força. Meu corpo relaxa em seus braços, mergulhando lentamente na escuridão.

– Você tem que tomar conta da sua irmã. Prometa-me, Pérola. Prometa-me agora.

Eu prometo. E então, depois do que parece ser dias, semanas e meses, a escuridão chega aos meus olhos.

Comendo vento e provando ondas

Eu acordo com um pano úmido sendo passado no meu rosto. Abro os olhos e vejo May – tão pálida, linda e trêmula quanto um espírito. Eu vejo o céu acima dela. Estamos mortas? Torno a fechar os olhos e me sinto pulando e balançando. A próxima coisa que sei é que estou em algum tipo de barco. Eu tento ficar acordada desta vez. Viro à esquerda e vejo redes. Olho para a direita e vejo terra. O barco navega num movimento constante. A falta de ondas me diz que não estamos no oceano. Levanto a cabeça e vejo uma jaula perto dos meus pés. Lá dentro, um menino de uns seis anos – retardado, louco, doente? – se agita e se debate. Eu fecho os olhos e me deixo embalar pelo ritmo constante do barco.

Não sei quantos dias viajamos. Imagens momentâneas cruzam meus olhos e ecoam em meus ouvidos: a lua e as estrelas no céu, o coaxar incessante de sapos, o som triste de um *pi-pa* sendo tocado, o barulho de um remo na água, a voz de uma mãe chamando o filho, o ruído de tiros de rifle. Nas profundezas angustiadas da minha mente, eu ouço uma voz dizer: "É verdade que os homens mortos flutuam de barriga para baixo na água, mas as mulheres olham para o céu?" Eu não sei quem fez a pergunta ou se ela foi feita, mas eu preferiria olhar para baixo, para uma eternidade de escuridão aquática.

Uma vez eu levanto o braço para tapar o sol e sinto uma coisa pesada escorregar pelo meu braço. É a pulseira de jade da minha mãe, e sei que ela está morta. Minhas entranhas fervem de febre, enquanto minha pele treme incontrolavelmente de frio. Mãos delicadas me levantam. Estou num hospital. Vozes suaves dizem palavras como "morfina", "lacerações", "infecção", "vagina" e "cirurgia". Sempre que ouço a voz da minha irmã, me sinto segura. Quando não ouço, entro em desespero.

Finalmente, eu volto do meu passeio no meio dos quase mortos. May cochila numa cadeira ao lado da cama de hospital. Suas mãos estão tão cheias de ataduras que ela parece ter duas grandes patas brancas no colo. Um médico – um homem – aparece e encosta o dedo nos lábios. Ele faz um movimento de cabeça na direção de May e cochicha: "Deixe-a dormir. Ela está precisando." Quando ele se inclina sobre mim, eu tento me afastar, mas meus pulsos foram amarrados nas grades da cama.

– Você delirou por muito tempo e lutou muito conosco – ele diz com delicadeza. – Mas está segura agora. – Ele põe a mão no meu braço. Ele é chinês, mas é homem. Eu me controlo para não gritar. Ele me olha nos olhos, pesquisando, e então sorri. – Sua febre foi embora. Você vai viver.

Nos dias que se seguem, fico sabendo que May me colocou no carrinho de mão e me empurrou até chegarmos no Grande Canal. Ao longo do caminho, ela abandonou ou vendeu muito do que tínhamos levado conosco. Agora nossos únicos bens eram três roupas para cada, nossos papéis e o que restou do dote de mamãe. No Grande Canal, May usou um pouco do dinheiro de mamãe para contratar um pescador e sua família para nos levar em sua sampana para Hangchow. Eu estava quase morta quando cheguei no hospital. Quando me levaram para cirurgia, outros médicos trataram das mãos de May, que estavam feridas por empurrar o carrinho. Ela pagou nosso tratamento vendendo algumas das joias de casamento de mamãe numa loja de penhores.

Aos poucos, as mãos de May cicatrizam, mas eu preciso de mais duas cirurgias. Um dia os médicos chegam com uma expressão sombria para me dizer que duvidam que eu possa ter filhos. May chora, mas eu não. Se ter filhos significa fazer de novo coisa de marido/mulher, eu prefiro morrer. *Nunca mais,* eu digo a mim mesma. *Nunca mais eu vou fazer isso.*

Depois de quase seis semanas no hospital, os médicos finalmente concordam em me dar alta. Com essa notícia, May sai para tomar providências para irmos para Hong Kong. No dia marcado para ela vir me buscar, eu entro no banheiro para trocar de roupa. Perdi um bocado de peso. A pessoa que vejo no espelho não parece ter mais de doze anos – alta, magra e lerda –, mas com o rosto encovado e olheiras negras sob os olhos. Meu permanente saiu, e meu cabelo cai liso e sem vida. Os dias passados sob o sol sem uma sombrinha ou um chapéu deixaram minha pele grossa e ressecada. Como Baba ficaria furioso se me visse agora. Meus braços estão tão finos que meus dedos parecem compridos demais, como garras. O vestido estilo ocidental que eu visto está largo como se fosse uma túnica.

Quando saio do banheiro, May está sentada na minha cama, esperando. Ela olha para mim e diz para eu tirar o vestido.

– Muita coisa aconteceu enquanto você esteve se recuperando – ela diz. – Os macacos parecem formigas atrás de açúcar. Estão em toda parte. – Ela hesita. Não quis falar sobre o que aconteceu naquela noite no casebre, e eu sou grata por isso, mas o que aconteceu paira entre nós com cada palavra, cada olhar. – Nós precisamos nos ajustar – ela continua com uma alegria falsa. – Precisamos ficar iguais aos outros.

May vendeu uma das pulseiras de mamãe e usou o dinheiro para comprar duas mudas de roupa: calças de linho preto, túnicas azuis e lenços para cobrir a cabeça. Ela me entrega uma muda da roupa grosseira de camponesa. Eu nunca tive nenhuma vergonha de May. Ela é minha irmã, mas acho que não vou suportar que ela me veja nua agora. Eu pego as roupas e volto para o banheiro.

– E eu tenho outra ideia – ela diz do outro lado da porta trancada. – Não posso dizer que a ideia seja minha, e não sei se vai funcionar. Eu a ouvi de duas missionárias chinesas. Vou esperar você sair para mostrar.

Desta vez, quando olho no espelho, tenho vontade de rir. Nos últimos dois meses, eu me transformei de uma bela garota em uma lamentável camponesa, mas, quando saio do banheiro, May não faz nenhum comentário sobre minha aparência. Apenas faz sinal para eu ir até a cama. Ela pega um pote de creme e uma lata de chocolate em pó e coloca sobre a mesinha de cabeceira. Da bandeja do café da manhã – ela franze a testa ao ver que eu não comi nada *de novo* – ela tira a colher, tira do pote duas colheradas de creme e despeja na bandeja.

– Pérola, ponha um pouco de chocolate em pó aqui. – Eu olho espantada para ela. – Confie em mim – ela diz e sorri. Jogo o pó dentro do pote e ela começa a mexer aquela mistura nojenta. – Nós vamos usar isto em nossas mãos e rostos para ficarmos mais morenas, como as camponesas.

É uma ideia inteligente, mas minha pele já é escura e isso não me salvou da selvageria dos soldados. Mesmo assim, desde a hora em que deixo o hospital, eu uso a mistura de May.

Enquanto eu estava internada, May encontrou um pescador que tinha descoberto uma forma nova e melhor de ganhar dinheiro do que procurar debaixo das ondas – transportar refugiados *sobre* as ondas de Hangchow para Hong Kong. Quando entramos no barco, juntamo-nos a uma dúzia de outros passageiros num lugar muito pequeno e escuro antes usado para guardar peixe. O cheiro de peixe é muito forte, mas nós

partimos assim mesmo, na cauda de um tufão. Não demorou muito e as pessoas começaram a ficar enjoadas. May foi quem ficou pior.
No segundo dia de viagem, ouvimos gritos. Uma mulher ao meu lado começa a chorar.
– São os japoneses – ela diz. – Vamos todos morrer.
Se ela estiver certa, eu não vou dar a eles a chance de me estuprar de novo. Vou me atirar no mar antes. O buraco ecoa com o som de botas sobre nossas cabeças. Mães apertam os bebês contra o peito para abafar qualquer som. Em frente a mim, um bebê sacode o braço desesperadamente tentando respirar.
May abre nossa bolsa. Ela tira lá de dentro o resto do nosso dinheiro e o divide em três maços. Um ela dobra e esconde entre as tábuas de madeira do teto. Ela me entrega algumas notas. Sigo o exemplo dela e escondo o dinheiro debaixo do meu lenço de cabeça. Apressadamente, ela tira a pulseira de mamãe do meu pulso, tira os brincos da orelha e coloca tudo dentro da bolsa de mamãe. Esta ela enfia numa fenda entre o casco do navio e a plataforma em que estamos sentadas. Finalmente, ela enfia a mão na nossa bolsa de viagem e tira o creme misturado com pó de chocolate. Nós esfregamos mais uma camada no rosto e nas mãos.
A portinhola é aberta e a luz cai sobre nós.
– Subam aqui! – uma voz diz em chinês.
Nós obedecemos. O ar fresco, salgado, bate no meu rosto. O mar se agita sob meus pés. Estou assustada demais para erguer os olhos.
– Está tudo bem – May sussurra. – Eles são chineses.
Mas eles não são inspetores nem pescadores nem mesmo outros refugiados sendo transferidos de um barco para outro. Eles são piratas. Em terra, nossos compatriotas estão se aproveitando da guerra para saquear regiões que estão sob ataque. Por que seria diferente no mar? Os outros passageiros estão aterrorizados. Eles ainda não sabem que o roubo de dinheiro e bens não é nada.
Os piratas revistam os homens e se apoderam de todo o dinheiro e joias que encontram. Não satisfeito, o chefe dos piratas ordena que os homens tirem a roupa. A princípio, eles hesitam, mas, quando ele pega o rifle, os homens obedecem. Mais dinheiro e joias são encontrados enfiados na fenda das nádegas, costurados em bainhas ou no forro das roupas, ou escondidos na sola dos sapatos.
É difícil explicar o que eu sinto. Da última vez que vi homens nus... Mas esses são meus compatriotas – com frio, assustados, tentando co-

brir as partes íntimas com as mãos. Eu não quero olhar para eles, mas olho. Sinto-me confusa, amarga e estranhamente triunfante ao ver homens reduzidos a tal estado de fraqueza.

Em seguida, os piratas mandam que as mulheres entreguem tudo o que estiverem escondendo. Tendo visto o que aconteceu com os homens, as mulheres obedecem prontamente. Sem nenhuma pena, eu tiro o dinheiro debaixo do meu lenço. Nossos pertences são reunidos, mas os piratas não são bobos.

– Você!

Eu dou um salto, mas ele não está falando comigo.

– O que você está escondendo?

– Eu trabalho numa fazenda – uma moça parada à minha direita diz, com a voz trêmula.

– Uma empregada de fazenda? Seu rosto, suas mãos e seus pés desmentem isso!

É verdade. Ela está usando roupas de camponesa, mas seu rosto é pálido, suas mãos bonitas e ela está usando sapatos novos de couro. O pirata faz a moça tirar a roupa até ela estar apenas de absorvente íntimo e cinto. É então que temos certeza de que ela está mentindo. Uma empregada de fazenda não tem dinheiro para absorventes íntimos estilo ocidental. Ela usaria um papel grosso como qualquer outra mulher pobre.

Por que em tempos como estes nós não conseguimos deixar de olhar? Não sei, mas estou de novo olhando – em parte, temerosa por mim e por May, em parte por curiosidade. O pirata tira o absorvente e o rasga com uma faca. Encontra apenas quinze dólares em dinheiro de Hong Kong.

Aborrecido com esta magra pilhagem, o pirata joga o absorvente no mar. Ele olha para cada mulher, chega à conclusão de que não vale a pena perder tempo conosco e, então, faz sinal para dois homens examinarem o buraco. Eles voltam poucos minutos depois, dizem algumas palavras ameaçadoras, pulam de volta no barco e vão embora. As pessoas correm para serem as primeiras a descer para o buraco e ver o que foi levado. Eu fico no deque. Logo, mais depressa do que poderia imaginar, ouço gritos de desespero.

Um homem sobe a escada correndo, dá três passos largos e se atira no mar. Nem os pescadores nem eu temos tempo de fazer alguma coisa. O homem flutua por cerca de um minuto e então desaparece.

Todo dia, desde que acordei no hospital, tenho vontade de morrer, mas, ao ver aquele homem afundar nas ondas, sinto algo crescer dentro de mim. Um Dragão não se rende. Um Dragão luta contra o destino. Não é um sentimento vibrante e forte. É mais como quando alguém sopra uma brasa e encontra um clarão alaranjado. Eu tenho que me agarrar à vida – por mais que ela esteja arruinada. A voz de mamãe me chega aos ouvidos, recitando um de seus ditados favoritos: "A única catástrofe que existe é a morte; ninguém pode ser mais pobre do que um mendigo." Eu quero – eu *preciso* – fazer algo mais corajoso e melhor do que morrer.

Vou até o convés e desço a escada. O pescador fecha a porta do alçapão. Na luz sepulcral, eu encontro May. Sento-me ao lado dela. Sem dizer nada, ela me mostra a bolsa de mamãe, e então levanta os olhos. Eu acompanho seu olhar. O resto do nosso dinheiro está a salvo na fenda do teto.

Poucos dias depois de chegarmos a Hong Kong, lemos que as áreas ao redor de Xangai estiveram sob ataque este tempo todo. As notícias são terríveis. Chapei foi bombardeada e incendiada. Hongkew, onde morávamos, não teve um destino muito melhor. A Concessão Francesa e o Assentamento Internacional – territórios estrangeiros – ainda estão a salvo. Numa cidade onde não há lugar para um rato, chegam mais e mais refugiados. Segundo o jornal, os duzentos e cinquenta mil habitantes das concessões estrangeiras estão atolados com a superpopulação de três e meio milhões de refugiados morando nas ruas e em cinemas, danceterias e pistas de corrida. Aquelas concessões – cercadas como estão por todos os lados pelos bandidos anões – estão sendo chamadas agora de Ilha Solitária. O terror não se limita a Xangai. Todo dia há notícias de mulheres sendo sequestradas, estupradas ou mortas por toda a China. Cantão, que não fica muito longe de nós aqui em Hong Kong, sofre com os pesados ataques aéreos. Mamãe queria que fôssemos para a aldeia de Baba, mas o que iremos encontrar ao chegar lá? Ela terá sido destruída? Haverá alguém vivo? O nome do nosso pai ainda significará alguma coisa em Yin Bo?

Estamos morando num hotel junto à praia em Hong Kong. Ele é sujo e infestado de pulgas. O mosquiteiro está imundo e rasgado. As coisas que ignorávamos em Xangai estão muito nítidas aqui: famílias agachadas nas esquinas com seus pertences espalhados sobre um cobertor, esperando que alguém pare para comprar alguma coisa. Mesmo assim, os britânicos agem como se os macacos não fossem nunca se aproximar da colônia.

– Nós não estamos envolvidos nesta guerra – eles dizem com seu sotaque empolado. – Os japas não têm coragem de nos atacar aqui.
– Com tão pouco dinheiro, só podemos comer farelo de arroz cozido, uma refeição normalmente dada a porcos. O farelo arranha a garganta ao entrar e é horrível para sair. Nós não temos nenhuma qualificação, e ninguém tem necessidade de lindas garotas, porque não tem sentido promover lindas garotas quando o mundo está se tornando feio.

Então, um dia, vemos Huang sair de uma limusine e subir os degraus do Hotel Península. Não há como confundi-lo. Nós voltamos para o hotel e nos trancamos no quarto. Tentamos imaginar o que significa sua presença em Hong Kong. Ele veio para cá para escapar da guerra? Ele transferiu para cá as operações da Gangue Verde? Nós não sabemos e não temos como descobrir sem nos arriscar. Mas seja o que for, o poder dele é grande. Se está aqui no sul, então vai nos encontrar.

Sem opções, nós vamos até o escritório do Dollar Steamship Line, trocamos nossas passagens originais e conseguimos lugares na segunda classe especial do *President Coolidge* para a viagem de vinte e dois dias até San Francisco. Nós não pensamos no que vai acontecer quando chegarmos lá, encontrarmos nossos maridos, nada disso. Estamos apenas tentando escapar das garras da Gangue Verde e nos afastar dos japoneses.

No navio, minha febre volta. Eu fico na cabine e durmo quase a viagem toda. May enjoa muito, então passa quase todo o tempo do lado de fora, no deque da segunda classe, ao ar livre. Ela fala sobre um rapaz que está indo estudar em Princeton.

– Ele está na primeira classe, mas vem me visitar no nosso deque. Nós caminhamos e conversamos muito – ela diz. – Eu estou caidinha por ele. – É a primeira vez que ouço esta expressão, que me soa estranha. Este rapaz deve ser muito ocidentalizado. Não é surpresa que May goste dele.

Às vezes, May só volta para o quarto tarde da noite. Às vezes, sobe no beliche e adormece na mesma hora, mas, às vezes, ela se deita na cama estreita comigo e me abraça. Ela respira no mesmo ritmo que eu e adormece. Então eu fico acordada, com medo de me mexer e acordá-la, e preocupada, muito preocupada. May parece muito apaixonada por este rapaz, e eu fico pensando se ela estará fazendo coisa de marido/mulher com ele. Mas como poderia se anda tão enjoada? Como ela poderia, ponto? E então meus pensamentos se tornam ainda mais sombrios.

Muitas pessoas querem ir para a América. Algumas farão qualquer coisa para ir até lá, mas ir à América nunca foi o meu sonho. Para mim, isso é só uma necessidade, outra mudança depois de tantos erros, tragédias, mortes e uma decisão errada atrás da outra. May e eu só temos uma à outra. Depois de tudo o que passamos, nosso elo é tão forte que nem mesmo uma faca afiada poderia cortá-lo. Só o que podemos fazer agora é prosseguir no caminho que tomamos, não importa aonde ele nos leve.

Sombras nas paredes

Uma noite antes de desembarcarmos, eu pego o livro de instruções que Sam me deu e o folheio. O livro diz que o Velho Louie nasceu na América e que Sam, um dos cinco irmãos, nasceu na China em 1913, o Ano do Boi, durante uma das visitas dos pais à sua aldeia natal de Wah Hong, o que o torna um cidadão americano por ser filho de americano. (Ele tinha que ser Boi, eu penso. Mamãe disse que os que nascem neste signo não têm imaginação e que carregam eternamente o peso do mundo.) Sam voltou para Los Angeles com os pais, mas em 1920 o velho e a esposa resolveram ir de novo para a China e deixar o filho, de apenas sete anos de idade, em Wah Hong, com seus avós paternos. (Isso é um pouco diferente do que eu tinha sido levada a pensar. Achei que Sam tinha vindo para a China com o pai e o irmão para encontrar uma noiva, mas ele já estava aqui. Acho que isso explica por que ele falou comigo no dialeto sze yup e não em inglês nas três vezes em que nos encontramos, mas por que os Louie não nos contaram nada disso?) Agora Sam voltou para a América pela primeira vez em dezessete anos. Vern nasceu em Los Angeles em 1923, o Ano do Javali, e morou lá a vida toda. Os outros irmãos nasceram em 1907, 1908 e 1911 – todos eles nasceram em Wah Hong e todos vivem em Los Angeles. Eu faço um esforço para memorizar os pequenos detalhes – as diversas datas de nascimento, os endereços em Wah Hong e Los Angeles, e coisas assim – dizer a May as coisas que considero importantes e esquecer o resto.

Na manhã seguinte, 15 de novembro, nós acordamos cedo e vestimos nossos melhores trajes ocidentais.

– Somos visitas neste país – digo. – Temos que parecer como se a ele pertencêssemos. – May concorda e enfia um vestido que madame Garnet fez para ela um ano atrás. Como é que a seda e os botões chegaram até aqui sem estragar nem sujar, enquanto eu...? Eu tenho que parar de pensar assim.

Nós juntamos nossas coisas e entregamos nossas duas malas ao carregador. Então May e eu saímos e achamos um lugar perto da amurada, mas não conseguimos ver muita coisa por causa da chuva. Acima de nós, a Golden Gate Bridge está coberta de nuvens. À nossa direita, a cidade se ergue na costa – molhada, feia e insignificante em comparação com o Bund de Xangai. Abaixo de nós, no convés da classe pobre, centenas de peões, puxadores de riquixá e camponeses se acotovelam, o cheiro de suas roupas sujas e molhadas subindo até nós.

O navio atraca no cais. Pequenos grupos familiares da primeira e da segunda classe – rindo, brincando e felizes por terem chegado – mostram seus papéis e depois descem por uma prancha coberta para protegê-los da chuva. Quando chega a nossa vez, nós estendemos nossos papéis. O inspetor os examina, franze a testa e chama um membro da tripulação.

– Estas duas têm que ir para Estação de Imigração de Angel Island – ele diz.

Nós seguimos o tripulante pelos corredores do navio e descemos vários lances de escada por lugares abafados. Fico aliviada quando tornamos a sair, até ver que estamos agora com os passageiros da classe mais pobre. Naturalmente, não há toldos nem coberturas neste convés. O vento frio lança respingos de chuva no nosso rosto e encharca nossas roupas.

À nossa volta, as pessoas examinam nervosamente seus livros de instruções. Então o homem do nosso lado rasga uma página do livro, enfia na boca, mastiga e engole. Ouço alguém dizer que jogou o livro no mar na noite anterior e outro se gabar de tê-lo jogado na latrina. "Boa sorte para quem quiser procurá-lo agora!" A ansiedade me aperta o estômago. Eu devia ter me livrado do livro? Sam não me disse isso. Agora eu não tenho como apanhá-lo, porque está enfiado dentro do meu chapéu na bagagem. Respiro fundo e tento me acalmar. Nós não temos nada a temer. Estamos fora da China, longe da guerra, e na terra da liberdade e tudo mais.

May e eu abrimos caminho entre os operários fedorentos até a amurada. Eles não podiam ter se lavado antes de atracarmos? Que impressão eles querem dar aos nossos anfitriões? May está pensando em outra coisa. Ela observa as pessoas que ainda estão saindo da primeira e da segunda classe, procurando o rapaz que conheceu na viagem. Ela agarra o meu braço, excitada, quando o vê.

– Lá está ele! Aquele é o Spencer. – Ela chama: – Spencer! Spencer! Olhe para cá! Você pode nos ajudar?

Ela acena e chama mais algumas vezes, mas ele não se vira para olhar para ela no convés da terceira classe. Ela fica séria quando ele dá uma gorjeta ao carregador e depois vai junto com um grupo de passageiros caucasianos para um prédio à direita.

De dentro do navio, a carga é trazida dentro de redes enormes e depositada no cais. De lá, a maior parte da carga vai direto para a alfândega. Logo em seguida, vemos aqueles mesmos caixotes e caixas deixar a alfândega e serem colocados dentro de caminhões. As taxas foram pagas e as mercadorias prosseguem, mas nós continuamos esperando na chuva.

Alguns tripulantes baixam outra prancha – esta sem nenhuma proteção da chuva – até o convés inferior, onde nós estamos. Um lo fan com uma capa de chuva prende a prancha e sobe num caixote.

– Levem tudo o que trouxeram com vocês – ele grita em inglês.
– Qualquer coisa que deixarem será jogada fora.

As pessoas em volta resmungam, confusas.

– O que ele está dizendo?
– Cala a boca. Não estou conseguindo ouvir.
– Depressa! – o homem de capa de chuva diz. – Rápido, rápido!
– Você entende o que ele fala? – um homem todo molhado e tremendo de frio ao meu lado pergunta. – O que ele quer que a gente faça?
– Pegue seus pertences e saia do navio.

Quando começamos a fazer o que ele mandou, o homem põe as mãos fechadas na cintura e grita:

– E fiquem juntos!

Nós desembarcamos, todo mundo se empurrando como se a coisa mais importante do mundo fosse ser a primeira pessoa a sair do navio. Quando nossos pés tocam a terra, não somos levados para onde os outros passageiros foram – o prédio da direita. Somos levados para a esquerda, ao longo do cais, e depois passamos por uma prancha estreita e entramos num barco – tudo sem nenhuma explicação. Uma vez a bordo, eu vejo que, embora haja alguns caucasianos e até um punhado de japoneses, quase todo mundo ali é chinês.

Os cabos são desamarrados e nós navegamos pela baía.

– Para onde estamos indo? – May pergunta.

Como May pode ser tão desligada do que está acontecendo à nossa volta? Por que ela não consegue prestar atenção? Por que não leu o livro de instruções? Por que não consegue aceitar o que aconteceu conosco? Aquele estudante de Princeton, seja qual for o nome dele, entendeu perfeitamente a posição dela, mas May se recusa a ver isso.

- Nós vamos para a Estação de Imigração de Angel Island – explico a ela.
A chuva aumenta e o vento fica mais frio. O barquinho balança nas ondas. Pessoas vomitam. May encosta a cabeça na amurada e respira o ar úmido. Passamos por uma ilha no meio da baía, e, por alguns minutos, parece que vamos passar por baixo da Golden Gate Bridge, na direção do mar aberto, e voltar para a China. May geme e tenta fixar a atenção no horizonte. Então o barco vira para a direita, rodeia outra ilha e entra numa pequena enseada, onde atraca num embarcadouro no final de um longo cais. Prédios baixos de madeira branca erguem-se na encosta da colina. Logo à frente, quatro palmeiras balançam ao vento e a bandeira molhada dos Estados Unidos bate ruidosamente no mastro. Uma grande placa diz É PROIBIDO FUMAR. Mais uma vez todos se empurram para sair do barco na frente.

– Brancos sem documentos satisfatórios, primeiro! – o mesmo homem de capa de chuva grita, como se seus altos decibéis pudessem fazer com que pessoas que não entendem inglês de repente passassem a ser fluentes na língua, mas é claro que a maioria dos chineses não sabe o que ele está dizendo. Os passageiros brancos são tirados da fila e levados para frente, enquanto seis guardas baixos e fortes empurram os chineses que cometeram o erro de se colocar na frente da fila. Mas estes *lo fan* também não entendem muito o que o homem de capa de chuva está dizendo. Eles são russos brancos. São inferiores aos mais pobres nativos de xangaineses, e, no entanto, recebem tratamento especial! Eles são levados para o prédio.

– Estamos prontos para vocês agora – o homem de capa de chuva anuncia.

– Quando saírem do barco, façam duas filas. Homens à esquerda. Mulheres e crianças de menos de doze anos à direita.

Há um bocado de confusão e de brutalidade por parte dos guardas, mas depois que eles nos arrumam em fila do jeito que querem, somos conduzidos debaixo de chuva até o prédio da administração. Quando os homens são encaminhados para uma porta e as mulheres e crianças para outra – separando maridos de esposas e pais de suas famílias –, gritos de medo e preocupação enchem o ar. Nenhum dos guardas demonstra qualquer simpatia. Nós somos tratados pior do que a carga que veio conosco no navio.

A separação de europeus (isto é, todos os brancos), asiáticos (isto é, todos que vieram do outro lado do Pacífico que não são chineses) e chineses continua quando somos levados por uma ladeira íngreme até uma instalação médica num dos prédios de madeira. Uma mulher branca com uniforme branco e uma touca branca engomada junta as mãos na frente do corpo e começa a falar em inglês na mesma voz alta que parece querer compensar o fato de que ninguém além de mim e de May entende o que ela está dizendo.

– Muitas de vocês estão tentando entrar no nosso país com doenças parasitárias horríveis e perigosas – ela diz. – Isso é inaceitável. Os médicos e eu vamos examinar vocês para ver se têm tracoma, tênia, filaríase e fascíola hepática.

As mulheres à nossa volta começam a chorar. Elas não sabem o que esta mulher quer, mas ela está vestida de branco – a cor da morte. Uma chinesa usando um longo *cheongsam* branco (de novo!) é trazida para traduzir. Eu me mantive moderadamente calma até agora, mas, quando ouço o que estas pessoas planejam fazer conosco, começo a tremer. Nós vamos ser catadas como arroz ao ser preparado para cozinhar. Quando mandam tirarmos a roupa, murmúrios nervosos soam no aposento. Pouco tempo atrás, eu teria rido junto com May do acanhamento das outras mulheres, porque não éramos como a maioria das mulheres chinesas. Nós éramos lindas garotas. Certo ou errado, nós exibíamos nossos corpos. Mas a maioria das chinesas é muito reservada, nunca se expõe publicamente e raramente em particular diante do marido ou das filhas.

A naturalidade que eu tinha no passado, no entanto, havia desaparecido para sempre. Eu não tolero ficar despida. Não tolero ser tocada. Eu me agarro em May, que me segura. Mesmo quando as enfermeiras tentam nos separar, May fica comigo. Eu mordo os lábios para não gritar quando o médico se aproxima. Olho por cima do ombro dele, pela janela. Tenho medo de fechar os olhos e reviver o que aconteceu no casebre com aqueles homens, ouvir os gritos de mamãe, sentir... Eu fico de olhos bem abertos. Tudo é branco e limpo... bem, mais limpo do que minhas lembranças do casebre. Finjo não sentir o toque gelado dos instrumentos do médico nem a maciez branca de suas mãos em minha pele; fico olhando para a baía. Não dá para avistar San Francisco, e tudo o que eu vejo é a água cinzenta se misturando com a chuva cinzenta. Tem que haver terra lá, mas não sei a que distância. Quando ele termina de me examinar, eu me permito respirar de novo.

Uma por uma, o médico nos examina enquanto todas esperamos – tremendo de frio e de medo – até todas terem dado uma amostra de fezes. Até agora fomos separadas das outras raças, os homens foram separados das mulheres, e agora nós, mulheres, somos separadas de novo: um grupo vai para o dormitório, outro fica no hospital para fazer tratamento de tênia, que pode ser curada, e outro grupo, que tem fascíola hepática, vai ser imediatamente deportado de volta para a China. Agora é que há muito choro.

May e eu estamos no grupo que vai para o dormitório das mulheres no segundo andar do prédio da administração. Uma vez lá dentro, a porta é trancada. Fileiras de beliches, estes estão ligados uns aos outros por postes de ferro presos no chão e no teto. Não há "camas" para se dormir, apenas tela de arame. Isso significa que as armações podem ser dobradas para criar mais espaço no quarto, mas aparentemente ninguém quer se sentar no chão. A distância entre os beliches é de apenas sessenta centímetros. Os espaços verticais entre eles é tão estreito que, à primeira vista, eu percebo que não vou poder esticar o braço sem bater no beliche de cima. Só o beliche superior mais alto tem espaço suficiente para a pessoa erguer o corpo, mas aquela área está cheia de roupa secando das mulheres que já estão aqui, penduradas em barbantes amarrados entre as traves nas extremidades dos beliches. No chão, debaixo das fileiras de beliches ocupados, há algumas tigelas e canecas de lata.

May corre para o corredor central. Apropria-se de dois beliches de cima, um ao lado do outro e próximos ao aquecedor. Ela sobe no beliche, se deita e adormece imediatamente. Ninguém traz a nossa bagagem. Só o que temos conosco são as roupas que estamos usando e nossas bolsas.

Na manhã seguinte, May e eu nos arrumamos o melhor que podemos. Os guardas dizem que vamos a uma audiência diante do Comitê de Investigação Especial, mas as mulheres do dormitório chamam isso de interrogatório. A palavra em si parece ameaçadora. Uma das mulheres sugere que bebamos água fria para acalmar nossos temores, mas eu não estou com medo. Não temos nada a esconder, e isso é só uma formalidade.

Somos levadas junto com um pequeno grupo de mulheres para uma sala que parece uma jaula. Sentamos em bancos e ficamos olhando pensativamente umas para as outras. Nós, chineses, temos uma expressão – comendo amargura. Digo a mim mesma que, o que quer que aconteça nos nossos interrogatórios, não vai ser tão ruim quanto a inspeção física, e não pode ser tão ruim quanto o que aconteceu comigo e com May todos os dias desde que Baba anunciou que tinha arrumado casamentos para nós.

– Diga a eles o que eu mandei você dizer e vai ficar tudo bem – cochicho para May enquanto esperamos na jaula. – Aí nós vamos poder sair deste lugar.

Ela balança a cabeça, pensativa. Quando o guarda chama seu nome, eu a vejo entrar na sala e a porta ser fechada. Instantes depois, o mesmo guarda me encaminha para outra sala. Eu abro um sorriso falso, ajeito o vestido e entro com o que espero ser um ar de confiança. Dois homens brancos – um quase careca, outro de bigode, e ambos usando óculos – estão sentados atrás de uma mesa na sala sem janelas. Eles não retribuem o meu sorriso. Numa mesa ao lado, outro homem branco limpa as teclas da sua máquina de escrever. Um chinês com um terno ocidental mal cortado estuda uma ficha, olha para mim e depois volta a olhar para a ficha.

– Vejo que você nasceu na aldeia de Yin Bo – ele me diz em sze yup, passando a ficha para o homem careca. – Fico feliz em falar com você no dialeto dos Quatro Distritos.

Antes que eu possa dizer que falo inglês, o careca diz:

– Diga a ela para se sentar.

O intérprete aponta uma cadeira.

– Eu sou Louis Fon – ele continua em sze yup. – Seu marido e eu temos o mesmo nome de clã e somos do mesmo distrito. – Ele se senta à minha esquerda. – O careca à sua frente é o diretor Plumb. O outro é o sr. White. O secretário é o sr. Hemstreet. Você não precisa se preocupar com ele.

– Vamos continuar com isso – o diretor Plumb o interrompe. – Pergunte a ela...

As coisas a princípio correm bem. Eu sei o dia e o ano do meu nascimento tanto no calendário ocidental quanto no calendário lunar. Eles perguntam o nome da aldeia em que nasci. Depois eu digo o nome da aldeia onde Sam nasceu e o dia em que nos casamos. Recito o endereço onde Sam e sua família moram em Los Angeles. E então...

– Quantas árvores há em frente à suposta casa do seu marido na aldeia?

Como eu não respondo imediatamente, quatro pares de olhos me fitam – curiosos, entediados, triunfantes, depreciativos.

– Há cinco árvores diante da casa – respondo, lembrando-me do que li no livro de instruções. – O lado direito da casa não tem nenhuma árvore. Do lado esquerdo da casa, há um pé de ginkgo biloba.

– E quantos cômodos há na casa onde mora a sua família?
 Eu fiquei tão atenta às respostas do livro de instruções de Sam que não calculei que eles fossem perguntar algo tão detalhado a meu respeito. Tento não pensar em qual seria a resposta certa. Incluo ou não os banheiros? Conto os cômodos antes ou depois de eles terem sido divididos para receber inquilinos?
 – Seis aposentos principais...
 Antes que eu possa explicar, eles perguntam quantos convidados havia no meu "suposto" casamento.
 – Sete – respondo.
 – Você e seus convidados comeram alguma coisa?
 – Arroz e oito pratos. Foi um jantar num hotel, não um banquete.
 – Como a mesa estava posta?
 – Estilo ocidental, mas com pauzinhos.
 – Vocês serviram noz-de-areca para os convidados? Você serviu o chá?
 Eu quero dizer que não sou uma matuta, portanto não serviria jamais noz-de-areca. Eu teria servido o chá se tivesse tido o casamento com que sonhara, mas aquela noite não foi festiva. Lembro-me do modo seco com que o Velho Louie recusou a sugestão do meu pai de que May e eu executássemos o ritual.
 – Foi um casamento civilizado – digo. – Muito ocidental.
 – Vocês cultuaram seus antepassados como parte da cerimônia?
 – É claro que não. Eu sou cristã.
 – Você tem algum documento que prove este suposto casamento?
 – Na minha bagagem.
 – Seu marido está esperando você?
 Essa pergunta me pega de surpresa. O Velho Louie e os filhos sabem que nós não aparecemos em Hong Kong para tomar o navio com eles. Eles certamente notificaram a Gangue Verde que nós não cumprimos nossa parte do contrato, mas será que contaram isso aos inspetores de Angel Island? E será que o velho e os filhos ainda estão esperando por nós?
 – Minha irmã e eu nos atrasamos por causa dos macacos – explico.
 – Nossos maridos aguardam ansiosos nossa chegada.
 – Ela parece bastante honesta – o sr. White diz. – Mas seus papéis dizem que ela é a esposa de um comerciante com domicílio legal *e* a esposa de um cidadão americano. Ela não pode ser as duas coisas.
 – Isso pode ser um erro da papelada anterior. De todo modo, teríamos que deixá-la entrar. – O diretor Plumb faz uma careta. – Mas ela

não provou *nenhuma das duas* coisas. E olhem para ela. Vocês acham que ela parece a esposa de um comerciante? Aposto que trabalhou em plantações de arroz a vida inteira.

Lá está. A velha queixa. Eu abaixo os olhos, com medo de que eles vejam a vermelhidão que me cobriu o rosto. Penso na moça no barco que tomamos para Hong Kong e como o pirata a avaliou. Agora estes homens estão fazendo o mesmo comigo. Será que pareço mesmo uma camponesa?

– Mas vejam como ela está vestida. Tampouco parece esposa de um trabalhador braçal – diz o sr. White.

O diretor Plum bate com os dedos na mesa.

– Eu vou deixá-la passar, mas quero ver a certidão de casamento dizendo que está casada com um comerciante legítimo ou algo que prove a cidadania do marido dela. – Ele olha para o intérprete. – Qual o dia que as mulheres têm permissão para ir ao cais pegar coisas em suas bagagens?

– Às terças-feiras.

– Tudo bem, então. Vamos segurá-la aqui até a semana que vem. Diga a ela para trazer a certidão de casamento da próxima vez. – Ele faz um sinal para o datilógrafo e começa a ditar uma sinopse, terminando com "Estamos deferindo o caso para investigação posterior".

Durante cinco dias, May e eu usamos as mesmas roupas. À noite, nós lavamos nossa roupa de baixo e penduramos para secar junto com a roupa que as outras mulheres penduram sobre nossas cabeças. Ainda temos um pouco de dinheiro para comprar pasta de dente e outros artigos de higiene numa barraquinha que abre na hora das refeições. Quando chega terça-feira, nós fazemos fila junto com outras mulheres que querem pegar coisas em suas malas e somos acompanhadas por missionárias brancas até um depósito no final do cais. May e eu pegamos nossas certidões de casamento, e então eu checo para ver se o livro de instruções ainda está escondido. Ele está. Ninguém se deu o trabalho de olhar dentro do meu chapéu de plumas. Eu puxo o forro e o escondo direito. Depois pego roupas de baixo limpas e uma muda de roupas.

Todas as manhãs, envergonhada de ser vista nua pelas outras mulheres, eu me visto debaixo do cobertor da minha cama. Depois espero ser chamada de volta à sala de interrogatório, mas ninguém vem nos chamar. Se não formos chamadas até as nove horas, então nada acontece naquele dia. Quando chega a tarde, um novo sentimento de antecipação e medo enche o quarto. Precisamente às quatro horas, os guardas entram e anunciam "*Sai gaai*", o que é uma deturpação de um dos dialetos cantoneses para *hou sai gaai*, que significa *boa sorte*. Depois ele lista os nomes daqueles autorizados a entrar no barco para completar a última etapa da viagem para a América. Uma vez o guarda se aproximou de uma mulher e esfregou os olhos como se estivesse chorando. Ele riu ao dizer que ela estava sendo mandada de volta para a China. Nós nunca soubemos o motivo de sua deportação.

Nos dias seguintes, vemos mulheres que chegaram no mesmo dia que nós serem autorizadas a permanecer em San Francisco. Vemos novas mulheres chegar, ser entrevistadas e partir. E ninguém vem nos buscar. Toda noite, depois de outra refeição nojenta de pé de porco ou peixe salgado com vagem fermentada, eu tiro o vestido debaixo do cobertor, penduro-o na corda sobre minha cabeça e tento dormir, sabendo que vou ficar trancada naquele quarto até de manhã.

Mas a sensação de estar trancada e presa se estende para muito além deste quarto. Num tempo diferente, num lugar diferente e com mais dinheiro, talvez May e eu pudéssemos ter escapado dos nossos futuros. Mas aqui não temos nem escolha nem liberdade. A vida que vivemos até agora está acabada para nós. Não conhecemos ninguém nos Estados Unidos, a não ser nossos maridos e nosso sogro. Baba tinha dito que, se fôssemos para Los Angeles, moraríamos em belas casas, teríamos criados, veríamos estrelas de cinema, então talvez esse fosse o caminho que eu e May estávamos fadadas a trilhar desde sempre. Podíamos nos considerar afortunadas por termos nos casado tão bem. As mulheres – seja em casamentos arranjados ou não, seja no passado ou agora, em 1937 – se casam por dinheiro e tudo o que o dinheiro traz. Ainda assim, eu tenho um plano secreto. Quando May e eu chegarmos a Los Angeles, vamos desviar dinheiro do que nossos maridos nos derem para comprar roupas e sapatos, para nos embelezar e administrar nossas casas, e usá-lo para fugir. Eu me deito na tela de arame que é minha cama, ouço o som baixo e triste da sirene de nevoeiro e ouço as mulheres chorando, roncando ou cochichando umas com as outras, e planejo como May e eu sairemos um dia de Los Angeles e desapareceremos em Nova York ou Paris, cidades que nos disseram que são iguais a Xangai em esplendor, cultura e riqueza.

Duas terças-feiras depois, quando somos autorizadas a pegar coisas na nossa bagagem de novo, May tira da mala as roupas de camponesa que compramos para nós em Hangchow. Nós as usamos durante as tardes e as noites, porque este lugar é muito frio e muito sujo para usarmos nossos vestidos bons, que só vestimos de manhã para o caso de sermos chamadas para terminar nossas entrevistas. No meio da semana seguinte, May passa a usar nossas roupas de viagem o tempo todo.

– E se nos chamarem para uma entrevista? – pergunto. Nós estamos sentadas nos nossos beliches com um espaço pequeno nos separando das roupas penduradas como banners à nossa volta. – Você acha que isso é tão diferente assim de Xangai? O que nós vestimos importa. Aquelas que estão bem-vestidas partem mais cedo do que as que parecem... – Eu não termino a frase.

– Camponesas? – May termina para mim. Ela cruza os braços no estômago e arria os ombros. Ela está diferente. Já faz um mês que estamos aqui, e parece que toda a coragem que ela demonstrou para me salvar foi sugada dela. Sua pele está emaciada. Ela não se interessa em lavar o cabelo, que, como o meu, está todo embaraçado.

– Vamos, May, você precisa se esforçar. Não vamos ficar aqui por mais muito tempo. Tome um banho e ponha um vestido. Você vai se sentir melhor.

– Por quê? Diga-me por quê. Eu não consigo comer essa comida horrível, então raramente vou ao banheiro – ela diz. – Eu não faço nada, então não suo. Mas mesmo que eu suasse, por que tomaria um banho onde as pessoas podem me ver? A humilhação é tão grande que eu queria usar um saco cobrindo a cabeça. Além disso – ela acrescenta –, eu não vejo você indo ao banheiro ou tomando banho.

O que é verdade. A tristeza e o desespero tomam conta dos que ficam aqui por muito tempo. O vento frio, o nevoeiro, as sombras nas paredes nos deprimem e assustam. No espaço de apenas um mês, eu vi muitas mulheres, algumas que já chegaram e partiram, se recusarem a tomar banho durante a estada toda, e não apenas porque não suavam. Muitas mulheres cometeram suicídio nos chuveiros se enforcando ou afiando pauzinhos e enfiando-os pelos ouvidos até o cérebro. Ninguém quer ir até os chuveiros, não só porque ninguém gosta de fazer coisas íntimas com outras pessoas em volta, mas porque quase todo mundo aqui tem medo dos fantasmas dos mortos, que, sem os ritos fúnebres apropriados, se recusam a deixar o lugar horrível onde morreram.

Nós decidimos que, de agora em diante, May irá comigo até o banheiro comunitário ou até os chuveiros, checará se estão vazios e depois ficará de guarda na porta para impedir que outras mulheres entrem. Eu vou fazer o mesmo por ela, embora não saiba ao certo por que ela ficou tão pudica depois que chegou aqui.

Finalmente, os guardas nos chamam para nossos interrogatórios. Passo uma escova no cabelo, bebo alguns goles de água fria para me acalmar e calço meus sapatos de salto alto. Olho para trás e vejo May andando atrás de mim, parecendo uma mendiga saída de algum beco de Xangai. Nós esperamos na jaula até chegar nossa vez. Este é o último passo, e então seremos transferidas para San Francisco. Eu dou um sorriso encorajador para May, que ela não retribui, e então sigo o guarda para dentro da sala de audiência. O diretor Plumb, o sr. White e o datilógrafo estão lá, mas desta vez eu tenho um novo intérprete.

– Eu sou Lan On Tai – ele diz. – De agora em diante você terá um intérprete diferente para cada audiência. Eles não querem que fiquemos amigos. Eu vou falar com você em sze yup. Está entendendo, Louie Chin-shee?

Na antiga tradição chinesa, uma mulher casada é conhecida pelo nome do seu clã com *shee* anexado a ele. Essa prática remonta a três mil anos atrás à dinastia Chou, e ainda é comum entre fazendeiros, mas eu sou de Xangai!

– Esse é o seu nome, não é? – o intérprete pergunta. Como eu não respondo logo, ele olha para os homens brancos e depois torna a olhar para mim. – Eu não deveria dizer isto a você, mas seu caso tem problemas. É melhor você aceitar o que está na sua ficha. Não mude sua história agora.

– Mas eu nunca disse que o meu nome era...
– Sente-se! – o diretor Plumb ordena. Embora eu tenha fingido não saber inglês durante o último encontro e agora, depois do aviso do intérprete, eu ter certeza de que devo continuar fingindo ser ignorante, eu obedeço, esperando que o diretor ache que seu tom de voz me assustou.
– Na sua última entrevista, você disse que teve um casamento civilizado e por isso não cultuou seus antepassados durante a cerimônia. Temos a ficha do seu marido aqui, e ele diz que vocês cultuaram seus antepassados.

Eu espero o intérprete traduzir, depois respondo:

– Eu já disse antes, eu sou cristã. Não cultuo antepassados. Talvez meu marido tenha feito isso depois que nos separamos.
– Quanto tempo vocês ficaram juntos?
– Uma noite. – Até eu sei que isso soa mal.
– Você espera que acreditemos que você ficou casada por um dia e agora seu marido mandou buscá-la?
– Nosso casamento foi arranjado.
– Por um casamenteiro?
Eu tento imaginar como Sam teria respondido essa pergunta durante seu interrogatório.
– Sim, um casamenteiro.
O intérprete balança ligeiramente a cabeça para eu saber que respondi corretamente.
– Você disse que não serviu noz-de-areca e chá, mas sua irmã diz que sim – o diretor Plumb diz, batendo com o dedo em outra ficha, que eu imagino que seja de May.
Enquanto olho para o homem na minha frente, esperando o intérprete acabar de traduzir, imagino se isto será um truque. Por que May teria dito isso? Ela não diria.
– Nem minha irmã nem eu servimos chá ou noz-de-areca.
Esta não é a resposta que os dois homens querem. Lan On Tai olha para mim com um misto de pena e indignação.
O diretor Plumb continua.
– Você disse que teve um casamento civilizado, mas sua irmã diz que nenhuma de vocês usou véu.
Eu fico dividida entre me culpar e a May por não termos combinado melhor nossas histórias e questionar por que tudo isso importa.
– Nós tivemos casamentos civilizados, mas nenhuma de nós usou véu.
– Vocês ergueram seus véus durante o banquete de casamento?
– Eu já disse que não usei véu.
– Por que você diz que só sete pessoas foram ao banquete, quando o seu marido, o seu sogro e a sua irmã dizem que havia muitas mesas ocupadas na sala?
Sinto uma náusea no estômago. O que está acontecendo aqui?
– Nós éramos um grupo pequeno num restaurante de hotel onde outros hóspedes estavam jantando.
– Você disse que a casa da sua família tinha seis cômodos, mas sua irmã diz que é muito maior e o seu marido afirma que a casa é luxuosa.

– O rosto do diretor Plumb fica vermelho quando ele diz: – Por que você está mentindo?

– Há formas diferentes de contar os cômodos, e o meu marido...

– Vamos voltar ao seu casamento. O banquete foi no primeiro andar ou foi no andar de cima?

E ele continua: Eu tomei um trem depois do casamento? Tomei um barco? As casas em que morei com meus pais eram de vila? Quantas casas havia entre a nossa casa e a rua principal? Como eu sei que me casei segundo o costume antigo ou o costume novo se tive um casamenteiro e não usei véu? Por que minha suposta irmã e eu não falamos o mesmo dialeto?

O interrogatório continua durante oito horas seguidas – sem intervalo para almoço ou para ir ao banheiro. No fim, o diretor Plumb está vermelho e cansado. Quando ele dita a sinopse para o datilógrafo, eu fervo de frustração. Cada frase começa com "A suposta irmã da candidata afirma..." Eu posso entender – até certo ponto – que minhas respostas sejam consideradas diferentes das que foram dadas por Sam ou pelo Velho Louie, mas como May pode ter dado respostas completamente diferentes das minhas?

O intérprete não demonstra nenhuma emoção ao traduzir a conclusão do diretor Plumb: "Parece haver muitas contradições que não deveriam existir, especialmente quanto à casa que a candidata dividia com sua suposta irmã. Enquanto a candidata responde corretamente as indagações a respeito da aldeia natal do seu suposto marido, sua suposta irmã parece não ter nenhum conhecimento a respeito do marido, da família dele ou da casa dele, seja em Los Angeles ou na China. Portanto, é opinião unânime do comitê que esta candidata bem como sua suposta irmã sejam reexaminadas até que suas contradições sejam esclarecidas."
O intérprete então olha para mim.

– Você entendeu tudo que foi perguntado a você?

– Sim – respondo, mas estou furiosa com estes homens horríveis e seu interrogatório implacável, comigo por não ter sido mais esperta e principalmente com May. A preguiça dela nos fez ficar mais tempo presa nesta ilha horrível.

Ela não está na jaula de espera quando saio da sala, e tenho que ficar ali sentada e esperar por outra mulher cujo interrogatório também não correu bem. Depois de mais uma hora, a mulher é puxada para fora da sala pelo braço. A jaula é aberta e o guarda faz sinal para mim, mas nós não voltamos para o dormitório no segundo andar do prédio da administração. Atravessamos a propriedade até outro prédio de madeira. No final do corredor, tem uma porta com uma janelinha coberta com uma tela fina e com QUARTO Nº 1 pintado por cima. Podemos ter a sensação de que estamos na prisão nesta ilha e no nosso dormitório trancado, mas esta é a porta real da prisão. A mulher chora e tenta se soltar do guarda, mas ele é muito mais forte do que ela. Ele abre a porta, empurra a mulher para a escuridão e a tranca lá dentro.

Eu agora estou sozinha com um homem branco muito grande. Não tenho para onde ir, para onde fugir. Tremo incontrolavelmente. E então acontece uma coisa estranha. Seu sorriso de desprezo se transforma em algo semelhante a compaixão.

– Sinto muito que você tenha tido que ver isto – ele diz. – Estamos com pouca gente esta noite. – Ele sacode a cabeça. – Você não entende uma palavra do que eu estou dizendo, entende? – Ele faz um gesto na direção da porta pela qual entramos. – Temos que ir por ali, para eu poder levar você de volta ao seu dormitório – ele continua, falando devagar e de um jeito exagerado, de modo que suas feições se contorcem como as de uma estátua de um demônio. – Entendeu?

Mais tarde, quando atravesso o dormitório na direção do meu beliche, minhas emoções estão tumultuadas – sim, essa é a palavra –, uma mistura de raiva, medo e frustração. Os olhos das outras mulheres acompanham cada passo que dou, com meus saltos altos batendo no chão de linóleo. Algumas de nós estamos juntas há um mês, num lugar muito apertado. Estamos antenadas às emoções umas das outras e sabemos quando recuar e quando oferecer consolo. Agora eu sinto as mulheres se afastarem de mim, como se eu fosse uma pedra grande atirada num lago muito tranquilo.

May está sentada na ponta do beliche, com as pernas balançando. Ela inclina a cabeça como fazia em criança quando sabia que estava em apuros.

– Por que você demorou tanto? Eu estou esperando por você há horas.

– O que foi que você fez, May? O que foi que você *fez*?

Ela ignora a minha pergunta.

– Você perdeu o almoço. Mas eu trouxe um pouco de arroz.

Ela abre a mão e me mostra uma bola de arroz amassada. Eu a derrubo da mão dela com um tapa. As mulheres em volta desviaram os olhos.

– Por que você mentiu lá dentro? Por que fez isso?

Ela balança as pernas como uma criança cujos pés não alcançam o chão. Eu fico olhando para ela, respirando com força pelo nariz. Eu nunca fiquei tão zangada com ela. Não se trata de um par de sapatos enlameados ou de uma blusa emprestada que ela tenha manchado.

– Eu não entendi o que eles estavam dizendo. Eu não entendo aquele dialeto sze yup. Eu só conheço a linguagem de Xangai.

– E a culpa é *minha*? – Mas na hora em que digo isso, percebo que tenho uma parcela de culpa. Eu sei que ela não entende o dialeto do nosso lar ancestral. Por que eu não pensei nisso? Mas o Dragão em mim ainda está furioso e obstinado.

– Nós passamos por tanta coisa, mas você não tirou cinco minutos no navio para estudar o livro de instruções.

Quando ela sacode os ombros, eu sou tomada por uma onda de fúria.

– Você quer que eles nos mandem de volta?

Ela não responde, mas fica com os olhos cheios de lágrimas previsíveis.

– É isso que você quer? – insisto.

Agora as lágrimas previsíveis caem sobre a túnica dela, manchando o pano azul com rodelas que se espalham lentamente. Mas se ela é previsível, eu também sou.

Eu sacudo as pernas dela. A irmã mais velha, que tem sempre razão, pergunta:

– O que há de errado com você?

Ela resmunga alguma coisa.

– O quê?

Ela para de balançar as pernas. Fica de cabeça baixa, mas eu estou olhando para ela de baixo para cima e ela não consegue evitar o meu olhar. Ela torna a resmungar.

– Fale direito para eu ouvir – digo impaciente.

Ela inclina a cabeça, olha para mim e murmura alto o suficiente para eu ouvir:

– Eu estou grávida.

Ilha do Imortais

May enterra o rosto no travesseiro para abafar os soluços. Olho em volta e parece que as outras mulheres ou nos estão ignorando ou fingindo nos ignorar. Esse é o jeito chinês.

Eu tiro os sapatos e subo no beliche de May.

– Achei que você não tinha feito coisa de marido/mulher com Vernon – cochicho.

– Eu não fiz. Não consegui.

Um guarda entra e anuncia que está na hora do jantar, e as mulheres se apressam para sair primeiro. Por pior que seja a comida, jantar é mais importante do que uma discussão entre duas irmãs. Se houver algo comestível no jantar desta noite, elas querem ser as primeiras a pegar. Em poucos minutos, estamos sozinhas e não precisamos mais cochichar.

– Foi o rapaz que você conheceu no navio? – Eu não consigo nem me lembrar do nome dele.

– Foi antes disso.

Antes disso? Nós estávamos no hospital em Hangchow e depois no hotel em Hong Kong. Eu não sei como alguma coisa possa ter acontecido durante este período, a menos que tenha sido quando eu estava doente, ou antes, quando eu estava inconsciente. Foi um dos médicos que cuidou de mim? Ela foi estuprada quando estávamos tentando chegar no Grand Canal? Eu tive vergonha de falar sobre o que aconteceu comigo. Será que ela guardou um segredo semelhante este tempo todo? Tento rodear o assunto fazendo uma pergunta que me parece prática.

– Isso foi há quanto tempo?

Ela senta na cama, esfrega os olhos com as duas mãos e depois olha para mim com tristeza, humilhação e súplica. Encolhe as pernas debaixo do corpo até seus joelhos se tocarem, e então desabotoa lentamente seu casaco de camponesa e passa a mão sobre a blusa mostrando a barriga. Ela já está bem adiantada, o que explica por que tem usado roupas largas desde que chegou a Angel Island.

– Foi Tommy? – pergunto, torcendo para que tenha sido. Mamãe sempre quis que May e Tommy se casassem. Com Tommy e mamãe mortos, isso não seria uma dádiva? Mas quando May diz:
– Ele era só um amigo. – Eu não sei o que pensar. Minha irmã saía com vários rapazes em Xangai, especialmente naqueles últimos dias, quando estávamos tão desesperadas para esquecer nossa situação. Mas eu não sei os nomes deles, e não quero fazer perguntas do tipo "Foi aquele rapaz naquela noite no Clube Venus?" ou "Foi aquele americano que Betsy costumava trazer de vem em quando?". Esse tipo de interrogatório não seria tão ridículo e estúpido quanto o que eu tinha experimentado hoje? Mas eu não consigo segurar a língua.

– Foi aquele estudante que veio morar no pavilhão do segundo andar? – Eu não me lembro muito dele, só sei que era magro, usava roupas cinzentas e era muito reservado. O que ele estudava? Não sei, mas não me esqueci do jeito que ele rodeava a cadeira de mamãe no dia do bombardeio. Ele fez isso porque estava apaixonado por May, como tantos outros rapazes?

– Eu já estava grávida nessa época – May confessa.

Um pensamento desagradável me cruza a mente.

– Diga-me que não foi o capitão Yamasaki. – Se May fosse ter um bebê meio japonês, eu não sei o que faria.

Ela sacode negativamente a cabeça e eu fico aliviada.

– Você não o conheceu – May diz com a voz trêmula. – *Eu* mal o conheci. Foi só uma coisa que eu fiz. Não achei que *isso* fosse acontecer. Se eu tivesse tido mais tempo, teria pedido a um herborista para me dar alguma coisa para abortar. Mas eu não tive. Ah, Pérola, tudo é culpa minha. – Ela segura minhas mãos e começa a chorar de novo.

– Não se preocupe. Vai ficar tudo bem – digo, tentando consolá-la, mas sei que se trata de uma promessa vazia.

– Como vai ficar tudo bem? Você já pensou no que isso significa?

Para dizer a verdade, não. Eu não tive meses para pensar no estado de May. Só tive dois minutos.

– Nós não podemos ir para Los Angeles imediatamente. – May faz uma pausa e olha para mim. – Você entende que temos que ir para lá, certo?

– Eu não vejo outra maneira. Mas, mesmo esquecendo isso – aponto para a barriga dela –, nós não sabemos se eles ainda vão nos querer.

– É claro que vão. Eles nos compraram! Mas tem o problema do bebê. A princípio eu achei que poderia dar certo. Eu não fiz coisa de marido/mulher com Vernon, mas ele não ia dizer nada. Então o Velho Louie examinou nossos lençóis.

– Você já sabia naquela época?

– Você estava lá quando eu vomitei no restaurante. Eu estava com tanto medo. Achei que alguém ia entender o que estava acontecendo. Achei que você ia adivinhar.

Pensando nisso agora, eu percebo que muita gente compreendeu o que eu fui ignorante ou cega demais para ver. A velha em cuja casa paramos na nossa primeira noite fora de Xangai tinha tomado um cuidado especial com May. O médico em Hangchow tinha sido muito solícito, querendo que May dormisse. Eu sou a *jie jie* de May e sempre achei que éramos muito próximas, mas eu estava tão preocupada com minhas desgraças – perder Z.G., sair de casa, ser estuprada, quase morrer, chegar aqui – que não me dei conta das vezes que May vomitou nestes últimos meses. Não notei se nossa irmãzinha vermelha tinha ou não visitado May. E não me lembro da última vez que a vi despida. Eu abandonei minha irmã quando ela mais precisou de mim.

– Eu sinto tanto...

– Pérola! Você não está prestando atenção no que eu estou dizendo! Como podemos ir para Los Angeles agora? Aquele rapaz não é o pai e o Velho Louie sabe disso.

Tudo isso está acontecendo depressa demais, e este foi um dia longo e duro. A última coisa que eu comi foi uma tigela de *jook* no café da manhã e não vou jantar. Mas não estou tão cansada assim que não perceba que May tem algo em mente. Afinal de contas, ela só me contou que estava grávida porque eu estava furiosa com ela por causa...

– Você mentiu de propósito para o comitê. Você mentiu na primeira entrevista.

– O bebê precisa nascer aqui em Angel Island – ela diz.

Eu sou a irmã inteligente, mas minha mente se esforça para acompanhar a dela.

– Você já estava preparada para mentir quando o navio chegou a San Francisco – concluo. – Foi por isso que não estudou o livro de instruções. Você não queria responder corretamente. Você queria vir parar aqui.

– Isso não é inteiramente correto. Eu tinha esperança de que Spencer fosse me, nos, ajudar. Ele fez promessas no navio. Disse que ia tomar providências para que não tivéssemos que ir para Los Angeles. Ele mentiu. – Ela sacode os ombros. – Isso a surpreende depois do que Baba fez? Minha segunda opção era vir para cá. Você não vê? Se eu tiver o bebê aqui, eles nunca saberão que o bebê é meu.

– Eles?

– Os Louie – ela diz impacientemente. – Você tem que ficar com ele. Eu o estou dando para você. Você fez coisa de marido/mulher com Sam. O timing é quase perfeito.

Eu largo as mãos dela e me afasto.

– O que você está dizendo?

– Os médicos disseram que você provavelmente não poderá ter um bebê. Isso poderia salvar a *mim* e *ajudar* você.

Mas eu não quero um bebê – não agora, talvez nunca. Eu também não quero ser casada – pelo menos, não mediante um acordo para pagar as dívidas do meu pai. Tem que haver outro jeito.

– Se você não quer o bebê, então dê para as missionárias – eu sugiro. – Elas vão querer. Elas têm uma sociedade de Ajuda a Bebês Chineses de que estão sempre falando. Elas irão mantê-lo separado de mulheres doentes.

– Pérola! Este é o meu bebê! Que outros laços nós temos com mamãe e Baba? Nós somos filhas, o fim da linhagem. Meu filho não poderia ser o início de uma nova linhagem aqui na América?

É claro que achamos que o bebê é um menino. Como os chineses em toda parte, não conseguimos imaginar um filho que não seja homem, que irá trazer grande felicidade para a família e garantir que os antepassados sejam alimentados no outro mundo. Entretanto, o plano de May talvez não dê certo.

– Eu não estou grávida e não posso ter o bebê por você – digo, declarando o óbvio.

Mais uma vez, May mostra o quanto vem pensando nisso.

– Você vai ter que usar as roupas de camponesa que eu comprei para você. Elas tapam tudo. Aquelas camponesas não querem que ninguém veja seus corpos, nem para atrair um homem, nem para mostrar que estão grávidas. Você não notou o quanto minha barriga cresceu, notou? Mais tarde, se for preciso, podemos colocar um travesseiro dentro de suas calças. Quem é que vai examinar? Quem vai se importar? Mas temos que esticar nossa estada aqui.

– Por quanto tempo?
– Mais uns quatro meses.
Eu não sei o que dizer. Ela é minha irmã, meu único parente vivo até onde sei, e eu prometi a mamãe que iria cuidar dela. E foi assim que eu tomei uma decisão que iria afetar o resto da minha vida... e a de May também.
– Tudo bem. Eu faço isso.
Eu estou tão confusa com tudo o que aconteceu hoje que não tenho ideia de perguntar como ela vai ter o bebê e evitar que as autoridades fiquem sabendo.

A dura realidade do que fizemos ao deixar a China e vir para cá nos atinge duramente nas semanas seguintes. Pessoas esperançosas – estúpidas – chamam Angel Island de a Ellis Island do Ocidente. Aqueles que querem manter os chineses fora da América chamam-na de o Guardião do Portão Ocidental. Nós, chineses, nos referimos a ela como a Ilha dos Imortais. O tempo passa tão devagar que parece que estamos no outro mundo, isso é certo. Os dias são longos e pontilhados por uma rotina que é tão esperada e sem importância quanto esvaziar nossos intestinos. Tudo é regulado. Não temos absolutamente nenhuma escolha quanto ao que comer, à hora em que as luzes serão apagadas, à hora de dormir e de acordar. Quando você está na prisão, perde todos os privilégios.

Quando a barriga de May ficou muito grande, nós nos mudamos para dois beliches inferiores, um ao lado do outro, para que ela não tenha que subir tanto. Todas as manhãs acordamos e nos vestimos. Os guardas nos acompanham até o refeitório – uma sala surpreendentemente pequena, considerando que há dias em que as refeições são servidas para mais de trezentas pessoas. Como tudo o mais em Angel Island, o refeitório é segregado. Os europeus, asiáticos e chineses têm seus próprios cozinheiros, sua comida e seus horários de refeição. Nós temos meia hora para tomar o café da manhã e sair do refeitório antes que o grupo seguinte de detidos chegue. Nós nos sentamos em mesas compridas de madeira e comemos tigelas de *jook*, e depois os guardas nos acompanham de volta ao nosso dormitório e nos trancam lá dentro. Algumas mulheres preparam chá usando água quente de uma panela mantida sobre o aquecedor. Outras comem coisas enviadas por membros de suas famílias que moram em San Francisco: macarrão, picles e bolinhos. A maioria volta a dormir, só acordando quando as missionárias vêm conversar conosco sobre Deus e nos ensinar a costurar e tricotar. Uma das senhoras tem pena de mim: grávida e presa em Angel Island.

– Deixe-me mandar um telegrama para o seu marido – ela se oferece. – Quando ele souber que você está aqui e esperando bebê, ele vai aparecer e resolver tudo. Você não quer que o seu bebê nasça neste lugar. Você vai precisar de um hospital decente.

Mas eu não quero esse tipo de ajuda, pelo menos por enquanto.

No almoço, comemos arroz frio com broto de feijão cozido demais, *jook* com tiras de porco ou sopa de tapioca com biscoitos salgados. O jantar consiste em um único prato – tofu e porco, batatas e carne, ervilhas e joelho de porco, ou verduras e peixe. Eles às vezes nos dão um arroz vermelho malcozido que mal conseguimos comer. Tudo tem aparência e gosto de uma coisa que já foi mastigada e engolida antes. Algumas mulheres passaram a transferir pedaços de carne de seus pratos para o meu.

– Para o seu filho – elas dizem. Aí eu tenho que achar um jeito de transferir essas iguarias para May.

– Por que os maridos de vocês não vêm visitá-las? – uma mulher pergunta uma noite depois do jantar. O nome dela é Pá de Lixo, mas ela atende pelo nome de casada, Lee-shee. Está detida há mais tempo do que eu e May. – Eles podiam contratar um advogado para vocês. Poderiam explicar tudo aos inspetores. Vocês poderiam sair daqui amanhã.

May e eu não dizemos que nossos maridos não sabem que chegamos e que não podem saber antes do bebê nascer, mas, às vezes, eu tenho que admitir que seria um conforto vê-los – mesmo sendo quase estranhos.

– Nossos maridos estão muito longe – May explica para Lee-shee e para as outras mulheres. –É muito duro para a minha irmã, especialmente neste momento.

A tarde passa lentamente. Enquanto as outras mulheres escrevem para suas famílias – as pessoas podem enviar e receber cartas à vontade, embora estas tenham que passar por um censor –, May e eu conversamos. Ou olhamos pela janela – coberta com uma tela de arame para não fugirmos – sonhamos com nossa casa perdida. Ou trabalhamos em nossa costura e tricô, habilidades que nossa mãe nunca nos ensinou. Nós fazemos fraldas e camisinhas. Tentamos tricotar casaquinhos, toucas e sapatinhos de bebê.

– Seu filho vai nascer um Tigre e vai ser influenciado pelo elemento Terra, que está forte este ano – uma mulher de volta de uma viagem a sua aldeia me diz durante sua estada de três dias em Angel Island. – Sua criança de Tigre irá trazer alegria e preocupação ao mesmo tempo. Ele vai ser charmoso e inteligente, curioso e perguntador, afetuoso e atlético. Você vai ter que fazer muito exercício para acompanhá-lo.

May normalmente fica calada quando as mulheres me dão conselhos, mas desta vez ela não se contém.

– Ele vai ser realmente alegre? Vai ter uma vida feliz?

– Felicidade? Aqui na Terra da Bandeira Floreada? Eu não sei se a felicidade é possível neste país, mas o Tigre tem atributos especiais que podem ajudar o filho da sua irmã. Se ele for disciplinado e amado em doses iguais, o Tigre irá responder com afeto e compreensão, mas não se pode nunca mentir para um Tigre, porque ele irá reagir e se revoltar e fazer coisas ousadas e perigosas.

– Mas essas características não são boas? – May pergunta.

– Sua irmã é um Dragão. O Dragão e o Tigre sempre lutarão pelo domínio. Ela deve torcer por um menino, e qual é a mãe que não deseja isso?, porque então seus papéis ficarão claros. Toda mãe tem que obedecer ao filho, mesmo sendo um Dragão. Se sua irmã fosse um Carneiro, eu ficaria preocupada. O Tigre normalmente protege uma mãe Carneiro, mas eles só são compatíveis nas horas boas e felizes. Se não for assim, o Tigre se afasta do Carneiro ou então o destrói.

May e eu nos entreolhamos. Nós não acreditávamos nessas coisas quando mamãe era viva. Por que devemos começar a acreditar agora?

Eu tento ser sociável com as detidas que falam o dialeto sze yup, e meu vocabulário melhora ao me recordar de palavras da minha infância, mas, na verdade, de que adianta conversar com estas estranhas? Elas nunca ficam tempo suficiente para se tornarem amigas. May não pode participar porque não as compreende, e nós duas achamos melhor nossa reserva. Continuamos a ir ao banheiro e aos chuveiros comunitários sozinhas, explicando que não queremos expor meu filho aos fantasmas que vivem nesses lugares. Isso, é claro, não faz sentido. Eu não estou mais a salvo dos fantasmas quando vou aos chuveiros ou ao banheiro apenas com minha irmã em vez do grupo, mas as mulheres deixam passar, concordando que eu tenho preocupações típicas de uma futura mãe.

As únicas variações na rotina são nossas saídas, duas vezes por semana, do prédio da administração. Nas terças-feiras, nós temos permissão para pegar coisas nas nossas malas no cais, e, embora nunca peguemos nada novo, é um alívio estar ao ar livre. Nas sextas-feiras, as missionárias nos levam para um passeio. Angel Island é linda sob diversos aspectos. Nós vemos veados e guaxinins. Aprendemos os nomes das árvores: eucalipto, carvalho da Califórnia e pinheiro Torrey. Passamos pelo alojamento dos homens, que são separados por raça não apenas nas alas e andares, mas também no pátio de exercícios. E enquanto cercas com arame farpado no alto circundam toda a Estação de Imigração, mantendo-a separada do resto da ilha, o pátio de exercícios dos homens tem cercas duplas para impedir que eles fujam. Mas para onde eles poderiam fugir? Angel Island foi planejada como Alcatraz, a ilha que passamos a caminho daqui. Aquela também é uma prisão à prova de fuga. Aqueles que são tolos ou corajosos o suficiente para nadar para a liberdade geralmente são encontrados dias depois atirados numa praia não muito longe daqui. A diferença entre nós e os moradores da ilha vizinha é que nós não fizemos nada de errado. Só que, aos olhos dos *lo fan*, nós fizemos.

Na escola da missão metodista em Xangai, nossas professoras falavam sobre o único Deus e o pecado, sobre as virtudes do Paraíso e os horrores do Inferno, mas elas não tinham sido completamente honestas sobre o que seus compatriotas achavam de nós. Com as mulheres detidas e os interrogadores, nós aprendemos que a América não nos quer. Não só nós não podemos nos tornar cidadãos naturalizados, mas o governo aprovou uma lei em 1882 impedindo a imigração de todos os chineses, com quatro exceções: ministros, diplomatas, estudantes e comerciantes. Se você for um chinês pertencente a uma dessas categorias ou um cidadão americano descendente de chineses, você precisa ter uma carteira de identidade para desembarcar. Esse documento precisa ser carregado o tempo todo. São apenas os chineses que recebem este tratamento? Isso não me surpreenderia.

– Você não pode fingir ser um ministro, um diplomata ou um estudante – Lee-shee explica, enquanto comemos nosso primeiro jantar de Natal na nova terra. – Mas não é difícil fingir ser um comerciante.

– É verdade – concorda Dong-shee, outra mulher casada, que chegou uma semana depois de May e de mim. Foi ela que nos contou que dormimos em telas de arame em vez de colchões porque os *lo fan* acham que nós não nos sentimos confortáveis em camas. – Eles não querem fazendeiros como nós. Eles também não querem peões nem puxadores de riquixá ou recolhedores de fezes noturnas.

E eu penso: *Qual o país que iria querer?* Aquelas pessoas são uma necessidade, mas será que nós as queríamos em Xangai? (Está vendo como às vezes eu ainda não compreendo realmente o meu lugar no mundo?)

– Meu marido comprou uma vaga numa loja – Lee-shee se gaba.

– Ele pagou quinhentos dólares para se tornar sócio. Ele não é um sócio de verdade, nem pagou esse dinheiro. Quem tem tanto dinheiro assim? Mas ele prometeu ao dono que iria trabalhar até saldar a dívida. Agora meu marido pode dizer que é um comerciante.

– E é por isso que eles nos interrogam? – pergunto. – Estão procurando comerciantes falsos? Parece muito trabalho...

– O que eles querem pegar mesmo são filhos de papel.

Ao ver a expressão estúpida no meu rosto, as duas mulheres riem. May ergue os olhos da sua tigela.

–Diga-me – ela diz. – Eles contam piadas?

Eu sacudo a cabeça. May suspira e volta a cutucar o pé de porco em seu prato. Do outro lado da mesa, as duas mulheres trocam olhares eloquentes.

– Vocês duas não sabem muita coisa – Lee-shee observa. – É por isso que você e sua irmã estão aqui há tanto tempo? Seus maridos não explicaram o que vocês precisavam saber?

– Nós íamos viajar com nossos maridos e o meu sogro – respondo. – Nós fomos separados. O povo de macacos...

Elas balançam a cabeça, solidárias.

– Você também pode entrar na América se for filho ou filha de um cidadão americano – Dong-shee continua. Ela mal tocou na comida, e o molho gorduroso endurece em seu prato. – Meu marido é um filho de papel. O seu também é?

– Perdoe-me, mas eu não sei o que é isso.

– Meu marido comprou o papel para se tornar filho de um americano. Agora ele pode me trazer como sua esposa de papel.

– O que você quer dizer com ele comprou um papel? – pergunto.

– Vocês não ouviram falar em filhos de papel e em vagas de filho de papel? – Quando eu balanço negativamente a cabeça, Dong-shee apoia os cotovelos na mesa e se inclina para a frente. – Suponha que um chinês nascido na América viaje para a China para se casar. Quando volta para a América, ele diz às autoridades que sua esposa teve um bebê. Eu estou ouvindo atentamente para encontrar buracos na história, e acho que encontrei um.

– Ela teve mesmo um bebê?

– Não. Ele só diz que ela teve, e os funcionários da embaixada da China ou daqui de Angel Island não vão para uma aldeia distante para verificar se ele está dizendo a verdade. Então, este homem, que é cidadão dos Estados Unidos, recebe um papel dizendo que ele tem um novo filho, que também é cidadão por causa do pai. Mas lembrem-se, esse filho nunca nasceu. Ele só existe no papel. Então, agora, o homem tem uma vaga de filho de papel para vender. O homem espera dez anos, vinte anos. Então ele vende o papel, a vaga, para um jovem na China, que adota o sobrenome dele e vem para a América. Ele não é um filho de verdade. É só um filho de papel. Os funcionários da imigração aqui em Angel Island vão tentar fazê-lo cair em contradição e admitir a verdade. Se ele for apanhado, será mandado de volta para a China.

– E se não for?

– Então ele irá para sua nova casa e viverá como filho de papel, com cidadania falsa, nome falso e uma história de família falsa. Essas mentiras ficarão com ele enquanto ele permanecer aqui.

– Quem iria querer fazer isso? – pergunto, duvidando porque nós somos de um país em que os nomes de família são extremamente importantes e podem, às vezes, ser pesquisados até doze ou mais gerações para trás. A ideia de que um homem pudesse mudar voluntariamente seu sobrenome para vir para cá não parece plausível.

– Muitos jovens na China adorariam comprar esse papel e fingir serem filhos de outra pessoa para vir para a América, a Montanha Dourada, a Terra da Bandeira Floreada – Dong-shee responde. – Acredite no que estou dizendo, ele irá sofrer muitas humilhações e irá trabalhar muito, mas ganhará dinheiro, poupará e voltará rico para casa um dia.

– Isso parece fácil.

– Olhe em volta! Não é assim tão fácil! – Lee-shee interrompe. – Os interrogatórios são duros, e os *lo fan* estão sempre mudando as regras.

– E quanto a uma filha de papel? – pergunto. – As mulheres também vêm para cá assim?

– Qual a família que desperdiçaria uma oportunidade tão preciosa com uma filha? Nós temos sorte de aproveitar o falso status de nossos maridos para vir para cá como esposas de papel.

As duas mulheres riem até ficarem com lágrimas nos olhos. Como é que essas camponesas analfabetas sabem mais sobre essas coisas e sobre o que tem que ser feito para entrar neste país do que nós? Porque elas são a classe visada, enquanto May e eu não deveríamos estar aqui. Eu suspiro. Às vezes, desejo que nos mandem de volta, mas como podemos voltar? A China está nas mãos dos japoneses, May está grávida, e nós não temos nem dinheiro nem família.

Então, como sempre, a conversa se desvia para as comidas das quais temos saudades: pato assado, fruta fresca e caldo de feijão preto – qualquer coisa menos o lixo cozido demais que eles nos dão para comer.

Como May planejou, eu uso as roupas largas que usei para fugir da China. A maioria das mulheres não está aqui há tempo suficiente para notar que tanto May quanto eu parecemos estar engordando a cada dia. Ou talvez elas notem, mas são tão reticentes quanto nossa mãe teria sido acerca de algo tão íntimo.

Minha irmã e eu crescemos numa cidade cosmopolita. Nós agimos como se soubéssemos de muita coisa, mas somos ignorantes em muitos aspectos. Mamãe – de forma típica na época – não gostava de falar de nada que se referisse aos nossos corpos. Ela nunca nos avisou a respeito da visita da irmãzinha vermelha, e, quando ela veio pela primeira vez, eu fiquei aterrorizada, achando que ia sangrar até morrer. Mesmo assim, mamãe não explicou o que estava acontecendo. Ela me mandou para os aposentos das empregadas para que Pansy e as outras me ensinassem como cuidar de mim e como uma mulher ficava grávida. Mais tarde, quando a irmãzinha vermelha visitou May, eu contei a ela o que tinha aprendido, mas nós ainda não sabíamos muita coisa sobre gravidez ou sobre o parto. Felizmente, agora estamos morando com mulheres que sabem tudo sobre isso e que me dão muitas dicas, mas eu conto mesmo é com os conselhos de Lee-shee.

– Se seus mamilos são pequenos como as sementes de uma flor de lótus – ela diz –, então seu filho irá progredir na sociedade. Se seus mamilos são do tamanho de passas, então o seu filho irá afundar na pobreza.

Ela diz para eu fortalecer meu *yin* comendo peras em calda, mas não temos isso no refeitório. Quando May começa a ter dores na barriga, eu digo a Lee-shee que estou tendo essas dores, e ela explica que isso é comum em mulheres cujo *chi* está se estagnando ao redor do útero.

– A melhor cura é comer cinco fatias de rabanete polvilhadas de açúcar três vezes por dia – ela recomenda. Mas eu não tenho como conseguir rabanete fresco, e May continua com dor. Isso me leva a vender o resto das joias de mamãe para uma mulher de uma aldeia perto de Cantão. De agora em diante, sempre que May precisar de alguma coisa, eu vou poder comprar no estande ou subornar um dos guardas ou cozinheiros para conseguir. Então, quando May se queixa de má digestão, eu começo a me queixar também. As mulheres do nosso dormitório discutem a respeito do melhor remédio para mim, sugerindo que eu chupe cravos. Estes eu encontro com facilidade, mas Lee-shee não fica satisfeita.

– Pérola tem um estômago fraco ou então um baço fraco, ambos sinais de deficiências em suas funções Terra – Lee-shee diz às outras mulheres. – Alguém aqui tem tangerinas ou gengibre fresco que possamos usar para fazer um chá para ela?

Esses itens são comprados sem dificuldade e dão alívio a May, o que me deixa feliz, o que, por sua vez, agrada às outras detentas por terem sido capazes de ajudar uma mulher grávida.

Mais tempo se passa entre nossos interrogatórios. Isso é comum com aquelas cujas entrevistas têm problemas. Os inspetores acham que as horas passadas no dormitório irão nos enfraquecer, nos intimidar e nos fazer esquecer nossas histórias decoradas, levando-nos a cometer erros. Afinal de contas, se você é interrogada uma vez por mês durante oito horas seguidas, como pode se lembrar exatamente do que disse um, dois, seis ou dezoito meses atrás, ou o que seus parentes e conhecidos, que não estão na ilha, disseram sobre você nas entrevistas *deles*?

Maridos e esposas ficam separados durante toda a estada. Assim, eles não podem consolar um ao outro nem, o que é mais importante, dividir informações sobre os seus interrogatórios e as perguntas feitas. No dia do casamento deles, a cadeira para diante do portão ou diante da porta? Estava nublado ou chuviscando quando eles enterraram sua terceira filha? Quem consegue lembrar essas coisas quando as perguntas e as respostas podem ser interpretadas de formas diferentes? Afinal, numa aldeia de duzentas pessoas, o portão e a porta da frente não são a mesma coisa? Que importância tem a umidade do clima quando você enterra aquela filha sem importância? Aparentemente, tem importância para os interrogadores, e uma família cujas respostas a essas perguntas não combinem pode ficar presa por dias, semanas e até meses. Mas May e eu somos irmãs e podemos comparar histórias antes de nossas entrevistas. As perguntas feitas a nós se tornam cada vez mais difíceis à medida que são trazidas fichas relativas a Sam, Vernon, os irmãos deles, o Velho Louie e a esposa, sócios comerciais e gente da vizinhança – outros comerciantes, o policial da esquina e o homem que faz entregas para o nosso sogro. Quantas galinhas e patos a família do meu marido cria em sua aldeia? Onde são guardados os sacos de arroz na nossa casa em Los Angeles e na casa da família de Louie na aldeia de Wah Hong?

Se nos demoramos a responder, os inspetores se impacientam e gritam: "Anda logo! Anda logo!" Essa tática funciona bem para outras detentas, assustando-as e fazendo-as cometer erros cruciais, mas nós a usamos para fingir que somos estúpidas e atrapalhadas. O diretor Plumb fica cada vez mais aborrecido comigo, às vezes me encarando em silêncio por uma hora inteira, numa tentativa de me intimidar e me obrigar a dar outra resposta, mas eu estou demorando de propósito, e suas tentativas de me assustar e ameaçar só me deixam mais calma e mais focada.

May e eu usamos a complexidade, a simplicidade ou a idiotice dessas perguntas para prolongar nossa estada. À pergunta "Vocês tinham um cachorro na China?", May responde sim e eu respondo não. Nas nossas entrevistas duas semanas depois, os inspetores de cada um dos nossos interrogatórios nos questionam sobre essa discrepância. May confirma que nós tínhamos um cachorro, enquanto eu explico que um dia tivemos um cachorro, mas que nosso pai o matou para que o comêssemos na nossa última refeição na China. Na entrevista seguinte, os inspetores anunciam que nós duas estávamos corretas: a família Chin tinha um cachorro, mas ele foi comido antes da nossa partida. A verdade é que nós nunca tivemos um cachorro e o cozinheiro nunca serviu um cachorro – nosso ou de outra pessoa – em nossa casa. May e eu rimos durante horas por causa desta pequena vitória.

– Onde vocês guardavam o lampião a querosene na sua casa? – o diretor Plumb pergunta um dia. Nós tínhamos eletricidade em Xangai, mas eu digo a ele que o lampião a querosene ficava do lado esquerdo da mesa, enquanto May diz que ficava do lado direito.

Digamos que eles não sejam os mais inteligentes dos homens. Sob nossos casacos chineses, eles não notam o bebê crescendo dentro de May nem o travesseiro e as roupas amassadas que eu uso dentro das calças. Depois do Ano-Novo chinês, eu começo a entrar e sair da sala de interrogatório arrastando os pés e exagero meus esforços para me sentar e me levantar. Naturalmente, isso provoca uma nova bateria de perguntas. Eu tenho certeza de ter engravidado na única noite que passei com meu marido? Tenho certeza a respeito da data? Não pode ter sido de outra pessoa? Eu era uma prostituta em meu país? O pai do meu filho é quem eu digo que é?

O diretor Plumb abre a pasta de Sam e me mostra um retrato de um menino de sete anos.

– Este é o seu marido?

Eu estudo o retrato. Trata-se de um garotinho. Poderia ser Sam quando ele voltou para a China com os pais em 1920; podia ser outra pessoa.

– Sim, esse é o meu marido.

O datilógrafo continua a escrever, nossas pastas continuam a crescer, e, ao longo do caminho, eu aprendo bastante a respeito do meu sogro, de Sam, de Vernon e dos negócios da família Louie.

– Aqui diz que o seu sogro nasceu em San Francisco, em 1871 – o diretor Plumb diz enquanto consulta a pasta do Velho Louie. – Então ele tem sessenta e sete anos. O pai dele era comerciante. Esses fatos estão corretos?

No livro de instruções, eu tinha aprendido tudo, menos o ano de nascimento do Velho Louie. Eu me arrisco e respondo:

– Sim.

– Aqui diz que ele se casou com uma mulher de pés normais em San Francisco, em 1904.

– Eu ainda não a conheci, mas ouvi dizer que ela tem pés normais.

Ao ouvir isso, o sr. White se inclina e cochicha no ouvido do seu superior. Ambos consultam as pastas. Então, o sr. White aponta para alguma coisa numa das páginas. O diretor Plumb concorda com a cabeça e diz:

– Sua suposta sogra tem cinco filhos. Por que ela só teve filhos homens? Por que eles nasceram todos na China? Isso não lhe parece suspeito?

Destino   127

– Na realidade, o filho mais moço nasceu em Los Angeles – afirmo.
O diretor Plumb me lança um olhar.
– Por que os seus sogros deixam quatro filhos na China antes de trazê-los para cá?

Eu já me perguntei a mesma coisa, mas respondo o que decorei:
– Os irmãos do meu marido cresceram na aldeia de Wah Hong porque lá a vida era mais barata do que em Los Angeles. Meu marido foi mandado de volta para a China para conhecer seus avós, aprender a língua e as tradições, e fazer oferendas aos antepassados da família Louie em nome do seu pai.
– Você conheceu os irmãos?
– Só um chamado Vernon. Os outros não.
– Se os seus sogros estavam juntos em Los Angeles – pergunta o diretor Plumb –, por que eles esperaram mais onze anos para ter o último filho?

Eu não sei a resposta, mas dou um tapinha na barriga e digo:
– Algumas mulheres não tomam as ervas apropriadas, não comem as comidas certas nem seguem as regras adequadas para seu *chi* aceitar filhos de seus maridos.

Minha resposta de aldeã atrasada satisfaz meus interrogadores por aquele dia, mas uma semana depois o interesse deles se volta para a ocupação do meu sogro, tentando saber se ele não faz parte da classe proibida de trabalhadores braçais. Durante os últimos vinte anos, o Velho Louie abriu diversos negócios em Los Angeles. Atualmente, ele tem apenas uma loja.

– Qual é o nome da loja e o que ele vende? – o diretor Plumb pergunta.
Eu recito minha resposta.
– A loja se chama a Lanterna Dourada. Ele vende mercadorias chinesas e japonesas, inclusive móveis, sedas, tapetes, chinelos e porcelanas, com um valor de cinquenta mil dólares. – Ter aquele número na minha boca é como chupar cana.
– Cinquenta mil dólares? – o diretor Plumb repete, impressionado.
– Isso é um bocado de dinheiro.

Mais uma vez, ele e o sr. White juntam as cabeças, desta vez para falar sobre a gravidade da depressão em seu país. Eu finjo não prestar atenção. Eles checam a pasta do Velho Louie, e eu os ouço dizer que, ainda este ano, ele planeja mudar a loja de lugar, abrir mais duas lojas, um serviço de transporte para turistas e um restaurante. Eu esfrego minha barriga falsa e finjo desinteresse quando o sr. White explica a situação da família Louie.

– Nossos colegas em Los Angeles visitam os Louie a cada seis meses – ele diz. – Eles nunca viram nenhuma ligação entre seu sogro e uma lavanderia, loteria, pensão, barbearia, casa de apostas ou qualquer outra coisa duvidosa. E ninguém nunca denunciou tê-lo visto fazer trabalho braçal. Em outras palavras, ele parece ser um comerciante bem conceituado na comunidade.

O que fico sabendo no meu interrogatório seguinte, quando o sr. White lê alto, em inglês, trechos dos depoimentos de Sam e do pai, que são traduzidos para sze yup por outro intérprete que foi mandado para acompanhar a entrevista, me deixa completamente estupefata. O Velho Louie comunicou aos inspetores que seu negócio perdeu dois mil dólares por ano entre 1930 e 1933. Essa é uma quantia enorme de dinheiro em Xangai. O dinheiro de apenas um ano teria salvado minha família: o negócio do meu pai, a casa e as economias minhas e de May. Entretanto, o Velho Louie ainda conseguiu ir para a China para comprar esposas para os filhos.

– A família tem que ser rica, com dinheiro escondido – May diz aquela noite.

Ainda assim, tudo parece estranho e deliberadamente confuso. Será que o Velho Louie, cuja pasta só é um pouco maior do que a minha depois de ter passado por este departamento numerosas vezes, é tão mentiroso quanto May e eu?

Um dia, o diretor Plumb finalmente perde a paciência, dá um soco na mesa e diz:

– Como você pode afirmar ser esposa de um comerciante com domicílio legal *e* esposa de um cidadão americano? São duas coisas diferentes, e só uma é necessária.

Eu já me fiz essa mesma pergunta diversas vezes nos últimos meses, e ainda não sei a resposta.

Irmãs de sangue

Duas semanas depois, eu acordo, à noite, no meio de um pesadelo. Normalmente May está do meu lado, me confortando. Mas ela não está. Eu me viro, esperando vê-la no beliche em frente ao meu. Ela também não está lá. Eu fico deitada, prestando atenção. Não ouço ninguém chorando, murmurando encantamentos ou andando pelo dormitório, o que significa que é muito tarde. Onde está May? Ultimamente, ela tem tido tanta dificuldade para dormir quanto eu.

– Seu filho gosta de me chutar assim que eu me deito e não tem mais lugar na minha barriga para ele e para mim. Preciso ir ao banheiro o tempo todo – ela me disse há uma semana com tal ternura, como se mijar fosse um dom precioso, que eu não pude deixar de amá-la e ao bebê que ela estava carregando para mim. Ainda assim, nós prometemos uma à outra que não iríamos sozinhas ao banheiro. Eu estendo a mão para pegar minhas roupas e meu bebê travesseiro. Mesmo tarde da noite, eu não posso me arriscar a ser vista não parecendo grávida. Abotoo meu casaco por cima da barriga falsa e me levanto.

Ela não está no banheiro, então eu vou até os chuveiros. Quando entro, fico gelada e meu estômago fecha. O lugar não pode ser mais diferente do que o lugar dos meus sonhos, mas ali no chão está minha irmã, sem calças, com o rosto pálido de dor, e suas partes íntimas... expostas, inchadas, assustadoras.

May estende o braço na minha direção.

– Pérola...

Corro para junto dela, escorregando nos ladrilhos molhados.

– Seu filho está chegando – ela diz.

– Era para você me acordar.

– Eu não percebi que as coisas estavam tão adiantadas.

Muitas vezes, tarde da noite ou quando podíamos nos afastar um pouco quando as missionárias nos levavam para nossos passeios semanais pela propriedade, nós discutimos o que teríamos que fazer quando chegasse a hora. Fizemos vários planos e repassamos todos os detalhes. Na minha mente, eu revejo todas as coisas que as mulheres que consultamos tinham dito: você sente dor e logo tem a sensação de que vai peidar um melão, você vai para um canto, se agacha, o bebê sai, você o limpa, enrola e depois volta para junto do seu marido na plantação de arroz com o bebê amarrado no corpo. É claro que tudo isso é muito diferente do que se costuma fazer em Xangai, onde durante meses as mulheres deixam de ir a festas, de fazer compras e dançar até ir para um hospital estilo ocidental, onde elas são postas para dormir. Quando acordam, recebem seus bebês. Então, ficam no hospital por duas ou três semanas, recebendo visitas e sendo paparicadas por terem dado um filho à família. Finalmente, elas vão para casa a tempo da festa de um mês para apresentar o bebê ao mundo e receber homenagens da família, dos vizinhos e dos amigos. O estilo de Xangai é impossível aqui, mas como May disse várias vezes nas últimas semanas:

– As mulheres do campo sempre tiveram seus filhos sozinhas. Se elas podem fazer isso, eu também posso. E nós já passamos por muita coisa. Eu não tenho tido muito o que comer, e o que eu comi, vomitei. O bebê não vai ser grande. Ele vai sair com facilidade.

Nós tínhamos conversado sobre onde o bebê iria nascer e tínhamos decidido que os chuveiros eram o lugar onde as outras mulheres tinham mais medo de ir. Mesmo assim, as mulheres, às vezes, tomavam banho durante o dia.

– Eu não vou deixar o bebê sair nessa hora – May prometera.

Agora, olhando para trás, percebo que May deve ter passado o dia todo em trabalho de parto, descansando em seu beliche, com os joelhos para cima, as pernas cruzadas, mantendo o bebê dentro da barriga.

– Quando foi que as dores começaram? Com quanto tempo de intervalo? – pergunto, lembrando-me de que essas são pistas do tempo que o bebê vai levar para nascer.

– Começaram hoje de manhã. Não eram muito fortes, e eu sabia que tinha que esperar. De repente, tive vontade de ir ao banheiro. A água saiu quando eu cheguei aqui.

Essa devia ser a água que estava encharcando meus pés e meus joelhos.

Ela agarra minha mão quando sente uma contração. Fecha os olhos e seu rosto fica vermelho quando ela engole a dor. Ela aperta minha mão, enterrando as unhas na minha palma com tanta força que eu tenho vontade de gritar. Quando a contração termina, ela respira e sua mão relaxa na minha. Uma hora depois, eu vejo o bebê coroar.

– Você acha que consegue se agachar? – pergunto.

May geme em resposta. Eu fico atrás dela e a puxo até uma parede para ela poder se encostar. Em seguida, eu me posiciono entre suas pernas. Junto as mãos e fecho os olhos para tomar coragem. Abro os olhos, vejo a dor estampada no rosto da minha irmã e tento colocar na minha voz o máximo possível de confiança quando repito para ela o que me disse tantas vezes nessas últimas semanas.

– Nós podemos fazer isto, May. Eu sei que podemos.

Quando o bebê escorrega para fora, não é o filho que esperávamos. É uma menina coberta de muco – minha filha. Ela é pequenina, menor ainda do que eu esperava. Ela não chora, emite apenas sons fracos como o pio de um filhote de passarinho.

– Deixe-me ver.

Eu olho para minha irmã. O cabelo dela está molhado de suor, mas todos os vestígios de dor desapareceram do seu rosto. Eu entrego o bebê a ela e me levanto.

– Eu já volto – digo, mas May não está ouvindo. Ela abraçou o bebê, protegendo-o do choque do ar frio e limpando a gosma do rosto dele com a manga. Eu os contemplo por alguns instantes. Este é todo o tempo que eles terão para ficar juntos antes que eu tome o bebê para mim.

O mais rápida e silenciosamente possível, eu volto ao dormitório. Pego uma das roupinhas que May e eu fizemos, uma bola de lã, uma tesoura que as missionárias nos deram para nossos trabalhos de costura, alguns artigos sanitários e duas toalhas que compramos na lojinha. Pego o bule de chá que está sobre o aquecedor e corro de volta para os chuveiros. Quando chego lá, May já expeliu a placenta. Eu amarro a lã em volta do cordão umbilical e corto. Depois umedeço uma das pontas da toalha limpa com água quente do bule de chá e entrego a May para limpar o bebê. Uso um pouco da água e a outra toalha para limpar May. O bebê é pequeno, então o estrago não é tão ruim comparado com o que aconteceu comigo naquele setor. Eu espero que cicatrize sem pontos. Mas, na verdade, o que mais podemos fazer? Eu mal sei costurar um pano. Como poderia costurar as partes íntimas da minha irmã?

Enquanto May veste o bebê, eu limpo o chão e enrolo a placenta e o resto nas toalhas. Quando tudo está o mais limpo possível, eu jogo as coisas sujas no lixo. Do lado de fora, o céu fica cor-de-rosa. Nós não temos muito tempo.

— Acho que não vou conseguir me levantar sozinha — May diz do chão. Suas pernas tremem de frio e do esforço que ela acabou de fazer. Ela se arrasta para longe da parede e eu a ajudo a ficar em pé. Sangue escorre por suas pernas e suja o chão.

— Não se preocupe — ela diz. — Não se preocupe. Segure o bebê.

Ela me entrega o bebê. Eu esqueci de trazer a manta que May tricotou, e os braços do bebê se movimentam desajeitadamente com aquela súbita liberdade. Eu não a carreguei dentro de mim por todos esses meses, mas começo a amá-la na mesma hora como se fosse minha. Mal presto atenção em May quando ela coloca um cinto e um pano no lugar e veste as calças.

— Eu estou pronta — ela diz.

Nós examinamos o aposento. Não vai ser segredo que uma mulher deu à luz aqui. O que importa é que ninguém desconfie que aconteceu algo fora do comum, porque eu não vou poder ser examinada pelos médicos do posto.

Eu estou recostada na cama, segurando minha filha, com May deitada do meu lado — cochilando com a cabeça no meu ombro —, quando as outras mulheres acordam. Elas levam algum tempo para prestar atenção em nós.

— *Aiya!* Vejam quem chegou durante a noite! — Lee-shee diz excitadamente.

As outras mulheres e seus filhos pequenos se juntam ao redor, empurrando-se para ver melhor.

— Seu filho nasceu!

— Não é um filho. É uma filha — May corrige. A voz dela soa tão exausta que, por um segundo, eu temo que ela nos exponha.

— Uma pequena alegria — Lee-shee diz com compaixão, usando a expressão tradicional para demonstrar a decepção pelo nascimento de uma menina. Então ela sorri. — Mas olhem em volta. Quase todo mundo aqui é mulher, exceto pelos garotinhos que precisam de suas mães. Temos que ver isso como um evento auspicioso.

– Ele não vai continuar auspicioso se o bebê continuar vestido desse jeito – uma das mulheres diz.

Eu olho para o bebê. Suas roupas são as primeiras que May e eu fizemos na vida. Os botões estão tortos e a touca de lã está malfeita, mas aparentemente o problema não é esse. O bebê precisa ser protegido dos elementos maus. As mulheres se afastam e voltam com presentes de moedas para representar o cuidado de "cem amigos da família". Alguém amarra um barbante vermelho em seu cabelo preto para dar sorte. Então, uma após a outra, as mulheres costuram pequenos berloques representando os animais do zodíaco em sua touca e nas outras roupas que fizemos para protegê-la dos espíritos maus, do mau-olhado e da doença.

É feita uma coleta, e alguém é escolhida para dar o dinheiro para um dos cozinheiros chineses para ele preparar uma tigela de sopa de mãe, feita de pés de porco em conserva, gengibre, amendoim e qualquer bebida alcoólica que ele possa encontrar. (Vinho de Shaohsing é melhor, mas serve uísque se for só o que tiver.) Uma mãe de primeira viagem fica depauperada e sofre de excesso de *yin* frio. Os ingredientes da sopa são considerados quentes e construtores de *yang*. Eu sou informada de que elas vão ajudar a diminuir minha barriga, livrar o meu corpo do sangue estagnado e fazer meu leite descer.

De repente, uma das mulheres começa a desabotoar meu casaco.

– Você tem que amamentar o bebê. Nós vamos ensinar.

Eu afasto delicadamente a mão dela.

– Nós estamos na América agora, e minha filha é uma cidadã americana. Eu vou fazer como as americanas fazem. – *E as mulheres modernas de Xangai também*, eu penso, lembrando-me de todas as vezes que eu e May posamos para anúncios de companhias de leite em pó. – Ela vai tomar leite em pó.

Como sempre, eu traduzo a conversa de sze yup para o dialeto wu para May entender.

– Diga a ela que as mamadeiras e a fórmula estão num embrulho debaixo da cama – May diz depressa. – Diga a ela que eu não quero sair de perto de você, mas se uma delas puder nos ajudar eu ficaria agradecida.

Enquanto uma das mulheres pega uma mamadeira e mistura um pouco do leite em pó que compramos na lojinha com água do bule de chá e a coloca sobre o peitoril da janela para esfriar, Lee-shee e as outras discutem o problema do nome do bebê.

– Confúcio disse que quando os nomes não são corretos, a língua e a sociedade não estão de acordo com a verdade das coisas – ela explica.

– O avô da criança ou alguém de grande distinção precisa escolher o nome do seu bebê. – Ela franze os lábios, olha em volta e observa de forma teatral. – Mas eu não vejo ninguém aqui com esta característica. Talvez seja melhor assim. Você tem uma filha. Que decepção! Você não vai querer que ela se chame Pulga, Aquele Cachorro ou Pá de Lixo, como meu pai me chamou.

Escolher um nome é importante, mas isso não é função de mulheres. Agora que temos a oportunidade de escolher o nome de uma criança – e uma menina ainda por cima –, vemos que é algo muito mais difícil do que parece. Não podemos dar à menina o nome da minha mãe ou mesmo usar nosso sobrenome como nome próprio para homenagear meu pai, porque essas opções são consideradas tabu. Não podemos dar a ela o nome de uma deusa ou de uma heroína, porque é presunçoso e desrespeitoso.

– Eu gosto de Jade, porque exprime força e beleza – sugere uma jovem detenta.

– Os nomes de flor são bonitos. Orquídea, Lírio, Íris.

– Ah, mas são nomes muito comuns e frágeis – Lee-shee diz. – Vejam onde este bebê nasceu. Ela não deve ter um nome do tipo Mei Gwok?

Mei Gwok significa *Lindo País*, que é o nome cantonês oficial para os Estados Unidos, mas ele não é nem melodioso nem bonito.

– Você não poderá errar se usar um nome geracional de dois caracteres – outra mulher sugere. Isso me agrada, porque May e eu temos o nome geracional *Long*, Dragão. – Você podia usar *De*, Virtude, como a base e depois o nome de cada filha ser Virtude Boa, Virtude da Lua, Virtude Sábia.

– É muito complicado! – Lee-shee exclama. – Eu chamei minhas filhas de Menina Um, Menina Dois, Menina Três. Meus filhos são Filho Um, Filho Dois, Filho Três. Os primos deles são Primos Sete, Oito, Nove, Dez e assim por diante. Dar números faz todo mundo saber onde se encaixa uma criança na família.

O que ela não diz é: Quem se importa com nomes quando frequentemente as crianças morrem? Eu não sei o quanto disso tudo May entende, mas quando ela fala as outras se calam.

– Só tem um nome certo para este bebê – May diz em inglês. – Ela deve se chamar Joy. Estamos na América agora. Não vamos sobrecarregá-la com o passado.

Quando May vira a cabeça para olhar para mim, eu percebo que ela tinha passado esse tempo todo olhando para o bebê. Embora Joy esteja no meu colo, May conseguiu ficar mais perto dela fisicamente do que eu. Ela ergue o corpo, tira do pescoço a bolsinha com três moedas de cobre, três sementes de gergelim e três feijões verdes que mamãe lhe deu para guardar. Minha mão toca a bolsinha que eu ainda uso no pescoço. Eu não acredito que ela tenha me protegido, mas ainda uso a bolsinha e a pulseira de jade como lembranças físicas da minha mãe. May passa o fio de couro pela cabeça de Joy e enfia a bolsinha dentro de suas roupas.

– Para protegê-la aonde quer que você vá – May murmura.

As mulheres em volta choram com a beleza das palavras e do gesto, dizendo que ela é uma boa tia, mas nós todas sabemos que esse presente será retirado do pescoço de Joy para ela não se enforcar.

Quando as missionárias chegam, eu me recuso a ser levada para o hospital do posto.

– Este não é o jeito chinês – digo. – Mas se vocês pudessem mandar um telegrama para o meu marido, eu ficaria muito agradecida.

A mensagem é curta e objetiva: MAY E EU CHEGAMOS ANGEL ISLAND. MANDE DINHEIRO VIAGEM. BEBÊ NASCEU. PREPARE ANIVERSÁRIO UM MÊS.

Aquela noite, as mulheres voltam do jantar com a sopa especial de mãe. Apesar das objeções das mulheres reunidas em volta da cama, eu divido a sopa com minha irmã, dizendo que ela trabalhou tanto quanto eu. Elas sacodem as cabeças, indignadas, mas May precisa muito mais da sopa do que eu.

O diretor Plumb fica atônito quando eu entro para a minha entrevista usando um dos meus vestidos de seda mais bonitos e meu chapéu de plumas – com o livro de instruções decorado tanto por mim quanto por May e escondido debaixo do forro do vestido –, falando um inglês perfeito e carregando um bebê enfeitado de berloques. Eu respondo corretamente e sem hesitação a todas as perguntas, sabendo que em outra sala May está fazendo exatamente a mesma coisa. Mas minhas ações e as de May são irrelevantes, assim como a questão de esposa de comerciante com domicílio legal ou esposa de cidadão americano. O que os funcionários vão fazer com este bebê? Angel Island faz parte dos Estados Unidos, mas nenhum status ou cidadania são concedidos até que a pessoa *saia* da ilha. É mais fácil para os funcionários soltar-nos do que lidar com os problemas burocráticos apresentados por Joy.

O diretor Plumb faz sua sinopse costumeira no final do interrogatório, mas ele não está nada feliz ao concluir:

– A conclusão deste caso foi atrasada por mais de quatro meses. Embora esteja claro que esta mulher passou muito pouco tempo com o marido, que afirma ser cidadão americano, ela agora deu à luz um bebê em nosso posto. Após longa deliberação, chegamos a um acordo quanto aos pontos essenciais. Eu proponho, então, que Louie Chin-shee seja admitida nos Estados Unidos como esposa de um cidadão americano.

– Eu concordo – o sr. White diz.

– Eu também concordo – o datilógrafo diz, na única vez em que ouço a voz dele.

Às quatro horas desta mesma tarde, o guarda entra e chama dois nomes: Louie Chin-shee e Louie Chin-shee – os nomes antiquados de casadas meu e de May.

– *Sai gaai* – ele anuncia alto naquele seu jeito habitual de deturpar a expressão que significa *boa sorte*. Nós recebemos nossas carteiras de identidade. Eu recebo uma certidão de nascimento dos Estados Unidos para Joy, declarando que ela é "pequena demais para ser medida"; o que significa apenas que eles não se deram o trabalho de examiná-la. Torço para que essas palavras sejam úteis para apagar qualquer suspeita sobre datas e o tamanho de Joy quando o Velho Louie e Sam a virem.

As outras mulheres nos ajudam a embalar nossas coisas. Lee-shee chora ao se despedir de nós. May e eu vemos o guarda trancar a porta do dormitório atrás de nós, e então o seguimos para fora do prédio e ao longo do caminho que leva ao cais, onde apanhamos o resto da nossa bagagem e tomamos o barco para San Francisco.

Parte dois

SORTE

Um único grão de arroz

Nós pagamos catorze dólares para tomar o navio *Harvard* para São Pedro. Durante a viagem, tendo aprendido nossa lição em Angel Island, nós ensaiamos nossas histórias sobre o motivo de perdermos o navio meses atrás, do quanto nos esforçamos para sair da China para encontrar nossos maridos e do quanto nossos interrogatórios foram difíceis. Mas não precisamos contar história nenhuma, verdadeira ou falsa. Quando Sam nos recebe no cais, ele diz simplesmente:
– Nós achamos que vocês tinham morrido.

Nós só nos encontramos três vezes: na Cidade Antiga, no nosso casamento e quando ele entregou nossas passagens e outros papéis para a viagem. Depois de dizer essa única frase, Sam olha para mim sem palavras. Eu olho para ele sem palavras. May fica mais para trás, carregando nossas duas malas. O bebê dorme em meus braços. Eu não espero abraços nem beijos, e não espero que ele receba Joy de forma espalhafatosa. Isso não seria apropriado. Ainda assim, nosso encontro depois de tanto tempo é estranho.

No ônibus, May e eu nos sentamos atrás de Sam. Esta não é uma cidade de "prédios altos e mágicos" como os que temos em Xangai. Vejo uma única torre branca à minha esquerda. Passados mais alguns quarteirões, Sam se levanta e faz um sinal para nós. Do lado de fora da janela, à direita, há um enorme canteiro de obras. À esquerda, há um quarteirão comprido de prédios de tijolos de dois andares, alguns dos quais têm placas em chinês. O ônibus para, e nós saltamos. Subimos o quarteirão e o rodeamos. Uma placa diz LOS ANGELES STREET. Nós atravessamos a rua, passamos por uma praça com um coreto no centro, por um posto do corpo de bombeiros e, então, viramos à esquerda em Sanchez Alley, que tem mais prédios de tijolos enfileirados. Entramos numa porta com as palavras GARNIER BLOCK gravadas no alto, atravessamos uma passagem escura, subimos um lance de escadas velhas de madeira e percorremos um corredor cheirando a comida e fraldas sujas. Sam hesita diante

Sorte 141

da porta do apartamento que divide com os pais e com Vern. Ele se vira e nos lança um olhar que eu interpreto como sendo de solidariedade. Então ele abre a porta e nós entramos.

A primeira coisa que chama a minha atenção é como tudo é pobre, sujo e acanhado. Um sofá coberto com um pano roxo, cheio de manchas, está encostado numa parede. Uma mesa com seis cadeiras de madeira, sem nenhum estilo, fica no centro da sala. Ao lado da mesa, nem mesmo guardado num canto, há uma escarradeira. Uma olhada rápida mostra que não foi limpa recentemente. Não há fotografias nem pinturas nem calendários pendurados nas paredes. As janelas são imundas e sem cortinas. De onde estou, perto da porta, eu posso ver a cozinha, que é pouco mais do que um balcão com alguns utensílios em cima e um nicho para o culto aos antepassados da família Louie.

Uma mulher baixa e gorda, com o cabelo preso num coque na altura da nuca, corre para nós, gritando em sze yup:
– Sejam bem-vindas! Sejam bem-vindas! Vocês chegaram! – Então ela grita por cima do ombro: – Elas estão aqui! Elas estão aqui! – Ela faz um sinal para Sam. – Vai buscar o velho e o meu garoto. – Quando Sam atravessa a sala e entra no corredor, ela dirige sua atenção de novo para nós. – Deixem eu segurar o bebê! Ah, eu quero ver! Eu quero ver! Eu sou sua *yen-yen* – ela fala para Joy, usando o diminutivo sze yup para avó. Então ela diz para mim e para May: – Vocês também podem me chamar de Yen-yen.

Nossa sogra é mais velha do que eu esperava, uma vez que Vernon só tem catorze anos. Ela parece ter bem mais de cinquenta anos – velha se comparada com mamãe, que tinha trinta e oito quando morreu.

– Eu é que quero ver a criança – diz uma voz severa, também falando em sze yup. – Me dê ela aqui.

O Velho Louie, usando uma longa túnica de mandarim, entra na sala com Vern, que não cresceu muito desde a última vez que o vimos. Mais uma vez, May e eu aguardamos as perguntas sobre onde nós estivemos e que demoramos tanto a chegar, mas o velho não se interessa nem um pouco por nós. Eu entrego Joy a ele. Ele a coloca sobre uma mesa e a despe rudemente. Ela começa a chorar – assustada com os dedos ossudos, as exclamações da avó, a dureza da mesa em suas costas e o choque de estar nua.

Quando o Velho Louie vê que é uma menina, ele retira as mãos. Seu rosto mostra desagrado.

– Você não escreveu dizendo que a criança era uma menina. Devia ter feito isso. Nós não teríamos preparado um banquete se soubéssemos.
– É claro que ela precisa de uma festa de um mês – minha sogra diz.
– Todo bebê, mesmo uma menina, precisa de uma festa de um mês. E agora não há como voltar atrás. Todo mundo vem.
– Vocês já planejaram alguma coisa? – May pergunta.
– Agora! – Yen-yen diz. – Vocês levaram mais tempo para chegar aqui do cais do que pensávamos. Todo mundo está esperando no restaurante.
– Agora? – May quer saber.
– Agora!
– Não devíamos trocar de roupa? – May pergunta.
O Velho Louie fecha a cara.
– Não há tempo para isso. Vocês não precisam de nada. Não são tão especiais agora. Não precisam tentar vender a si mesmas aqui.

Se eu fosse mais corajosa, perguntaria por que ele é tão grosseiro e mau, mas não estamos na casa dele nem há dez minutos.

– Ela vai precisar de um nome – o Velho Louie diz, indicando o bebê.
– O nome dela é Joy – digo.
Ele faz um muxoxo.
– Não serve. Chao-di ou Pan-di é melhor.

Eu fico vermelha de raiva. Foi exatamente sobre isso que as mulheres em Angel Island nos alertaram. Eu sinto a mão de Sam nas minhas costas, mas seu gesto de consolo me causa um arrepio de ansiedade, e eu me afasto.

Sentindo que há algo errado, May pergunta em dialeto wu:
– O que ele está dizendo?
– Ele quer chamar Joy de Peça por um Irmão ou de Espere por um Irmão.

May aperta os olhos.

– Vocês não vão falar uma língua secreta na minha casa – o Velho Louie declara. – Eu preciso entender tudo o que vocês disserem.
– May não sabe sze yup – explico, mas por dentro eu estou fervendo de raiva pelo que ele está propondo para Joy, que lança gritos agudos no meio do silêncio desaprovador em volta dela.
– Só sze yup – ele diz, enfatizando suas palavras batendo com força na mesa. – Se eu ouvir vocês duas falando outra língua, mesmo inglês, vocês vão ter que colocar uma moeda numa jarra para mim. Entendido?

Sorte 143

Ele não é um homem alto nem forte, mas fica parado com os pés plantados no chão como nos desafiando a contradizê-lo. Mas May e eu acabamos de chegar aqui, Yen-yen se encostou numa parede, aparentemente para tentar ficar invisível, Sam mal disse uma palavra desde que saímos do barco e Vernon está ali ao lado, passando nervosamente o peso do corpo de um pé para o outro.

– Vistam Pan-di – o Velho Louie ordena. – Vocês duas penteiem os cabelos. E eu quero que usem isto. – Ele enfia a mão num dos bolsos de sua túnica de mandarim e tira quatro pulseiras de ouro de casamento.

Ele agarra minha mão e prende um bracelete de ouro, de seis centímetros de largura, no meu pulso. Depois prende um no outro pulso, empurrando rudemente a pulseira de jade da minha mãe para cima. Enquanto ele prende os braceletes de May, eu examino os meus. Aqui, finalmente, está a prova material da riqueza que eu esperava. Se May e eu pudermos encontrar uma casa de penhores, então podemos usar o dinheiro...

– Não fiquem paradas aí – o Velho Louie diz. – Façam alguma coisa para essa menina parar de chorar. Está na hora de ir. – Ele nos fita, aborrecido. – Vamos acabar logo com isso.

Em quinze minutos, nós viramos a esquina, atravessamos a Los Angeles Street, subimos alguns lances de escada e entramos no Restaurante Soochow para uma mistura de banquete de casamento e de festa de um mês. Travessas de ovos cozidos tingidos de vermelho para representar fertilidade e felicidade estão sobre uma mesa logo na entrada do salão. Versinhos de casamento estão pendurados nas paredes. Em cada mesa há fatias finas de gengibre doce para simbolizar o aquecimento do meu *yin* depois do esforço do parto. O banquete, embora não tão suntuoso quanto eu imaginei nos meus tempos românticos no estúdio de Z.G., é a melhor refeição que vemos em muitos meses – uma travessa fria de peixe, frango com molho de soja e rins fatiados, sopa de ninho de passarinho, um peixe inteiro cozido no vapor, pato de Pequim, macarrão, camarão e nozes –, mas May e eu não conseguimos comer.

Yen-yen – carregando a nova neta – nos leva de mesa em mesa para nos apresentar. Quase todo mundo aqui é um Louie, e todos falam sze yup.

– Este é o tio Wilbert. Este é o tio Charley. E este é o tio Edfred – ela diz para Joy.

Estes homens usando ternos quase iguais, feitos de tecido barato, são os irmãos de Sam e Vern. Eles nasceram com esses nomes? Não é possível. Esses são nomes que eles adotaram para parecerem mais americanos, assim como May, Tommy, Z.G. e eu adotamos nomes ocidentais para parecermos mais sofisticados em Xangai.

Como May e eu já estamos casadas há algum tempo, em vez da piada costumeira sobre o vigor de nossos maridos na cama, as brincadeiras agora giram em torno de Joy.

– Você cozinha um bebê depressa, Pérol-ah! – tio Wilburt diz num inglês capenga. Pelo livro de instruções, eu sei que ele tem trinta e um anos, mas parece muito mais velho. – Esse bebê muitas semanas adiantado!

– Joy grande para idade! – Edfred, que tem vinte e sete anos, mas parece mais moço, entra na conversa. Ele se sente encorajado pelo *mao tai* que está bebendo. – Nós sabemos contar, Pérol-ah.

– Sam vai dar filho para você da próxima vez! – Charley acrescenta. Ele tem trinta anos, mas é difícil dizer porque seus olhos estão vermelhos, inchados e lacrimejantes de alergia. – Você cozinha próximo bebê tão bem que ele sai ainda mais cedo!

– Vocês, homens da família Louie. Todos iguais! – Yen-yen ralha com eles. – Vocês pensam que sabem contar tão bem? Vocês contam quantos dias minhas noras passaram fugindo dos macacos. Vocês acham que dão duro aqui? *Bah!* O bebê teve sorte de nascer! Ela tem sorte de estar viva!

May e eu servimos chá a todos os convidados e recebemos *lai see* de presentes de casamento – envelopes vermelhos com caracteres dourados gravados desejando boa sorte e cheios de dinheiro que vai ser só nosso – e mais ouro em forma de brincos, broches, anéis e pulseiras em número suficiente para cobrir nossos braços até os cotovelos. Eu mal posso esperar a hora de ficarmos sozinhas para contar o primeiro dinheiro que temos para nossa fuga e pensar em como vender nossas joias.

Naturalmente, há os comentários esperados sobre o fato de Joy ser uma menina, mas a maioria das pessoas fica encantada em ver um bebê – qualquer bebê. É então que me dou conta de que quase todos os convidados são homens, com pouquíssimas esposas e quase nenhum filho. O que passamos em Angel Island começa a fazer sentido. O governo americano faz o possível para evitar a entrada de homens chineses. E dificulta ainda mais a entrada de mulheres chinesas. E em diversos estados, é contra a lei o casamento entre chineses e brancas. Tudo isso produz o resultado desejado pelos Estados Unidos: com poucas mulheres chinesas em solo americano, não podem nascer filhos, o que salva o país de ter que aceitar cidadãos indesejáveis, descendentes de chineses.

Em cada uma das mesas, os homens querem segurar Joy. Alguns até choram quando a seguram em seus braços. Eles examinam seus dedinhos dos pés e das mãos. Eu não consigo evitar, mas fico toda orgulhosa com o meu novo status de mãe. Eu estou contente – não radiante de felicidade, mas aliviada. Nós sobrevivemos. Conseguimos chegar em Los Angeles. Fora a decepção do Velho Louie em relação a Joy – e nem em dez mil anos eu vou chamá-la de Pan-di –, ele organizou esta festa e nós estamos sendo bem recebidas. Olho para May desejando que ela esteja sentindo o mesmo que eu. Mas minha irmã – enquanto desempenha suas obrigações de recém-casada – parece pensativa e retraída. Meu coração fica apertado. Como é cruel para ela tudo isso, mas ela não me empurrou num carrinho de mão por vários quilômetros nem cuidou de mim até eu ficar boa. De algum modo, minha irmãzinha encontrou uma maneira de continuar seguindo em frente.

Eu me recordo de conversar com May em Angel Island, antes do bebê nascer, sobre a importância da sopa especial de mãe e se devíamos ou não pedir a alguém para conseguir que o cozinheiro a preparasse para nós.

– Eu vou precisar dela para me ajudar com o sangramento – May tinha decidido de forma prática, mesmo sabendo que ela também faria descer o leite. Dessa forma, May e eu tínhamos dividido a sopa. Então, quando Joy estava com três dias de vida, May foi para o chuveiro e não voltou. Eu deixei o bebê com Lee-shee e fui procurar minha irmã. Meu medo era grande. Eu estava preocupada com o que May pudesse fazer se ficasse sozinha. Eu a encontrei no chuveiro, chorando não de tristeza, mas da dor em seus seios.

– É pior do que a dor do parto – ela disse soluçando. Sim, seu útero tinha encolhido, e mesmo nua ela não parecia ter tido um bebê, mas os seios estavam inchados e duros com as pedras do leite que não tinha para onde ir. A água quente ajudou e o leite escorreu, pingando dos seus mamilos e se misturando à água que descia pelo ralo.

Alguém pode dizer: Bem, que estupidez você ter deixado que ela tomasse uma sopa que faria o seu leite descer desse jeito. Mas lembre-se, nós não sabíamos nada sobre ter bebês. Nós não sabíamos sobre o leite nem o quanto ele pode ser doloroso. Alguns dias depois, quando May descobriu

que toda vez que o bebê chorava, o leite começava a escorrer dos seus seios, ela se transferiu para um beliche do outro lado do dormitório.
— Esse bebê chora demais — ela disse às outras. — Como posso ajudar minha irmã à noite se não dormir um pouco durante o dia?

Agora eu vejo May servir chá numa mesa de homens solitários e enfiar no bolso os envelopes vermelhos. Os homens cumprem sua obrigação brincando, implicando e debochando dela, e ela cumpre a obrigação dela respondendo com um sorriso.

— Agora é sua vez, May — Wilburt grita quando voltamos à mesa dos tios.

Charley a analisa dos pés à cabeça, e então diz:
— Você é pequena, mas seus quadris são bons.
— Se você der ao velho o neto que ele deseja, vai se tornar a favorita dele — Edfred promete.

Yen-yen também ri, mas antes de irmos para a mesa seguinte, ela me entrega Joy. Depois dá o braço a May e começa a andar, dizendo rapidamente diversas frases em sze yup.

— Não deixe que estes homens a perturbem. Eles sentem falta das esposas que ficaram em casa. Eles sentem falta de esposas que nem mesmo possuem! Você veio para cá com sua irmã. Você a ajudou a trazer este bebê para nós. Você é uma moça corajosa. — Yen-yen para e espera que eu acabe de traduzir. Quando chego ao fim, ela segura a mão de May. — Você pode ser liberada de uma única coisa, mas isso só vai causar-lhe outro tipo de problema. Entende?

Já é tarde quando chegamos de volta ao apartamento. Estamos todos cansados, mas o Velho Louie ainda não nos liberou.

— Entreguem suas joias — ele diz.

Isso me deixa chocada. Ouro de casamento pertence unicamente à noiva. É o tesouro secreto que ela pode usar para comprar um presente especial para ela sem que o marido critique ou para emergências, como minha mãe fez quando Baba perdeu tudo. Antes que eu possa protestar, May diz:

— Estas coisas são nossas. Todo mundo sabe disso.
— Acho que vocês estão enganadas — ele diz. — Eu sou seu sogro. Sou o chefe aqui. — Ele podia dizer que não confia em nós, e estaria certo. Ele podia nos acusar de querer usar o ouro para achar um jeito de fugir daqui, e estaria certo. Em vez disso, ele diz: — Acha que você e sua irmã, por mais que se achem espertas e inteligentes com seus modos de moças de Xangai,

irão saber para onde ir esta noite com essa menina? Vocês irão saber para onde ir amanhã? O sangue do seu pai arruinou vocês duas. Foi por isso que consegui comprá-las por um preço baixo, mas isso não quer dizer que eu queira perder minhas mercadorias tão facilmente.

May olha para mim. Eu sou a irmã mais velha. Devo saber o que estou fazendo, mas me sinto completamente confusa com o que estamos vendo e vivendo. Nem uma vez nos perguntaram por que não fomos nos encontrar com os Louie em Hong Kong na data marcada, o que passamos, como sobrevivemos ou como chegamos na América. O Velho Louie e Yen-yen só estão preocupados com o bebê e as pulseiras, Vernon vive num mundo à parte, enquanto Sam parece estranhamente alheio a tudo o que se passa. Eles parecem não ligar para o que possa acontecer conosco, mas a impressão que tenho é que estamos presas numa rede de pesca. Podemos nos contorcer e continuar respirando, mas não há nenhuma possibilidade de fuga que eu consiga enxergar. Pelo menos, não neste momento.

Nós deixamos o velho levar nossas joias, mas ele não pede o dinheiro escondido em nossa *lai see*. Talvez ele saiba que não deve ser muito. Mas eu não sinto nenhuma sensação de triunfo e vejo que May também não sente. Ela fica parada no meio da sala, parecendo derrotada, triste e muito sozinha.

Todo mundo se reveza para ir ao banheiro. O Velho Louie e Yen-yen são os primeiros a ir para a cama. May olha para Vern, que puxa a ponta dos cabelos. Quando ele sai da sala, May o acompanha.

— Tem um lugar para o bebê? — pergunto a Sam.

— Yen-yen preparou alguma coisa. Eu espero. — Ele estica o queixo e solta o ar.

Eu vou atrás dele no corredor escuro. O quarto de Sam não tem janelas. Uma única lâmpada está pendurada no meio do teto. Uma cama e uma cômoda tomam quase todo o espaço. A gaveta de baixo está aberta e forrada com um cobertor macio para Joy dormir. Eu a coloco na cama improvisada e olho em volta. Não vejo nenhum armário, mas tem um pano pendurado num canto para dar um pouco de privacidade.

— Minhas roupas? — pergunto. — As que o seu pai pegou depois que nos casamos?

Sam olha para o chão.

— Elas já estão em China City. Vou levar você lá amanhã e talvez ele deixe você ficar com alguma coisa.

Eu não sei o que é China City. Eu não sei o que ele quer dizer com talvez eu possa ficar com algumas das minhas roupas, porque minha mente está em outro lugar: eu tenho que me deitar com o homem que é meu marido. De alguma forma, apesar de todo o meu planejamento e de May, nós não pensamos nessa parte. Agora eu fico tão paralisada quanto May estava há pouco, ali no meio do quarto.

Mesmo neste espaço apertado, Sam se movimenta. Ele abre um pote de algo de cheiro forte, fica de gatinhas e despeja o conteúdo em quatro tampas de lata enfiadas sob as pernas da cama. Quando termina, ele senta sobre os calcanhares, fecha o pote e diz:

– Eu uso querosene para afastar os percevejos.

Percevejos!

Ele tira a camisa e o cinto e os pendura num gancho atrás da cortina. Senta-se na beira da cama e olha para o chão. Depois de algum tempo, ele diz:

– Sinto muito por hoje. – Passados mais alguns minutos, acrescenta:
– Sinto muito por tudo.

Eu me lembro de como fui atrevida na noite do nosso casamento. Aquela pessoa era audaciosa e corajosa como uma guerreira da antiguidade, mas aquela moça foi derrotada num casebre entre Xangai e o Grand Canal.

– Ainda é muito cedo depois do parto – consigo dizer.

Sam olha para mim com seus olhos escuros, tristes. Finalmente, ele diz:

– Acho que você vai preferir o lado da cama mais próximo da nossa Joy.

Depois que ele entra debaixo das cobertas, eu puxo o cordão para apagar a luz, tiro os sapatos e me deito por cima do cobertor. Fico agradecida por Sam não tentar tocar em mim. Depois que ele adormece, eu enfio a mão no bolso para tocar no *lai see*.

Qual é a primeira impressão que você tem de um lugar novo? É a primeira refeição que você faz? A primeira vez que você toma um sorvete de casquinha? A primeira pessoa que você encontra? A primeira noite que passa na sua nova cama na sua nova casa? A primeira promessa não cumprida? A primeira vez que você compreende que ninguém se importa com você a não ser como uma potencial produtora de filhos homens? O conhecimento de que seus vizinhos são tão pobres que só colocam um dólar no seu *lai see*, como se isso fosse suficiente para dar a uma mulher um tesouro que dure uma vida inteira? A percepção de que seu sogro, um homem nascido neste país, ficou a vida toda tão isolado em Chinatowns que fala um inglês patético? O momento que você compreende que tudo o que pensava a respeito do nível social, prosperidade e fortuna dos seus sogros está tão errado quanto tudo o que você pensava sobre o status e a riqueza da sua própria família?

O que eu guardo mais são os sentimentos de perda, insegurança, desassossego e a saudade de um passado que não pode ser recuperado. Isso não acontece apenas porque minha irmã e eu somos novas neste país estranho. Ninguém aqui é o homem da Montanha de Ouro – de uma riqueza inimaginável – nem mesmo o Velho Louie. Em Angel Island, eu fiquei sabendo dos negócios dele e do valor de suas mercadorias, mas elas não significam nada aqui, onde todo mundo é pobre. Muitas pessoas perderam o emprego durante a Depressão. Alguns tiveram a sorte de poder mandar suas famílias de volta para a China, porque era mais barato sustentá-las lá do que dar-lhes casa e comida aqui. Quando os japoneses atacaram, essas famílias voltaram. Mas ninguém está ganhando dinheiro e as condições estão piores do que antes, pelo que fiquei sabendo.

Cinco anos atrás, em 1933, a maior parte de Chinatown foi derrubada para abrir espaço para uma nova estação ferroviária, que está sendo construída naquele enorme canteiro de obras que vimos quando Sam nos trouxe para cá de ônibus. As pessoas tiveram vinte e quatro horas para se mudar – muito menos do que May e eu tivemos quando deixamos Xangai –, mas para onde elas poderiam ir? A lei diz que os chineses não podem possuir propriedade e a maioria dos proprietários não aluga para chineses, então as pessoas se amontoam em prédios e se apertam em cômodos nos últimos prédios da Chinatown original, onde nós moramos, ou no Mercado de Chinatown, que junta produtores e vendedores, muitos quarteirões e uma cultura distante daqui. Todo mundo – inclusive eu – sente saudade da família que ficou na China, mas, quando penduro as fotografias que May e eu trouxemos na parede do meu quarto, Yen-yen grita comigo.

– Sua garota estúpida! Quer nos criar problemas? O que vai acontecer se os inspetores da imigração vierem aqui? Como você vai explicar quem são essas pessoas?

– Eles são meus pais – digo. – E estas somos eu e May quando éramos pequenas. Estas coisas não são um segredo.

— Tudo é segredo. Você está vendo algum retrato aqui? Agora tire isso da parede e esconda antes que eu jogue fora.

Esta é a minha primeira manhã e eu logo descubro que, embora esteja numa nova terra, sob muitos aspectos é como se eu tivesse dado uma passo gigantesco na direção do passado. A palavra cantonesa para *esposa* – *fu yen* – é composta de dois elementos. Uma parte significa *mulher* e a outra parte significa *vassoura*. Em Xangai, May e eu tínhamos empregadas. Agora eu sou a empregada. Por que só eu? Não sei. Talvez porque eu tenha um bebê, talvez porque May não entenda quando Yen-yen diz a ela para fazer alguma coisa em sze yup, ou talvez porque May esteja eternamente amedrontada de que sejamos desmascaradas, de que caiamos em desgraça – ela por ter tido um bebê que não é do marido e eu por não poder ter filhos – e sejamos atiradas na rua. Então, todas as manhãs, depois que Vern vai para a sua turma do nono ano no Central Junior High e May, Sam e o velho vão para China City, eu fico no apartamento para esfregar lençóis, roupas de baixo manchadas, as fraldas de Joy e as roupas suadas dos tios, bem como as dos homens solteiros que se hospedam conosco periodicamente. Eu esvazio a escarradeira e providencio recipientes para as cascas das sementes de melancia que meus sogros mastigam. Eu lavo o chão e as janelas.

Enquanto Yen-yen me ensina a fazer sopa fervendo um pé de alface e despejando molho de soja sobre ele ou a preparar o almoço pegando uma tigela de arroz, espalhando uma quantidade generosa de gordura por cima e salpicando molho de soja para disfarçar o gosto, minha irmã sai para explorar a cidade. Enquanto eu descasco nozes com Yen-yen para vender para restaurantes ou esfrego a banheira para tirar a sujeira que o velho deixa depois do banho diário, minha irmã conhece pessoas. Enquanto minha sogra me ensina a ser esposa e mãe – tarefas que ela desempenha com uma combinação de inépcia, animação e defesa feroz –, minha irmã aprende onde fica tudo.

Embora Sam tenha dito que ia me levar a China City – uma atração turística que foi construída a dois quarteirões daqui –, eu ainda não fui lá. Mas May vai lá todos os dias para ajudar a preparar as coisas para a grande inauguração. Ela me diz que logo eu vou trabalhar no café, nas lojas de antiguidades, nas lojas de objetos raros, ou em qualquer lugar que o Velho Louie tenha anunciado a ela naquela tarde; eu escuto com uma espécie de cansaço, sabendo que não tenho escolha quanto ao lu-

gar em que vou trabalhar, mas que ficarei grata por não precisar mais ajudar Yen-yen em suas tarefas: amarrar cebolinhas em molhos, separar morangos pelo tamanho e qualidade, descascar aquelas malditas nozes até ficar com os dedos manchados e rachados, ou – e isso é realmente nojento – cultivar broto de feijão na banheira entre os banhos que o velho toma. Eu fico em casa com minha sogra e Joy; minha irmã volta no fim do dia com histórias de pessoas chamadas Peanut e Dolly. Em China City, ela examina caixas de roupas. Nós combinamos que, se íamos morar na América, então deveríamos nos vestir como americanas, mas ela teimosamente só traz *cheongsams*. Ela escolhe os mais bonitos para si mesma. Talvez isso seja o correto. Como Yen-yen diz:
– Você agora é uma mãe. Sua irmã ainda precisa fazer meu garoto dar um filho a ela.

Todo dia May me conta suas aventuras, as bochechas rosadas do ar livre, o rosto iluminado de prazer. Eu sou a irmã mais velha e estou sofrendo da doença do olho vermelho, inveja. Eu sempre fui a primeira a descobrir coisas novas, mas agora é May quem me conta sobre as lojas e coisas divertidas que estão sendo planejadas em China City. Ela me conta que grande parte está sendo construída com sets de filmagem usados, que ela descreve com tanto detalhe que eu tenho certeza de que vou reconhecê-los e saber de onde se originaram quando os vir. Mas não posso mentir. Incomoda-me que ela faça parte da agitação enquanto eu sou obrigada a ficar com minha sogra e Joy neste apartamento deprimente, onde a poeira que paira no ar me deixa sufocada e tonta. Eu digo a mim mesma que isso é só temporário, como Angel Island foi temporário, e que logo – seja como for – eu e May vamos fugir.

Enquanto isso, o Velho Louie continua a me castigar por ter tido uma filha, ignorando-me. Sam se arrasta pela casa com uma expressão mal-humorada no rosto porque eu me recuso a fazer coisa de marido/mulher com ele. Toda vez que ele se aproxima, eu cruzo os braços e seguro meus cotovelos. Ele se afasta como se eu o tivesse ofendido profundamente. Ele raramente fala comigo e, quando fala, é no dialeto wu das ruas, como se eu fosse inferior a ele. Yen-yen reage à minha óbvia infelicidade e frustração com uma lição sobre casamento:
– Você precisa se acostumar com isso.

No começo de maio, depois de estarmos aqui há duas semanas, minha irmã pede e recebe permissão de Yen-yen para levar a mim e a Joy para um passeio.

— Do outro lado da praça fica Olvera Street, onde mexicanos têm lojinhas para turistas — May diz, apontando naquela direção. — Depois fica China City. De lá, se você caminhar na direção da Broadway e virar para o norte, vai achar que entrou num cartão-postal da Itália. Salames pendurados nas janelas e... ah, Pérola, é tão diferente e estranho como quando os russos brancos moravam na Concessão Francesa. — Ela faz uma pausa e ri. — Eu quase esqueci. Aqui também tem uma Concessão Francesa. Eles chamam de French Town, e fica em Hill Street, a um quarteirão da Broadway. Eles têm um hospital francês e cafés e... isso não tem importância agora. Vamos falar só sobre a Broadway. Se você caminhar para o sul pela Broadway, vai chegar nos cinemas e lojas de departamentos. Se for para o norte passando pela Little Italy, vai chegar numa outra Chinatown que está sendo construída. Ela é chamada de *Nova* Chinatown. Eu posso levar você lá sempre que você quiser.

Mas eu não estou com vontade de ir agora.

— Aqui não é como Xangai, onde nós éramos separados por raça, dinheiro e poder, mas ainda nos víamos todos os dias — May deixa claro na semana seguinte, quando leva a mim e a Joy para passear de novo ao redor do quarteirão. — Nós andávamos juntos nas ruas, mesmo que não frequentássemos os mesmos clubes noturnos. Aqui todo mundo é separado de todo mundo, japoneses, mexicanos, italianos, negros e chineses. Há brancos em toda parte, mas o resto de nós fica no último degrau. Todo mundo quer ser um único grão de arroz melhor do que o vizinho. Você se lembra em Xangai de como era importante saber inglês e de como as pessoas se orgulhavam dos seus sotaques americanos ou britânicos? Aqui as pessoas são divididas entre aquelas que têm o melhor *chinês* e onde e com quem o aprenderam. Você aprendeu numa das missões aqui em Chinatown? Aprendeu na China? Sabe o que acontece entre quem fala sze yup e sam yup? Um não fala com o outro. Um não faz negócio com o outro. Se isso não fosse o bastante, os chineses nascidos na América desprezam gente como nós, dizendo que somos recém-chegados e atrasados. Nós os desprezamos, porque nós *sabemos* que a cultura americana não é tão boa quanto a cultura chinesa. As pessoas também se unem pelo nome. Se você é um Louie, tem que comprar de um Louie, mesmo que pague mais caro. Todo mundo sabe que nenhuma ajuda virá dos *lo fan*, mas mesmo um Mock, Wong ou SooHoo não ajudará um Louie.

Ela mostra o posto de gasolina, embora não conheçamos ninguém que tenha carro. Ela passa comigo pelo Jerry's Joint – um bar com comida chinesa e atmosfera chinesa, mas que não pertence a um chinês. Todo espaço que não é uma loja é um tipo qualquer de hotel barato: apartamentos mínimos como aquele em que moramos para famílias, pensões que custam poucos dólares por mês para trabalhadores chineses solteiros como os tios, e quartos alugados pelas missões, onde homens que estão passando por dificuldades podem dormir, comer e ganhar alguns dólares por mês mantendo o lugar limpo.

Depois de um mês dessas excursões em volta do quarteirão, May me leva até a praça.

– Aqui costumava ser o coração do assentamento espanhol original. Havia espanhóis em Xangai? – May pergunta alegremente. – Eu não me lembro de ter conhecido nenhum.

Ela não me dá chance de responder, porque está ansiosa para me mostrar Olvera Street, que fica em frente a Sanchez Alley do outro lado da praça. Eu não estou particularmente interessada em vê-la, mas depois de ela ter insistido por vários dias, eu atravesso o espaço aberto com ela e me aventuro na rua de pedestres cheia de barraquinhas coloridas com blusas de algodão bordadas, pesados cinzeiros de cerâmica e pirulitos na forma de cones pontudos. Pessoas com trajes rendados fazem velas, sopram vidro e pregam solas em sandálias, enquanto outras cantam e tocam instrumentos.

– É assim que as pessoas vivem no México? – May pergunta.

Eu não sei se aquilo se parece mesmo com o México, mas é um lugar festivo e vibrante comparado com nosso escuro apartamento.

– Não faço ideia. Talvez.

– Bem, se você está achando isto aqui bonito e divertido, espere até ver China City.

Na metade da rua, ela para de repente.

– Veja, aquela é Christine Sterling. – Ela faz um sinal na direção de uma mulher branca idosa, mas elegantemente vestida, sentada na varanda de uma casa que parece que foi feita de lama. – Ela criou Olvera Street. Ela também está por trás de China City. Todo mundo diz que tem um grande coração. Dizem que ela quer ajudar os mexicanos e chineses a terem seus próprios negócios durante estes tempos difíceis. Ela veio para Los Angeles sem nada, assim como nós. Agora está prestes a ter duas atrações turísticas.

Nós chegamos no fim do quarteirão. Uma fila de carros americanos se arrasta e buzina ao longo da rua. Do outro lado da Macy Street, eu vejo o muro que cerca China City.

– Eu posso levar você lá se quiser – May oferece. – Só precisamos atravessar a rua.

Eu sacudo a cabeça.

– Talvez outro dia.

Quando voltamos pela Olvera Street, May acena e sorri para os lojistas, que não acenam nem sorriem de volta.

Enquanto May trabalha com o Velho Louie e Sam organiza as coisas em China City, Yen-yen e eu desempenhamos nossas tarefas domésticas no apartamento, cuidamos de Vernon quando ele volta da escola, e nos revezamos para tomar conta de Joy durante as longas tardes, quando ela chora sem parar durante horas, ninguém sabe por quê. Mas mesmo que eu pudesse sair, quem eu poderia conhecer? Aqui tem cerca de uma mulher ou menina para cada dez homens. Moças da minha idade e de May normalmente são proibidas de sair com rapazes, e os chineses que moram aqui não querem se casar com elas.

– As moças nascidas aqui são muito americanizadas – tio Edfred diz quando vem jantar no domingo. – Quando eu ficar rico, vou voltar para minha aldeia e arranjar uma esposa tradicional.

Alguns homens – como o tio Wilburt – têm esposas na China que eles passam anos sem ver. "Faz um tempão que eu não faço coisa de marido/mulher com minha esposa. É caro demais ir à China para isso. Eu estou economizando para voltar para casa de vez."

Com esse tipo de mentalidade, a maioria das moças não consegue casar. Durante a semana, elas frequentam uma escola americana e depois o curso de chinês numa das missões. Nos fins de semana, elas trabalham nos negócios da família e vão às missões para aprender cultura chinesa. Nós não nos entrosamos com essas garotas e somos jovens demais para nos entrosar com as outras esposas e mães, que achamos muito atrasadas. Mesmo tendo nascido aqui, a maioria delas – como Yen-yen – não completou nem o curso primário. Isso dá uma ideia do quanto elas são isoladas, vigiadas e protegidas.

Uma noite no final de maio, trinta e nove dias depois de nossa chegada a Los Angeles e poucos dias antes da inauguração de China City, Sam chega em casa e diz:

– Você pode sair com sua irmã se quiser. Eu posso dar mamadeira a Joy.

Eu reluto em deixá-la com ele, mas, nessas últimas semanas, eu vi que ela reage bem ao modo desajeitado com que ele a segura no colo, sussurra em seu ouvido e faz cócegas em sua barriga. Vendo-a satisfeita – e sabendo que Sam prefere que eu saia para não ter que conversar comigo –, May e eu saímos para a noite de primavera. Nós caminhamos até a praça, onde nos sentamos num banco, ouvimos a música mexicana que vem de Olvera Street e vemos as crianças brincando em Sanchez Alley, usando um saco de papel cheio de jornais amassados e amarrado com um barbante como bola.

Finalmente, May não está mais tentando me mostrar coisas ou me fazer atravessar esta ou aquela rua. Nós podemos simplesmente ficar ali sentadas e – por alguns minutos – ser nós mesmas. Nós não temos nenhuma privacidade no apartamento, onde todo mundo pode ouvir o que se diz e o que se faz. Agora, sem tantos ouvidos por perto, podemos falar livremente e compartilhar segredos. Nós recordamos mamãe, Baba, Tommy, Betsy, Z.G. e até nossos antigos empregados. Falamos sobre as comidas que sentimos falta e sobre os cheiros e sons de Xangai, que parecem tão distantes agora. Finalmente, deixamos de lado as pessoas e os lugares que ficaram para trás e nos obrigamos a pensar no que está acontecendo em volta de nós. Eu sei toda vez que Yen-yen e o Velho Louie fazem coisa de marido-mulher por causa do rangido do colchão deles. Eu também sei que May e Vern não fizeram nada disso ainda.

– Você também não fez com Sam – May responde. – Você tem que fazer. Vocês são casados. Você tem uma filha com ele.

– Mas por que eu tenho que fazer se você não fez com Vern?

May faz uma careta.

– Como posso fazer? Tem alguma coisa errada com ele.

Em Xangai, eu tinha achado que ela estava sendo apenas antipática, mas agora que moro com Vern e passo muito mais tempo com ele do que May, sei que ela tem razão. E não é só o fato de ele ainda não ter se tornado homem.

– Eu não acho que ele seja retardado – digo, tentando ajudar.

May descarta essa ideia com impaciência.

– Não é isso. Ele é... incapacitado. – Ela olha para a copa das árvores acima de nós, como se estivesse querendo encontrar uma resposta nelas.

– Ele fala, mas não muito. Às vezes, ele não parece entender o que está acontecendo em volta dele. Outras vezes, fica completamente obcecado, por exemplo, com aqueles modelos de avião e barco que o velho está sempre comprando para ele montar.

– Pelo menos eles podem tomar conta dele – digo. – Você lembra do garoto que vimos no barco no Grand Canal? A família dele o mantinha dentro de uma jaula.

Ou May não se lembra ou não se importa, porque continua falando sem prestar atenção ao que eu disse.

– Eles tratam Vern como se ele fosse especial. Yen-yen passa a ferro as roupas dele e as estende na cama para ele vestir de manhã. Ela o chama de Menino-marido.

– Nisso, ela se parece com mamãe. Ela chama todo mundo por título ou posição na família. Ela até chama o próprio marido de Velho Louie!

É bom poder rir. Mamãe e Baba o chamavam assim em sinal de respeito; nós sempre o chamamos assim porque não gostávamos dele; Yen-yen o chama assim porque é assim que ela o vê.

– Ela tem pés normais, mas é muito mais atrasada do que mamãe – continuo. – Ela acredita em fantasmas, espíritos, poções, no zodíaco, no que comer e não comer, em todo esse mambo jambo...

May faz um muxoxo de desprezo e irritação.

– Lembra quando eu cometi o erro de dizer que estava resfriada e ela preparou um chá de gengibre e ervas para abrir meu peito e me fez cheirar vapor de vinagre para aliviar a congestão? Isso foi nojento!

– Mas funcionou.

– Sim – May admite –, mas agora ela quer que eu vá ao herborista para me fazer mais fértil e atraente para o menino-marido. Ela me disse que o Carneiro e o Porco estão entre os signos mais compatíveis entre si.

– Mamãe sempre disse que o Porco tem um coração puro, que possui grande honestidade e simplicidade.

– Vern é mesmo um simplório. – May estremece. – Eu tentei, sabe. Quer dizer... – Ela hesita. – Eu durmo na mesma cama que ele. Algumas pessoas diriam que o menino tem sorte em me ter ali. Mas ele não faz nada, embora tenha tudo o que precisa entre as pernas.

Ela deixa isso no ar para eu pensar. Nós duas estamos matando tempo aqui neste horrível limbo, mas toda vez que eu penso em como as coisas estão ruins para mim, tudo o que tenho a fazer é pensar na minha irmã no quarto ao lado.

– E então, quando vou para a cozinha de manhã – May diz –, Yen-yen pergunta: "Onde está o seu filho? Eu preciso de um neto." Quando voltei de China City na semana passada, ela me puxou de lado e disse: "Eu vi que a visita da irmãzinha vermelha veio de novo. Amanhã você vai comer rins de andorinha e casca seca de tangerina para fortalecer o seu *chi*. O herborista me disse que isso vai fazer o seu útero receber bem a essência vital do meu filho."

O modo como May imita a voz esganiçada de Yen-yen me faz sorrir, mas May não vê a graça.

– Por que eles não fazem *você* comer rins de andorinha e casca de tangerina? Por que não mandam *você* para o herborista? – pergunta.

Eu não sei por que o Velho Louie e a esposa tratam a mim e a Sam de modo diferente. Yen-yen pode ter um título para todo mundo, mas eu nunca a ouvi chamar Sam de nada – nem por título nem por seu nome americano, nem mesmo por seu nome chinês. E exceto por aquela primeira noite, meu sogro raramente fala com um de nós dois.

– Sam e o pai não se dão bem – digo. – Você já notou?

– Eles brigam um bocado. O velho chama Sam de *toh gee* e *chok gin*. Eu não sei o que isso quer dizer, mas não deve ser nenhum elogio.

– Ele está dizendo que Sam é preguiçoso e não tem nada na cabeça.

– Eu não passo muito tempo com Sam, então pergunto "É verdade?".

– Não que eu tenha visto. O velho está sempre insistindo para Sam cuidar dos riquixás quando China City for inaugurada. Ele quer que Sam seja um puxador de riquixá. Sam não quer fazer isso.

– Quem iria querer? – Estremeço.

– Nem aqui nem em lugar nenhum – May concorda. – Nem mesmo que seja só para divertir as pessoas.

Eu não me importaria de conversar mais um pouco sobre Sam, mas May volta para o problema do marido dela.

– Você acharia que eles o tratariam como os outros rapazes são tratados aqui e o obrigariam a trabalhar com o pai depois da escola. Ele podia ajudar a mim e a Sam a desempacotar os caixotes e a arrumar a mercadoria nas prateleiras para a inauguração de China City, mas o velho insiste que Vern vá direto para casa fazer o dever de casa. Eu acho que o que ele faz é ir para o quarto e montar aqueles modelos. E não muito bem, pelo que eu pude ver.

– Eu sei. Eu passo mais tempo com ele do que você. Estou com ele todo dia. – Eu não sei se May percebe a amargura em minha voz, mas eu percebo e me apresso em disfarçar. – Todo mundo sabe que um filho homem é precioso. Talvez eles o estejam preparando para assumir os negócios um dia.

– Mas ele é o filho mais moço! Eles não vão deixar que ele faça isso. Não seria correto. E Vern tem que aprender a fazer alguma coisa. É como se eles quisessem mantê-lo criança para sempre.

– Talvez eles não queiram que Vern saia de casa. Talvez eles não queiram que *nenhum* de nós saia. Eles são muito atrasados. O modo como vivemos todos juntos, o modo como os negócios são mantidos dentro da família, o modo como o dinheiro é escondido e protegido, o fato de eles não nos darem nenhum dinheiro para despesas.

Isso mesmo. May e eu não recebemos dinheiro para despesas de casa. É claro que não podemos dizer que queremos o dinheiro para fugir daquele lugar e recomeçar a vida.

– É como se eles fossem um bando de matutos – May diz com amargura. – E o modo como Yen-yen cozinha – ela acrescenta. – Que tipo de mulher chinesa ela é?

– Nós também não sabemos cozinhar.

– Mas nunca fomos criadas para cozinhar! Nós íamos ter empregadas para isso.

Nós refletimos um pouco a respeito disso, mas de que adianta sonhar com o passado se ele ficou para trás? May olha para Sanchez Alley. A maioria das crianças já foi para casa.

– É melhor voltarmos antes que o Velho Louie nos deixe trancadas do lado de fora.

Nós voltamos para o apartamento de braços dados. Meu coração está mais leve. May e eu não somos apenas irmãs, mas somos também noras. Por milhares de anos, as noras têm se queixado da dureza da vida na casa dos maridos, vivendo sob a mão de ferro dos sogros e sob o domínio das sogras. May e eu temos sorte em ter uma à outra.

Sorte 159

Sonhos de romance oriental

No dia 8 de junho, quase dois meses depois de termos chegado a Los Angeles, atravesso finalmente a rua e entro em China City para a Grande Inauguração. China City é cercada por uma Grande Muralha em miniatura – embora seja difícil chamá-la de "Grande" quando ela parece apenas um monte de recortes de papelão colocados no alto de um muro estrito. Eu atravesso o portão principal e encontro cerca de mil pessoas agrupadas numa área aberta chamada Pátio das Quatro Estações. Autoridades e artistas de cinema fazem discursos, fogos de artifício são lançados, um dragão desfila e bailarinos fantasiados de leões dançam. Os *lo fan* estão elegantes e glamourosos; as mulheres em sedas e peles, luvas e chapéus, e batons cintilantes; os homens de terno, sapatos de couro e chapéus. May e eu estamos usando *cheongsams*, mas, por mais elegantes e bonitas que estejamos, sinto que parecemos fora de época e diferentes comparadas com as mulheres americanas.

– Sonhos de Romance Oriental são os fios de seda que tecem China City – Christine Sterling declara do palco. – Nós pedimos que Vossa Honrada Pessoa veja as cores brilhantes de suas esperanças e ideais e esqueça as imperfeições de sua criação, porque essas vão desaparecer com o passar dos anos. Deixemos que aqueles que povoaram as gerações da China, que sobreviveram a catástrofes de todo tipo em sua terra natal, encontrem um novo porto, onde possam perpetuar seu desejo de identidade coletiva, seguir os passos dos seus antepassados e se ocupar das artes e ofícios de sua herança com toda a tranquilidade.

Minha nossa.

– Deixem para trás a pressa e a confusão do novo mundo – Christine Sterling continua – e entrem no velho mundo de encantamento e languidez.

Sério?

As lojas e os restaurantes irão abrir suas portas assim que os discursos terminarem, e aqueles que trabalham aqui – inclusive Yen-yen e eu – vão precisar se apressar para estar a postos. Enquanto ouvimos, eu carrego Joy em meus braços para ela ver o que está acontecendo. No meio daquela multidão e balbúrdia, nós nos separamos de Yen-yen. Eu preciso ir para o Café Dragão Dourado, mas não sei onde fica. Como posso me perder no espaço de um quarteirão cercado por um muro? Mas com tantos becos sem saída e ruazinhas estreitas e sinuosas, fico inteiramente confusa. Eu passo por vãos de porta e me vejo num pátio com um laguinho de peixes ou num estande que vende incenso. Aperto Joy de encontro ao peito e me espremo contra uma parede enquanto os riquixás – marcados com a logomarca Riquixás Dourados – carregam *lo fan* sorridentes pelas ruas, os puxadores gritando: "Estamos passando! Estamos passando!" Esses puxadores de riquixá não se parecem com os que eu conheço. Eles estão todos embonecados com trajes de seda, chinelos bordados e chapéus de palha novinhos em folha. E eles não são chineses. São mexicanos.

Uma menina fantasiada de moleque de rua – só que mais limpa – distribui mapas no meio da multidão. Eu pego um e abro, procurando o lugar para onde devo ir. O mapa mostra as principais atrações: os Degraus do Paraíso, o Cais de Whangpoo, o Lago Lótus e o Pátio das Quatro Estações. No final do mapa, dois homens usando túnicas chinesas e chinelos, desenhados com tinta preta, inclinam-se um diante do outro. A legenda diz: "Se você permitir que sua nobre pessoa ilumine nossa humilde cidade, nós o receberemos com doces, vinho e música rara, e também com objetos de arte que irão deleitar seus nobres olhos." Nada neste mapa mostra os empreendimentos do Velho Louie, que têm Dourado no nome.

China City não se parece com Xangai. Também não se parece com a Cidade Antiga. Não se parece nem mesmo com uma aldeia chinesa. Ela se parece um bocado com a China que May e eu costumávamos ver nos filmes feitos em Hollywood. Sim, é tudo exatamente como May descreveu durante nossos passeios. Paramount Studios doou um cenário de *Bluebeard's Eighth Wife*, que agora foi convertido no Chinese Junk Café. Operários da MGM reconstituíram meticulosamente a fazenda Wang de *The Good Earth*, inclusive os patos e as galinhas no quintal. Atrás da fazenda Wang, fica a Passagem de Cem Surpresas, onde aqueles mesmos carpinteiros da MGM transformaram uma velha loja de ferreiro em dez butiques que vendem porta-joias em forma de árvores, chás perfumados e xales "espanhóis" bordados e franjados feitos na China. As tapeçarias no Templo de Kwan Yin são reputadas como tendo mil anos, e a estátua foi supostamente salva do bombardeio de Xangai. De fato, como tantas coisas em China City, o templo foi construído com restos de cenários da MGM. Até a Grande Muralha veio de um filme, embora deva ter sido um western em que um forte precisava ser defendido. A determinação de Christine Sterling em repaginar o conceito de Olvera Street em algo chinês esbarrou na sua completa ignorância acerca da nossa cultura, história e gosto.

Meu cérebro me diz que estou segura. Há gente demais por ali para alguém tentar me encurralar ou agredir, mas me sinto nervosa e assustada. Sigo apressadamente por outro beco sem saída. Aperto Joy com tanta força nos braços que ela começa a chorar. As pessoas olham para mim de cara feia como se eu fosse uma mãe má. *Eu não sou uma mãe má*, eu tenho vontade de gritar. *Este é o meu bebê*. No meu pânico, eu penso: se eu encontrar o portão da frente, então vou poder achar o caminho de volta para o apartamento. Mas o Velho Louie trancou a porta quando saímos e eu não tenho a chave. Nervosa e apreensiva, abaixo a cabeça e abro caminho no meio das pessoas.

– Você está perdida? – Uma voz se dirige a mim no mais puro dialeto wu de Xangai. – Você precisa de ajuda?

Eu levanto os olhos e vejo um *lo fan* de cabelo branco, óculos e barba branca.

– Você deve ser a irmã de May – ele diz. – Você é Pérola?

Eu digo que sim com a cabeça.

– Eu sou Tom Gubbins. A maioria das pessoas me chama de Bak Wah Tom, Tom Cinema. Eu tenho uma loja aqui e conheço sua irmã. Diga-me para onde quer ir.

– Eles estão me esperando no Café Dragão Dourado.

– Ah, sim, um dos muitos empreendimentos Dourado. Qualquer coisa aqui que valha alguma coisa é dirigida pelo seu sogro – ele diz.

– Vamos. Eu levo você até lá.

Eu não conheço esse homem e May nunca o mencionou, mas talvez seja apenas uma das muitas coisas que ela não me contou. E os sons de Xangai saindo de sua boca me deram toda a garantia de que eu precisava. A caminho do café, ele aponta as diversas lojas do meu sogro. A Lanterna Dourada, a loja original do Velho Louie que ficava na Velha

Chinatown, vende objetos baratos: cinzeiros, paliteiros e mãozinhas para coçar as costas. Pela vitrine, eu vejo Yen-yen falando com clientes. Mais adiante, Vern está sentado sozinho numa lojinha, Lótus Dourado, vendendo flores de seda. Eu ouvi o Velho Louie se gabar para nossos vizinhos de como foi barato abrir este negócio:

– Flores de seda não custam quase nada na China. Aqui eu posso vendê-las por cinco vezes o seu valor original. – Ele debochou de outra família que abriu uma loja de flores naturais. – Eles pagaram dezoito dólares pelo depósito de gelo numa loja de objetos usados. Todo dia eles gastam cinquenta centavos para comprar cinquenta quilos de gelo. Eles têm que comprar latas e vasos para pôr as flores. Ao todo, cinquenta dólares! É dinheiro demais! E não é difícil vender flores de seda, porque até meu filho pode fazer isso.

Eu vejo o topo do Pagode Dourado antes de chegarmos lá e sei que de agora em diante posso sempre olhar para cima para me localizar. O Pagode Dourado fica num pagode falso de cinco andares. Aqui, o Velho Louie – vestindo uma túnica de mandarim azul noite – planeja vender sua melhor mercadoria: cloisonné, porcelanas finas, enfeites de madrepérola, móveis de madeira trabalhada, cachimbos de ópio, jogos de mah-jongg de marfim e antiguidades. Pela vitrine, eu vejo May parada à esquerda dele, conversando com uma família de quatro pessoas, gesticulando animadamente e sorrindo tanto que eu posso ver seus dentes. Ela parece diferente e, no entanto, é a mesma irmã que eu sempre conheci. Seu *cheongsam* se ajusta em seu corpo como uma segunda pele. O cabelo emoldura o seu rosto e eu percebo que ela cortou e penteou o cabelo. Como eu não notei isso antes? Mas é o velho brilho que irradia dela que realmente me surpreende. Faz muito tempo que eu não a vejo assim.

– Ela é muito bonita – Tom diz, como se lesse meus pensamentos.
– Eu disse a ela que podia conseguir-lhe trabalho, mas ela tem medo de que você não aprove. O que acha, Pérola? Você pode ver que eu não sou um homem mau. Por que não pensa nisso e conversa com May?

Eu entendo o que ele diz, mas não o significado das palavras. Ao perceber que estou confusa, ele sacode os ombros.

– Tudo bem, então. Vamos para o Dragão Dourado.

Quando chegamos lá, ele olha pela janela e diz:

– Parece que eles estão precisando de você, então não vou prendê-la. Mas se precisar de alguma coisa, venha falar comigo na Companhia de Trajes Asiáticos. May pode mostrar onde fica. Ela me visita todo dia.

Com isso, ele dá meia-volta e desaparece no meio da multidão. Eu abro a porta do Café Dragão Dourado e entro. Há oito mesas e um balcão com dez banquinhos. Atrás do balcão, tio Wilburt, usando uma camiseta branca e um chapéu de papel feito de jornal, sua debruçado sobre uma panela wok que ferve no fogo. Ao lado dele, tio Charley pica ingredientes com um cutelo. Tio Edfred carrega um monte de pratos até a pia, onde Sam lava copos sob uma torneira de água quente.

– Ei, alguém pode me ajudar aqui? – um homem diz.

Sam enxuga as mãos, se aproxima apressado, me entrega um bloco, tira Joy dos meus braços e a coloca num caixote de madeira atrás do balcão. Pelas próximas seis horas, nós trabalhamos sem parar. Quando a Grande Inauguração acaba oficialmente, as roupas de Sam estão sujas de comida e gordura, e meus pés, ombros e braços doem, mas Joy dorme tranquilamente em seu caixote. O Velho Louie e os outros vêm nos buscar. Os tios vão para um lugar qualquer em Chinatown aonde os solteiros vão à noite. Depois que meu sogro tranca a porta, nós voltamos para o nosso apartamento. Sam, Vern e o pai deles vão na frente, enquanto Yen-yen, eu e May caminhamos respeitosamente dez passos atrás deles. Eu estou exausta e Joy pesa como um saco de arroz, mas ninguém se oferece para carregá-la para mim.

O Velho Louie disse para não usarmos uma língua que ele não possa entender, mas eu falo com May no dialeto wu, torcendo para Yen-yen não contar e confiando que estamos longe o suficiente dos homens para que eles possam ouvir.

– Você anda escondendo coisas de mim, May.

Eu não estou zangada. Estou magoada. May vem construindo uma vida nova em China City enquanto eu fico trancada no apartamento. Ela até cortou o cabelo! Ah, como isso dói agora que notei.

– Coisas? Que coisas? – fala em voz baixa, para nãos sermos ouvidas? Para eu não elevar a minha?

– Eu achei que tínhamos combinado que só usaríamos roupas ocidentais quando chegássemos aqui. Nós dissemos que íamos tentar parecer americanas, mas você só me trouxe isto.

– Este é um dos seus *cheongsams* favoritos – May diz.

– Eu não quero mais usá-los. Nós concordamos que...
Ela anda mais devagar e, quando a ultrapasso, ela segura o meu ombro para me retardar. Yen-yen continua andando, seguindo obedientemente o marido e os filhos.
– Eu não quis contar para você porque sabia que você ia ficar aborrecida – May diz baixinho. Ela bate com o nó dos dedos nos lábios, hesitante.
– O que foi? – Eu suspiro. – Diga logo.
– Nossos vestidos ocidentais desapareceram. Ele – ela faz um sinal na direção dos homens, mas eu sei que está se referindo ao nosso sogro – não quer que usemos nada a não ser nossos trajes chineses.
– Por que...
– Preste atenção, Pérola. Eu tenho tentado dizer coisas para você. Tenho tentado mostrar coisas para você, mas às vezes você é igual à mamãe. Você não quer saber. Não quer ouvir.

As palavras dela me chocam e me magoam, mas ela não terminou.

– Você não sabe que as pessoas que trabalham em Olvera Street têm que usar trajes mexicanos? Isso é porque a sra. Sterling faz questão. Está no contrato deles de locação e está nos contratos de China City. Nós *temos* que usar nossos *cheongsams* para trabalhar lá. Eles, a sra. Sterling e seus sócios *lo fan*, querem que pareça que nunca saímos da China. O Velho Louie devia saber disso quando pegou nossas roupas em Xangai. Pense, Pérola. Nós achamos que ele não tinha gosto, não tinha discernimento, mas ele sabia exatamente o que estava procurando e só pegou o que achou que fosse ser útil aqui. Ele deixou todo o resto para trás.

– Por que você não me contou isso antes?
– Como eu podia contar? Você mal está *aqui*. Eu tenho tentado levar você a lugares comigo, mas geralmente você não quer sair do apartamento. Eu tive que arrastar você para sentar na praça. Você não fala nada, mas eu sei que você culpa a todos nós por mantermos você fechada em casa. Mas ninguém está mantendo você fechada. Você não quer ir a lugar nenhum. Eu não consegui nem fazer você atravessar a rua para ir a China City até hoje!

– Que me importam esses lugares? Nós não vamos ficar aqui para sempre.

– Mas como vamos fugir se não sabemos o que há lá fora?

Porque é mais fácil não fazer nada, porque eu estou com medo, eu penso, mas não digo.

— Você é como um pássaro que foi libertado da gaiola — May diz —, mas que não sabe mais voar. Você é minha irmã, mas eu não sei o que se passa na sua cabeça. Você se afastou demais de mim.

Nós subimos a escada até o apartamento. Na porta, ela me puxa de novo para trás.

— Por que você não pode ser a irmã que eu conhecia em Xangai? Você era divertida. Você não tinha medo de nada. Agora você age como uma *fu yen*. — Ela faz uma pausa. — Desculpe. Isso foi horrível. Eu sei que você passou por muita coisa e sei que tem que dar toda a sua atenção para o bebê. Mas eu sinto falta de você, Pérola. Eu sinto falta da minha irmã.

— Eu sinto falta de mamãe e Baba. Sinto falta da nossa casa. E isso tudo — ela aponta para o hall escuro — é tão difícil. Eu não posso fazer isso sem você. — Lágrimas escorrem pelo seu rosto. Ela as enxuga com força, respira fundo e entra no apartamento para ir para o quarto com seu menino-marido.

Alguns minutos depois, eu deito Joy na sua gaveta e vou para a cama. Sam se afasta de mim, como sempre faz, e eu fico deitada na ponta da cama, o mais longe dele e o mais perto de Joy que consigo. Meus sentimentos e meus pensamentos estão confusos. As roupas são outro golpe inesperado, mas e quanto às outras coisas que May disse? Eu não tinha percebido que ela também estava sofrendo. E ela tem razão a meu respeito. Eu tive medo: de sair do apartamento, de ir até o final da Sanchez Alley, de entrar na praça, de descer a Olvera Street e de atravessar a rua para entrar em China City. Nessas últimas semanas, May tinha dito várias vezes: "Eu levo você a China City quando você quiser." Mas eu não fui.

Eu seguro a bolsinha que mamãe me deu e que uso por baixo da roupa. O que aconteceu comigo? Como eu me tornei esta *fu yen* tão medrosa?

No dia 25 de junho, a poucos quarteirões de distância e menos de três semanas depois, a Nova Chinatown teve sua Grande Inauguração. Grandes portões chineses tradicionais erguem-se imponentes e coloridos em cada ponta do quarteirão. Anna May Wong, a glamourosa estrela de cinema, lidera o desfile. Uma orquestra de tambores chinesa, composta apenas de meninas, faz uma apresentação fantástica. Luzes de neon iluminam o contorno dos edifícios pintados em cores alegres, decorados com enfeites chineses nas calhas e sacadas. Tudo parece maior e melhor ali. Eles têm mais fogos de artifício, mais políticos importantes para cortar as fitas e fazer discursos, mais grupos acrobáticos para executar as danças do dragão e do leão. Até as pessoas que abriram lojas e restaurantes ali são consideradas melhores, mais ricas e mais sólidas do que nós em China City.

Dizem que a abertura destas duas Chinatowns é o começo de bons tempos para os chineses em Los Angeles. Eu digo que é o começo de ressentimentos. Em China City, nós temos que fazer mais e nos esforçar mais. Meu sogro usa sua mão de ferro para nos fazer trabalhar mais ainda. Ele é implacável e muitas vezes cruel. Nenhum de nós o desobedece, mas não sei como vamos conseguir nos igualar a eles. Como você pode competir com quem tem mais vantagens? E com as coisas do jeito que estão, como vamos conseguir dinheiro para deixar este lugar?

Aromas de casa

Eu deveria estar planejando para onde May, Joy e eu iremos, mas descubro que nada me motiva a explorar mais do que meu estômago, onde minha solidão se estabeleceu. Eu sinto saudades de coisas como confeitos de massa cobertos de mel, bolos de rosa açucarados e ovos apimentados fervidos em chá. Tendo perdido mais peso com a comida de Yen-yen do que em Angel Island, eu observo tio Wilburt e tio Charley, primeiro e segundo cozinheiros no Dragão Dourado, e tento aprender com eles. Eles me deixam acompanhá-los ao açougue Sam Sing, com seu porco dourado na vitrine, para comprar porco e pato. Eles me levam ao mercado de peixes George Wong, que fica de costas para China City em Spring Street, para me ensinar a comprar só o que ainda está respirando. Nós atravessamos a rua para ir à Mercearia Internacional, e, pela primeira vez desde que cheguei, eu sinto os aromas de casa. Tio Wilburt usa seu próprio dinheiro para me comprar um saco de feijões pretos salgados. Eu fico tão agradecida que, depois disso, os tios se revezam para comprar outras pequenas iguarias para mim: jujubas, tâmaras, talos de bambu, brotos de lótus e cogumelos. Um dia ou outro, quando temos uma trégua no café, eles deixam que eu vá para trás do balcão para me ensinarem a cozinhar um prato simples e rápido usando esses ingredientes especiais.

Os tios vêm ao jantar no apartamento todos os domingos. Eu peço a Yen-yen para me deixar preparar a comida. A família come. Depois disso, eu preparo o jantar todos os domingos. Em pouco tempo, eu consigo preparar um jantar em trinta minutos, desde que Vern lave o arroz e Sam pique os legumes. A princípio, o Velho Louie não gosta disso.

– Por que eu deixaria você desperdiçar o meu dinheiro com comida? Por que eu deixaria você *sair* para comprar comida? – (Embora ele não se importe que a gente vá e volte do trabalho, onde atendemos pessoas estranhas e brancas.)

Digo:
— Eu não desperdiço o seu dinheiro porque tio Wilburt e tio Charley pagam pela comida. E eu não vou sozinha, porque estou sempre com tio Wilburt e tio Charley.
— Isso é pior ainda! Os tios estão economizando para ir para casa. Todo mundo, inclusive eu, quer voltar para a China, se não para morar, pelo menos para morrer, se não para morrer, pelo menos para ter os ossos enterrados lá. — Como muitos homens, o Velho Louie quer economizar dez mil dólares e voltar rico para a sua aldeia ancestral, onde vai comprar algumas concubinas, ter mais filhos e passar os dias tomando chá. Ele também quer ser reconhecido como um "grande homem", o que não pode ser mais americano. — Toda vez que eu volto, compro mais terras. Se eles não me deixam ter terras aqui, então eu tenho terras na China. Ah! Eu sei o que você está pensando, Pérola. Você está pensando, mas você nasceu aqui! Você é americana! Eu digo a você, eu posso ter nascido aqui, mas sou chinês de coração. Eu vou voltar.
Ele é tão previsível em suas reclamações e no modo como consegue transformar qualquer coisa sobre os tios ou qualquer outra pessoa em algo sobre ele mesmo, mas eu não ligo porque ele gosta da minha comida. Ele jamais confessará isso, mas faz algo melhor ainda. Passados alguns domingos, ele anuncia:
— Eu vou dar dinheiro a você toda segunda-feira para comprar comida para as nossas refeições. — Às vezes eu fico tentada a guardar um pouco para mim mesma, mas sei que ele examina todos os recibos com muita atenção, sem descuidar de um único centavo, e que checa periodicamente com o pessoal do açougue, do mercado de peixes e da mercearia. Ele é tão cuidadoso com dinheiro que se recusa a guardá-lo no banco. Está tudo escondido, distribuído em esconderijos diferentes nos diversos estabelecimentos Dourado para protegê-lo de catástrofes e dos banqueiros *lo fan*.
Agora que posso fazer compras sozinha, os donos das lojas começam a me conhecer. Eles gostam que eu seja freguesa deles – apesar de comprar pouco – e recompensam minha lealdade aos seus patos assados, peixes vivos ou nabos dando-me calendários. As imagens são achinesadas, com vermelhos, azuis e verdes brilhantes contra fundos brancos. Em vez de lindas garotas reclinadas em sofás, provocando uma sensação de calma, relaxamento e erotismo, os artistas escolheram pintar paisagens sem inspiração da Grande Muralha, da montanha sagrada de Emei, das formações calcárias de Kweilin, ou de mulheres sem gra-

ça usando *cheongsams* feitos de tecido brilhante com estampados geométricos e sentadas com poses destinadas a transmitir as virtudes do rearmamento moral. A técnica dos artistas é berrante e comercial, sem nenhuma delicadeza nem emoção, mas eu penduro os calendários nas paredes do apartamento, assim como as pessoas mais pobres de Xangai os penduravam em seus tristes casebres para trazer um pouco de cor e esperança para suas vidas. Essas coisas alegram o apartamento tanto quanto a minha comida, e desde que sejam de graça, meu sogro fica satisfeito.

Na véspera do Natal, eu acordo às cinco horas, me visto, entrego Joy para a minha sogra e então vou com Sam para China City. Ainda é cedo, mas está estranhamente quente. Um vento quente soprou a noite toda, deixando galhos quebrados, folhas secas, confetes e outros detritos das festas em Olvera Street espalhados pela praça e pela Main Street. Nós atravessamos Macy, entramos em China City e seguimos nosso caminho habitual, começando pelo estande de riquixá no Pátio das Quatro Estações e depois contornando as galinhas e os patos em frente à fazenda Wang. Eu ainda não assisti a *The Good Earth*, mas o tio Charley me disse que eu devia assistir, comentando: "É igualzinho à China." Tio Wilburt também quer que eu veja o filme. "Se você for, preste atenção na cena de multidão. Eu estou nela! Você vai ver um monte de tios e tias de Chinatown nesse filme." Mas eu não vou ao cinema e não entro na fazenda, porque toda vez que passo por ali me lembro do casebre nos arredores de Xangai.

Da fazenda Wang, vou seguindo Sam pela Dragon Road.

– Caminhe ao meu lado – ele me diz em sze yup, mas eu faço isso porque não quero encorajá-lo. Se eu começar a conversar com ele durante o dia ou a caminhar ao lado dele, então ele vai querer fazer coisa de marido/mulher.

Fora as corridas de riquixá, todos os outros negócios Dourado ficam no oval onde as ruas Dragon e Kwan Yin se encontram. É aí que os riquixás fazem suas corridas. Só duas vezes nos seis meses em que estou trabalhando aqui, eu me aventurei até o Lago Lótus ou as áreas cobertas que abrigam um teatro para apresentações de óperas chinesas, espaço para jogos, e a Companhia de Trajes Asiáticos Tom Gubbin. China City pode ser um quarteirão de formato estranho fazendo fronteira com as ruas Main,

Macy, Spring e Ord – com mais de quarenta lojas espremidas no meio de cafés, restaurantes e outras "atrações turísticas" como a fazenda Wang –, mas existem nichos distintos no interior dos seus muros, e as pessoas dentro deles raramente se relacionam com seus vizinhos. Sam abre a porta do café, acende as luzes e começa a fazer café. Enquanto eu encho os recipientes de sal e pimenta, os tios e os outros funcionários entram e começam a fazer suas tarefas. Quando as tortas já estão fatiadas e colocadas no mostruário, os primeiros fregueses começam a chegar. Eu converso com os habituais – motoristas de caminhão e entregadores de correspondência –, anoto os pedidos e os informo aos cozinheiros.

Às nove horas, um par de policiais entra e se senta no balcão. Eu aliso o avental e abro um sorriso de boas-vindas. Se não enchermos as barrigas deles de graça, eles seguem nossos fregueses até seus carros e entregam tíquetes de multa para eles. Essas duas últimas semanas têm sido particularmente ruins com a polícia indo de loja em loja, recolhendo "presentes" de Natal até ficarem com os braços cheios. Uma semana atrás, depois que eles decidiram que não tinham recebido presentes em quantidade suficiente, eles bloquearam o estacionamento, impedindo os fregueses de entrarem. Agora todo mundo está acovardado, obediente e disposto a dar aos policiais o que eles pedirem para nos deixarem manter as portas abertas.

Assim que a polícia sai, um motorista de caminhão diz para Sam:

– Ei, companheiro, me dá uma fatia daquela torta de amora para viagem?

Talvez Sam ainda esteja nervoso com a visita da polícia, porque ele ignora o pedido e continua a lavar copos. Nesta altura, parece que foi há uma eternidade que eu li no meu livro de instruções que Sam ia ser o gerente do café, mas, na verdade, ele é lavador de pratos e copos. Eu o observo servir ovos, batatas, torradas e café por trinta e cinco centavos ou um rolinho de geleia e um café por um níquel. Alguém pede a Sam mais café, mas ele não leva o bule enquanto o homem não bate na borda da xícara com impaciência. Meia hora depois, o mesmo homem pede a conta e Sam aponta para mim. Ele não diz uma palavra para nenhum dos fregueses.

O movimento da hora do café da manhã diminui. Sam recolhe pratos e talheres sujos, enquanto eu o sigo com um pano molhado para limpar as mesas e o balcão.

– Sam – digo em inglês –, por que você não conversa com nossos fregueses? – Como ele não responde, eu continuo, ainda em inglês. – Em Xangai, os *lo fan* sempre diziam que os garçons chineses eram grosseiros e mal-educados. Você não quer que os nossos fregueses pensem isso de você, quer?

Ele fica nervoso e morde o lábio inferior.

Eu passo a falar em sze yup.

– Você não sabe inglês, sabe?

– Sei um pouco – ele diz. Em seguida, ele corrige o que disse, sorrindo sem graça. – Um pouco. Muito pouco.

– Como pode ser?

– Eu nasci na China. Por que eu saberia inglês?

– Porque você morou aqui até os sete anos.

– Isso foi há muito tempo. Eu não me lembro mais da língua.

– Mas você não estudou inglês na China? – pergunto. Todo mundo que eu conhecia em Xangai aprendia inglês. Até May, que era péssima aluna, sabe a língua.

Sam não responde diretamente.

– Eu posso tentar falar inglês, mas os fregueses se recusam a entender o que eu digo. E quando eles falam comigo, eu também não entendo.

– Ele aponta para o relógio da parede. –É melhor você ir.

Ele está sempre insistindo para eu sair. Eu sei que ele vai a algum lugar de manhã e no final da tarde, assim como eu. Sendo uma *fu yen*, não me cabe perguntar aonde ele vai. Se Sam está jogando ou se contratou alguém para fazer coisa de marido-mulher com ele, o que posso fazer? Se ele for um desses homens mulherengos, o que eu posso fazer? Se ele for um jogador como meu pai, o que eu posso fazer? Eu aprendi a ser esposa com minha mãe e observando Yen-yen, e sei que não há nada que você possa fazer se o seu marido quiser enganar você. Você não sabe aonde ele vai. Ele volta quando quer, e é isso.

Eu lavo as mãos e tiro o avental. Enquanto me dirijo à Lanterna Dourada, penso no que Sam disse. Como ele pode *não* saber inglês? Meu inglês é perfeito – e eu aprendi que é educado dizer *Ocidental* em vez de *lo fan* ou *fan gwaytze*, e *Oriental* em vez de *chinês ou china* –, mas eu entendo que essa não é a estratégia para ganhar uma gorjeta ou fazer uma venda. As pessoas vêm a China City para se divertir. Os fregueses gostam que eu fale um inglês arrevesado – e isso é fácil para mim depois de ter ouvido Vern, o Velho Louie e tantos outros que nasceram aqui, mas falam um inglês capenga. No meu caso, é um teatro; no caso de Sam, é ignorância e tão desagradável para mim quanto seus encontros secretos seja lá com quem for.

Eu chego na Lanterna Dourada, onde Yen-yen vende objetos e toma conta de Joy. Juntas, nós varremos, tiramos o pé e damos polimento. Quando termino, eu brinco um pouco com Joy. Às 11:30, eu torno a deixar Joy com Yen-yen e volto para o café, onde sirvo hambúrgueres por quinze centavos, o mais depressa que posso. Nossos hambúrgueres não são tão populares quanto os chinaburguers do Café Fook Gay, com seus brotos de feijão fritos, cogumelos e molho de soja, mas nos damos bem com nossas tigelas de peixe e porco por dez centavos, e nossas tigelas de arroz e chá por cinco centavos.

Depois do almoço, eu trabalho no Lótus Dourado, vendendo flores de seda até Vern chegar da escola. Depois vou para o Pagode Dourado.

Eu quero falar com minha irmã sobre nossos planos para o Dia de Natal, mas ela está ocupada convencendo um freguês que uma peça de laca foi pintada num barco no meio de um lago para que nem um grão de poeira comprometesse a perfeição de sua superfície, e eu estou ocupada varrendo e espanando.

Antes de voltar para o café, eu vou até a Lanterna Dourada, pego Joy e a levo para um passeio pelos becos de China City. Assim como os turistas, ela gostar de ver os riquixás. Corridas no Riquixá Dourado são muito populares – esse é o empreendimento de maior sucesso do Velho Louie. Johnny Yee, um dos rapazes locais, puxa riquixás para celebridades ou para fotos de propaganda, mas quem costuma fazer o trabalho é Miguel, José e Ramon. Eles ganham gorjetas e uma pequena porcentagem da taxa de vinte e cinco centavos por corrida. Eles ganham um pouco mais quando conseguem convencer um freguês a comprar uma foto por mais vinte e cinco centavos.

Hoje uma passageira chutou Miguel e depois bateu nele com a bolsa. Por que ela fez isso? Porque pode fazer. O modo como os puxadores de riquixá são tratados em Xangai nunca me incomodou. Será que era porque meu pai era o dono do negócio? Porque eu era como esta mulher branca – estava *acima* dos puxadores? Porque em Xangai os puxadores são pouco melhores que cachorros, enquanto May e eu agora estamos no mesmo nível deles? Sou obrigada a responder sim a tudo isso.

Eu torno a deixar Joy com a avó, dou um beijo de boa noite no meu bebê porque não a verei de novo até chegar em casa, e então passo o resto da noite servindo porco agridoce, frango com castanha-de-caju e chop suey – pratos que nunca vi e nunca ouvi falar em Xangai – até a hora de fechar, às dez. Sam fica para fechar, e eu vou sozinha para o apartamento, passando pelas multidões que festejam a véspera de Natal em Olvera Street em vez de caminhar sozinha pela Main.

Eu sinto vergonha pelo fato de May e eu termos vindo parar aqui. Eu culpo a mim mesma por trabalharmos tanto e nunca recebermos nem um centavo dos *lo fan*. Uma vez eu estendi a mão para o Velho Louie e pedi meu pagamento, e ele cuspiu na palma da minha mão.

– Você tem comida e um lugar para dormir – ele disse. – Você e sua irmã não precisam de dinheiro. – E o assunto foi encerrado, só que eu estou começando a perceber quanto valemos. A maioria das pessoas em China City ganha de trinta a cinquenta dólares por mês. Lavadores de copos ganham apenas vinte dólares por mês, enquanto lavadores de pratos e garçons ganham entre quarenta e cinquenta dólares por mês. Tio Wilburt ganha setenta dólares por mês, o que é considerado um salário muito bom.

– Quanto dinheiro você ganhou nesta semana? – pergunto a Sam todos os sábados à noite. – Quanto dinheiro você economizou? – Eu espero que algum dia, de alguma forma, ele me dê um pouco dessas economias para eu deixar este lugar. Mas ele nunca me diz quanto ganha. Ele apenas abaixa a cabeça, limpa uma mesa, pega Joy no colo ou vai para o banheiro e fecha a porta.

Olhando para trás, eu entendo por que mamãe, Baba, May e eu achávamos que o Velho Louie era rico. Em Xangai, nossa família era abastada. Baba tinha seu próprio negócio. Nós tínhamos uma casa e criados. Nós achávamos que o velho era muito mais rico do que nós. Agora eu vejo as coisas de forma diferente. Um dólar americano valia muito em Xangai, onde tudo, desde moradia e roupas e esposas como nós, era barato. Em Xangai, nós olhávamos para o Velho Louie e víamos o que queríamos ver: um homem que alardeava dinheiro. Ele nos fazia parecer e sentir insignificantes tratando Baba com grande desdém durante suas visitas. Mas era tudo mentira, porque aqui na Terra da Bandeira Floreada, o Velho Louie está melhor do que a maioria das pessoas em China City, mas mesmo assim é pobre. Sim, ele tem cinco negócios, mas eles são pequenos – minúsculos na verdade, de cinquenta metros quadrados aqui e cem metros quadrados ali – e mesmo somados eles não significam muita coisa. Afinal de contas, os seus cinquenta mil dólares em mercadorias não valem nada se ninguém comprar. Mas, se a minha família tivesse que vir para cá, nós estaríamos na base da pirâmide junto com os funcionários de lavanderia, os lavadores de copos e os vendedores ambulantes de legumes.

Com esse pensamento horrível, eu subo a escada do apartamento, tiro minhas roupas fedorentas e as deixo numa pilha num canto do quarto. Subo na cama e tento ficar acordada para desfrutar alguns minutos de calma e de silêncio com meu bebê já adormecido em sua gaveta.

Na manhã de Natal, nós nos vestimos e nos juntamos aos outros na sala. Yen-yen e o Velho Louie consertam vasos quebrados que chegaram num carregamento de uma loja de San Francisco que fechou. May mexe uma panela de *jook* na chapa quente da cozinha. Vern está sentado com os pais, com um ar esperançoso, mas infeliz. Ele cresceu aqui e frequenta uma escola americana, então sabe sobre o Natal. Nas duas últimas semanas, ele trouxe para casa alguns enfeites natalinos que fez na aula de arte, mas fora isso não há nada que lembre o feriado: nem meias, nem árvore, nem presentes. Vern parece querer comemorar, mas o que ele pode fazer ou dizer? Ele mora na casa dos pais e tem que aceitar as regras deles. May e eu nos entreolhamos, depois olhamos para Vern e tornamos a olhar uma para a outra. Nós entendemos o que ele sente. Em Xangai, May e eu comemorávamos o nascimento do menino Jesus na escola da missão, mas esse era um feriado que mamãe e Baba não comemoravam. Agora que estamos aqui, queremos comemorá-lo como *lo fan*.

– O que vamos fazer hoje? – May pergunta, com otimismo. – Vamos à igreja da praça e a Olvera Street? Eles vão fazer uma festa.

– Nós não queremos fazer nada com aquelas pessoas – o Velho Louie diz.

– Eu não estou dizendo que temos que *fazer* alguma coisa com eles – May responde. – Eu só acho que seria interessante ver como eles comemoram.

Mas, nessa altura, May e eu já aprendemos que não adianta discutir com nossos sogros. Temos que nos contentar em ter um dia de folga do trabalho.

– Eu quero ir à praia – Vern diz. Ele fala tão raramente que quando fala nós sabemos que ele quer mesmo alguma coisa. – Vamos de bonde.
– É muito longe – o velho diz.
– Eu não preciso ver o oceano – Yen-yen diz. – Tudo o que quero está bem aqui.
– Você fica em casa – Vern diz, deixando todo mundo espantado.
May ergue as sobrancelhas. Eu posso ver que ela quer ir, mas eu não tenho intenção alguma de usar nosso dinheiro em algo tão frívolo, e nunca vi Sam com dinheiro na mão a não ser no restaurante.
– Podemos nos divertir aqui – digo. – Podemos passear na parte *lo fan* da Broadway e olhar as vitrines da loja de departamentos. Tudo está decorado para o Natal. Você vai gostar, Vern.
– Eu quero a praia – ele insiste. – Eu quero o mar. – Como ninguém diz nada, ele empurra a cadeira para trás, vai para o quarto e bate a porta. Sai alguns minutos depois com várias notas de dólar na mão. – Eu pago – ele diz timidamente.
Yen-yen tenta pegar o dinheiro, dizendo para nós:
– Um Porco se separa facilmente do seu dinheiro, mas vocês não devem se aproveitar dele.
Vern se livra dela e estica o braço acima da cabeça para ela não alcançar o dinheiro.
– É um presente de Natal para meu irmão, May, Pérola e o bebê. Mamãe e Baba, vocês ficam em casa.
Não só isso é o máximo que já o ouvi dizer, como pode ser o máximo que todos nós já o ouvimos dizer. Então fazemos a vontade dele. Nós cinco vamos para a praia, passeamos no píer e molhamos os pés nas águas geladas do Pacífico. Tomamos cuidado para Joy não ficar queimada com o sol de inverno, extraordinariamente brilhante. A água brilha contra o céu. Ao longe, montanhas verdes descem até o mar. May e eu vamos passear sozinhas. Nós deixamos o vento e o som das ondas afastar nossas preocupações. Ao voltar para onde Vern e Sam estão sentados com o bebê debaixo de uma barraca, May diz:
– Vern foi gentil em fazer isso por nós. – É a primeira coisa boa que ela diz a respeito dele.

Duas semanas depois, um grupo de mulheres da United China Relief convida Yen-yen para ir a Wilmington para fazer um piquete contra os estaleiros por mandarem sucata de ferro para o Japão. Eu tenho certeza de que o Velho Louie vai dizer não quando ela pedir permissão para ir com elas, mas ele surpreende a todos.

– Você pode ir se levar Pérola e May.

– Você vai ficar com poucos funcionários – Yen-yen diz, com esperança de que isso possa acontecer e medo de que ele possa mudar de ideia expressos em sua voz.

– Não faz mal. Não faz mal – ele diz. – Eu vou fazer os tios darem horas extras.

Yen-yen jamais daria um sorriso para mostrar o quanto está feliz, mas nós todos percebemos a animação da voz dela ao perguntar a mim e a May:

– Vocês querem ir?

– É claro – digo. Eu farei tudo o que puder para levantar dinheiro para combater os japoneses, que têm sido brutais e sistemáticos na sua política dos "três todos", matar a todos, queimar tudo e destruir tudo. É meu dever ajudar as mulheres que estão sendo estupradas e mortas. Eu me viro para May. Sem dúvida ela vai querer ir conosco, mesmo que seja só para sair de China City por um dia, mas ela faz pouco do convite.

– O que vamos poder fazer? Somos apenas mulheres – ela diz.

Mas é porque sou mulher que tenho a coragem de ir. Yen-yen e eu vamos a pé até o ponto de encontro e tomamos o ônibus que nos levará aos estaleiros. As organizadoras nos entregam cartazes impressos. Nós marchamos, gritamos nossos slogans, e eu sinto uma sensação de liberdade que devo inteiramente à minha sogra.

– A China é a minha terra – ela diz no ônibus, na viagem de volta a Chinatown. – Ela vai ser sempre a minha terra.

Depois desse dia, eu mantenho uma caneca no balcão do café para as pessoas colocarem seu troco. Eu uso um broche da United China Relief preso no vestido. Eu faço piquete para impedir aqueles carregamentos de sucata de ferro e participo de outras demonstrações para parar a venda de combustível para os aviões dos macacos. Eu faço isso porque Xangai e a China nunca estão longe do meu coração.

Comendo o pão que o diabo amassou para achar ouro

Chega o Ano-Novo chinês. Nós seguimos todas as tradições. O Velho Louie nos dá dinheiro para comprar roupas novas. Eu compro uma roupa para Joy que vai comemorar seu signo de Tigre: um par de sapatinhos em forma de filhotes de tigre e um chapéu laranja e dourado com pequenas orelhas no alto e um rabo feito de linhas torcidas saindo de trás. May e eu escolhemos um vestido de algodão estampado de flores. Depois vamos ao salão lavar e pentear os cabelos. Em casa, tiramos o retrato do Deus da Cozinha e o queimamos no beco, para que ele viaje para o outro mundo para relatar nossas atividades durante o ano que passou. Guardamos as facas e as tesouras para que não cortem nossa sorte. Yen-yen faz oferendas aos antepassados de Louie. Seus desejos e orações são simples.

– Traga um filho para o Menino-marido. Faça com que aquela esposa dele fique grávida. Dê-me um neto.

Em China City, nós penduramos lanternas de gaze vermelha e versinhos escritos em vermelho sobre papel dourado. Contratamos dançarinos, cantores e acrobatas para divertir as crianças e seus pais. Compramos ingredientes especiais para fazer pratos no café que sejam chineses no sentimento, mas agradem aos paladares ocidentais. Nós esperamos muita gente, então o Velho Louie contrata funcionários extras para seus diversos empreendimentos, mas ele precisa de mais gente para ajudar no que espera que vá ser seu negócio mais lucrativo no Ano-Novo: as corridas de riquixá.

– Nós temos que ganhar das pessoas em New Chinatown – ele diz a Sam na véspera do Ano-Novo. – Como podemos fazer isso se eu tenho rapazes mexicanos puxando meus riquixás no dia mais chinês do ano? Vern não é forte o bastante, mas você é.

– Eu vou estar muito ocupado no café – Sam diz.

Meu sogro pediu a Sam para puxar riquixás outras vezes, e ele sempre tem uma desculpa para não atender. Eu não sei como vai ser no dia do

Ano-Novo, mas sei como tivemos movimento nos outros dias de festa. Nunca ficamos sobrecarregados a ponto de eu não poder seguir minha rotina habitual de trabalhar no café, na loja de flores, na loja de presentes e na loja de antiguidades. Eu sei que Sam está mentindo, e o Velho Louie também sabe. Normalmente, a ira do meu sogro ia ser grande, mas estamos no Ano-Novo, quando nenhuma palavra violenta deve ser dita.

Na manhã do Ano-Novo, nós vestimos nossas roupas novas, colocando o costume chinês acima das regras da sra. Sterling sobre usar roupas típicas para trabalhar. Essas coisas são produzidas em fábricas, mas é maravilhoso ter algo fresco e ocidental sobre nossas peles de novo. Joy, que tem onze meses, está adorável com seu chapéu e seus sapatinhos de tigre. Eu sou a mãe dela, portanto é claro que a acho linda. O rosto dela é redondo como a lua. Um branco puro como neve nova rodeia o preto dos seus olhos. Seu cabelo é fino e macio. Sua pele é branca e transparente como leite de arroz.

Eu não acreditava no zodíaco quando mamãe falava nisso, mas quanto mais tempo se passa desde a sua morte, mais compreendo que as coisas que ela disse sobre May e mim podem ter sido verdadeiras. Agora, quando ouço Yen-yen falar sobre as características de um Tigre, eu vejo claramente a minha filha. Como um Tigre, Joy pode ser temperamental e volátil. Num minuto, ela está rindo e brincando; no outro, ela pode se desmanchar em lágrimas. Um minuto depois, ela pode tentar escalar as pernas do avô, querendo a atenção dele e conseguindo. Ela pode ser uma menina sem valor aos olhos dele – para sempre Pan-di, Torça por um Irmão –, mas o Tigre nela abriu caminho para o coração dele. O temperamento dela é mais forte do que o dele. Acho que ele respeita isso.

Eu sei o momento exato em que o dia de Ano-Novo começa a azedar. Enquanto May e eu penteamos o cabelo uma da outra na sala, Yen-yen está fazendo cócegas na barriga de Joy, deitada no chão, antecipando as diversões do dia subindo e descendo com os dedos, e elevando e baixando a voz, só que as palavras que saem de sua boca não combinam com suas ações alegres.

– *Fu yen* ou *yen fu?* – Yen-yen pergunta, enquanto Joy grita de alegria. – Você prefere ser uma esposa ou uma empregada? Em toda parte, as mulheres preferem ser empregadas.

As risadas de Joy não produzem o efeito habitual no avô, que observa azedamente de uma cadeira.

– Uma esposa tem uma sogra – Yen-yen cantarola. – Uma esposa tem o desespero dos filhos. Ela precisa obedecer ao marido mesmo quando ele está errado. Uma esposa tem que trabalhar e trabalhar, mas nunca recebe uma palavra de agradecimento. É melhor ser uma empregada e dona de si mesma. Então, se você quiser, pode pular dentro de um poço. Se ao menos eu tivesse um poço...

O Velho Louie se afasta da mesa. Sem dizer uma palavra, faz um gesto na direção da porta e nós saímos do apartamento. Ainda é bem cedo, e já foram pronunciadas palavras de mau agouro.

Milhares de pessoas vão à China City e as comemorações são grandiosas. Os fogos de artifício são muitos e ruidosos. Os dragões e leões dançarinos se sacodem de loja em loja. Todo mundo usa cores fortes e parece que um grande arco-íris desceu à terra. À tarde, chega ainda mais gente. Sempre que olho pela janela, outro riquixá passa correndo. À noite, os puxadores mexicanos parecem exaustos.

Durante o jantar, o Dragão Dourado está lotado, e há mais de vinte pessoas na porta, esperando vagar uma mesa. Por volta das sete e meia, meu sogro entra e abre caminho no meio dos fregueses.

– Eu preciso de Sam – ele diz.

Eu olho em volta e vejo Sam preparando uma mesa para oito pessoas. O Velho Louie acompanha o meu olhar, atravessa a sala e fala com Sam. Eu não consigo ouvir o que eles dizem, mas Sam faz que não com a cabeça. O Velho Louie diz mais alguma coisa, e Sam torna a sacudir a cabeça. Na terceira recusa, meu sogro agarra a camisa do filho Sam empurra a mão dele. Nossos fregueses olham espantados.

O velho levanta a voz, cuspindo o dialeto sze yup da boca como se fosse catarro.

– Não me desobedeça!

– Eu disse que não ia fazer isso.

– *Toh gee! Chok gin!*

Eu já estou trabalhando com Sam há vários meses e sei que ele não é nem preguiçoso nem bobo. O Velho Louie empurra o filho pela sala, esbarrando nas mesas e na multidão que está na porta. Eu os sigo até lá fora, onde meu sogro joga Sam no chão.

– Quando eu digo para você fazer uma coisa, você faz! Nossos outros puxadores estão cansados, e você sabe fazer isso.

– Não.

– Você é meu filho e vai fazer o que eu disser – meu sogro implora. O rosto dele treme, e então seu momento de fraqueza passa. Quando ele torna a falar, sua voz soa como pedras sendo trituradas. – Eu prometi tudo a você.

Esse não é um dos espetáculos de dança e canto que estão acontecendo por toda a China City como parte das festividades desta noite. Os turistas não entendem o que está sendo dito. Ainda assim, trata-se de um espetáculo divertido e cativante. Quando meu sogro começa a chutar Sam pelo beco, eu vou atrás junto com os outros. Sam não revida nem grita. Ele simplesmente apanha. Que tipo de homem ele é?

Quando chegamos ao estande de riquixá no Pátio das Quatro Estações, o Velho Louie olha para Sam e diz:

– Você é um puxador de riquixá e um Boi. Foi por isso que eu o trouxe para cá. Agora faça o seu trabalho!

Medo e vergonha empalidecem o rosto de Sam. Vagarosamente, ele se levanta. Ele é mais alto do que o pai e, pela primeira vez, eu vejo que isso causa tanto aborrecimento ao velho quanto a minha altura causava a Baba. Sam dá um passo na direção do pai, olha para ele e diz com uma voz trêmula:

– Eu não vou puxar o seu riquixá. Nem agora nem nunca.

Então é como se ambos os homens se dessem conta do silêncio em volta deles. Meu sogro alisa sua túnica de mandarim. Sam olha em volta, sem jeito. Quando ele me vê, seu corpo se encolhe. Então ele sai correndo, passando no meio dos turistas boquiabertos e dos nossos vizinhos curiosos. Eu corro atrás dele.

Eu o encontro no nosso quarto sem janelas no apartamento. Ele está com os punhos cerrados. Seu rosto está vermelho de raiva e mágoa, mas seus ombros estão erguidos, sua postura ereta e seu tom é desafiador.

– Durante muito tempo, eu fiquei envergonhado diante de você, mas agora você sabe – ele diz. – Você se casou com um puxador de riquixá.

No meu coração, eu acredito nele, mas minha mente pensa de forma diferente.

– Mas você é o quarto filho.

– Só um filho de papel. Sempre na China as pessoas perguntam *Kuei hsing?*, Como é o seu nome?, mas na verdade isso quer dizer: "Qual é o seu precioso sobrenome?" Louie é apenas um *chi ming*, um nome de papel. Eu sou, na verdade, um Wong. Nasci na aldeia de Low Tin, não muito longe da sua aldeia nos Quatro Distritos. Meu pai era fazendeiro.

Sento-me na beira da cama. Minha mente gira: um puxador de riquixá e um filho de papel. Isso me torna uma esposa de papel, então nós dois estamos aqui ilegalmente. Eu sinto um frio no estômago. Ainda assim, recito o que está escrito no livro de instruções:

– Seu pai é o velho. Você nasceu em Wah Hong. Você veio para cá quando era bebê.

Sam sacode a cabeça.

– Aquele menino morreu na China muitos anos atrás. Eu vim para cá usando os papéis dele. Eu me lembro do diretor Plumb me mostrando um retrato de um garotinho e de eu ter pensado que ele não se parecia muito com Sam. Por que eu não tinha questionado mais isso? Eu preciso saber a verdade. Preciso por mim, pela minha irmã, por Joy. E preciso que ele me conte *tudo* – sem que se feche e se afaste como sempre faz. Eu uso uma tática que aprendi nos meus interrogatórios em Angel Island.

– Conte-me sobre sua aldeia e sua família verdadeira – eu digo, torcendo para minha voz não tremer demais por causa das emoções que sinto e acreditando que, se ele falar sobre essas coisas confortáveis, talvez me conte a verdade sobre como se tornou um filho de papel dos Louies. Ele não responde imediatamente. Ele me olha de um jeito que tem me olhado muitas vezes desde que nos conhecemos. Eu sempre achei que era um olhar de simpatia, mas talvez ele estivesse tentando mostrar compaixão por nossos problemas e segredos. Agora eu tento devolver esse olhar. O engraçado é que faço isso com sinceridade.

– Havia um lago na frente da nossa casa – ele murmura finalmente.

– Qualquer pessoa podia criar peixes lá. Você mergulhava uma vasilha na água, tirava e lá vinha um peixe. Ninguém tinha que pagar. Quando o lago secava, você podia pegar os peixes que ficavam na lama. Ainda assim, ninguém tinha que pagar. No campo atrás da nossa casa, nós plantávamos verduras e melões. Criávamos dois porcos por ano. Nós não éramos ricos, mas também não éramos pobres.

Para mim, eles eram pobres. A família dele vivia na penúria. Ele parece perceber meu entendimento e prossegue com certa hesitação.

– Quando vinha a seca, meu avô, meu pai e eu trabalhávamos duro, tentando fazer o solo cumprir nossa vontade. Mamãe ia para outras aldeias para ganhar dinheiro ajudando outros a plantar ou colher arroz, mas aqueles lugares também sofriam com a falta de chuva. Ela tecia pano e levava para o mercado. Tentou ajudar a família, mas não foi suficiente. Não se pode viver de ar e sol. Quando duas de minhas irmãs morreram, meu pai, meu segundo irmão e eu fomos para Xangai. Nós queríamos ganhar o suficiente para voltar para a aldeia Low Tin e cultivar a terra de novo. Mamãe ficou em casa com meu irmão e minha irmã mais moços.

Em Xangai, eles só encontraram dificuldades. Não conheciam ninguém, então não conseguiram emprego em nenhuma fábrica. O pai de Sam foi trabalhar como puxador de riquixá, enquanto Sam, que tinha acabado de fazer doze anos, e o irmão, que era dois anos mais moço, faziam pequenos trabalhos. Sam vendia fósforos nas esquinas; seu irmão corria atrás de caminhões de carvão para pegar pedaços que caíam para vender para os pobres. Eles comiam casca de melão tirada de latas de lixo no verão e *jook* aguado no inverno.

– Meu pai puxava e puxava – Sam continua. – No início ele tomava chá com dois torrões de açúcar para recuperar as forças e esfriar a pele. Quando o dinheiro ficou muito curto, ele só podia comprar chá barato feito de pó e caule, sem açúcar. Então, como tantos puxadores de riquixá, ele começou a fumar ópio. Não ópio de verdade! Ele não tinha dinheiro para isso! E não pelo prazer, também. Ele precisava disso como um estimulante, para continuar puxando no calor intenso ou no meio de um tufão. Ele comprava os restos deixados pelos ricos e vendidos pelos empregados. O ópio dava ao meu pai um falso vigor, mas sua energia foi consumida e seu coração encolheu. Logo, ele começou a cuspir sangue. Dizem que você nunca vê um puxador de riquixá chegar aos cinquenta anos, e que a maioria dos puxadores já está mal de saúde quando chega aos trinta. Meu pai morreu com trinta e cinco anos. Eu o enrolei numa esteira e o coloquei na rua. Então tomei o lugar dele, vendendo meu suor puxando um riquixá. Eu tinha dezessete anos e meu irmão tinha quinze.

Enquanto ele fala, eu penso em todos os riquixás em que andei e como nunca me preocupei com os homens que os puxavam. Eu não considerava os puxadores como sendo gente de verdade. Eles não pareciam humanos. Lembro que muitos deles não tinham camisa nem sapato, que seus ossos se projetavam na pele e que o suor escorria dos seus corpos mesmo no inverno.

– Eu aprendi todos os truques – Sam continua. – Aprendi que podia ganhar uma gorjeta extra se carregasse um homem ou uma mulher do meu riquixá até a porta durante a estação das chuvas para eles não estragarem os sapatos. Aprendi a fazer reverências para homens e mulheres, convidá-los para andar no meu *li-ke-xi*, chamá-los de *Mai-da-mu* para Madame ou *Mai-se-dan* para Patrão. Eu disfarçava a vergonha quando eles riam do meu inglês errado. Eu fazia nove dólares de prata por mês, mas ainda não conseguia mandar dinheiro para a minha família em Low Tin. Eu não sei o que aconteceu com eles. Devem estar mortos. Eu não podia nem tomar conta do meu irmão, que se juntou a outras crianças pobres para empurrar riquixás nas pontes íngremes do rio Soochow por alguns centavos por dia. Ele morreu de doença de pulmão no inverno seguinte. – Ele faz uma pausa, lembrando-se de Xangai. Então ele pergunta: – Você já ouviu a canção dos puxadores de riquixá? – Ele não espera a minha resposta e começa a cantar:

Para comprar arroz, a vasilha é seu boné,
Para comprar lenha, seus braços são o caixote.
Ele mora num casebre de palha.
A lua é seu único lampião.

A melodia me volta à cabeça e minha mente é transportada para as ruas e os ritmos de Xangai. Sam está falando sobre suas dificuldades, mas eu sinto saudades da minha terra.

– Eu escutava os fregueses que eram comunistas – ele continua. – Eu os ouvia reclamar de que, desde os tempos remotos, os pobres eram instados a se contentar com a pobreza. Aquela não era a minha vida. Meu pai e meu irmão não tinham morrido para isso. Eu queria poder ter mudado o destino deles, mas, já que eles tinham ido embora, eu só conseguia pensar na minha própria boca. Eu pensei, se os líderes da Gangue Verde começaram puxando riquixás, então por que eu não podia? Eu não tive instrução em Low Tin. Eu era um filho de fazendeiro. Mas até os puxadores de riquixá entendiam a importância da educação, e por isso é que a associação de riquixás patrocinava escolas em Xangai. Eu aprendi o dialeto wu. Aprendi mais inglês, não o ABC, mas algumas palavras.

Quanto mais Sam fala, mais meu coração se abre para ele. Quando o conheci no Jardim Yu Yuan, não o achei tão mau. Agora eu vejo o quanto ele fez para tentar mudar sua vida e eu não percebi. Ele fala fluentemente sze yup e o dialeto wu das ruas, enquanto seu inglês é praticamente inexistente. Ele sempre parece desconfortável em suas roupas. Lembro que, no dia em que nos conhecemos, eu notei que seus sapatos e seu terno eram novos. Devem ter sido os primeiros que ele teve na vida. Eu me lembro do tom avermelhado do cabelo dele e de ter achado que isso tinha alguma coisa a ver com o fato de ele ser da América, sem reconhecer este claro sinal de subnutrição. E tem também o jeito dele. Ele sempre foi respeitoso comigo, tratando-me não como uma *fu yen*, mas como uma freguesa que precisa ser contentada. Ele sempre se inclinou diante do Velho Louie e de Yen-yen – não porque eles são seus pais, mas porque ele é como um criado para eles.

– Não sinta pena de mim – meu marido diz. – Meu pai teria morrido de qualquer maneira. Ser fazendeiro não é uma vida boa quando você tem que carregar uma carga de duzentos e cinquenta *jin* numa vara de bambu equilibrada nos ombros ou tem que ficar inclinado numa plantação de arroz o dia inteiro. Os únicos bens que ganhei foi trabalhando com minhas mãos e meus pés. Eu comecei como tantos puxadores de riquixá, sem saber o que fazer, com os pés descalços batendo no chão como uma par de folhas de palmeira. Aprendi a contrair o estômago, a expandir o peito, a levantar bem os joelhos e a esticar o pescoço e a cabeça para a frente. Como puxador de riquixá, eu ganhei um leque de ferro.

Eu tinha ouvido meu pai usar esse termo referindo-se aos seus melhores puxadores. Ele sugeria costas duras e retas e peito tão largo, aberto e forte quanto um leque feito de aço. Eu também me lembro do que mamãe dizia a respeito de nascer no Ano do Boi: que o Boi é capaz de grandes sacrifícios pelo bem-estar da sua família, que ele é capaz de puxar sua própria carga e mais, e que – embora possa ser tão simples e resistente quanto o animal que ele imita – ele vale seu peso em ouro.

– Quando eu conseguia ganhar quarenta e cinco moedas de cobre numa corrida, eu ficava satisfeito – Sam continua. – Eu trocava esses cobres por quinze centavos. Estava sempre trocando meus cobres por moedas de prata, e minhas moedas de prata por dólares de prata. Quando eu conseguia uma gorjeta extra, ficava ainda mais contente. Eu pensava: se eu puder economizar dez centavos por dia, terei cem dólares em mil dias. Eu estava disposto a comer o pão que o diabo amassou para achar ouro.

– Você trabalhou para o meu pai?

– Pelo menos eu não sofri essa humilhação. – Ele toca a minha pulseira de jade. Como eu não me encolho, ele passa o dedo pela pulseira, sua pele roçando na minha.

– Então como foi que você encontrou o velho? E por que você teve que se casar comigo?

– A Gangue Verde era dona dos maiores negócios de riquixá – ele responde. – Eu trabalhava para eles. A gangue servia muitas vezes de ligação entre aqueles que queriam se tornar filhos de papel e aqueles que queriam vender vagas de filho de papel. No nosso caso, eles atuaram como casamenteiros também. Eu queria mudar o meu destino. O Velho Louie tinha uma vaga de filho de papel para vender.

– E ele precisava de riquixás e noivas – termino por ele, sacudindo a cabeça com as lembranças que isso me traz. – Meu pai devia dinheiro à Gangue Verde. Tudo o que ele tinha para vender eram seus riquixás e suas filhas. May e eu estamos aqui. Os riquixás do meu pai estão aqui, mas isso ainda não explica como você veio parar aqui.

– Para mim, o preço para comprar o papel foi cem dólares para cada ano da minha vida. Eu tinha vinte e quatro anos, então o custo foi dois mil e quatrocentos dólares pela passagem de navio, mais casa e comida quando eu chegasse a Los Angeles. Eu jamais conseguiria juntar isso ganhando nove dólares por mês. Hoje eu trabalho para pagar o velho – não só por mim, mas por você e Joy também.

– É por isso que ele não nos paga nada?

Ele balança a cabeça afirmativamente.

– Ele vai guardar nosso dinheiro até que a minha dívida esteja paga. É por isso que os tios também não são pagos. Eles também são filhos de papel. Só Vern é filho de sangue.

– Mas você é diferente dos outros tios.

– É verdade. Os Louie querem que tome o lugar do filho que morreu. É por isso que moramos com eles e eu sou o gerente do café, embora eu não entenda nada de comida nem de negócios. Se o pessoal da imigração descobrir que eu não sou quem digo que sou, vão me pôr na cadeia e me deportar. Mas eu posso ter um jeito de ficar, porque o velho também me fez um sócio de papel.

– Mas eu ainda não entendo por que você teve que se casar comigo. O que ele quer de nós?

– Só uma coisa: um neto. Foi por isso que comprou você e sua irmã. Ele quer um neto de qualquer maneira.

Eu sinto um aperto no peito. O médico em Hangchow disse que eu provavelmente jamais poderia ter filhos, mas, para dizer isso a Sam, eu vou ter que contar por quê. Então eu pergunto:

– Se ele o quer como um filho verdadeiro, então por que você tem que pagar o que deve a ele?

Quando ele segura minhas mãos, eu não as retiro, embora esteja com muito medo de ser apanhada.

– Zhen Long – ele diz com ardor. Até meus pais raramente me chamavam pelo meu nome chinês, Pérola Dragão. Agora eu o escuto como uma manifestação de carinho. – Um filho tem que pagar suas dívidas, por ele, sua esposa e seu filho. Em Xangai, quando eu estava refletindo sobre a combinação, eu pensei, quando o velho morrer eu vou me tornar um homem Montanha de Ouro com muitos negócios. Então eu vim para cá. Houve dias no começo em que eu só queria voltar para casa. A passagem só custa cento e trinta dólares na terceira classe. Eu achei que poderia juntar isso escondendo minhas gorjetas, mas, então, você e Joy chegaram. Que tipo de marido eu seria se deixasse vocês aqui? Que tipo de pai eu seria?

Desde que May e eu chegamos em Los Angeles, só pensamos em maneiras de fugir. Se ao menos nós – *eu* – tivéssemos sabido que Sam queria a mesma coisa.

– Eu comecei a pensar que você, Joy e eu podíamos voltar para casa juntos, mas como eu poderia deixar nosso bebê viajar na terceira classe? Ela morreria lá embaixo. – Ele aperta minhas mãos. Olha diretamente nos meus olhos, e eu não desvio os meus. – Eu não sou como os outros. Eu não quero mais voltar para a China. Aqui, eu sofro todos os dias, mas é um bom lugar para Joy.

– Mas a China é o nosso lar. Os japoneses vão acabar se cansando.

– Mas o que há de bom para Joy na China? O que há de bom lá para qualquer um de nós? Em Xangai, eu era um puxador de riquixá. Você era uma linda garota.

Eu não tinha me dado conta de que ele sabia sobre mim e May. O modo como ele diz isso faz desaparecer o orgulho que sempre senti pelo que fazíamos.

– Eu não quero odiar ninguém, mas odeio o meu destino, e o seu também – ele diz. – Nós não podemos mudar as pessoas que somos nem o que aconteceu conosco, mas não devíamos tentar mudar o destino de nossa filha? Que caminho a espera na China? Aqui, eu posso pagar o que devo ao velho e conseguir minha liberdade de volta. Então daremos a Joy uma vida decente, uma vida de oportunidades que você e eu jamais teremos. Talvez ela possa até ir para a faculdade um dia.

Ele fala ao meu coração de mãe, mas o meu lado prático que sobreviveu ao fato do meu pai ter perdido tudo e do meu corpo ter sido estraçalhado pelo povo de macacos não vê como o sonho dele pode se tornar realidade.

– Nós nunca vamos conseguir nos libertar deste lugar e destas pessoas – digo. – Olhe em volta. Tio Wilburt trabalha para o velho há vinte anos e ainda não pagou sua dívida.

– Talvez ele tenha pago sua dívida e esteja economizando para voltar para casa um homem rico. Ou talvez ele seja feliz aqui. Ele tem um emprego, um lugar para morar, uma família para jantar aos domingos. Você não sabe o que é morar numa aldeia sem eletricidade nem água corrente. Talvez você tenha um único cômodo para a família toda, talvez dois. Você só come arroz e legumes, a menos que haja uma festa ou uma comemoração, mas mesmo isso exige grande sacrifício.
– Eu só estou dizendo que um homem sozinho mal consegue sustentar a si mesmo. Como você vai ajudar a nós quatro?
– Quatro? Você quer dizer May?
– Ela é minha irmã, e eu prometi à minha mãe que cuidaria dela.
Ele pensa um pouco. Então diz:
– Eu sou paciente. Posso esperar e trabalhar duro. – Ele sorri timidamente e diz: – De manhã, quando você vai para a Lanterna Dourada para ajudar Yen-yen e ver Joy, eu trabalho no Templo de Kwan Yin, onde tenho um emprego extra vendendo incenso para os *lo fan* espetar em grandes castiçais de bronze. Eu devia dizer "Seus sonhos irão se realizar, pois as bênçãos desta graciosa deusa são infinitas", mas minha boca não sabe formar estas palavras em inglês. Mesmo assim, as pessoas parecem ter pena de mim e compram meu incenso.

Ele se levanta e vai até a cômoda. Ele é um homem muito magro, mas eu não sei como não reconheci seu leque de ferro antes. Ele procura alguma coisa na gaveta de cima e depois volta com uma meia com a ponta gorda. Ele vira a meia do avesso e moedas de todo tipo e algumas notas de dólar caem sobre o colchão.

– Isto foi o que economizei para Joy – ele explica.

Eu passo as mãos sobre o dinheiro.

– Você é um homem bom – digo, mas é difícil imaginar que esta ninharia possa mudar a vida de Joy.

– Eu sei que não é muito – ele admite –, mas é mais do que eu fazia como puxador de riquixá e vai aumentar. E talvez, daqui a um ano ou dois, eu possa me tornar segundo cozinheiro. Se eu aprender a ser um primeiro cozinheiro, posso ganhar até vinte dólares por semana. Quando pudermos nos estabelecer sozinhos, vou me tornar um vendedor de peixe ou talvez um jardineiro. Se eu for vendedor de peixe, então nós vamos poder comer peixe. Se for jardineiro, nós sempre poderemos comer verduras.

– Meu inglês é bom – digo. – Talvez eu possa procurar um emprego fora de Chinatown.

Mas, honestamente, o que nos faz pensar que o Velho Louie algum dia vá nos libertar? E, mesmo que ele faça isso, eu não tenho que contar a verdade a Sam? Não a parte sobre Joy não ser filha dele! Esse segredo pertence a May e a mim, e eu jamais irei revelá-lo, mas tenho que contar a ele o que os macacos fizeram comigo e que eles mataram mamãe.

– Eu fui esfregada na lama e nunca vou conseguir limpá-la – começo hesitante, na esperança de que o que mamãe disse sobre o Boi seja verdade: que ele não abandonará você em tempos de dificuldade, que ele ficará fielmente ao seu lado, e que ele é caridoso e bom. Eu não preciso acreditar nela agora? Ainda assim, as emoções que passam pelo rosto dele, raiva, nojo e piedade, não tornam fácil para mim contar minha história.

Quando eu termino, ele diz:

– Você passou por tudo isso e mesmo assim Joy nasceu perfeita. Ela deve ter um futuro precioso. – Ele encosta o dedo nos meus lábios para me impedir de dizer mais alguma coisa. – Eu prefiro estar casado com jade quebrado do que com barro impecável. E meu pai costumava dizer que qualquer um pode acrescentar uma flor extra a um brocado, mas quantas mulheres irão buscar o carvão no inverno? Ele estava se referindo à minha mãe, que era uma mulher boa e leal, como você.

Nós ouvimos os outros entrar no apartamento, mas nenhum de nós se mexe. Sam se inclina e cochicha no meu ouvido.

– No banco do Jardim Yu Yuan, eu disse que gostava de você e perguntei se você gostava de mim. Você apenas assentiu com a cabeça. Num casamento arranjado, isso é mais do que podemos esperar. Eu nunca esperei ser feliz, mas não deveríamos tentar procurar a felicidade?

Eu me viro para ele. Nossos lábios quase se tocam quando eu sussurro:

– E quanto a mais filhos? – Por mais próxima que me sinta dele agora, é difícil contar a verdade completa para ele. – Depois que eu tive Joy, os médicos de Angel Island me disseram que eu jamais poderia ter outro bebê.

– Quando somos meninos, as pessoas nos dizem que se não tivermos um filho até os trinta anos somos azarados. O pior insulto que você pode gritar na rua é: "Desejo que você morra sem filhos!" Dizem que se não tivermos um filho, devemos adotar um para perpetuar o nome da família e cuidar de nós quando nos tornarmos antepassados. Mas se você tem um filho que é... que tem... que não pode... – Ele resiste, como May e eu sempre resistimos, a nomear o problema de Vernon.

– Você compra um filho, como o Velho Louie comprou você – termino por ele –, para cuidar dele e de Yen-yen quando eles se tornarem antepassados.
– E se não eu, então o filho que poderemos dar a eles um dia. Um neto iria garantir a eles uma existência feliz aqui e no outro mundo.
– Mas eu não posso dar isso a eles.
– Eles não precisam saber, e eu não me importo. E quem sabe? Talvez Vern dê um filho à sua irmã, e todos os débitos e obrigações estarão pagos.
– Mas, Sam, eu não posso dar um filho a *você*.
– As pessoas dizem que uma família é incompleta sem um filho homem, mas eu estou contente com Joy. Ela é a alegria do meu coração. Toda vez que ela sorri para mim, agarra o meu dedo ou me olha com aqueles olhos negros, eu sei que tenho muita sorte. – Enquanto ele fala, eu encosto a mão dele no meu rosto, e depois beijo a ponta dos seus dedos. – Pérola, você e eu podemos ter recebido um destino infeliz, mas ela é o nosso futuro. Tendo uma filha única, podemos dar tudo a ela. Ela pode ter a educação que eu não tive. Talvez ela possa ser médica ou... essas coisas não importam tanto, porque ela será sempre nosso consolo e nossa alegria.

Quando ele me beija, eu o beijo também. Estamos sentados na beirada da cama, então só o que eu preciso fazer é por meus braços em volta dele e puxá-lo para mim enquanto me deito. Embora haja pessoas no apartamento e embora elas ouçam cada rangido da cama e gemido abafado, Sam e eu fazemos coisa de marido-mulher. Não é fácil para mim. Eu fico com os olhos fechados e o terror me aperta o coração. Tento me concentrar nos músculos que trabalharam no campo, puxaram riquixás na minha cidade e recentemente embalaram Joy. Para mim, coisa de marido-mulher nunca trará grande prazer, a liberação de nuvens e chuva, o gosto de êxtase de cem anos, ou nenhuma das coisas que os poetas escrevem. Para mim, o importante é estar perto de Sam, é a saudade que nós dois sentimos da nossa terra, dos nossos pais e a dureza da nossa vida aqui na América, onde nós somos *wang k'uo nu* – escravos expatriados, sempre vivendo sob leis estrangeiras.

Depois que ele termina, eu deixo passar um tempo adequado, me levanto e vou para a sala buscar Joy. Vern e May já foram para o quarto deles, mas o Velho Louie e Yen-yen trocam um olhar significativo.

– Vai nos dar um neto agora? – Yen-yen pergunta ao me entregar Joy. – Você é uma boa nora.

– Você seria uma nora melhor se dissesse à sua irmã para fazer o trabalho dela – o velho acrescenta.

Eu não respondo. Apenas levo Joy de volta para o nosso quarto e a coloco em sua gaveta da cômoda. Depois tiro do pescoço a bolsinha que mamãe me deu. Abro a gaveta de cima e guardo a bolsinha junto com a que May deu para Joy. Eu não preciso mais dela. Fecho a gaveta e volto para Sam. Tiro a roupa e me deito nua na cama. Quando as mãos dele sobem pelo meu corpo, eu tomo coragem para fazer mais uma pergunta.

– Às vezes, você desaparece também durante as tardes – comento.

– Aonde é que você vai?

Ele fica com a mão parada no meu quadril.

– Pérola. – Meu nome soa comprido e suave. – Eu não frequentava aqueles lugares em Xangai e jamais os frequentarei aqui.

– Então aonde...

– Eu volto para o templo, mas desta vez para fazer oferendas para a minha família, para a sua família e até para os antepassados dos Louie.

– Para a *minha* família?

– Você acabou de me contar que sua mãe morreu, mas eu sabia que ela devia ter morrido e seu pai também. Você não teria vindo para cá se eles ainda estivessem vivos.

Ele é esperto. Ele me conhece e me compreende muito bem.

– Eu também fiz oferendas para os nossos antepassados quando nos casamos – ele acrescenta.

Eu balanço a cabeça. Ele tinha dito a verdade aos interrogadores de Angel Island quanto a isso.

– Eu não acredito nessas coisas – confesso.

– Talvez você devesse acreditar. Nós fazemos isso há cinco mil anos.

Enquanto tornamos a fazer coisa de marido-mulher, sirenes soam ao longe. De manhã, quando acordamos, ficamos sabendo que houve um incêndio em China City. Algumas pessoas dizem que foi um acidente, que os restos dos fogos atrás do mercado de peixe de George Wang causaram o incêndio, enquanto outras insistem em dizer que foi um incêndio criminoso provocado por pessoas de New Chinatown que não gostam da ideia de Christine Sterling de uma "aldeia chinesa" ou por pessoas de Olvera Street que não querem concorrência. As fofocas não param, mas não importa o que causou o fogo, uma boa parte de China City foi destruída ou danificada.

Até a melhor das luas

O Deus do Fogo age indiscriminadamente. Ele acende lampiões, faz brilhar os vaga-lumes, reduz aldeias a cinzas, queima livros, cozinha a comida e aquece as famílias. Tudo o que as pessoas podem esperar é que um dragão – com sua essência líquida – apague incêndios indesejados quando eles surgirem. Quer você acredite ou não nessas coisas, fazer oferendas é aconselhável. Como os americanos diriam, é melhor prevenir do que remediar. Em China City, onde ninguém tem seguro, não é feita nenhuma oferenda para apaziguar o Deus do Fogo ou para inspirar um dragão a ser benevolente. Esses não são bons augúrios, mas eu digo a mim mesma que as pessoas na América também dizem que um raio nunca cai duas vezes no mesmo lugar.

Vai levar seis meses para que as partes de China City prejudicadas pela fumaça e pela água sejam consertadas e as seções destruídas reconstruídas. O Velho Louie está numa posição ainda pior do que a maioria, uma vez que não apenas parte do dinheiro que ele tinha escondido em suas diversas lojas foi queimada, mas sua verdadeira riqueza – sua mercadoria – virou cinzas. Nenhum dinheiro enche o cofre da família, mas muito dinheiro sai para o esforço de reconstrução, para comprar novas mercadorias nas fábricas de Xangai e em empórios de antiguidades em Cantão (torcendo para que elas possam sair dessas cidades em navios estrangeiros e consigam passar em segurança pelas águas infestadas de japoneses) e para abrigar, alimentar e vestir uma família de sete pessoas, bem como para sustentar seus sócios e filhos de papel que moram numa pensão próxima. Nada disso agrada ao meu sogro.

Embora ele insista que May e eu fiquemos com nossos maridos, trabalhando ao lado deles, não há nada para fazermos. Nós não sabemos usar um martelo ou um serrote. Não temos mercadorias para desempacotar, limpar ou vender. Não há chão para varrer, janelas para lavar ou fregueses para alimentar. Ainda assim, May, Joy e eu vamos todas as manhãs para China City para ver como o trabalho de reconstrução está progredindo. May não desgosta do plano de Sam de ficarmos todos juntos e economizarmos nosso dinheiro.

– Eles nos dão de comer aqui – ela me disse, mostrando finalmente alguma maturidade. – Sim, vamos esperar até que nós quatro possamos ir embora juntos.

Durante as tardes, nós muitas vezes visitamos Tom Gubbins na Companhia de Trajes Asiáticos, que escapou do incêndio. Ele aluga adereços e fantasias, e atua como agente de figurantes chineses junto aos estúdios de cinema, mas, fora isso, ele é um mistério. Alguns dizem que ele nasceu em Xangai. Outros dizem que tem um quarto de sangue chinês. Outros dizem que é metade chinês. Outros dizem que ele não tem uma gota de sangue chinês. Alguns o chamam de tio Tom. Outros o chamam de Lo Fan Tom. Nós o chamamos de Bak Wah Tom, Tom Cinema, que foi como ele se apresentou a mim na Grande Inauguração de China City. Com Tom eu aprendo que mistério, confusão e exagero podem construir sua reputação.

Ele ajuda um monte de chineses – comprando roupa para eles, comprando as roupas *deles*, encontrando quartos para eles, arranjando emprego para eles, tomando providências para internar grávidas em hospitais que não gostam de chineses, assistindo a entrevistas com os inspetores da imigração, que estão sempre atentos a comerciantes e filhos de papel –, mas poucos são como ele. Talvez seja porque ele um dia trabalhou como intérprete em Angel Island, onde foi acusado de engravidar uma mulher. Talvez seja porque gosta de garotas, embora outros digam que ele gosta de garotos. Tudo o que eu sei é que ele fala um cantonês quase perfeito e que seu dialeto wu é muito bom. May e eu adoramos ouvir os sons do nosso dialeto saindo de sua boca.

Ele quer que minha irmã vá trabalhar como figurante em filmes; naturalmente, o Velho Louie não concorda, dizendo: "Esse é um trabalho para mulheres com três buracos." Ele pode ser muito previsível, mas nisso está apenas exprimindo os sentimentos de muitos homens antiquados que acham que atrizes – seja de óperas, peças ou filmes – são pouco mais que prostitutas.

– Continue conversando com o seu sogro – Tom diz a May. – Diga a ele que um em cada catorze vizinhos trabalha no cinema. É uma boa maneira de ganhar um dinheiro extra. Eu podia até dar um trabalho para ele. Prometo que ele vai ganhar mais dinheiro em uma semana do que ganhou em três meses na sua loja de antiguidades. A ideia nos faz rir.

As pessoas em Chinatown gostam de representar. Quando os estúdios perceberam que podiam contratar chineses pela bagatela de "cinco dólares por china", eles passaram a usar nossos vizinhos em cenas de multidão e para fazer todo tipo de papel sem fala em filmes como *Stowaway, Lost Horizon, The General Died at Dawn, The Adventures of Marco Polo*, a série Charlie Chan e, é claro, *The Good Earth*. A Depressão pode estar diminuindo, mas as pessoas precisam de dinheiro e tentam ganhá-lo de todo jeito. Até as pessoas de Chinatown, que são mais ricas do que nós, gostam de trabalhar como figurantes. Elas fazem isso porque querem se divertir e ver a si mesmas na tela prateada.

Eu não quero trabalhar em *Haolaiwu*. Não pelos motivos antiquados, mas porque acho que não sou bonita o suficiente. Mas minha irmã é, e ela quer muito isso. Ela adora Anna May Wong, embora todo mundo aqui fale dela como se fosse uma desgraça, porque ela sempre faz papel de cantora, de empregada ou de assassina. Mas quando vejo Anna May na tela, eu penso no modo como Z.G. costumava pintar minha irmã. Como Anna May, May brilha como uma deusa.

Há semanas que Tom nos implora para vender nossos *cheongsams* para ele.

– Geralmente, compro roupas de pessoas que as trazem depois de uma visita à China, porque engordaram muito em casa. Ou eu as compro de pessoas que estão chegando aqui pela primeira vez, porque perderam muito peso no navio e em Angel Island. Mas, hoje em dia, ninguém está indo para casa por causa da guerra, e aqueles que têm a sorte de conseguir sair da China normalmente deixam tudo para trás. Mas vocês duas são diferentes. Seu sogro trouxe suas roupas.

Eu não me importo de vender nossas roupas – fico irritada por ser obrigada a usá-las para os turistas de China City –, mas May não quer abrir mão delas.

– Nossos vestidos são lindos! – ela grita indignada. – Eles são parte do que nós somos! Nossos *cheongsams* foram feitos em Xangai. O tecido veio de Paris. Eles são elegantes, mais elegantes do que tudo o que vi aqui.

– Mas se vendermos alguns dos nossos *cheongsams*, poderemos comprar vestidos novos, vestidos americanos – digo. – Eu estou cansada de parecer fora de moda, de parecer que acabei de sair do navio.

– Se nós os vendermos – May pergunta espertamente –, o que vai acontecer quando China City for reaberta? O Velho Louie não vai notar que nossas roupas desapareceram?

Tom minimiza o problema.

– Ele é homem. Não vai notar.

Mas é claro que vai notar. Ele nota tudo.

– Ele não vai se importar desde que a gente dê a ele uma parte do que Tom nos pagar – eu digo, torcendo para estar certa.

– Mas não deem demais. – Tom coça a cabeça. – Deixem ele pensar que vocês vão ganhar mais dinheiro se continuarem vindo aqui.

Nós vendemos cada uma um *cheongsam* para Tom. Eles são os nossos vestidos mais velhos e mais feios, mas são esplêndidos se comparados com o que ele tem na sua coleção. Então pegamos o dinheiro e descemos a Broadway até chegarmos na loja de departamentos ocidental. Nós compramos vestidos de rayon, sapatos de salto alto, luvas, roupa de baixo e dois chapéus – tudo com a venda de dois vestidos, e ainda sobra um dinheiro para nosso sogro não ficar zangado conosco quando pusermos o resto na mão dele. É então que May inicia sua campanha, insistindo, bajulando, até flertando com ele, tentando fazê-lo render-se aos seus desejos assim como papai se rendia no passado.

– Você gosta de nos ver ocupadas – ela diz –, mas como podemos nos ocupar agora? Bak Wah Tom diz que eu posso ganhar cinco dólares por dia se trabalhar em *Haolaiwu*. Pense quanto eu vou ganhar em uma semana! Some a isso o que vou ganhar a mais se usar meu próprio traje. Eu tenho um monte de vestidos!

– Não – o Velho Louie diz.

– Com minhas lindas roupas, eu posso conseguir um close-up. Vou ganhar dez dólares por isso. Se eu tiver uma fala, uma única fala, vou ganhar vinte dólares.

– Não – o Velho Louie torna a dizer, mas desta vez eu praticamente posso vê-lo contando o dinheiro em sua mente.

O lábio inferior dela treme. Ela cruza os braços. Seu corpo se encolhe, dando-lhe um ar infeliz.

– Eu era uma linda garota em Xangai. Por que não posso ser uma linda garota aqui?

A montanha desmorona aos poucos. Após várias semanas, ele finalmente cede.

Sorte

- Uma vez. Você pode fazer isso uma vez.
Ao ouvir isso, Yen-yen funga e sai da sala. Sam sacode a cabeça, sem conseguir acreditar, e meu rosto enrubesce de prazer com o fato de May ter derrotado o velho simplesmente sendo ela mesma.

Eu não guardo o título do primeiro filme de May, mas, como ela tem suas próprias roupas, ela consegue o papel de uma cantora em vez de uma camponesa. Ela passa três noites trabalhando e dorme durante o dia, portanto só fico sabendo como foi quando a filmagem termina.

– Eu ficava a noite toda sentada numa casa de chá cenográfica comendo bolos de amêndoa – ela recorda sonhadoramente. – O assistente de direção me chamava de tomate bonitinho. Pode imaginar?

May passa dias chamando Joy de tomate bonitinho, o que não faz nenhum sentido para mim. Quando May trabalha outra vez como figurante, ela volta para casa com uma expressão nova: "Que M", como em:

– Que M você pôs nessa sopa, Pérola?

Ela costuma voltar se gabando da comida que comeu.

– Eles nos servem duas refeições por dia, e é comida boa, comida americana! Eu vou ter que tomar cuidado para não engordar, Pérola. Ou não vou caber num *cheongsam*. Se eu não tiver uma aparência perfeita, eles jamais me darão uma fala. – Depois disso, ela começa a fazer dieta, uma pessoa tão magra, uma pessoa que sabe o que significa não comer por causa de guerra, pobreza e ignorância fazer dieta, antes de Tom enviá-la para outro trabalho e depois na volta, durante vários dias, para perder o que imagina que engordou. Tudo isso na esperança de que um diretor lhe dê uma fala. Até eu sei que, exceto por Anna May Wong e Keye Luke, que faz o papel do Filho Número Um de Charlie Chan, os papéis com fala vão apenas para os *lo fan*, que usam maquiagem amarela, têm os olhos puxados para trás com fita durex e fingem falar inglês com sotaque chinês.

Em junho, Tom surge com uma ideia nova, May a engole e depois a cospe para o nosso sogro, que a aceita como se fosse dele.

– Joy é um lindo bebê – Tom diz a May. – Ela vai ser uma figurante perfeita.

– Você pode ganhar mais dinheiro com ela do que comigo – May diz para o Velho Louie.

– Pan-di é sortuda para uma menina – o velho diz para mim. – Ela pode ganhar seu próprio dinheiro, e é só um bebê.

Eu não tenho certeza se quero ver Joy passando tanto tempo com a tia, mas depois que o Velho Louie vê que pode ganhar dinheiro com um bebê, bem...
— Eu vou deixar com uma condição. — Eu posso fazer uma exigência porque, sendo mãe de Joy, só eu posso assinar o papel permitindo que ela trabalhe o dia todo e, às vezes, à noite sob a supervisão e o cuidado da tia. — Ela vai ficar com todo o dinheiro que ganhar.
O Velho Louie não gosta disso. Por que gostaria?
— Você nunca mais vai ter que comprar roupas para ela — insisto.
— Nunca mais vai ter que pagar pela comida dela. Nunca mais vai ter que pagar um tostão para sustentar esta Torça-por-um-Irmão.
O velho ri satisfeito ao ouvir isso.

Quando May e Joy não estão trabalhando, elas ficam no apartamento comigo e com Yen-yen. Muitas vezes, nas longas tardes enquanto esperamos pela reabertura de China City, eu me lembro das histórias que mamãe me contava da sua infância e ficava confinada nos aposentos das mulheres em sua casa junto com sua avó, sua mãe, suas tias, primas e irmãs, todas com pés contidos. Elas disputavam posição, guardavam ressentimento e brigavam umas com as outras. Agora, na América, May e Yen-yen brigam como cão e gato por qualquer coisa.
— O *jook* está muito salgado — May pode dizer.
— Não tem sal suficiente — é a resposta infalível de Yen-yen.
Quando May anda pela sala com um vestido sem mangas, usando sandálias abertas e sem meias, Yen-yen reclama:
— Você não devia ser vista em público desse jeito.
— As mulheres em Las Vegas gostam de braços e pernas nuas — May responde.
— Mas você não é uma *lo fan* — Yen-yen diz.
Mas o maior motivo de briga entre elas é Joy. Se Yen-yen disser, "Ela devia usar um suéter", May responde com "Ela está morrendo de calor". Se Yen-yen disser "Ela devia aprender a bordar", minha irmã responde "Ela devia aprender a patinar".
Mais do que tudo, Yen-yen detesta que May trabalhe no cinema e exponha Joy a essa atividade tão baixa, e ela me culpa por ter deixado que isso acontecesse.

– Por que você deixa que ela leve Joy para esses lugares? Você quer que a sua filha se case um dia, não quer? Você acha que alguém vai querer uma noiva que tenha aparecido nessas porcarias?

Antes que eu possa dizer alguma coisa, minha irmã responde:
– Não são porcarias coisa nenhuma. Só não são para gente como você. – As únicas histórias que prestam são as antigas. Elas nos dizem como viver.

– O cinema também nos diz como viver – May responde. – Joy e eu ajudamos a contar histórias de heróis e de boas mulheres que são românticas e modernas. Não são sobre donzelas da lua ou garotas fantasmas definhando de amor.

– Você é tola demais – Yen-yen diz. – Por isso é bom que você tenha sua irmã para cuidar de você. Você precisa aprender com sua *jie jie*. Ela entende que as histórias de antigamente têm algo a nos ensinar.

– O que Pérola sabe sobre isso? – May pergunta como se eu não estivesse na sala. – Ela é tão antiquada quanto nossa mãe.

Como ela pode me chamar de antiquada? Como ela pode me comparar com mamãe? Eu admito que, na minha saudade de casa, do passado, dos nossos pais, eu fiquei parecida com mamãe sob muitos aspectos. Todas aquelas ideias antigas a respeito do zodíaco, de comida e outras tradições me consolam, mas eu não sou a única que estou olhando para trás em busca de consolo. May é alegre, efervescente e inegavelmente linda aos vinte anos, mas a vida dela – mesmo trabalhando como figurante e frequentando sets de cinema – não é o que ela imaginou quando éramos lindas garotas em Xangai. Nós duas temos nossas decepções, mas eu gostaria que ela demonstrasse um pouco mais de simpatia por mim.

– Se seus filmes a ensinam a ser romântica, então por que a sua irmã, que fica o dia todo em casa comigo, é tão mais romântica que você?
– Yen-yen pergunta.

– Eu sou romântica! – May reage, caindo na armadilha de Yen-yen. Minha sogra sorri.

– Não é romântica o suficiente para me dar um neto! Você já devia ter um bebê...

Eu suspiro. Essas discussões entre sogra e nora são tão velhas quanto a humanidade. Diante de conversas desse tipo, eu me alegro que May e Joy passem a maior parte dos dias num set de filmagem e eu fique sozinha com Yen-yen.

Nas terças-feiras, depois de levar o almoço para nossos maridos em China City, Yen-yen e eu vamos de porta em porta em cada pensão, apartamento e loja ao longo de Spring Street onde as pessoas compram seus mantimentos, e vamos até a New Chinatown para levantar dinheiro para o Auxílio à China e para a salvação nacional. Nós já passamos da fase de fazer piquete. Agora nós carregamos latas vazias e as usamos para pedir esmola, percorrendo as ruas Mei Ling, Gin Ling e Sun Mun, combinando de não voltar para casa enquanto nossas latas não estiverem cheias pelo menos até a metade de moedas. As pessoas estão morrendo de fome na China, então nós visitamos também os armazéns e fazemos os donos doar comida chinesa importada, que embalamos e mandamos de volta para o lugar de onde ela veio: da China.

Fazendo esse trabalho, eu conheço pessoas. Todo mundo quer saber o nome da família e de que aldeia eu vim. Eu conheço mais Wangs do que poderia imaginar. Conheço um monte de Lees, Fongs, Leongs e Moys. Durante todo este tempo, o Velho Louie nunca reclamou por eu estar indo de Chinatown em Chinatown, ou por eu estar conhecendo pessoas estranhas todo dia, porque eu estou sempre com minha sogra, que começa a confiar em mim não como uma nora desprezada, mas como uma amiga.

– Eu fui raptada da minha aldeia quando era pequena – ela me conta uma terça-feira quando estamos voltando de New Chinatown pela Broadway. – Você sabia disso?

– Eu não sabia. Sinto muito – digo, o que não consegue exprimir nem de longe o que eu sinto. Eu fui expulsa da minha casa, mas não consigo imaginar ser tirada de lá à força. – Quantos anos você tinha?

– Quantos anos eu tinha? Como posso saber? Não tenho ninguém para me dizer isso. Talvez eu tivesse cinco anos. Talvez fosse mais velha, ou mais moça. Lembro que tinha um irmão e uma irmã. Lembro que havia castanheiras ao longo da estrada que ia dar na minha aldeia. Eu me lembro de um lago de peixes, mas acho que toda aldeia tem um.

– Ela faz uma pausa antes de continuar. – Eu deixei a China há muito tempo. Sinto saudades de lá todos os dias e sofro quando ela sofre. É por isso que trabalho tanto para levantar dinheiro para o Auxílio à China.

Não é de espantar que ela não saiba cozinhar. Ela não aprendeu com a mãe, assim como eu não aprendi com a minha – mas por algumas razões diferentes. Yen-yen não deseja comer uma coisa melhor porque não tem lembrança de sopa de barbatana de tubarão, de enguia frita do rio Yangtze ou de pombo cozido sobre folhas de alface. Ela se agarrou às velhas tradições – tradições fora de moda – do mesmo modo que eu me agarro a elas agora: como uma forma de sobrevivência da alma, como uma forma de conservar as lembranças de coisas perdidas. Talvez seja melhor tratar uma tosse com chá de melão do que aplicando um emplastro de mostarda no peito. Sim, suas velhas histórias e seus modos antiquados estão me contaminando, transformando-me, instilando mais "chinês" em mim, do mesmo modo que o gengibre é absorvido pela sopa.

– O que aconteceu depois que levaram você? – pergunto, com o coração cheio de compaixão.

Yen-yen para na calçada, segurando as sacolas cheias de doações.

– O que você acha que aconteceu? Você já viu moças solteiras sem família. Você sabe o que acontece com elas. Eu fui vendida como empregada em Cantão. Assim que tive idade suficiente, me tornei uma garota com três buracos. – Ela projeta o queixo para a frente. – Então um dia, quando eu tinha uns treze anos, fui enfiada num saco e colocada num barco. Quando dei por mim, estava na América.

– E quanto a Angel Island? Eles não lhe fizeram perguntas? Por que você não foi mandada de volta?

– Eu cheguei antes de abrirem Angel Island. Às vezes, eu olho no espelho e fico surpresa com o que vejo. Eu ainda espero ver aquela garota, mas não gosto de me lembrar daquela época. O que ela importa para mim agora? Você acha que eu quero me lembrar de ser esposa de muitos homens? – Ela começa a andar e eu me apresso para alcançá-la. – Eu fiz coisa de marido-mulher muitas e muitas vezes. As pessoas fazem tanto estardalhaço com isso, mas por que se preocupar tanto? O homem entra. O homem sai. Como mulheres, nós continuamos iguais. Sabe o que eu quero dizer, Pérol-ah?

Eu sei? Sam é diferente daqueles homens do casebre, isso eu sei. Mas eu permaneci a mesma? Eu me lembro de todas as vezes que vi Yen-yen dormindo no sofá. Normalmente um novo homem solteiro – um imigrante da China que aparece na lista de sócios do Velho Louie até que sua dívida seja paga por alguém que precise de um operário por um preço barato – dorme lá. Mas sempre que eles não estão lá, Yen-yen pode ser encontrada no quarto de manhã, dobrando cobertores e dando alguma desculpa: "Aquele velho ronca como um búfalo." Ou "Minhas costas estão doendo. Este lugar é mais confortável." Ou "Aquele velho diz que eu me mexo na cama como um mosquito. Ele não consegue dormir. Se ele não dormir, todo mundo vai ficar infeliz no dia seguinte, não é?" Agora eu entendo que o motivo de ela dormir no sofá é o mesmo que eu tinha quando queria fugir da cama de Sam. Homens demais fizeram coisas com ela que ela não quer lembrar.

Eu ponho a mão no braço dela. Nossos olhos se encontram e algo é trocado entre nós. Eu não conto a ela o que aconteceu comigo. Como poderia contar? Mas acho que ela entende... alguma coisa, porque ela diz: – Você tem sorte em ter Joy e ela ser saudável. Meu filho... – Ela dá um longo suspiro. – Talvez eu tenha passado tempo demais naquela profissão. Eu já tinha trabalhado quase dez anos quando o velho me comprou. Havia poucas mulheres chinesas aqui naquela época, talvez menos uma para cada vinte homens, mas ele conseguiu um preço barato por mim por causa da minha profissão. Eu fiquei feliz, porque finalmente saí de San Francisco e vim para cá. Mas naquela época ele já era como hoje, velho e mesquinho. Tudo o que ele queria era um filho, e ele trabalhou duro para me dar um.

Ela indica com a cabeça um homem varrendo a calçada em frente à sua loja. Ele olha para o outro lado, com medo de pedirmos uma doação.

– Quando o velho voltou para a aldeia dele para visitar os pais, eu fui junto – Yen-yen continua. Eu já a ouvi dizer isso antes, mas desta vez eu ouço de outra forma. – Quando ele viajou pela China para comprar mercadorias, ele me deixou para trás. Eu não sei o que ele pensou: que talvez eu fosse ficar dentro de casa durante as semanas que esteve fora com sua essência dentro de mim, as pernas para cima, esperando para o filho dele vingar. Mas assim que ele partiu, eu andei de aldeia em aldeia. Eu falava sze yup. Minha aldeia tinha que estar nos Quatro Distritos, certo? Todo dia eu procurava uma aldeia com castanheiras e um lago de peixes. Eu nunca a encontrei, e não tive um filho. Eu engravidava, mas os bebês se recusavam a respirar o ar deste mundo. Cada vez que voltávamos para Los Angeles, nós dizíamos que tínhamos tido um filho na China e que o tínhamos deixado com os avós. Foi assim que trouxemos os tios. Wilburt foi meu primeiro filho de papel. Ele tinha dezoito anos, mas nós dissemos que tinha onze para combinar com os papéis que preenchemos dizendo que ele tinha nascido um ano depois do terremoto de San Francisco. Charley veio em seguida. Ele foi fácil. Nós tínhamos

sorte

voltado para a China no ano seguinte, então eu tinha uma certidão de nascimento de um filho nascido em 1908, e Charley nasceu nesse ano. Meu sogro teve que esperar um longo tempo para seu investimento – sua semente – germinar, mas tinha funcionado para ele, fornecendo mão de obra barata para seus negócios e enchendo seus bolsos.

– E Edfred? – Yen-yen sorri, achando graça. – Ele é filho de Wilburt, sabe?

Não, eu não sabia. Até recentemente, eu tinha achado que todos aqueles homens eram irmãos de Sam.

– Nós tínhamos um papel para um filho nascido em 1911– Yen-yen continua –, mas Edfred só nasceu em 1918. Ele só tinha seis anos quando nós o trouxemos para cá, mas sua certidão dizia que ele tinha onze.

– E ninguém notou?

– Eles também não notaram que Wilburt não tinha onze anos. – Yen-yen sacode os ombros, indicando a estupidez dos inspetores de imigração. – Com Edfred, nós dissemos que ele era pequeno e subdesenvolvido para a idade, e que estava passando fome na aldeia. Os inspetores gostaram da ideia de ele não ter tido uma "nutrição apropriada". Eles me asseguraram que ele iria "ficar gorducho" agora que estava no seu país.

– É tudo tão complicado.

– Mas é para ser complicado mesmo. Os *lo fan* tentam nos impedir de entrar com suas leis que vivem mudando, mas quanto mais as leis se tornam complicadas, mais facilidade nós temos em burlá-las. – Ela faz uma pausa para eu entender bem. – Eu só tive dois filhos. Meu primeiro filho nasceu na China. Nós o trouxemos para cá e tivemos uma vida tranquila. Nós o levamos de volta para a nossa aldeia quando ele fez sete anos, mas ele tinha um estômago americano e não chinês. Ele morreu.

– Sinto muito.

– Já faz muito tempo agora – Yen-yen diz quase com naturalidade. – Mas eu tentei muito ter outro filho. Finalmente, *finalmente*, eu engravidei. O velho ficou feliz. Eu fiquei feliz. Mas a felicidade não muda o seu destino. A parteira veio receber Vernon. Ela viu na mesma hora que havia alguma coisa errada. Ela disse que isso, às vezes, acontece quando a mãe é velha. Eu já tinha mais de quarenta quando ele nasceu. Ela teve que usar...

Ela para na frente de uma loja que vende bilhetes de loteria e deposita os sacos no chão para poder imitar garras com as mãos.

– Ela o puxou para fora com essas coisas. A cabeça dele estava torta quando ele saiu. Ela apertou de um lado e de outro para endireitar a cabeça, mas...
Ela torna a pegar as sacolas.
– Quando Vern era bebê, o velho quis voltar para a China para conseguir mais um filho de papel. Nós tínhamos a certidão, entende? A última. Eu não queria ir. Meu Sam morreu na aldeia. Eu não queria que meu novo bebê morresse também. O velho disse: "Não se preocupe. Você vai amamentar o bebê o tempo todo." Então nós fomos para a China, pegamos Edfred, tomamos um navio e o trouxemos para cá.
– E Vern?
– Você sabe o que dizem a respeito de casamento. Até um cego pode conseguir uma esposa. Até um homem sem juízo pode conseguir uma esposa. Até um homem com paralisia pode conseguir uma esposa. Todos aqueles homens têm uma única obrigação. Ter um filho. – Ela me olha com um olhar tão patético quanto o de um pássaro, mas com uma vontade tão forte quanto jade. – Quem vai cuidar do velho e de mim na outra vida se não tivermos um neto para nos fazer oferendas? Quem vai tomar conta do meu filho na outra vida se sua irmã não der um filho a *ele*? Se não for ela, Pérola, então tem que ser você, mesmo que seja apenas um neto de papel. É por isso que mantemos vocês aqui. É por isso que alimentamos vocês.

Minha sogra entra na mercearia para comprar seu bilhete de loteria semanal – a eterna esperança dos chineses –, mas eu sou tomada de grande preocupação.

Mal posso esperar que May chegue em casa. Assim que ela entra, eu insisto em irmos até China City, onde Sam está trabalhando na reconstrução. Nós três nos sentamos em cima de caixotes, e eu conto a eles o que ouvi de Yen-yen. Eles não se surpreendem com nada do que eu digo.

– Então vocês não ouviram o que eu disse ou eu não contei as coisas da forma correta. Yen-yen disse que eles costumavam voltar para a aldeia natal do velho para visitar os pais dele. Ele sempre disse que nasceu aqui, mas, se os pais dele moravam na China, como isso é possível?

Sam e May se entreolham e depois olham para mim.

– Talvez os pais dele morassem aqui, eles tiveram o velho e depois voltaram para a China – May sugere.

– Isso é possível – digo. – Mas se ele nasceu aqui e morou aqui por quase setenta anos, por que não fala um inglês melhor?
– Porque ele nunca saiu de Chinatown – Sam argumenta.
Eu sacudo a cabeça.
– Pense bem. Se ele nasceu aqui, então por que é tão leal à China? Por que ele permitiu que Yen-yen e eu fizéssemos piquetes e levantássemos dinheiro para a China? Por que ele sempre diz que quer se aposentar e voltar para "casa"? Por que ele tem tanta ansiedade em nos manter todos juntos? É porque ele não é um cidadão. E se ele não é um cidadão, então as consequências para nós...
Sam se levanta.
– Eu quero saber a verdade.
Nós encontramos o Velho Louie numa loja de massa em Spring Street, tomando chá e comendo bolo com os amigos. Quando nos vê, ele se levanta e vem até a porta.
– O que vocês querem? Por que não estão trabalhando?
– Nós precisamos falar com você.
– Agora não. Aqui não.
Mas nós três não vamos embora sem respostas. O Velho Louie nos leva até uma mesa longe dos amigos para que eles não ouçam a conversa. Já se passaram meses desde a briga do dia de Ano-Novo, mas Chinatown continua fofocando a respeito. O Velho Louie tentou suavizar as coisas, mas ainda há um certo mal-estar entre ele e Sam, que não perde tempo com amenidades.
– Você nasceu na aldeia Wah Hong, não foi?
Os olhos de lagarto do velho se apertam.
– Quem foi que disse isso?
– Não importa quem nos contou. É verdade? – Sam pergunta.
O velho não responde. Nós esperamos. Ao redor, ouvimos risos, conversas e o som dos pauzinhos batendo nas tigelas. Finalmente, o velho resmunga.
– Vocês não são os únicos que estão aqui com base em mentiras – ele diz em sze yup. – Olhem para as pessoas neste restaurante. Olhem para as pessoas que trabalham em China City. Olhem para as pessoas no nosso quarteirão e no nosso edifício. Todo mundo esconde alguma coisa. A minha mentira é o fato de eu não ter nascido aqui. Quando o terremoto e o incêndio de San Francisco destruíram todas as certidões

de nascimento, eu estava aqui e tinha trinta e cinco anos pela contagem americana. Como muitos outros, eu procurei as autoridades e disse que tinha nascido em San Francisco. Eu não podia provar que tinha nascido lá, mas eles também não podiam provar que eu não tinha. Então, agora eu sou um cidadão... no papel, assim como você é meu filho no papel.

– E quanto a Yen-yen? Ela também chegou antes do terremoto. Ela também diz ser uma cidadã?

O velho franziu a testa, aborrecido.

– Ela é uma *fu yen*. Não sabe contar mentiras e não consegue guardar um segredo. Obviamente. Senão vocês não estariam aqui.

Sam esfrega a testa enquanto absorve as implicações de tudo isso.

– Se alguém descobrir que você não é um cidadão de verdade, então Wilburt, Edfred...

– Sim, todos nós, inclusive Pérola, estaremos encrencados. É por isso que mantenho vocês assim. – Ele fecha a mão com força. – Não pode haver nenhum erro, nenhuma escorregadela, certo?

– Vern nasceu aqui, então você, May, é a esposa de um autêntico cidadão. Você veio para cá legalmente e está segura para sempre. Mas você precisa vigiar sua irmã e o marido dela. Uma denúncia de alguém e eles serão mandados de volta. Nós podemos ser todos mandados de volta, exceto você, Vern e Pan-di, embora eu tenha certeza de que o bebê iria de volta para a China com os pais e os avós. Eu confio em você, May, para cuidar para que isso nunca aconteça.

May empalidece ao ouvir as palavras dele.

– O que eu posso fazer?

Um sorriso ergue os cantos da boca do Velho Louie, mas, pela primeira vez, eu não o acho cruel.

– Não se preocupe demais – ele diz. Ele se vira para Sam. – Agora você sabe o meu segredo, e eu sei o seu. Como um pai e um filho de verdade, nós estamos ligados um ao outro para sempre. Nós dois não apenas protegemos um ao outro, mas também protegemos os tios.

– Por que eu? – Sam pergunta. – Por que não um deles?

– Você sabe por quê. Eu preciso de alguém para cuidar dos meus negócios, para cuidar do meu filho de verdade quando eu morrer e para cuidar de mim como um antepassado, quando eu for para o outro mundo, porque Vern não vai poder fazer isso. Eu sei que vocês acham que eu sou um homem cruel e provavelmente não acreditam em mim, mas eu realmente o escolhi como filho substituto. Eu vou sempre considerar você como meu filho mais velho, meu primeiro filho, e é por isso que sou tão duro com você. Estou tentando ser um bom pai! Estou dando *tudo* a você, mas você tem que fazer três coisas. Primeiro, você tem que desistir do seu plano de fugir. – Ele ergue a mão para nos impedir de dizer qualquer coisa. – Não se preocupem em negar. Eu não sou burro, eu sei o que está acontecendo na minha casa, e estou cansado de me preocupar com isso o tempo todo. – Ele faz uma pausa, e então diz: – Você tem que parar de trabalhar no Templo de Kwan Yin. Isso é uma vergonha para mim. Meu filho não deveria precisar fazer esse trabalho. E, finalmente, você tem que me prometer que vai cuidar do meu filho quando chegar a hora.

Sam, May e eu nos entreolhamos. May me envia uma mensagem, quase uma súplica: *eu não quero continuar indo de um lugar para outro. Eu quero ficar em Haolaiwu.* Sam, que eu ainda não conheço assim tão bem, segura a minha mão: *Talvez isso seja uma boa oportunidade. Ele diz que vai me tratar como o verdadeiro primeiro filho.* Quanto a mim... Eu estou cansada de fugir. Não sou muito boa nisso, e tenho um bebê para cuidar. Mas estaremos nos vendendo por menos do que o velho já pagou por nós?

– Se ficarmos – Sam diz –, você vai nos dar mais liberdade.

– Isso não é uma negociação – o velho responde. – Vocês não têm nada a oferecer.

Mas Sam não se rende.

– May já está trabalhando como figurante. Isso a deixa feliz. Agora você precisa fazer o mesmo pela irmã dela. Deixe Pérola ver o que há fora de China City. E se você não quiser que eu trabalhe no templo, então precisa me pagar. Se eu vou ser o seu primeiro filho, então você tem que me tratar do mesmo modo que trata o meu irmão.

– Vocês dois não são iguais.

– É verdade. Eu trabalho muito mais do que ele. Ele recebe pelo que faz. Eu também preciso ser pago. Pai – Sam acrescenta respeitosamente –, você sabe que isso é o certo.

O velho bate com o nó dos dedos na mesa, pensando, medindo. Dá uma batida final e depois fica em pé. Ele estende a mão e aperta o ombro de Sam. Depois volta para seu chá, seus bolos, seus amigos.

No dia seguinte, eu compro um jornal, circulo um anúncio e vou até uma cabine telefônica, onde faço uma ligação acerca de um emprego numa loja de conserto de geladeiras.
– A senhora parece perfeita, sra. Louie – uma voz agradável responde. – Por favor, venha para uma entrevista.
Mas, quando eu chego lá e o homem me vê, ele diz:
– Eu não percebi que a senhora era chinesa. Achei que fosse italiana por causa do seu nome.
Eu não consigo o emprego e passo por outras experiências semelhantes diversas vezes. Finalmente, preencho uma ficha de inscrição na loja de departamentos Bullock's Wilshire. Eu sou contratada para trabalhar no depósito, onde ninguém irá me ver. E ganho dezoito dólares por semana. Depois do tempo que passei em China City, indo do café para as outras lojas o dia inteiro, ficar no mesmo lugar é fácil. Eu me visto melhor do que as outras funcionárias do depósito e também trabalho mais. Um dia, o subgerente me transfere para a loja para estocar mercadoria e mantê-la em ordem. Passados dois meses – e intrigado com o meu sotaque britânico, que eu uso porque ele parece agradar ao meu patrão ocidental –, ele me promove a ascensorista. Não pode ser mais fácil – só subir e descer das dez da manhã às seis da tarde – e eu ganho mais alguns dólares por mês.
Então, um dia, o subgerente tem uma nova ideia.
– Nós acabamos de receber um carregamento de jogos de mahjongg – ele diz. – Você vai me ajudar a vendê-los. Você vai proporcionar a atmosfera.
Ele me faz usar um *cheongsam* barato enviado pelo fabricante do jogo, e depois me leva para o andar térreo, perto da entrada principal, e me mostra uma mesa – a *minha* mesa. No final da tarde, eu já tinha vendido oito jogos. No dia seguinte, eu vou trabalhar usando um dos meus *cheongsams* mais bonitos – de um vermelho brilhante bordado de peônias. Eu vendo duas dúzias de mah-jonggs. Quando os fregueses dizem que querem aprender a jogar, o subgerente me pede para dar aula para eles uma vez por semana – por uma taxa, da qual eu recebo uma porcentagem. Eu estou indo tão bem que peço ao subgerente para me deixar fazer a prova escrita para outra promoção. Quando o patrão dele me dá uma nota baixa por causa da minha pele, do meu cabelo e dos meus olhos chineses, eu sei que já cheguei até onde poderia chegar no

Bullock's, embora eu venda mais jogos de mah-jongg do que as outras moças que vendem luvas ou chapéus.

Mas o que posso fazer? Por ora, estou contente com o dinheiro que ganho. Dou um terço para o Pai Louie, como passamos a chamá-lo depois que Sam e ele chegaram a um acordo, para ele colocar no bolo da família. Outro terço é separado para Joy. E eu guardo um terço para gastar como quiser.

Seis meses depois do incêndio, no dia 2 de agosto de 1939, China City tem a sua segunda Grande Inauguração, com teatro, desfile de dragão, dança de leão, demônios dançarinos e fogos de artifício cuidadosamente monitorados. Nos meses seguintes, os aromas de incenso e perfume de gardênia enchem o ar. Uma suave música chinesa soa nos becos. Crianças correm no meio dos turistas. Mae West, Gene Tierney e Eleanor Roosevelt visitam o lugar. Associações e fraternidades promovem eventos. Outros grupos frequentam o Chinese Junk Café – inspirado pelo navio principal de uma frota pirata liderada pelo maior pirata do mundo, que por acaso era uma mulher chinesa – "parado" no Cais de Whangpoo para comer "chow pirata" e beber "grogue pirata" preparados por "um especialista em misturas, um homem de fala macia e de bebidas quentes". Os becos estão cheios de ocidentais, mas China City jamais será o que era.

Talvez as pessoas comecem a se afastar porque muitos dos cenários originais que foram uma grande atração agora são reproduções. Talvez elas não venham porque New Chinatown é considerada mais moderna e mais divertida. Quando nós estávamos fechados, New Chinatown e suas luzes de neon seduziram visitantes com a promessa de dança e divertimento até altas horas da noite; enquanto China City – por mais grogue pirata que você oferecesse – é calma, tranquila e estranha, com seus becos estreitos e as pessoas vestidas como aldeãs.

Largo meu emprego no Bullock's e volto à minha velha rotina de limpar e servir em China City. Desta vez eu sou paga pelo meu trabalho. May, no entanto, não quer voltar para o Pagode Dourado.

– Bak Wah Tom me ofereceu um emprego de horário integral – ela diz a Pai Louie –, ajudando-o a encontrar figurantes, cuidando para que todos cheguem na hora para tomar o ônibus que os leva ao estúdio, e traduzindo nos sets.

Fico surpresa com isso. Eu faria melhor este trabalho. Sou fluente em sze yup para começar – algo que até o meu sogro entende.
– E quanto à sua irmã? Ela é a inteligente. Ela devia fazer este trabalho.
– Sim minha *jie jie* é muito inteligente, mas... Antes que ela possa discutir, ele tenta uma tática diferente.
– Por que você quer ficar longe da família? Você não quer ficar junto da sua irmã?
– Pérola não se importa – May responde. Eu dei a ela um monte de coisas que ela não teria de outra forma.

Ultimamente, sempre que May quer alguma coisa, ela me lembra de que me deu uma filha e de todos os segredos decorrentes disso. Será isso uma ameaça de que se eu não deixar que faça o que quer, ela irá contar ao velho que Joy não é minha filha? De jeito nenhum. Esta é uma daquelas vezes em que May planejou muito bem o que fazer. É a forma de ela me lembrar de que eu tenho uma linda filha, um marido que me ama e um lar para nós três em nosso quarto, enquanto ela não tem ninguém. Eu não deveria ajudá-la a conseguir algo que possa tornar a vida dela mais suportável?

– May já tem experiência com pessoas de *Haolaiwu* – digo ao meu sogro. – Ela vai fazer bem esse trabalho.

Então May vai trabalhar para Tom Gubbins, e eu tomo o lugar dela no Pagode Dourado. Eu tiro pó de uma ponta a outra da loja. Lavo o chão e as janelas. Preparo almoço para o Pai Louie e depois lavo os pratos numa bacia, jogando a água suja pela porta como se fosse uma filha de camponesa. E tomo conta de Joy.

Como as mulheres em toda parte, eu gostaria de ser uma mãe melhor. Joy tem dezessete meses e ainda usa fraldas que têm que ser lavadas à mão. Ela costuma chorar toda tarde, e eu tenho que andar com ela de um lado para outro durante horas para acalmá-la. Não é culpa dela. Por causa dos seus horários de filmagem, ela não dorme bem à noite e mal cochila durante o dia. Ela come comida americana no set e cospe a comida chinesa que eu preparo para ela. Tento segurá-la, acarinhá-la e fazer tudo o que uma mãe deve fazer, mas uma parte minha ainda não deseja tocar nem ser tocada. Eu amo a minha filha, mas ela é uma criança de Tigre e não é fácil. E ainda por cima tem May, que agora passa muito tempo com Joy. Uma certa amargura começa a se formar, que

sorte 209

Yen-yen alimenta. Eu não devia dar ouvidos à velha, mas não consigo me livrar dela.

— Aquela May só pensa nela. Seu belo rosto esconde um coração tortuoso. Ela só tem uma coisa a fazer e não faz. Pérola, Pérola, Pérola, você fica aqui o dia inteiro tomando conta de uma menina inútil. Mas onde está o filho da sua irmã? Por que ela não nos dá um filho homem? Por que, Pérola, por quê? Porque ela é egoísta, porque ela não pensa em ajudar você nem ninguém desta família.

Eu não quero acreditar em nada disso, mas não posso negar que May esteja mudando. Como sua *jie jie*, eu devia tentar evitar que isso acontecesse, mas meus pais e eu nunca soubemos fazer isso desde que May era pequena, e eu não sei como fazê-lo agora.

Para dificultar ainda mais as coisas, May me telefona frequentemente do set e me pergunta baixinho: "Como eu digo a estas pessoas que elas têm que carregar suas armas penduradas nos ombros?" Ou: "Como eu digo a elas para ficarem bem juntas quando estão sendo surradas?" E eu digo a ela as palavras em sze yup porque não sei o que mais posso fazer.

Quando chega o Natal, nossas vidas estão assentadas. May e eu já estamos aqui há vinte meses. O fato de ganhar dinheiro nos permite escapulir para passeios e compras. Pai Louie diz que somos gastadeiras, mas nós sempre avaliamos bem como gastar nosso dinheiro. Eu quero um corte de cabelo mais moderno do que posso conseguir em Chinatown, mas toda vez que vou a um salão de beleza na parte ocidental da cidade, eles dizem: "Nós não cortamos cabelo chinês." Finalmente, consigo alguém para cortar o meu cabelo fora do expediente, quando clientes brancas não ficarão ofendidas com a minha presença. Um carro também seria bom — nós poderíamos comprar um Plymouth de quatro portas usado por quinhentos dólares —, mas ainda temos que economizar muito para isso.

Nas horas vagas, vamos ao cinema na Broadway. Mesmo pagando pelos melhores lugares, temos que nos sentar no balcão. Mas não nos importamos porque filmes alegram a alma. Nós nos alegramos quando vemos May como uma mulher caída implorando perdão a uma missionária ou Joy como uma órfã sendo posta num barco por Clark Gable. Quando vejo na tela o lindo rosto da minha filha, fico envergonhada da minha pele escura. Eu separo algum dinheiro para comprar creme facial contendo pérolas trituradas, na esperança de que meu rosto fique claro como o da mãe de Joy deveria ser.

Aqui, May e eu nos transformamos de lindas garotas maltratadas pelo destino que tentam escapar em jovens esposas não inteiramente felizes com nossa sorte – mas o que são jovens esposas? Sam e eu estamos fazendo coisa de marido-mulher, mas May e Vern também estão. Eu sei porque as paredes são finas e eu escuto tudo. Nós aceitamos nosso destino, nos adaptamos às circunstâncias e fazemos o possível para achar prazer onde podemos. Na véspera do Ano-Novo, nós nos arrumamos e vamos ao Palomar Dance Hall, mas não nos deixam entrar porque somos chinesas. Parada na esquina, eu olho para cima e vejo uma lua cheia que parece gasta e embaçada, toldada pelas luzes e pela fumaça dos carros que paira no ar. Como um poeta escreveu: até a melhor das luas pode ser marcada pela tristeza.

Parte três

DESTINO

Haolaiwu

Estamos de volta a Xangai. Riquixás correm pelas ruas. Mendigos se agacham no chão, com os braços estendidos, as mãos abertas. Patos assados estão expostos nas vitrines. Vendedores de rua debruçam-se sobre seus carrinhos, preparando macarrão, tostando nozes, fritando favas. Vendedores ambulantes vendem bok choy e melões em grandes cestos. Os fazendeiros vieram para a cidade, carregando galinhas, patos vivos e pedaços de porco pendurados em varas equilibradas nos ombros. Mulheres passam nos seus *cheongsams* bem justos. Velhos sentam-se em cima de caixotes, fumando cachimbo, as mãos enfiadas nas mangas para se aquecerem. Uma forte neblina cobre nossos pés e se espalha por ruas e becos, transformando tudo num sonho fantástico.

– Lugares! Lugares, todo mundo!

Eu esqueço minha cidade e volto ao set de filmagem que estou visitando junto com May e Joy. Luzes brilhantes iluminam um cenário de mentira. Uma câmera se movimenta sobre rodas. Um homem posiciona uma aparelhagem de som no alto. É setembro de 1941.

– Você devia se orgulhar de Joy – May diz, afastando uma mecha de cabelo do rosto da minha filha. – Todo mundo gosta dela em todos os estúdios em que trabalhamos.

Joy está sentada no colo da tia, parecendo contente, mas alerta. Ela tem três anos e meio e é linda; "igualzinha à tia", as pessoas sempre dizem. E que tia perfeita é May, conseguindo trabalhos para Joy, levando-a aos sets de filmagem, garantindo que ela tenha bons trajes e esteja sempre no lugar certo quando o diretor procura um rosto inocente para focar sua lente. Nesse último ano, Joy passou tanto tempo com a tia que ficar comigo é como passar o tempo com uma caneca de leite azedo. Eu educo Joy e a faço comer o que está no prato, se vestir direito e demonstrar respeito para com os avós, os tios e todas as pessoas mais velhas do que ela. May prefere mimar Joy com balas, beijos e deixando-a ficar acordada a noite inteira em filmagens como esta.

As pessoas sempre disseram que eu era a irmã esperta – até meu sogro diz isso –, mas o que parecia ser uma boa ideia dois anos atrás se transformou num grande erro. Quando eu disse que May podia levar Joy para os sets de filmagem, eu não percebi que minha irmã ia mostrar à minha filha um mundo diferente, divertido e inteiramente separado do meu. Quando mencionei isso a May, ela fez uma careta e sacudiu a cabeça. "Não é assim. Venha conosco e veja o que nós fazemos. Você vai ver como ela é boa e vai mudar de ideia." Mas não se trata apenas de Joy. May quer exibir sua importância e quer que eu diga o quanto me orgulho dela. Nós seguimos este mesmo padrão de comportamento desde crianças.

Então hoje, no final da tarde, nós tomamos um ônibus com vizinhos para os quais May conseguiu trabalho. Quando chegamos no estúdio, passamos por um portão e vamos direto para o departamento de guarda-roupa, onde mulheres nos entregam roupas sem se preocuparem com nossos tamanhos. Eu recebo um casaco imundo e um par de calças largas e amassadas. Eu não usava roupas como essas desde que May e eu fugimos da China e fomos parar em Angel Island. Quando tentei trocá-las, a encarregada do guarda-roupa disse:

– Você tem que parecer suja, muito suja, entendeu? – May, que geralmente faz o papel de uma mulher glamourosa e levada, também recebeu um traje de camponesa para ficarmos juntas na cena.

Nós trocamos de roupa numa tenda grande, sem privacidade nem aquecimento. Apesar de eu vestir minha filha todos os dias, a tia se encarrega disso, tirando a roupa de Joy e ajudando-a a vestir calças tão sujas e largas quanto as que May e eu usamos. Depois vamos nos pentear e maquiar. Eles escondem nossos cabelos debaixo de panos pretos bem apertados. Prendem o cabelo de Joy com vários elásticos até a cabeça dela parecer uma plantação exótica. Eles cobrem nossos rostos com maquiagem marrom, despertando lembranças de May ao cobrir meu rosto com a mistura de cacau e creme. Depois nós vamos para fora, onde somos respingadas de lama com um borrifador. Depois disso, esperamos na falsa Xangai, nossas calças pretas balançando na brisa como fantasmas negros. Para os que nasceram aqui, isto é o mais perto que eles chegarão da terra de seus antepassados. Para aqueles que nasceram na China, o set dá a sensação de que fomos transportados no tempo para um outro mundo.

Tenho que admitir que sinto prazer em ver o quanto a equipe de filmagem gosta da minha irmã e como os outros figurantes a respeitam. May está feliz, sorrindo, cumprimentando os amigos, fazendo-me lembrar da pessoa que ela era em Xangai. E no entanto, à medida que o tempo vai passando, eu vejo mais e mais coisas que me incomodam. Sim, um homem vende galinhas vivas, mas atrás dele um grupo de homens está agachado, jogando. Em outra parte do cenário, homens fingem fumar ópio – bem no meio da rua de mentira! Quase todos os homens usam rabos de cavalo, embora a história não apenas se passe depois da criação da República, mas tenha como pano de fundo a invasão dos bandidos anões vinte e cinco anos depois. E as mulheres...

Eu penso em *The Shanghai Gesture*, que May, Sam, Vern e eu vimos este ano no Million Dollar. Josef von Sternberg, o diretor, tinha vivido algum tempo em Xangai, então nós achamos que iríamos ver algo que pudesse nos fazer lembrar da nossa cidade, mas era só mais uma dessas histórias em que uma moça branca era levada a jogar e a beber, e quem sabe o que mais, por uma mulher dragão. Nós rimos dos cartazes do filme, que diziam: "As pessoas vivem em Xangai por muitas razões... quase todas más." No final dos meus dias em Xangai, eu cheguei a achar que isso fosse verdade, mas ainda assim dói ver minha cidade – a Paris da Ásia – retratada de forma tão negativa. Nós vimos isso em muitos filmes, e agora estamos atuando num deles.

– Como você consegue fazer isto, May? Não fica envergonhada? – pergunto.

Ela fica confusa e ofendida.

– De quê?

– Todo chinês é mostrado neste filme como sendo atrasado – respondo. – Nós somos obrigados a rir como idiotas e a mostrar nossos dentes. Eles nos obrigam a gesticular como se fôssemos estúpidos. Ou nos fazem falar um inglês capenga...

– Acho que sim, mas você está dizendo que isso não se parece com Xangai? – Ela olha para mim na expectativa.

– Essa não é a questão! Você não tem nenhum orgulho do povo chinês?

– Eu não sei por que você sempre reclama de tudo – ela responde. Sua decepção é palpável. – Eu trouxe você aqui para ver o que Joy e eu fazemos. Você não se orgulha de nós?

– May...
– Por que você não consegue se divertir? – ela pergunta. – Por que não fica feliz em nos ver ganhar dinheiro? Eu admito que não ganhamos tanto quanto aqueles caras ali. – Ela aponta para um grupo de falsos puxadores de riquixá. – Eu consegui para eles sete e cinquenta por dia durante uma semana, desde que eles raspassem completamente a cabeça. Nada mau.
– Puxadores de riquixá, viciados em ópio e prostitutas. É isso que você quer que as pessoas pensem que nós somos?
– Se por pessoas você quer dizer *lo fan*, que me importa o que elas pensam?
– Porque essas coisas são ofensivas.
– Para quem? Não se trata de calúnias contra *nós*, você e eu. Além disso, isso é apenas parte de uma evolução para nós. Algumas pessoas – referindo-se a mim, eu imagino – prefeririam ficar desempregadas a aceitar um emprego que elas consideram inferior. Mas um emprego desses é um começo, e depende de nós conseguirmos melhorar.
– Então hoje aqueles homens vão fazer o papel de puxadores de riquixá e amanhã eles vão ser donos do estúdio? – pergunto ironicamente.
– É claro que não – ela diz, finalmente zangada. – Tudo o que eles querem é um papel com fala. Dá para ganhar muito dinheiro com isso, Pérola, como você sabe.

Bak Wah Tom tem enfeitiçado May com o sonho de um papel com fala já faz uns dois anos, e isso ainda não aconteceu, embora Joy já tenha tido algumas linhas em diferentes filmes. A bolsa onde guardo o dinheiro que Joy recebe está ficando bem gorda, e ela ainda é uma criança pequena. Enquanto isso, a tia de Joy anseia por ganhar seus vinte dólares por uma fala, qualquer fala. Por ora, ela se contentaria com algo simples como um "Sim, senhora".

– Se passar a noite aqui sentada, fingindo ser uma mulher má, oferece uma tal oportunidade – digo com bastante franqueza –, então por que você ainda não conseguiu um papel com fala?
– Você sabe por quê! Eu já disse mil vezes! Tom diz que eu sou bonita demais. Toda vez que um diretor me escolhe, a atriz principal me rejeita. Ela não quer que o meu rosto seja comparado com o dela porque o meu vai ganhar. Eu sei que isso parece falta de modéstia, mas é o que todo mundo diz.

A equipe termina de posicionar as pessoas e de arrumar o cenário para a próxima cena. O filme em que estamos trabalhando é um "filme de advertência" a respeito da ameaça japonesa; se os japoneses podem invadir a China e contrariar interesses internacionais, não devemos ficar preocupados? Até agora, do meu ponto de vista, depois de passar duas horas filmando a mesma cena de rua muitas e muitas vezes, o filme tem muito pouco a ver com o que May e eu vivenciamos na nossa fuga da China. Mas, quando o diretor descreve a cena seguinte, eu sinto um aperto no estômago.

– Bombas vão cair – ele explica falando num megafone. – Elas não são de verdade, mas vão parecer reais. Depois os japoneses vão invadir o mercado. Vocês têm que correr naquela direção. Vocês, que estão ali com o carrinho, devem derrubá-lo ao fugir. E eu quero que as mulheres gritem. Gritem bem alto, como se achassem que vão morrer.

Quando a câmera começa a filmar, eu prendo Joy no meu quadril, dou um grito e corro. Repito isso diversas vezes. Embora eu tenha tido um temor momentâneo de que isso pudesse trazer lembranças más, não é o caso. As bombas de mentira não sacodem o chão. Meus ouvidos não ficam surdos com os estrondos. Ninguém perde membros do corpo. O sangue não jorra. É tudo uma brincadeira, como quando May e eu encenávamos peças para nossos pais anos atrás. E May tinha razão em relação a Joy. Ela sabe seguir instruções, esperar entre uma tomada e outra, e chorar quando a câmera começa a filmar, exatamente como foi instruída a fazer.

Às duas da manhã, nós somos mandadas de volta para a tenda de maquiagem, onde eles passam sangue falso nos nossos rostos e roupas. Quando voltamos ao set, alguns de nós são posicionados no chão – pernas abertas, roupas torcidas e ensanguentadas, olhos vidrados. Agora os mortos e moribundos estão deitados ao redor de nós. Quando os soldados japoneses avançam, nós temos que correr e gritar. Isso não é difícil para mim. Eu vejo os uniformes amarelos e ouço o barulho das botas. Um dos figurantes – uma camponesa como eu – me dá um encontrão e eu grito. Quando os soldados de mentira correm para a frente com suas baionetas apontadas, eu tento fugir, mas caio. Joy se levanta e continua a correr, tropeçando em cima de cadáveres, se afastando cada vez mais de mim, me abandonando. Um dos soldados me empurra quando eu tento me levantar. Eu fico paralisada de medo. Embora os homens ao meu redor tenham cara de chinês, embora eles sejam meus vizinhos fantasiados para parecerem inimigos, eu grito sem parar. Eu não estou mais num set de filmagem; estou num casebre nos arredores de Xangai. O diretor grita, "Corta".

May se aproxima, com uma expressão preocupada no rosto.

– Você está bem? – pergunta, enquanto me ajuda a ficar em pé.

Eu ainda estou tão nervosa que não consigo falar. Faço sinal que sim com a cabeça, e May me lança um olhar de interrogação. Eu não quero comentar sobre o que estou sentindo. Não quis falar sobre isso na China, quando acordei no hospital, e continuo não querendo. Eu tiro Joy dos braços de May e abraço o meu bebê com força. Eu ainda estou tremendo quando o diretor se aproxima de nós.

– Isso foi fantástico – ele diz. – Eu poderia ter ouvido seus gritos a dois quarteirões de distância. Você pode fazer isso de novo? – Ele me olha com interesse. – Você pode fazer isso mais algumas vezes? – Como eu não respondo logo, ele acrescenta: – Você vai ganhar um extra por isso, e a criança também. Um bom grito vale tanto quanto uma fala na minha opinião, e eu sempre posso usar um rosto como o dela.

May aperta o meu braço.

– Então, você concorda? – ele pergunta.

Eu tiro da cabeça a lembrança do casebre e penso no futuro da minha filha. Eu poderia guardar mais um pouco de dinheiro para ela este mês.

– Posso tentar – digo.

May enterra os dedos no meu braço. Quando o diretor volta para sua cadeira, May me puxa de lado.

– Você tem que me deixar fazer isso – ela implora baixinho. – Por favor, *por favor*, me deixa fazer isso.

– Mas fui eu que gritei – digo. – Eu quero que esta noite tenha valido a pena.

– Esta pode ser minha única chance.

– Você só tem vinte e dois anos...

– Eu era uma linda garota em Xangai – May suplica. – Mas aqui é Hollywood, e não me resta mais muito tempo.

– Nós todas temos medo de envelhecer. Mas eu também quero isso. Você esqueceu que eu também era uma linda garota? – Como ela não responde, eu uso o único argumento que sei que irá funcionar. – Fui eu que me lembrei do que aconteceu no casebre.

– Você sempre usa essa desculpa para conseguir o que quer.

Eu dou um passo para trás, atônita com suas palavras.

– Você não pode estar falando sério.

– Você não quer que eu tenha nada que seja meu – ela diz, infeliz.

Como pode dizer isso quando eu sacrifiquei tanta coisa por ela? Meu ressentimento cresceu com os anos, mas nunca me impediu de dar a May tudo o que ela queria.

– Você está sempre tendo oportunidades – May continua, sua voz ganhando força.

Agora eu entendo o que está acontecendo. Se ela não conseguir o que quer, vai brigar comigo. Mas eu não vou ceder tão facilmente desta vez.

– Que oportunidades?

– Mamãe e Baba mandaram você para a universidade...

Ela foi buscar isso muito longe, mas eu digo:

– Você não quis ir.

– Todo mundo gosta mais de você do que de mim.

– Isso é ridículo.

– Até o meu próprio marido gosta mais de você do que de mim. Ele é sempre gentil com você.

Não adianta discutir com May. Nossas discussões sempre giraram em torno das mesmas coisas: nossos pais gostavam mais de uma ou de outra, uma de nós tem alguma coisa melhor – seja um sorvete mais gostoso, um par de sapatos mais bonito ou um marido mais cordial –, ou uma de nós quer fazer alguma coisa à custa da outra.

– Eu posso gritar tão bem quanto você – May insiste. – Estou pedindo de novo. Por favor, me deixa fazer isso.

– E quanto a Joy? – pergunto baixinho, atacando o ponto vulnerável da minha irmã. – Você sabe que Sam e eu estamos economizando para poder mandá-la para a universidade um dia.

– Ainda faltam quinze anos para isso, e vocês estão supondo que uma universidade americana irá aceitar Joy, uma garota chinesa. – Os olhos de minha irmã, que mais cedo brilhavam de orgulho e prazer, de repente me olham com raiva. Por um instante, eu volto no tempo, para nossa cozinha em Xangai quando o cozinheiro tentou nos ensinar a fazer bolinhos. No começo tinha sido uma distração para mim e para May, mas terminara numa briga horrível. Agora, tantos anos depois, o que devia ser um passeio agradável tinha azedado. Quando olho para May, não vejo apenas inveja, mas ódio.

Destino 221

– Deixe-me ficar com este papel – ela diz. – Eu *mereço*.

Penso no quanto ela trabalha para Tom Gubbins, no fato de não ter que ficar confinada o dia inteiro numa das empresas Dourado, de ir para os sets de filmagem com minha filha e sair de Chinatown e de China City por algum tempo.

– May...

– Se você vai começar com suas implicâncias, eu não quero ouvir. Você se recusa a reconhecer a sorte que tem. Você não sabe o quanto eu a invejo? Não posso evitar. Você tem tudo. Você tem um marido que a ama e que conversa com você. Você tem uma *filha*.

Pronto! Ela disse. Minha resposta sai tão depressa da minha boca que eu não tenho chance de parar para pensar.

– Então, por que você passa mais tempo com ela do que eu? – Quando acabo de falar, me lembro do velho ditado que diz que as doenças entram pela boca, que as desgraças saem da boca, significando que as palavras podem ser como bombas.

– Joy prefere ficar comigo porque eu a abraço e beijo, porque seguro a mão dela, porque a ponho no meu colo – May responde.

– Não é essa a maneira chinesa de se educar uma criança. Tocando-a desse jeito.

– Você não achava isso quando nós morávamos com mamãe e Baba.

– É verdade, mas eu sou mãe agora, e não quero que Joy cresça para ser porcelana rachada.

– Ser abraçada pela mãe não vai torná-la uma mulher perdida.

– Não me diga como educar minha filha! – Ao ouvirem o tom ríspido da minha voz, alguns dos figurantes olham curiosos para nós.

– Você não me deixa ter *nada*, mas Baba prometeu que, se concordássemos com nossos casamentos, eu iria para *Haolaiwu*.

Eu não me lembro disso. E ela está mudando de assunto. E está confundindo as coisas.

– Estamos falando a respeito de Joy – digo –, não dos seus sonhos tolos.

– Ah? Poucos minutos atrás você estava me acusando de envergonhar o povo chinês. Agora você está dizendo que eu não devo fazer isso, mas você e Joy podem fazer?

Isso é um problema para mim, e eu não sei como responder. Não estou raciocinando direito, mas acho que minha irmã também não está.

– Você tem tudo – May repete e começa a chorar. – Eu não tenho nada. Você não pode me deixar ter uma única coisa? Por favor? *Por favor?*

Eu fecho a boca e o calor da minha raiva me queima a pele. Recuso-me a considerar por que ela e não eu deve ficar com esse papel, mas então eu faço o que sempre fiz. Eu cedo à minha *moy moy*. É a única maneira de fazer a inveja dela desaparecer. É a única maneira de fazer com que meu ressentimento volte para seu lugar secreto, dando-me tempo para pensar de que maneira tirar Joy deste negócio sem causar mais atritos. May e eu somos irmãs. Vamos brigar sempre, mas também vamos sempre fazer as pazes. É isso que fazem as irmãs: nós brigamos, apontamos as fraquezas, os erros uma da outra, mostramos as inseguranças que sentimos desde crianças, e então fazemos as pazes. Até a próxima briga.

May pega minha filha e toma meu lugar na cena. O diretor não nota que é minha irmã e não eu. Para ele, uma mulher chinesa usando calças pretas, toda suja de sangue e lama, e carregando uma garotinha é igual às outras. Durante as horas seguintes, eu ouço minha irmã gritar e gritar. O diretor nunca está satisfeito, mas ele não substitui May.

Instantâneos

No dia 7 de dezembro de 1941, três meses depois da minha noite no set de filmagem, os japoneses bombardeiam Pearl Harbor e os Estados Unidos entram na guerra. No dia seguinte, os japoneses atacam Hong Kong. No dia de Natal, os britânicos entregam a ilha. Também no dia 8 de dezembro, precisamente às 10 horas da manhã, os japoneses tomam o Assentamento Internacional em Xangai e erguem sua bandeira no alto do Banco de Hong Kong e Xangai no Bund. Durante os quatro anos seguintes, estrangeiros que cometeram a imprudência de permanecer em Xangai ficam internados em campos de concentração, enquanto, neste país, o Posto de Imigração de Angel Island é entregue ao exército dos Estados Unidos para abrigar prisioneiros de guerra japoneses, italianos e alemães. Aqui em Chinatown, tio Edfred – sem nos dar chance de opinar – está no primeiro grupo de homens a se alistar.

– O quê? Por que você fez isso? – tio Wilburt pergunta em sze yup quando seu filho dá a notícia.

– Porque eu sou patriota! – tio Edfred responde radiante. – Eu quero lutar! Motivo número um: eu quero ajudar a derrotar nosso inimigo comum, os japoneses. Motivo número dois: se eu me alistar, posso me tornar um cidadão. Um cidadão de verdade. No fim da linha, é claro.

– Se ele sobreviver, nós todos pensamos. – Todos os funcionários de lavanderia estão fazendo isso – ele acrescenta ao ver nossa falta de entusiasmo.

– Funcionários de lavanderia! Bah! Algumas pessoas fazem qualquer coisa para não ter que lavar roupa. – Tio Wilburt puxa o ar entre os dentes, preocupado.

– O que você fez quando eles perguntaram sobre sua cidadania?

– Quem pergunta isso é Sam, que está sempre com medo de que um de nós seja apanhado e mandado de volta para a China. – Você é um filho de papel. Eles virão atrás de nós?

– Eu admiti meu status na mesma hora. Contei a eles que vim para cá com papéis falsos – Edfred responde. – Mas eles não pareceram muito interessados. Quando perguntaram alguma coisa que eu achei que poderia prejudicar vocês, eu disse: "Eu sou órfão. Vocês querem ou não que eu lute?"

– Mas você não é velho demais para isso? – tio Charley pergunta.

– No papel, eu tenho trinta anos, mas na realidade eu só tenho vinte e três. Estou bem fisicamente e preparado para morrer. Por que eles não me aceitariam?

Poucos dias depois, Edfred entra no café e anuncia: "O Exército me mandou comprar minhas próprias meias. Onde eu faço isso?" Ele mora em Los Angeles há dezessete anos e ainda não sabe onde conseguir as coisas mais básicas. Eu me ofereço para levá-lo à May Company, mas ele diz:

– Eu tenho que ir sozinho. Tenho que aprender a me virar sozinho agora. – Ele volta duas horas depois todo arranhado e com buracos nos joelhos das suas calças largas. – Eu comprei as meias, mas quando saí da loja uns homens me empurraram na rua. Eles acharam que eu era japonês.

Enquanto Edfred está no campo de treinamento, Pai Louie e eu checamos cada mercadoria da loja, removendo etiquetas com MADE IN JAPAN e substituindo-as por outras etiquetas que dizem PRODUTO 100% CHINÊS. Ele começa a comprar objetos de decoração no México, o que nos coloca em competição direta com os comerciantes de Olvera Street. Estranhamente, nossos fregueses não parecem notar a diferença entre algo feito na China, Japão ou México. É estrangeiro, simplesmente isso.

Nós também somos eternamente estrangeiros, o que nos torna suspeitos. As associações de famílias de Chinatown imprimem cartazes, que dizem CHINA: SUA ALIADA, para pendurarmos nas janelas de nossos negócios, casas e automóveis, para anunciar que não somos japoneses. Elas preparam braçadeiras e distintivos, que nós usamos para garantir que não vamos ser atacados nas ruas ou presos, enfiados num trem e mandados para um dos campos de concentração. O governo, sabendo que a maioria dos ocidentais acha que todos os orientais são iguais, emite certificados especiais que atestam que nós somos "membros da Raça Chinesa". Nenhum de nós pode baixar a guarda.

Mas, quando Edfred vem a Los Angeles para visita depois do seu treinamento militar, as pessoas o cumprimentam na rua.

– Quando eu uso meu uniforme, sei que não vou ser empurrado e xingado. Ele mostra às pessoas que eu tenho tanto direito de estar aqui quanto qualquer outro – ele explica. – Agora eu tenho o motivo número três: no Exército, eu estou tendo uma oportunidade justa, uma oportunidade que não se baseia no fato de eu ser chinês, mas no fato de ser um homem de uniforme lutando pelos Estados Unidos.

Naquele dia eu compro uma câmera e tiro minha primeira fotografia. Ainda guardo as fotos de mamãe e de Baba escondidos para quando os inspetores da imigração fizerem sua visita periódica, mas ver tio Edfred ir para a guerra é diferente. Ele vai lutar pela América... e pela China. Da próxima vez que os inspetores vierem, vou mostrar vaidosamente meu instantâneo do tio Edfred, magrinho, usando seu uniforme, rindo orgulhoso para a câmera, o quepe inclinado num ângulo travesso, e tendo acabado de nos dizer: "De agora em diante, só me chamem de Fred. Nada de Edfred. Entenderam?"

O que a fotografia não mostra é o meu sogro, parado a alguns metros de distância, com uma expressão triste e assustada. Meus sentimentos em relação a ele mudaram nos últimos anos. Ele não tem quase nada aqui em Los Angeles: é um cidadão de terceira classe, enfrenta a mesma discriminação que nós todos enfrentamos e jamais sairá de Chinatown. Agora, seu país de adoção, a América, também está lutando contra o Japão. Como os canais de comércio marítimo estão fechados, ele não recebe mais mercadorias das fábricas de rattan e porcelana de Xangai, nem ganha dinheiro trazendo sócios de papel, mas continua a mandar "dinheiro para o chá" aos seus parentes na aldeia Wah Hong, não só porque um dólar americano dá para muita coisa na China, mas porque a saudade que sente do seu país nunca diminuiu. Yen-yen, Vern, Sam, May e eu não temos para quem mandar dinheiro, então as remessas do Pai Louie são de todos nós – por todas as aldeias, casas e famílias que perdemos.

– Aqueles que não podem lutar têm que produzir – tio Charley nos diz um dia. – Vocês conhecem os filhos do Lee? Eles foram para Lockheed para construir aviões. Eles dizem que tem um lugar lá para mim, e não é para fazer chop suey. Dizem que cada golpe que eu der construindo aviões é um golpe a favor da liberdade da terra dos nossos pais e da nossa nova terra.

– Mas o seu inglês...

– Ninguém se importa com o meu inglês desde que eu trabalhe duro – ele diz. – Sabe, Pérola, você também podia conseguir um emprego lá. Os rapazes Lee levaram as irmãs para trabalhar com eles. Agora, Esther e Bernice estão prendendo parafusos nas portas dos aviões de bombardeio. Quer saber quanto elas estão ganhando? Sessenta centavos por hora durante o dia e sessenta e cinco centavos por hora no turno da noite. Você quer saber quanto eu vou ganhar? – Ele esfrega os olhos, que estão particularmente vermelhos e inchados por causa de sua alergia. – Oitenta e cinco centavos por hora. Isso dá trinta e quatro dólares por semana. Quer saber, Pérol-ah, este é um bom salário.

Minha fotografia mostra o tio Charley sentado no balcão, com as mangas arregaçadas, uma fatia de torta na frente dele, com o avental e o chapéu de papel num banquinho ao lado.

– O que meu rapaz pode fazer para ajudar na guerra? – meu sogro pergunta quando Vern, que se formou em junho no ensino médio, onde eles não o queriam e não se deram o trabalho de instruí-lo, recebe seu aviso de alistamento. – Ele está melhor em casa. Sam, vá com ele e certifique-se de que eles entendam.

– Eu vou levá-lo – Sam diz –, mas vou me alistar. Eu também quero me tornar um cidadão de verdade.

Pai Louie não tenta fazer Sam mudar de ideia. Cidadania é uma coisa e os riscos de ser interrogado podem afetar muitas pessoas, mas nós todos sabemos que guerra é esta. Eu sinto orgulho de Sam, mas isso não quer dizer que eu não esteja preocupada. Quando Sam e Vern voltam para o apartamento, eu sei que as coisas não correram bem. Vern foi recusado por motivos óbvios, mas, surpreendentemente, Sam foi classificado como 4-F.

– Pés chatos, e, no entanto, eu puxava um riquixá pelas ruas e becos de Xangai – ele reclama quando estamos sozinhos no quarto. Mais uma vez ele foi diminuído e desprezado como homem. Sob muitos aspectos, continua a comer o pão que o diabo amassou.

Pouco depois disso, May pega a câmera e tira uma foto. Nela, você pode ver como o apartamento mudou desde que May, Joy e eu chegamos. Cortinas de bambu estão enroladas sobre as janelas, mas nós podemos baixá-las para ter privacidade. Na parede acima do sofá, estão pendurados quatro calendários representando as quatro estações, que nós recebemos nos últimos quatro anos do Wong On Lung Market. O Velho Louie está sentado numa cadeira de espaldar reto, com um ar solene. Sam olha pela janela. Sua postura é ereta e acentuada pelo seu leque de ferro, mas seu rosto parece ter sido esmurrado. Vern – feliz no seio da sua família – está esparramado no sofá, segurando um modelo de avião. Eu estou sentada no chão, pintando um banner que anuncia a venda de bônus de guerra em China City e New Chinatown. Joy está por ali, fazendo uma bola de elásticos. Yen-yen faz blocos de papel de alumínio. Mais tarde, nós planejamos levar essas coisas para Belmont High School e depositá-las nas caixas de coleta.

Para mim, essa fotografia mostra como fazemos grandes e pequenos sacrifícios. Finalmente temos dinheiro para comprar uma máquina de lavar roupa, mas não compramos porque o metal é muito escasso. Nós promovemos um boicote às meias de seda japonesas e usamos meias de algodão, tendo como lema "Fique na moda, use fio de algodão", e as mulheres na cidade toda se juntam ao movimento contra a seda. Todo mundo sofre com a escassez de café, carne, açúcar, farinha e leite, mas, no café e nos restaurantes chineses por toda a cidade, nós sofremos ainda mais porque ingredientes como arroz, gengibre, cogumelos e molho de soja não atravessam mais o Pacífico. Nós aprendemos a substituir castanhas por maçãs fatiadas. Compramos arroz cultivado no Texas em vez do perfumado arroz de jasmim da China. Nós usamos óleo, misturamos com corante amarelo, amassamos e colocamos em formas retangulares para parecer manteiga, e depois cortamos em cubos para servir no café. Sam compra ovos no mercado negro, pagando cinco dólares por embalagem. Nós guardamos a gordura do bacon do café da manhã numa lata de café debaixo da pia para levar para o centro de coleta, onde nos dizem que ela vai ser usada na produção de armamentos. Eu não lamento mais ter que passar tanto tempo debulhando vagens e picando alho no restaurante, porque agora nós servimos os rapazes de uniforme e precisamos fazer tudo o que pudermos por eles. E, em casa, nós começamos a comer pratos americanos – porco e feijão, sanduíches de queijo quente e rodelas de cebola, atum e pastas feitas com Bisquick – que faz render mais nossos ingredientes.

Clique: a coleta de fundos do Ano-Novo para os chineses. Clique: coleta de fundos Double-Ten. Clique: China Night, com nossos astros de cinema favoritos. Clique: o Rice Bowl Parade, onde as mulheres de Chinatown carregam uma bandeira gigantesca da China pelas pontas e pedem aos espectadores para atirar moedas na bandeira. Clique: o Moon Festival, onde Anna May Wong e Keye Luke servem de mestres de cerimônia. Barbara Stanwyck, Dick Powell, Judy Garland, Kay Kyser e Laurel e Hardy acenam para a multidão. William Holden e Raymond Massey assistem com um ar alegre enquanto as garotas do Mei Wah Drum Corps marcham em sua formação de V de Vitória. O dinheiro arrecadado compra equipamentos médicos e remédios, mosquiteiros, máscaras contra gás e outros artigos de primeira necessidade para os refugiados, bem como ambulâncias e aviões, que são enviados para o outro lado do Pacífico.

Clique: a Cantina de Chinatown. May posa com soldados, marinheiros e pilotos, que deixam Union Station durante sua folga, atravessam Alameda e visitam a cantina. Esses rapazes vieram de todas as partes do país. Muitos deles nunca viram um chinês antes, e dizem coisas como "caramba" e "puxa vida", que nós adotamos e passamos a usar. Clique: eu estou cercada de pilotos enviados por Chiang Kai-shek para serem treinados em Los Angeles. É maravilhoso ouvir a voz deles, saber notícias do nosso país e ver que a China ainda está lutando muito. Clique, clique, clique: Bob Hope, Frances Langford e Jerry Colonna fazem apresentação na cantina. Garotas entre dezesseis e dezoito anos – usando aventais brancos, blusas vermelhas e sapatos de tirinha com meias vermelhas – trabalham como voluntárias para dançar com os rapazes, distribuir sanduíches e escutar com ouvidos simpáticos.

Minha fotografia favorita mostra May e eu recebendo na cantina, num sábado à noite pouco antes da hora de fechar. Nós usamos gardênias presas no cabelo, que cai em ondas suaves ao redor dos nossos ombros. Os decotes dos nossos suéteres mostram um bocado de pele clara, mas nós temos uma aparência jovem e casta. Nossos vestidos são curtos e nossas pernas estão nuas. Nós podemos ser mulheres casadas, mas estamos bonitas e alegres. May e eu sabemos o que significa enfrentar uma guerra, e estar em Los Angeles não é isso.

Nos próximos quinze meses, muitas pessoas passam pela cidade: soldados indo ou vindo da zona de guerra no Pacífico, esposas e filhos viajando para visitar maridos e pais em hospitais militares, e diplomatas,

atores e vendedores de todos os tipos envolvidos no esforço de guerra. Eu nunca acho que vou ver alguém que conheço, mas um dia, no café, uma voz de homem diz o meu nome.
– Pérola Chin? É você?
Eu olho para o homem sentado no balcão. Eu o conheço, mas meus olhos se recusam a identificá-lo porque minha humilhação é instantânea e profunda.
– Você não é a Pérola Chin que morava em Xangai? Você conhecia minha filha, Betsy.
Largo a travessa de chow mein, me viro e enxugo as mãos. Se este homem é mesmo o pai de Betsy – e ele é –, é a primeira pessoa do meu passado a ver o quanto eu decaí. Um dia eu fui uma linda garota, cujo rosto decorava paredes em Xangai. Eu era inteligente e esperta o suficiente para ser recebida na casa desse homem. Transformei a filha dele, uma moça sem graça e malvestida, em alguém apresentável. Agora eu sou mãe de uma menina de cinco anos, sou esposa de um puxador de riquixá e garçonete de café num local de atração turística. Eu colo um sorriso no rosto e me viro para ele.
– Sr. Howell, é maravilhoso vê-lo de novo.
Mas ele não parece tão feliz em me ver. Parece triste e velho. Eu posso estar humilhada, mas a tristeza dele vem de outra coisa.
– Nós procuramos por você. – Ele estende a mão por cima do balcão e segura o meu braço. – Nós achamos que tivesse morrido num dos bombardeios, mas aqui está você.
– Betsy?
– Ela está num campo japonês perto de Lunghua Pagoda.
Uma lembrança de pipas voando com Z.G. e May passa rapidamente pela minha cabeça, mas eu digo:
– Eu pensei que a maioria dos americanos tivesse saído de Xangai antes...
– Ela se casou – o sr. Howell diz tristemente. – Você sabia disso? Ela se casou com um rapaz que trabalha na Standard Oil. Eles ficaram em Xangai depois que a sra. Howell e eu partimos. A indústria de petróleo, você sabe como é.
Eu rodeei o balcão e me sentei num banquinho ao lado do sr. Howell, consciente dos olhares curiosos de Sam, do tio Wilburt e dos outros funcionários do café. Eu queria que eles parassem de olhar para nós daquele jeito – com as bocas abertas como se fossem mendigos –, mas

o pai de Betsy não repara. Gostaria de dizer que minha sensação de infelicidade é difícil de encontrar, mas sou obrigada a admitir que ela está logo abaixo da superfície. Já estou neste país há quase cinco anos e ainda não fui capaz de aceitar minha situação. É como se, ao ver este rosto do passado, tudo que existe de bom na minha vida fosse reduzido a nada.

O pai de Betsy provavelmente trabalha no Departamento de Estado, então talvez ele perceba o meu desconforto. Pelo menos, ele preenche o silêncio entre nós.

– Nós tivemos notícias de Betsy depois que Xangai se tornou a Ilha Solitária. Nós achamos que ela estivesse a salvo, já que estava em território britânico. Mas depois de oito de dezembro, não havia nada que pudéssemos fazer para trazê-la de volta. Os canais diplomáticos não funcionam tão bem agora. – Ele olha para a sua xícara de café e sorri tristemente.

– Ela é forte – eu digo, tentando animar o sr. Howell. – Betsy sempre foi esperta e corajosa. – Será mesmo verdade? Eu me lembro de que ela era tão apaixonada por política quanto May e eu éramos por champanhe e pela pista de dança.

– É isso que a sra. Howell e eu dizemos a nós mesmos.

– É preciso ter esperança.

Ele dá uma risada curta.

– Isso é típico de você, Pérola. Sempre olhando o lado bom das coisas. Foi por isso que se deu tão bem em Xangai. Foi por isso que saiu antes que o pior acontecesse. Todas as pessoas espertas partiram a tempo.

Como eu não digo nada, ele olha para mim. Após algum tempo, ele diz:

– Eu estou aqui para a visita de madame Chiang Kai-shek. Estou viajando com ela na sua tournée americana. Na semana passada, estivemos em Washington, onde ela apelou ao Congresso por dinheiro para ajudar a China na sua luta contra nosso inimigo comum e lembrou aos homens que a ouviam que a China e os Estados Unidos não podem ser aliados de verdade com o Ato de Exclusão ainda em vigor. Esta semana ela vai falar no Hollywood Bowl e...

– Participar de um desfile aqui em Chinatown.

– Parece que você sabe tudo sobre isso.

– Eu vou ao Bowl – digo. – Nós todos vamos, e estamos ansiosos para recebê-la aqui.

Ao ouvir a palavra *nós*, pela primeira vez ele parece absorver o ambiente. Eu observo seus olhos tristes enxergarem além da lembrança de uma moça que talvez nunca tenha existido. Ele nota minha roupa engordurada, as pequenas rugas ao redor dos meus olhos e minhas mãos maltratadas. Então, sua compreensão aumenta quando ele avalia o café acanhado, as paredes pintadas de amarelo cor de fezes de bebê, o ventilador de teto empoeirado, e os homens magros usando uma braçadeira com os dizeres EU NÃO SOU JAPONÊS, olhando para ele de boca aberta como se ele fosse uma criatura de outro mundo.

– A sra. Howell e eu moramos em Washington agora – ele diz cuidadosamente. – Betsy ficaria zangada comigo se eu não a convidasse para ir para a minha casa. Eu posso conseguir um emprego lá para você. Com seu conhecimento de línguas, tem muita coisa que pode fazer para ajudar no esforço de guerra.

– Minha irmã está aqui comigo – respondo, sem pensar.

– Traga May também. Nós temos espaço. – Ele empurra seu prato de chow mein. – Detesto pensar em você aqui. Você parece...

É engraçado como, naquele momento, eu vejo as coisas com clareza. Eu estou envelhecida? Sim. Eu me deixei virar uma vítima? De certa forma. Estou com medo? Sempre. Uma parte minha ainda deseja fugir para longe deste lugar? Com certeza. Mas eu não posso ir embora. Sam e eu construímos uma vida para Joy. Ela não é perfeita, mas é uma vida. A felicidade da minha família significa mais para mim do que começar de novo.

Se nas fotos da cantina eu estou sorrindo, a deste dia me mostra na minha pior forma. O sr. Howell – usando sobretudo e chapéu – e eu estamos parados ao lado da caixa registradora, na qual eu colei um cartaz escrito à mão que diz: QUALQUER SEMELHANÇA COM JAPONESES É PURAMENTE OCIDENTAL. Normalmente nossos fregueses se divertem muito com isso, mas ninguém está rindo na foto. Embora seja uma foto em preto e branco, eu quase posso ver o rubor de vergonha no meu rosto.

Alguns dias depois, a família toda entra num ônibus e vai para o Hollywood Bowl. Como Yen-yen e eu trabalhamos muito para levantar dinheiro para a Ajuda à China, nossa família tem bons lugares logo atrás da fonte que separa o palco da plateia. Quando madame Chiang entra no palco usando um *cheongsam* de brocado, nós aplaudimos como loucos. Ela é esplêndida e linda.

– Eu imploro às mulheres que estão aqui hoje para estudar e se interessar por política tanto aqui quanto em nosso país – ela declara. – Vocês podem girar a roda do progresso sem por em risco seu papel de esposa e mãe.

Nós ouvimos atentamente quando ela pede que nós e os americanos ajudemos a conseguir dinheiro e apoio para o Movimento em favor de Nova Vida para as Mulheres, mas, enquanto ela fala, nós nos admiramos o tempo todo com sua aparência. Minhas ideias a respeito de roupas tornam a mudar. Eu vejo que o *cheongsam*, que eu era obrigada a usar para agradar os turistas em China City e para atender às exigências da sra. Sterling, pode ser um símbolo patriótico e elegante.

Quando May e eu voltamos para casa, tiramos do armário nossos mais preciosos *cheongsams* e os vestimos. Inspiradas por madame Chiang, nós queremos ser tão elegantes e leais à China quanto possível. Na mesma hora, voltamos a ser lindas garotas. Sam tira nosso retrato, e por um momento parece que estamos de volta no estúdio de Z.G. Mas por que, eu penso mais tarde, nós não pedimos a Sam para tirar uma foto de Yen-yen e de mim quando fomos convidadas a apertar a mão de madame Chiang Kai-shek?

Tom Gubbins se aposenta e vende sua empresa para Pai Louie. Ela se torna a Companhia Dourado de Adereços e Figurantes. Pai Louie coloca May à frente do negócio, embora ela não entenda nada de negócios. Agora ela ganha 150 dólares por semana como diretora técnica, fornecendo figurantes, roupas, adereços, tradução e consultoria. Ela continua a trabalhar em inúmeros filmes, que agora são distribuídos no mundo inteiro e vistos por milhões de pessoas para mostrar como os japoneses são maus. Seus papéis são pequenos: uma mocinha chinesa miserável, uma empregada de um coronel, uma aldeã sendo salva por missionários brancos. Mas May é mais conhecida por seus gritos e, com a guerra acontecendo, ela fez diversos papéis de vítima em filmes como *Behind the Rising Sun*, *Bombs over Burma*, *The Amazing Mrs. Holliday*, no qual uma americana tenta contrabandear órfãos de guerra chineses para os Estados Unidos e *China*, com seu subtítulo: "Alan Ladd e vinte garotas – apanhados pelos cruéis japoneses!" May parece ser apreciada por vários estúdios, especialmente MGM. "Eles me chamam de presunto cantonês", ela diz, se gabando. Ela se vangloria de ter recebido cem dólares num único dia por sua habilidade em gritar.

Em seguida, May é contratada para fornecer à MGM figurantes para a filmagem de *Dragon Seed*, que vai ser lançado no próximo verão, em 1944. Ela entra em contato com o Clube Chinês de Cinema na Main com Alameda, que membros da Associação Chinesa de Figurantes costumam frequentar, para contratar pessoas, recebendo uma comissão de dez por cento por cada figurante, e ela própria trabalha no filme.

– Eu tentei conseguir que a Metro deixasse Keye Luke desempenhar o papel de um dos capitães japoneses, mas o estúdio não quer que ele estrague sua imagem como o Filho Número Um de Charlie Chan – ela diz. – Eles têm o bilhete premiado chinês e não querem que ele perca seu valor. Não é fácil preencher todos os papéis. Eu preciso de centenas de pessoas atuando como camponeses chineses. Para fazer os soldados japoneses, o estúdio me disse para contratar cambojanos, filipinos e mexicanos.

Desde a noite que passei no set de filmagem, fiquei dividida entre meu desagrado por *Haolaiwu* e meu desejo de juntar dinheiro para minha filha. Joy tem trabalhado sem parar desde que a guerra começou, e eu já tenho uma boa poupança para o que imagino que ela vá precisar para ter uma boa educação. A minha chance de afastá-la daquele mundo chega numa noite quando Joy e May voltam do set. Joy está chorando e vai direto para o nosso quarto, onde ela agora tem uma caminha no canto. May está furiosa. Eu já fiquei zangada com Joy algumas vezes. Qual é a mãe que não se aborrece com o filho uma vez ou outra? Mas esta é a primeira vez que eu vejo May zangada com Joy.

– Eu tinha um grande papel para Joy como Terceira Filha – May diz, furiosa. – Eu garanti um bom traje para ela, e ela estava uma graça. Mas, pouco antes do diretor chamá-la, Joy foi para o banheiro. Ela perdeu esta oportunidade! Ela me envergonhou. Como foi capaz de fazer isso comigo?

– Como? – pergunto. – Ela tem cinco anos de idade. E precisou usar o vaso.

– Eu sei, eu sei – May diz, sacudindo a cabeça. – Mas eu queria muito isso para ela.

Aproveitando a oportunidade antes que desaparecesse, eu continuo:
– Vamos deixar Joy trabalhar numa das lojas com os avós por algum tempo. Assim ela vai aprender a apreciar melhor tudo o que você faz por ela. – Eu não digo que não quero que ela volte para *Haolaiwu*, que em setembro Joy vai entrar numa escola americana, nem que eu não sei como vou economizar o suficiente para Joy ir para a universidade, mas May está tão zangada que concorda comigo.

Dragon Seed foi o grande sucesso da carreira de May. Um dos seus bens mais preciosos é a foto dela com Katharine Hepburn no set. Ambas estão usando trajes de camponesa. Os olhos da srta. Hepburn foram colados para trás e pintados de preto. A famosa atriz não parece nada chinesa, assim como Walter Huston e Agnes Moorehead, que também são protagonistas no filme.

Sobre a cômoda, eu coloquei um retrato de Joy na barraca de suco de laranja que armamos para ela em frente ao Café Dragão Dourado. Ela está cercada de soldados, agachados em volta dela, sorrindo e erguendo o polegar para ela. O retrato capta um único momento, mas um momento que se repete todo dia, toda noite. Os rapazes de uniforme adoram ver minha garotinha – usando lindos pijamas de seda e maria-chiquinha – espremendo laranjas. Eles podem beber quanto quiserem por dez centavos. Alguns desses rapazes tomam três ou quatro copos só para olhar para a nossa Joy, com os lábios franzidos em concentração, espremendo, espremendo, espremendo. Às vezes, eu olho para o retrato e imagino se ela sabe o quanto tem trabalhado. Ou será que ela vê isso como uma folga das exigências da tia e de um trabalho que pode durar a noite inteira? Um bônus extra: se os homens param para ver esta chinesinha – uma curiosidade – e tomam seu suco de laranja, que não os envenena, talvez eles entrem para fazer uma refeição.

Em setembro, preparo Joy para o jardim de infância. Ela quer ir para a Escola Castelar em Chinatown, junto com Hazel Yee e outros filhos de vizinhos. Mas Sam e eu não queremos que ela vá para a escola que passou Vern de ano em ano sem que ele soubesse ler, escrever ou somar. Nós queremos que ela suba um degrau no mundo. Queremos que ela vá para uma escola fora de Chinatown, o que significa que Joy tem que dizer que mora naquele bairro. Ela também tem que aprender a história oficial da família.

As mentiras de Pai Louie sobre seu status foram passadas para Sam, os tios e eu. Agora essas mentiras são passadas para uma terceira geração. Joy vai ter que tomar sempre cuidado quando se candidatar a uma vaga numa escola, num emprego ou mesmo quando for tirar sua certidão de casamento. Tudo isso começa agora. Durante semanas, ensaiamos com ela como se ela fosse passar por Angel Island: Onde você mora? Qual é a rua transversal? Onde seu pai nasceu? Por que ele voltou para a China quando era menino? Qual é a profissão do seu pai? Nem uma vez nós lhe dizemos o que é verdade e o que é mentira. É melhor que ela só saiba a falsa verdade.

– Todas as meninas precisam saber essas coisas a respeito dos seus pais – explico a Joy quando a coloco na cama na noite anterior ao início das aulas. – Não diga à sua professora nada a não ser o que ensinamos a você.

No dia seguinte, Joy veste um vestido verde, um suéter branco e meias compridas cor-de-rosa. Sam tira um retrato de Joy e de mim paradas no degrau em frente ao nosso prédio. Ela carrega uma lancheira nova com uma vaqueira sorridente montada em seu cavalo. Eu olho para Joy com amor maternal. Estou orgulhosa dela, orgulhosa de todos nós por termos chegado tão longe.

Sam e eu levamos Joy de bonde até a escola primária. Preenchemos os formulários e mentimos sobre o nosso endereço. Depois levamos Joy até a sala de aula. Sam estende a mão de Joy para a professora, srta. Henderson, que fica olhando para a mão dela e depois pergunta:

– Por que vocês, estrangeiros, não voltam para os seus países?

Bem assim! Pode acreditar? Eu tenho que responder antes que Sam perceba o que ela disse.

– Porque este *é* o país dela – respondo, imitando as mães inglesas que eu costumava ver passeando pelo Bund com seus filhos. – Foi aqui que ela nasceu.

Nós deixamos nossa filha com aquela mulher. Sam não diz uma palavra durante a corrida de bonde de volta a China City, mas, quando chegamos ao café, ele me puxa para ele e fala com a voz embargada de emoção.

– Se fizerem alguma coisa a ela, eu jamais os perdoarei e jamais perdoarei a mim mesmo.

Uma semana depois, quando vou buscar Joy no colégio, encontro-a chorando no meio-fio.

– A srta. Henderson me mandou para a sala da diretora – ela diz, com as lágrimas escorrendo pelo rosto. – Ela fez uma porção de perguntas. Eu respondi como você me ensinou, mas ela me chamou de mentirosa e disse que eu não posso mais estudar aqui.

Eu entro no escritório da diretora, mas o que posso fazer ou dizer para fazê-la mudar de opinião?

– Nós estamos de olho nessas infrações, sra. Louie – a mulher diz. – Além disso, sua filha não se encaixa aqui. Qualquer um pode ver isso. Leve-a para a escola em Chinatown. Ela vai ser mais feliz lá.

No dia seguinte, eu levo Joy até a Escola Castela, a dois quarteirões de distância de casa, bem no coração de Chinatown. Eu vejo crianças da China, do México, Itália e outros países europeus. A professora dela, srta. Gordon, sorri ao apertar sua mão. Ela leva Joy para a sala de aula e fecha a porta. Nos meses seguintes, Joy – que foi criada para ser obediente e impedida de fazer algo tão perigoso quanto andar de bicicleta, e ser repreendida pelos nossos vizinhos por rir alto demais – aprende a brincar de amarelinha, cinco pedras, pular carniça. Ela está feliz por estar na mesma classe que sua melhor amiga, e a srta. Gordon parece ser uma boa pessoa.

Nós fazemos o melhor que podemos em casa. Para mim, isso significa fazer Joy falar inglês o máximo possível, porque ela vai ter que ganhar a vida neste país e também porque é americana. Quando o pai dela, os avós ou os tios falam com ela em sze yup, ela responde em inglês. Ao longo do tempo, Sam melhora sua compreensão de inglês, mas não sua pronúncia. Mas os tios estão sempre implicando com ela por estar na escola.

– Instrução só traz problemas para uma moça – tio Wilburt alerta.
– O que você quer fazer? Fugir de nós?

Eu encontro um aliado no avô dela. Não faz tanto tempo, ele ameaçou a mim e a May, dizendo que teríamos que colocar uma moeda num pote toda vez que falássemos outra língua que não fosse sze yup na frente dele. Agora ele diz a Joy uma variação da mesma coisa:

– Se eu ouvir você falar outra coisa que não inglês, você vai ter que colocar uma moeda no meu pote. – O inglês dela é quase tão bom quanto o meu, mas ainda não consigo imaginar como ela vai se livrar completamente de Chinatown.

No final do outono, nós nos reunimos em volta do rádio para ouvir que o presidente Roosevelt pediu ao Congresso para banir o Ato de Exclusão Chinesa:

"As nações, assim como os indivíduos, cometem erros. Nós precisamos ser suficientemente maduros para reconhecer os erros do passado e corrigi-los."

Algumas semanas depois, no dia 17 de dezembro de 1943, todas as leis de exclusão são derrubadas, exatamente como o pai de Betsy disse que iria acontecer.

Nós estamos ouvindo o programa de Walter Winchell quando ele anuncia:

"Keye Luke, o Filho Número Um de Charlie Chan, deixou por pouco de ser o primeiro chinês naturalizado americano." Como Keye Luke está trabalhando num filme naquele dia, um médico chinês de Nova York é o primeiro. Sam comemora aquele momento de felicidade tirando uma fotografia da filha com uma mão no quadril e outra sobre o rádio. Nada de *choengsams* para ela! Desde que Joy começou a estudar e nós lhe demos aquela lancheira, ela decidiu que adora vaqueiras e vestidos de vaqueira. Seu avô comprou até um par de botas de vaqueira para ela em Olvera Street, e depois que ela calça aquela bota, não tira de jeito nenhum. Ela está sorrindo alegremente. Embora o resto da família não esteja na foto, eu vou sempre me lembrar de que todos nós sorrimos juntos com ela.

Depois daquele dia, Sam e eu conversamos sobre a possibilidade de nos candidatarmos à naturalização, mas temos medo, assim como muitos filhos de papel e suas esposas.

– Eu tenho minha cidadania falsa fingindo ser filho verdadeiro do meu pai. Você tem sua carteira de identidade por ser casada comigo. Por que vamos nos arriscar a perder o que já temos? Como podemos confiar no governo quando nossos vizinhos japoneses estão sendo mandados para campos de concentração? – Sam pergunta. – Como podemos confiar no governo depois de tudo o que fizeram conosco? Como podemos confiar no governo quando os *lo fan* nos olham de um jeito esquisito, como se também fôssemos japoneses? – May está numa situação diferente. Ela é casada com um autêntico cidadão americano, e vive no país há cinco anos. Ela foi a primeira pessoa no nosso prédio a se tornar uma cidadã por meio de um processo de naturalização.

A guerra se arrasta mês a mês. Nós tentamos levar uma vida o mais normal possível por causa de Joy, e isso dá resultado. Ela vai tão bem na escola que as suas professoras do jardim de infância e do primeiro ano recomendam-na para um programa especial de segundo ano. Eu trabalho com Joy o verão todo para prepará-la, e até a srta. Gordon – que tem se interessado muito pela nossa filha – vem ao apartamento uma vez por semana para ajudar Joy com suas somas e sua interpretação de texto. Talvez eu exija muito de Joy, porque ela pega um resfriado forte. Então, dois dias depois da bomba ser jogada em Hiroshima, o resfriado dela piora. A febre sobe, sua garganta fica vermelha e ela tosse tanto que chega a vomitar. Yen-yen vai ao herborista, que prepara um chá amargo para Joy tomar. No dia seguinte, quando estou trabalhando, Yen-yen leva Joy ao herborista, que passa um pó em sua garganta com um pincel de caligrafia. No rádio, Sam e eu ouvimos que outra bomba foi atirada – desta vez em Nagasaki. O locutor diz que a destruição é grande e terrível. Funcionários do governo em Washington estão otimistas de que a guerra vá terminar logo.

Sam e eu fechamos o café e corremos de volta para casa, querendo contar as novidades. Quando chegamos, vemos que a garganta de Joy está tão inchada que ela está até ficando azul. Em algum lugar, as pessoas estão comemorando – filhos, irmãos e maridos vão voltar para casa –, mas Sam e eu estamos tão assustados com Joy que não conseguimos pensar em mais nada. Nós queremos levá-la a um médico ocidental, mas não conhecemos nenhum e não temos carro. Estamos falando em conseguir um táxi quando a srta. Gordon chega. No caos da notícia das bombas e na ansiedade que sentimos por Joy, nós tínhamos esquecido da aula. Assim que a srta. Gordon olha para Joy, ela me ajuda a enrolá-la num lençol e nos leva até o General Hospital, onde ela diz "Eles tratam de gente como vocês". Minutos depois da nossa chegada, um médico abre um buraco na garganta da minha filha para ela poder respirar.

Menos de uma semana depois do encontro de Joy com a morte, a guerra termina e Sam – abalado por ter quase perdido sua filhinha – tira trezentos dólares de nossas economias e compra um Chrysler bem usado. Ele é velho e amassado, mas é nosso. Na nossa última fotografia do tempo da guerra, Sam está sentado no volante do Chrysler, Joy empoleirada no para-choque e eu estou parada ao lado da porta do passageiro. Estamos saindo para um passeio de domingo, nosso primeiro.

Dez mil felicidades

— Quinze centavos por uma gardênia – uma voz melodiosa anuncia. – Vinte e cinco centavos por duas. – A menina parada atrás da mesa é adorável. Seu cabelo preto brilha sob as luzes coloridas, seu sorriso atrai, seus dedos parecem borboletas. Minha filha, minha Joy, tem seu próprio "negócio", como ela diz, e o dirige extremamente bem para uma criança de dez anos. Nos fins de semana, à noite, ela vende gardênias das seis à meia-noite em frente ao café, de onde eu a vigio, mas ela não precisa de mim nem de ninguém para protegê-la. Ela é um Tigre, corajosa. Ela é minha filha, persistente. Ela é sobrinha da tia dela, linda. Eu tenho notícias fantásticas. Quero ficar sozinha com May para contar a ela, mas assistir a Joy vendendo gardênias nos deixa encantadas e paralisadas.

— Veja como ela é maravilhosa – May diz. – Ela é boa nisso. Estou contente que goste do que está fazendo e consiga ganhar algum dinheiro. É uma boa coisa, não acha?

May está linda esta noite: parece a esposa de um milionário no seu vestido de seda vermelha. Ela se veste bem, porque pode gastar com frivolidades o dinheiro que ganha. Acaba de completar vinte e nove anos. Ah, as lágrimas! Como se estivesse completando 129. Na minha opinião, no entanto, ela não mudou nada desde nossos dias de lindas garotas. Mesmo assim, ela se preocupa todo dia, com medo de engordar e ficar com rugas. Ultimamente, ela vem enchendo o travesseiro de folhas de crisântemos para acordar com os olhos claros e umedecidos.

— China City é um lugar de turismo, então quem você acha que deve vender? As mais jovens e bonitas, é claro – digo, concordando. – E Joy é esperta. Ela presta atenção para não roubarem nada dela.

Por uma moeda extra, eu posso cantar "Deus salve América", Joy diz para um casal que para em sua barraca. Ela não espera a resposta e começa a cantar numa voz límpida, alta e cheia de emoção. Na escola americana, ela aprendeu todas as canções patrióticas – "My Country,

'Tis of Thee" e "You're a Grand Old Flag" – bem como canções do tipo "My Darling Clementine" e "She'll Be Comin' Round the Mountain". Na Missão Metodista Chinesa em Los Angeles Street, ela aprendeu a cantar "Jesus é tudo para mim" e "Jesus ama até a mim" em cantonês. Entre trabalho, escola e escola chinesa – que ela frequenta de segunda a sexta de 16:30 às 19:30 e nos sábados de 9 às 12h –, ela é uma menina muito ocupada, mas feliz.

Joy olha para mim e sorri enquanto estende a mão para o casal. Ela aprendeu esse truque – conseguir que as pessoas paguem por coisas que talvez não queiram – com seu avô. O marido coloca uns trocados na palma da mão de Joy e ela fecha a mão bem depressa, como um macaco. Ela joga os trocados numa lata e dá uma gardênia à mulher. Tendo terminado com esses fregueses, Joy os faz avançar. Ela também aprendeu isso com o avô. Toda noite ela conta o dinheiro e depois o entrega ao pai, que converte os trocados em dólares, que em seguida me entrega para esconder junto com o dinheiro reservado para Joy ir para a universidade.

– Quinze centavos por uma gardênia – Joy anuncia, com uma expressão séria, mas encantadora, no rosto. – Vinte e cinco centavos por duas.

Eu dou o braço à minha irmã.

– Vamos. Ela está bem. Vamos tomar uma xícara de chá.

– Mas não no café, está bem? – May não gosta de ser vista no café. Ele não é glamouroso o bastante para ela. Não atualmente.

– Está bem – concordo. Faço um sinal para Sam, que está atrás do balcão do café, preparando um pedido numa panela wok. Ele agora é segundo cozinheiro, mas pode ficar de olho na filha enquanto eu dou uma saída com May.

Minha irmã e eu percorremos os becos de China City em direção à loja de trajes e acessórios que veio para ela por intermédio de Tom Gubbins. Já faz dez anos que chegamos em Los Angeles, dez anos de trabalho em China City. Quando eu passei pela primeira vez pela miniatura da Grande Muralha, não senti nenhuma ligação com este lugar. Agora é como estar em casa: familiar, confortável e muito amado. Esta não é a China do meu passado – as ruas movimentadas de Xangai, os mendigos, o divertimento, a champanhe, o dinheiro –, mas eu vejo fragmentos dela nos turistas sorridentes, nos proprietários de lojas com seus trajes típicos, nos aromas que vêm dos cafés e restaurantes, e na mulher incrí-

Destino 241

vel ao meu lado, que, por acaso, é minha irmã. Enquanto caminhamos, eu avisto nosso reflexo nas vitrines e sou transportada de volta à nossa juventude: o modo como nos vestíamos em nosso quarto e olhávamos nosso reflexo no espelho e contemplávamos nossas imagens de lindas garotas penduradas nas paredes em volta, o modo como percorríamos juntas a Nanking Road e sorríamos para nós mesmas nas vitrines das lojas, e o modo como Z.G. capturava e pintava nossos corpos perfeitos.

E, no entanto, nós duas estamos mudadas. Agora eu vejo a mim mesma – uma mulher de trinta e dois anos, não mais uma jovem mãe, mas uma mulher satisfeita consigo mesma. Minha irmã está no auge da beleza. O desejo de ser olhada e admirada ainda arde dentro dela. Quanto mais alimenta esse desejo, mais ele arde. Ela nunca estará satisfeita. Esta doença está em seus ossos – vem do nascimento, da sua personalidade, do seu Carneiro que quer ser cuidado, afagado e admirado. Ela não é Anna May Wong e nunca será, mas ela consegue mais trabalho no cinema e papéis mais variados – de caixa de loja, de empregada risonha, mas ineficiente, ou de esposa estoica de um empregado de lavanderia – do que qualquer outra pessoa em Chinatown. Isso faz dela uma estrela em nossa vizinhança e faz de mim uma estrela.

May abre a porta de sua loja e acende a luz, e lá estamos nós – cercadas de sedas, bordados e plumas do passado. Ela prepara e serve o chá, e então pergunta:

– Então, o que você estava tão ansiosa para me contar?

– Dez mil felicidades – digo. – Estou grávida.

May junta as mãos.

– É mesmo? Você tem certeza?

– Eu fui ao médico. – Eu abro um sorriso. – Ele diz que é verdade.

May se levanta, se aproxima de mim e me abraça. Depois se afasta.

– Mas como? Eu pensei...

– Eu tinha que tentar, não tinha? O herborista tem me dado algumas ervas para pôr na sopa e em outros pratos.

– É um milagre – diz May.

– Mais do que um milagre. Improvável, impossível.

– Ah, Pérola, eu estou tão contente. – A alegria dela é igual à minha. – Conte-me tudo. Quantos meses? Quando o bebê vai chegar?

– Eu estou com dois meses.

– Você já contou a Sam?

– Você é minha irmã. Eu queria contar primeiro para você.
– Um filho – May diz, sorrindo. – Você vai ter um filho precioso. Todo mundo tem esse desejo, e eu fico ruborizada de prazer só em ouvir a palavra *filho*.

Então uma sombra passa pelo rosto de May.

– Você consegue fazer isso?
– O médico diz que eu não devia ser tão velha e que tenho minhas cicatrizes.
– Mulheres mais velhas do que você têm filhos – ela diz, mas isso não é a melhor coisa para dizer, considerando que os problemas de Vern são frequentemente atribuídos à idade de Yen-yen. May percebe a insensibilidade de sua observação. Ela não pergunta sobre as cicatrizes, porque nós nunca falamos sobre a forma como eu as consegui, então ela dirige a conversa para questões mais tradicionais acerca do meu estado.
– Você sente sono o tempo todo? Está enjoando? Eu me lembro... – Ela sacode a cabeça como que para se livrar dessas lembranças. – Sempre dizem que a vida só continua através dos filhos. – Ela toca na minha pulseira de jade. – Pense no quanto mamãe e Baba ficariam felizes. – May sorri e nossa tristeza desaparece. – Você sabe o que isto significa? Você e Sam têm que comprar uma casa.

– Uma casa?
– Vocês vêm economizando todos esses anos.
– Sim, para Joy ir para a universidade.

Minha irmã afasta esta preocupação com um gesto.

– Vocês têm muito tempo para economizar para isso. Além disso, Pai Louie vai ajudar com a casa.
– Não vejo por quê. Nós temos um acordo...
– Mas ele mudou. E isso é para o neto dele!
– Talvez, mas mesmo que ele resolva nos ajudar, eu não ia querer me separar de você. Você é minha irmã e minha melhor amiga.

May abre um sorriso confiante.

– Você não vai me perder. Não me perderia nem se tentasse. Eu tenho meu próprio carro agora. Não importa onde você vá morar, eu irei visitá-la.
– Mas não vai ser a mesma coisa.
– É claro que vai. Além disso, você virá trabalhar todo dia em China City. Yen-yen vai querer tomar conta do neto. Eu também vou querer

ver o meu sobrinho. – Ela segura minha mão. – Pérola, comprar uma casa é a coisa certa a fazer. Você e Sam merecem isso.

Sam fica radiante. Ele pode ter dito que não fazia questão de ter um filho, mas ele é homem, e, apesar de tudo o que disse, precisa e deseja muito ter um filho. Joy dá pulos de alegria. Yen-yen chora, mas se preocupa com minha idade. Pai Louie, querendo se comportar como um patriarca, tenta controlar suas emoções nos punhos fechados, mas não consegue parar de sorrir. Vern fica do meu lado, um protetor amável, mas pequeno. Eu não sei se pareço mais alta e mais ereta porque estou feliz ou se Vern é apenas tímido quando está perto de mim, mas ele parece mais baixo e mais largo – como se sua espinha estivesse diminuindo e seu peito aumentando. Ele já devia ter perdido o jeito relaxado da adolescência, mas eu costumo notar que ele se inclina e põe as mãos nas cadeiras como se estivesse cansado ou entediado.

No domingo, os tios vêm jantar para comemorar. Nossa família – como tantas em Chinatown – está crescendo. A população chinesa em Los Angeles mais do que dobrou desde que chegamos. Isso não aconteceu porque o Ato de Exclusão foi derrubado. Nós achamos que ia ser maravilhoso quando aconteceu, mas só 105 chineses por ano têm permissão para entrar no país sob a nova cota. Como sempre, as pessoas encontram maneiras de burlar a lei. Tio Fred trouxe a esposa com base no Ato das Noivas de Guerra. Mariko é uma moça bonita, calada e japonesa, mas nós não a desprezamos por isso. (A guerra acabou e ela faz parte da família agora, então o que podemos fazer?) Outros homens trouxeram esposas com base em outros atos e, quando você junta homens e mulheres, você tem filhos. Mariko teve um bebê logo em seguida do outro. Nós gostamos muito de Eleanor e de Bess, embora elas sejam mestiças, embora não as vejamos tanto quanto gostaríamos. Fred e Mariko não moram em Chinatown. Eles se aproveitaram do G.I. Bill para comprar uma casa em Silver Lake, perto do centro da cidade.

Os homens usam camisetas sem manga e tomam cerveja. Yen-yen – de calças pretas largas, uma jaqueta de algodão preto e um belo colar de jade – paparica Joy e as filhas de Mariko. May anda pela sala num vestido americano de algodão de saia rodada e bem marcado na cintura. Pai Louie estala os dedos e nós nos sentamos para almoçar. Minha família usa seus pauzinhos para escolher os melhores pedaços e colocar na minha tigela. Todo mundo tem conselhos a dar. E, surpreendentemente, todo mundo concorda que nós devíamos procurar uma casa para criar o neto de Louie. E May tinha razão. Pai não apenas se oferece para ajudar, mas diz que pagará o mesmo que nós desde que seu nome também esteja na escritura.

– As pessoas casadas estão começando a morar separado dos sogros – ele diz. – Vai parecer estranho se vocês não tiverem sua própria casa. (Porque depois de dez anos, ele não tem mais medo de que possamos ir embora. Nós agora somos sua família de verdade, assim como ele e Yen-yen são a nossa.)

– Este apartamento tem ar muito ruim – Yen-yen diz. – O menino vai precisar de um lugar para brincar ao ar livre, não num beco. – (O que serviu para Joy.)

– Espero que haja espaço para um pônei – Joy diz. (Ela não vai ganhar um pônei, por mais que queira ser uma vaqueira.)

– Com o fim da guerra, tudo mudou – diz tio Wilburt, totalmente otimista para variar. – Você pode nadar no Bimini Pool. Você pode sentar onde quiser no cinema. Você poderia até se casar com uma *lo fan* se quisesse.

– Mas quem iria querer? – tio Charley pergunta. (Tantas leis mudaram, mas isso não significa que as atitudes, orientais ou ocidentais, tenham mudado com elas.)

Joy estende o seu pauzinho, procurando um pedaço de carne de porco. A avó dá um tapa na mão dela.

– Só tire comida da travessa bem defronte de você! – Joy recolhe a mão, mas Sam enfia seu pauzinho na tigela de carne de porco e enche a tigela da filha. Ele é um homem – em breve será o pai de um filho precioso – e Yen-yen não irá corrigir seus modos, porém, mais tarde ela dará a Joy uma lição sobre a importância de ser virtuosa, graciosa, gentil, educada e obediente, o que significa, entre outras coisas, aprender a costurar e bordar, tomar conta da casa e usar seus pauzinhos adequadamente. Tudo isso de uma mulher que mal sabe essas coisas.

– Tantas portas se abriram – tio Fred diz. Ele voltou da guerra com uma caixa cheia de medalhas. Seu inglês, que já era bastante bom, melhorou durante seu tempo de serviço, mas ele ainda fala sze yup conosco. Nós achamos que ele iria voltar para China City para trabalhar no Café Dragão Dourado, mas não. – Olhem para mim. O governo está me ajudando com estudo e moradia. – Ele ergue sua cerveja. – Obrigado, tio Sam, por me ajudar a me tornar um dentista! – Ele toma um gole, e depois acrescenta: – A Suprema Corte diz que podemos morar onde quisermos. Então, onde vocês querem morar?

Sam passa a mão pelo cabelo e coça o pescoço.

– Onde quer que nos aceitem. Se não nos quiserem em algum lugar, então não vamos querer morar lá.

– Não se preocupe com isso – tio Fred diz. – Os *lo fan* estão mais abertos em relação a nós agora. Muitos caras serviram na guerra. Eles conheceram e lutaram com pessoas que se pareciam conosco. Você vai ser bem-vindo aonde quer que vá.

Mais tarde naquela noite, depois que todo mundo vai para casa e Joy está deitada no sofá da sala, onde ela dorme agora, Sam e eu conversamos mais sobre o bebê e uma possível mudança.

– Tendo nossa própria casa, poderemos fazer o que quisermos – Sam diz em sze yup. Depois ele acrescenta em inglês: – Com privacidade. – Nenhuma palavra em chinês evoca o conceito de privacidade, mas nós gostamos desta ideia. – E todas as esposas querem ficar longe de suas sogras.

Eu não sofro sob o jugo de Yen-yen, mas a ideia de sair de Chinatown e dar à Joy e ao nosso bebê novas oportunidades alegra o meu coração. Mas nós não somos como Fred. Não podemos usar o G.I. Bill para comprar uma casa. Nenhum banco dará um empréstimo a qualquer chinês, e nós não confiamos nos bancos americanos porque não queremos dever dinheiro a americanos. Mas Sam e eu temos economizado, escondendo nosso dinheiro nas meias dele e no forro do chapéu que eu usei ao sair da China. Se formos modestos, talvez possamos comprar alguma coisa.

Mas não é tão fácil quanto tio Fred disse. Eu procuro em Crenshaw, onde me dizem que só posso comprar ao Sul de Jefferson. Tento Culver City, onde o corretor nem mesmo se digna a me mostrar uma propriedade. Encontro uma casa em Lakewood, mas os vizinhos assinam uma petição dizendo que não querem chineses morando lá. Vou para Pacific Palisades, mas os contratos de terra ainda dizem que as casas não podem ser vendidas para pessoas descendentes de etíopes ou mongóis. Eu escuto todo tipo de desculpa: "Não alugamos para orientais." "Não vendemos para orientais." "Sendo orientais, vocês não vão gostar daquela casa." E o velho chavão: "Pelo telefone, pensamos que você fosse italiana."

Tio Fred – que esteve na guerra e mostrou sua valentia – nos encoraja a não desistir, mas Sam e eu não somos do tipo de berrar que fomos roubados, surrados ou discriminados. A única forma de comprar uma casa fora de Chinatown é encontrar um vendedor tão desesperado que não se importe de ofender os vizinhos, mas agora eu estou nervosa com a ideia de me mudar. Ou talvez eu não esteja nervosa; talvez já esteja com saudades de casa. Depois de Xangai, como posso perder o que construímos para nós em Chinatown?

Eu trabalho duro para criar meu bebê do jeito chinês. Tenho as preocupações que toda futura mãe tem, mas também sei que o ambiente em que está o meu bebê foi invadido um dia e quase destruído. Eu vou ao herborista, que examina a minha língua, mede meu pulso e receita *An Tai Yin* – Fórmula do Feto Pacífico. Ele também me dá *Shou Tai Wan* – Pílulas da Longevidade do Feto. Eu não aperto a mão de estranhos, porque mamãe um dia disse a uma vizinha que isso faria com que seu bebê nascesse com seis dedos. Quando May compra um baú de cânfora para eu guardar as roupas que estou fazendo para o bebê, eu me lembro das crenças de mamãe e me recuso a aceitá-lo, porque se parece com um caixão. Começo a questionar meus sonhos, lembrando o que mamãe dizia a respeito deles: se você sonhar com sapatos, então o azar está chegando; se sonhar em perder os dentes, então alguém da família irá morrer; e se sonhar com fezes, então terá muitos problemas pela frente. Toda manhã eu esfrego minha barriga, contente por meus sonhos não trazerem esses maus agouros.

Durante as festas de Ano-Novo, eu visito um astrólogo, que me diz que meu filho irá nascer no Ano do Boi, como o pai. "Seu filho vai ter um coração puro. Ele será pleno de inocência e fé. Ele será forte e jamais irá chorar ou se queixar." Todo dia, quando os turistas deixam China City, eu vou ao Templo de Kwan Yin para fazer oferendas para que o bebê tenha saúde. Quando eu era uma linda garota de Xangai, eu desprezava aquelas mães que iam aos templos na Cidade Antiga, mas, agora que estou mais velha, eu entendo que a saúde do meu bebê é mais importante do que as ideias de modernidade da juventude.

Por outro lado, eu não sou burra. Afinal, eu vou ser uma mãe americana, então também vou a um médico americano. Eu ainda não gosto que os médicos ocidentais se vistam de branco e pintem seus consultó-

rios de branco – a cor da morte –, mas aceito essas coisas porque farei qualquer coisa pelo meu bebê. *Qualquer coisa* significa permitir que o médico me examine. Os únicos homens que estiveram nessa área foram meu marido, os médicos que me consertaram em Hangchow e os homens que me violentaram. Eu não gosto de ter esse homem me apalpando e *olhando* lá para dentro. E eu realmente não gosto quando ele diz:
– Sra. Louie, a senhora terá sorte se conseguir levar este bebê a termo.

Sam compreende os perigos e reservadamente avisa a cada membro da família. Imediatamente, Yen-yen se recusa a permitir que eu cozinhe, lave louça ou passe roupa. Pai Louie manda que eu fique no apartamento, ponha os pés para cima e durma. E minha irmã? Ela assume mais responsabilidades em relação a Joy, levando-a para a escola americana e à escola chinesa. Eu não sei como explicar isso. Minha irmã e eu passamos anos brigando por causa de Joy. May dá à sobrinha roupas bonitas compradas em lojas de departamentos – um vestido azul de festa de cassa suíça, outro com lindas pregas e uma blusa de babados – enquanto eu costuro roupas práticas para minha filha – coletes feitos com duas peças de flanela, jaquetas chinesas com mangas raglan feitas com algodão comprado em ponta de estoque, e vestidos de rayon listrado (que nós chamamos de tecido atômico porque nunca amassa). May compra sapatos de verniz para Joy, enquanto eu insisto em sapatos de duas cores. May é divertida, enquanto eu dito regras. Eu entendo por que minha irmã quer ser a tia perfeita; nós duas entendemos. Mas, neste momento, eu não me preocupo com isso, e deixo Joy se afastar de mim e cair nos braços da tia, acreditando que nunca vou ter que competir com May pelo amor do meu filho.

Talvez percebendo que está roubando Joy de mim, minha irmã me dá Vern.

– Ele vai estar com você o tempo todo – ela diz – para garantir que nada de ruim aconteça. Ele pode se encarregar de coisas simples, como preparar chá para você. E se houver uma emergência, e não vai haver, ele pode ir chamar um de nós.

Qualquer um pensaria que a oferta de May fosse agradar a Sam, mas ele não gosta da ideia nem um pouco. Será que Sam está com ciúmes? Como pode ser? Vern já é um homem, mas, à medida que o tempo passa, ele parece encolher enquanto minha barriga cresce. Ainda assim, Sam não deixa Vern se sentar ao meu lado no jantar ou em qualquer outra refeição. A família aceita isso porque Sam vai ser pai.

Nós passamos um bom tempo conversando sobre nomes. Não foi assim quando eu e May escolhemos o nome de Joy. Pai Louie vai ter a honra e o dever de escolher o nome do neto, mas isso não quer dizer que os outros não tenham uma opinião e não queiram influenciá-lo.

– Você devia chamar o bebê de Gary, em homenagem a Gary Cooper – minha irmã diz.

– Eu gosto do meu nome. Vernon.

Nós sorrimos e dizemos que é uma boa ideia, mas ninguém quer dar ao bebê o nome de alguém tão defeituoso que, se tivesse nascido na China, teria sido deixado do lado de fora para morrer.

– Eu gosto de Kit por causa de Kit Carson ou de Annie por causa de Annie Oakley. – Isso, é claro, vem da minha pequena vaqueira.

– Vamos dar a ele o nome de um dos navios que trouxeram os chineses para a Califórnia, Roosevelt, Coolidge, Lincoln ou Hoover – diz Sam.

Joy ri.

– Ora, papai, esses são presidentes e não barcos!

Joy às vezes debocha do pai porque ele não compreende direito os costumes ingleses ou americanos. Ele devia, pelo menos, sentir-se ofendido. Ou então castigá-la por sua falta de respeito. Mas ele está tão contente com o filho que vai nascer que não presta atenção na língua afiada da filha. Eu digo a mim mesma que vou ter que consertar este traço de nossa filha. Senão, ela vai acabar como May e eu quando éramos jovens: malcriadas e desobedientes com nossos pais.

Alguns dos vizinhos também dão sugestões: um deles deu ao filho o nome do médico que o trouxe ao mundo. Outro deu à filha o nome de uma enfermeira que foi particularmente gentil. Os nomes de parteiras, professoras e missionárias enchem os berços em toda a China. Eu me lembro de que a srta. Gordon salvou a vida de Joy e sugiro o nome Gordon. Gordon Louie dá a impressão de um homem inteligente, bem-sucedido, não chinês.

Quando entro no quinto mês, tio Charley anuncia que vai voltar para sua aldeia como um homem da Montanha Dourada, dizendo: "A guerra terminou e os japoneses deixaram a China. Eu economizei bastante e posso viver bem por lá." Nós lhe oferecemos um banquete, apertamos sua mão e o levamos até o porto. Parece que, para cada esposa que chega em Chinatown, outro homem volta para casa. Aqueles que sempre se viram como temporários estão agora conseguindo um final feliz.

Mas nem uma vez o Pai Louie, que sempre disse que queria voltar para a aldeia Wah Hong, fala em fechar as empresas Dourado e nos levar de volta para a China. Por que ele se aposentaria e voltaria para a sua aldeia natal se finalmente vai ter o seu neto, que será um cidadão americano, que irá reverenciar o avô quando ele for para o outro mundo e que irá aprender a jogar baseball, a tocar violino e se tornará médico?

No início do meu sexto mês, recebo uma carta com selos da China. Abro ansiosamente o envelope e encontro uma carta de Betsy. Não posso acreditar que esteja viva. Ela sobreviveu ao tempo que passou no campo de concentração japonês perto de Lunghua Pagoda, mas seu marido não.

Meus pais querem que eu fique com eles em Washington para recuperar a saúde, ela escreve, *mas eu nasci em Xangai. Aqui é a minha casa. Como posso deixá-la? Eu não devo à minha cidade a obrigação de ajudar a reconstruí-la? Eu tenho trabalhado com órfãos...*

Aquela carta me lembra de que existe uma única pessoa de quem eu gostaria de ter notícias. Mesmo depois de todos esses anos, Z.G. ainda me vem à mente. Eu ponho a mão na barriga – que está cada vez mais protuberante –, sinto o bebê mexer lá dentro, e visito meu artista e Xangai, na minha imaginação. Eu não estou com saudades dele nem de casa. Só estou grávida e sentimental, porque meu passado é simplesmente isso – passado. Minha casa é aqui com esta família que eu construí com os destroços da tragédia. Minha mala de hospital está pronta, ao lado da porta do quarto. Na minha bolsa, eu carrego cinquenta dólares num envelope para pagar o parto. Depois que o bebê nascer, ele virá para uma casa onde todos o amam.

O ar deste mundo

É tão frequente ouvir que as histórias das mulheres não são importantes. Afinal de contas, o que importa o que acontece na sala, na cozinha ou no quarto? Quem se importa com as relações entre mãe, filha e irmã? A doença de um bebê, as dores e tristezas de um parto, manter a família unida durante a guerra, a pobreza ou mesmo dias melhores são coisas consideradas pequenas e insignificantes comparadas às histórias dos homens, que lutam contra a natureza para cultivar o solo, que travam batalhas para proteger sua terra, que lutam para olhar para dentro em busca do homem perfeito. Nós somos informadas de que os homens são fortes e corajosos, mas eu acho que as mulheres enfrentam as adversidades, aceitam a derrota e suportam a agonia física e mental muito melhor do que os homens. Os homens da minha vida – meu pai, Z.G., meu marido, meu sogro, meu cunhado e meu filho – travaram, de uma forma ou de outra, essas grandes batalhas masculinas, mas seus corações – tão frágeis – murcharam, partiram, se corromperam ou racharam quando tiveram que enfrentar as perdas que as mulheres enfrentam todos os dias. Sendo homens, eles têm que manter a cabeça erguida diante de tragédias e obstáculos, mas são facilmente machucados, como pétalas de flores.

Se ouvimos dizer que as histórias das mulheres são insignificantes, também ouvimos que as coisas boas sempre vêm em pares e que as coisas más acontecem em três. Se dois aviões caem, nós esperamos a queda de um terceiro. Se uma estrela de cinema morre, sabemos que mais duas irão morrer. Se damos uma topada e perdemos a chave do carro, sabemos que outra coisa ruim terá que acontecer para completar o ciclo. Tudo o que podemos fazer é torcer para que seja um para-choque amassado, uma goteira no telhado ou um emprego perdido em vez de uma morte, um divórcio ou uma nova guerra.

As tragédias da família Louie chegam numa longa e devastadora cascata, como um dique que se rompeu, como um tsunami que vem, destrói e depois carrega os indícios de volta para o mar. Nossos homens tentam ser fortes, mas somos eu, May, Yen-yen e Joy que temos que apoiá-los e ajudá-los a suportar sua dor, sua angústia e sua vergonha.

Estamos no início do verão de 1949, e a melancolia de junho é pior do que nunca, especialmente à noite. Um nevoeiro úmido vem do oceano e paira sobre a cidade como um cobertor encharcado. O médico me diz que as dores irão começar a qualquer hora, mas talvez o tempo tenha deixado o meu bebê inativo ou talvez ele não queira entrar num mundo tão cinzento e frio quando está cercado de calor no útero. Eu não me preocupo. Fico em casa e espero.

Esta noite, Vern e Joy me fazem companhia. Vern não tem se sentido bem ultimamente, então está dormindo em seu quarto. Joy só tem mais uma semana de quinta série. De onde estou sentada na mesa de jantar, posso vê-la enroscada no sofá, de testa franzida. Ela não gosta de praticar tabuada nem de ver com que velocidade consegue completar os exercícios de divisão que a professora passou para aumentar sua velocidade e precisão.

Eu torno a olhar para o jornal. Hoje eu o reli várias vezes, acreditando e depois me recusando a acreditar no que estava lendo. A guerra civil está destruindo o meu país. O Exército Vermelho de Mao Tsé-tung está varrendo a China tão implacavelmente quanto os japoneses fizeram antes. Em abril, suas tropas assumiram o controle de Nanquim. Em maio, eles tomaram Xangai. Eu me lembro dos revolucionários que frequentavam os cafés aonde eu costumava ir com Z.G. e Betsy. Lembro também que Betsy costumava ficar mais irritada do que eles, mas tomar o país? Sam e eu temos conversado muito sobre isso. Seus pais eram camponeses. Eles não tinham nada. Se estivessem vivos, teriam tudo a ganhar com um regime comunista, mas eu venho da burguesia – *bu-er-ch'iao-ya*. Se meus pais estivessem vivos, estariam sofrendo. Aqui, em Los Angeles, ninguém sabe o que vai acontecer, mas nós escondemos nossa preocupação atrás de sorrisos forçados, de palavras inócuas e de uma cara fingida diante dos ocidentais, que têm muito mais medo dos comunistas do que nós.

Eu vou até a cozinha fazer um chá. Estou parada diante da pia, enchendo a chaleira, quando sinto uma umidade nas pernas. Pronto! Minha bolsa finalmente rompeu. Sorrindo, eu olho para baixo, mas o que vejo escorrendo pelas minhas pernas e formando uma poça no chão não é água, e sim sangue. O medo que toma conta de mim começa naquela área inferior e sobe até o meu coração, que bate acelerado no meu peito. Mas isso não passa de um pequeno abalo comparado com o que vem em seguida. Uma contração corre das minhas costas até meu umbigo e pressiona para baixo com tanta ferocidade que eu acho que o meu bebê vai cair no chão. Isso não acontece. Eu nem sei se isso poderia acontecer. Mas, quando seguro a barriga e empurro para cima, mais líquido escorre pelas minhas pernas. Apertando as coxas, eu vou até a porta da cozinha e chamo minha filha.

– Joy, vá chamar sua tia. – Eu torço para May estar no escritório e não com as pessoas do estúdio que ela leva a passear para cultivar suas relações de trabalho. – Se ela não estiver no escritório, vá até o Chinese Junk. Ela gosta de levar as pessoas lá para jantar.

– Ah, Mamãe...

– Agora! Vá agora!

Ela olha para mim. Ela só consegue ver o meu rosto olhando para ela da cozinha. Eu sou grata por isso. Ainda assim, meu rosto deve mostrar alguma coisa, porque não tenta argumentar como sempre faz. Assim que ela sai do apartamento, eu pego panos de prato e ponho entre as pernas. Eu me sento na cadeira e agarro os braços para não gritar toda vez que tenho uma contração. Eu sei que elas estão vindo muito depressa. Eu sei que algo está muito errado.

Quando Joy volta com May, minha irmã olha para mim, agarra a minha filha antes que ela possa ver alguma coisa e a leva dali.

– Vá até o café. Encontre o seu pai. Diga a ele para se encontrar conosco no hospital.

Joy sai e minha irmã vem para o meu lado. Um batom vermelho cremoso transformou sua boca numa flor. Seus olhos estão pintados. Ela está usando um vestido decotado de cetim tão ajustado no corpo quanto um *cheongsam*. Sinto cheiro de gim em seu hálito. Ela me olha por um instante, depois ergue a minha saia. Ela tenta não revelar nada que possa me deixar nervosa, mas eu a conheço bem demais. Ela inclina a cabeça ao ver os panos de prato encharcados de sangue. Ela morde o lábio, depois alisa cuidadosamente a minha saia sobre meus joelhos.

– Você consegue andar até o carro ou quer que eu chame uma ambulância? – pergunta, com uma voz calma, como se estivesse perguntando se eu prefiro o chapéu cor-de-rosa ou o azul debruado de pele.

Eu não quero dar trabalho, nem gastar dinheiro.

– Vamos no seu carro se você não se incomodar com a sujeira.

– Vern – May chama. – Vern, eu preciso de você. – Ele não responde, e May vai até o corredor para chamá-lo. Eles voltam em um minuto. O marido-menino está descabelado e suas roupas estão amassadas do sono. Quando ele me vê, começa a choramingar.
– Você pega de um lado – May diz – e eu pego do outro.
Juntos, eles me ajudam a levantar e nós descemos a escada. O braço da minha irmã é forte, mas Vern parece que vai sucumbir sob o meu peso.

Tem algum tipo de festa acontecendo na praça esta noite, e as pessoas se afastam quando me veem apertando alguma coisa entre as pernas e minha irmã e Vern me segurando. Ninguém gosta de ver uma mulher grávida; ninguém gosta de ver essas intimidades em público. May e Vern me colocam no banco traseiro do carro, e então ela me leva até o Hospital Francês. Ela estaciona e corre para pedir ajuda. Eu fico olhando pela janela para as luzes que iluminam o estacionamento. Eu respiro devagar, metodicamente. Seguro minha barriga. Está pesada e imóvel. Digo a mim mesma que o bebê é um Boi, como o pai. Mesmo quando criança, um Boi tem força de vontade e coragem. Eu digo a mim mesma que o meu filho está agindo de acordo com sua natureza, mas estou com muito medo.

Outra contração, a pior até agora.

May volta com uma enfermeira e um homem, ambos vestidos de branco. Eles gritam ordens, colocam-me numa maca e me levam para dentro do hospital o mais depressa que podem. May vai ao meu lado, olhando para mim, falando comigo.

– Não se preocupe. Tudo vai dar certo. Ter um bebê é doloroso para mostrar o quanto a vida é séria.

Eu agarro as barras de metal da grade da maca e trinco os dentes. O suor cobre a minha testa, as minhas costas, o meu peito, e eu tremo de frio.

A última coisa que minha irmã diz quando sou levada para a sala de parto é "Lute por mim, Pérola. Lute para viver como fez antes".

Meu bebê chega logo, mas ele nunca respira o ar deste mundo. A enfermeira o enrola num cobertor e o traz para mim. Ele tem cílios longos, um nariz grande e uma boquinha pequena. Enquanto seguro o meu filho, contemplando seu rosto solitário, o médico trabalha em mim. Finalmente, ele se levanta e diz:

– Temos que fazer uma operação, sra. Louie. Vamos anestesiá-la.
– Quando a enfermeira leva o bebê, eu sei que nunca mais tornarei a vê-lo. Lágrimas escorrem pelo meu rosto enquanto uma máscara é co-

locada sobre meu nariz e minha boca. Fico agradecida pela escuridão que vem em seguida.

Eu abro os olhos. Minha irmã está sentada ao lado da cama. Os restos do seu batom são apenas uma mancha. O delineador manchou o seu rosto. Seu vestido elegante parece cansado e amassado. Mesmo assim, ela é linda, e, na minha mente, eu sou transportada para outro momento em que minha irmã estava comigo num quarto de hospital. Eu suspiro, e May segura minha mão.

– Onde está Sam? – pergunto.

– Ele está com a família. No corredor. Eu posso chamá-lo para você.

Eu quero muito o meu marido, mas como vou conseguir encará-lo? *Que você morra sem ter um filho* – o pior insulto que se pode dizer.

O médico entra para ver como estou.

– Não sei como você carregou o bebê por tanto tempo – ele diz.

– Nós quase a perdemos.

– Minha irmã é muito forte – May diz. – Ela já passou por coisas piores do que esta. Ela vai ter outro bebê.

O médico sacode a cabeça.

– Ela não vai poder ter outro filho. – Ele se vira para mim. – Você tem sorte de ter sua filha.

May aperta minha mão, cheia de confiança.

– Os médicos já disseram isso antes e veja o que aconteceu. Você e Sam podem tentar de novo.

Para mim, essas são as piores palavras que já ouvi. Eu tenho vontade de gritar: *Eu perdi o meu bebê!* Como minha irmã pode não saber o que estou sentindo? Como ela pode não entender o que é ter perdido a pessoa que passou nove meses nadando dentro de mim e que eu amava de todo o coração, em quem depositei tantas esperanças? Mas as palavras de May não são as piores que ouço.

– Infelizmente isso não será possível. – O médico disfarça o horror de suas palavras com sua estranha jovialidade *lo fan* e um sorriso tranquilizador. – Nós retiramos tudo.

Eu não posso chorar na frente desse homem. Focalizo o meu olhar na pulseira de jade. Durante todos esses anos e nos anos seguintes à minha morte, ela vai ficar igual. Será sempre dura e fria – apenas um pedaço de pedra. Entretanto, para mim, este é um objeto que me liga ao passado, às pessoas e aos lugares que se foram para sempre. Sua perfeição constante serve para me lembrar de continuar vivendo, de olhar para o futuro, de valorizar o que tenho. Ela me diz para aguentar firme. Eu vou viver um dia depois do outro, um passo depois do outro, porque meu desejo de continuar é muito forte. Eu digo essas coisas a mim mesma e cerco o meu coração de aço para esconder minha tristeza, mas isso não me ajuda quando a família entra no quarto.

O rosto de Yen-yen está pendurado como um saco de farinha. Os olhos de Pai estão vazios e negros como carvão. Vern recebe o baque fisicamente, murchando diante de nós como um repolho depois de uma terrível tempestade. Mas Sam... Ah, Sam. Dez anos atrás, naquela noite em que me confessou a verdade, ele disse que não precisava de um filho, mas, nesses últimos meses, eu vi o quanto ele desejava, precisava de um filho para carregar o seu nome, para venerá-lo como antepassado, para realizar todos os sonhos que Sam tem, mas jamais irá realizar. Eu dei esperança ao meu marido, mas agora eu a destruí.

May empurra os outros para fora do quarto para que eu e Sam possamos ficar sozinhos. Mas meu marido – este homem com leque de ferro, que parece tão forte, que consegue erguer ou carregar qualquer coisa, que consegue absorver uma humilhação atrás da outra – não consegue abrir seu peito para suportar a minha dor.

– Enquanto estávamos esperando... – Ele não continua. Ele põe as mãos para trás e anda de um lado para outro, tentando manter a compostura. Finalmente ele tenta de novo. – Enquanto estávamos esperando, eu pedi a um médico para examinar Vernon. Eu disse ao médico que meu irmão tem a respiração fraca e o sangue fino – Sam explica, embora nossas noções chinesas não signifiquem nada para o médico.

Eu quero enterrar o rosto no seu peito quente e cheiroso, absorver a força do seu leque de ferro, ouvir as batidas fortes do seu coração, mas ele se recusa a olhar para mim.

Ele para no pé da cama e fica olhando para um ponto acima da minha cabeça.

– Eu devia voltar para junto deles. Obrigar o médico a fazer testes em Vern. Talvez eles possam fazer alguma coisa.

Isso, mesmo eles não tendo conseguido salvar nosso filho. Sam sai do quarto e eu cubro o rosto com as mãos. Eu fracassei da pior forma possível para uma mulher, enquanto o meu marido, para esquecer sua dor, transferiu sua preocupação para o membro mais fraco de nossa família. Meus sogros não voltam, e até Vern fica longe. Isso é comum quando uma mulher perde um filho precioso, mas dói assim mesmo. May faz tudo para mim. Fica sentada do meu lado quando eu choro. Ela me ajuda a ir ao banheiro. Quando meus seios ficam inchados e doloridos e a enfermeira chega para espremer o leite e jogá-lo fora, minha irmã a faz sair do quarto e ela mesma faz isso. Os dedos dela são delicados, amorosos e ternos. Sinto falta do meu marido; eu *preciso* do meu marido. Mas, se Sam me abandonou quando eu mais precisava dele, May também abandonou Vern. No meu quinto dia no hospital, May finalmente me conta o que aconteceu.

– Vern tem a doença dos ossos fracos – ela diz. – Aqui eles chamam de tuberculose óssea. É por isso que ele está encolhendo. – Ela sempre foi chorona, mas não desta vez. O modo como luta para conter as lágrimas me mostra o quanto ela passou a amar seu marido-menino.

– O que isso quer dizer?

– Que nós somos sujos, que vivemos como porcos.

A voz da minha irmã soa extremamente amarga. Nós crescemos acreditando que a doença do osso fraco e sua irmã, a doença do pulmão, eram típicas da pobreza e da sujeira. Eram consideradas as doenças mais vergonhosas de todas, mais terríveis do que as transmitidas pelas prostitutas. Isso é até pior do que eu ter perdido um filho, porque é uma mensagem visual e pública para nossos vizinhos – e para os *lo fan* – de que somos pobres, poluídos e sujos.

– Isso geralmente ataca crianças, e elas morrem quando suas espinhas quebram – ela continua. – Mas Vern não é uma criança, então os médicos não sabem dizer quanto tempo vai viver. Eles só sabem que a dor vai dar lugar à dormência, à fraqueza e, finalmente, à paralisia. Ele vai passar o resto da vida na cama.

– Yen-yen? Pai?

May sacode a cabeça e começa a chorar.

– Ele é o filhinho deles.

– E Joy?

– Eu estou cuidando dela. – A tristeza se reflete na voz da minha irmã. Entendo claramente o que significa para ela eu ter perdido meu bebê. Eu vou voltar a ser mãe de Joy em tempo integral. Talvez eu devesse sentir alguma sensação de vitória em relação a isso, mas não sinto. Eu mergulho nas nossas perdas mútuas.

Mais tarde, naquela noite, Sam vem conversar comigo. Ele fica parado no pé da minha cama, pouco à vontade. Seu rosto está cinzento e seus ombros caídos sob o peso de duas tragédias.

– Eu achei que o rapaz estivesse doente. Reconheci alguns dos sintomas do meu pai. Meu irmão nasceu com um destino ingrato. Ele nunca prejudicou ninguém e foi sempre bondoso conosco, e no entanto não há como mudar o destino dele.

Ele fala isso a respeito de Vern, mas poderia estar falando de qualquer um de nós.

Essas duas tragédias nos unem de uma forma que não poderíamos imaginar. May, Sam e Pai voltam ao trabalho; tristeza e desespero pendem de seus pescoços como cangas. Yen-yen fica no apartamento para cuidar de mim e de Vern. (O médico é contra. "Vern estará melhor num sanatório ou em alguma outra instituição", ele diz, mas, se os chineses são maltratados na rua, onde todo mundo pode ver, como poderíamos deixá-lo ir para um lugar atrás de portões e portas fechadas?) Sócios de papel nos substituem em China City. Mas o destino não nos deixou em paz.

Em agosto, um segundo incêndio destrói quase toda China City. Poucos prédios sobrevivem, e todas as empresas Dourado são reduzidas a cinzas, exceto três riquixás e a companhia de trajes típicos e figurantes de May. Nenhuma delas tem seguro. Com a China mergulhada numa guerra civil, Pai Louie não pode voltar ao seu país para refazer seu estoque de antiguidades. Ele poderia tentar comprar antiguidades aqui, mas tudo ficou muito caro depois da guerra mundial e grande parte das economias que ele escondeu em China City virou cinzas.

Mas, mesmo que tivéssemos recursos para reequipar as lojas, Christine Sterling não tem vontade de reconstruir China City. Convencida de que o incêndio foi criminoso, ela resolve que não quer mais recriar suas ideias de romance oriental em Los Angeles. De fato, ela não quer mais se associar com chineses de forma alguma e não os quer vagando no seu mercado mexicano em Olvera Street. Convence a cidade a condenar o quarteirão de Chinatown que fica entre Los Angeles Street e Alameda para abrir espaço para um viaduto. Por ora, tudo o que restará da Chinatown original será a fileira de prédios entre Los Angeles Street e Sachez Alley, onde nós moramos. As pessoas criticam o plano, mas ninguém tem muita esperança. Nós todos conhecemos o ditado que é tão popular aqui na América: Não temos a chance de um chinês.

Nossa casa está ameaçada, mas não podemos nos preocupar com isso agora, uma vez que temos que trabalhar juntos para reabrir os negócios da família. Enquanto algumas pessoas decidem ficar no que resta de China City, Pai Louie abre um novo Lanterna Dourada em Nova Chinatown, enchendo-o com os artigos mais baratos que consegue comprar de atacadistas locais, que compram suas mercadorias em Hong Kong e em Taiwan. Joy agora tem que passar mais tempo lá, vendendo o que ela chama de "lixo" para turistas que não entendem nada, dando uma folga ao avô para ele descansar. A loja nova não tem muito movimento, mas ela é uma ótima guardiã. E quando não tem ninguém na loja, que é a maior parte do tempo, ela lê.

Sam e eu resolvemos abrir nosso próprio negócio com parte de nossas economias. Ele procura um lugar para um café e encontra um em Ord Street, meio quarteirão a oeste de China City, mas tio Wilburt não irá conosco. Ele resolve se aproveitar do crescente interesse dos *lo fan* em comida chinesa desde que a guerra terminou e abrir seu próprio restaurante de chop-suey em Lakewood. Nós nos entristecemos de ver o último tio sair, embora isso signifique que, finalmente, Sam vá ser o cozinheiro principal.

Nós nos preparamos para a Grande Inauguração fazendo reformas, criando cardápios e pensando em anúncios. O café tem um pequeno escritório atrás de um vidro nos fundos, onde May irá conduzir seu negócio. Ela guarda acessórios e trajes típicos num pequeno depósito em Bernard Street, dizendo que não precisa ficar sentada no meio daquelas coisas o dia inteiro e que conseguir trabalho para ela e para os outros figurantes é mais lucrativo do que alugar roupas. Ela encoraja Sam a fazer um calendário para promover o café. Pede a um fotógrafo local para vir tirar uma fotografia. Embora o restaurante tenha o meu nome, a imagem mostra May e Joy paradas no balcão ao lado do prato giratório de tortas: COMA NO CAFÉ PÉROLA: COMIDA CHINESA E AMERICANA DE QUALIDADE.

No início de outubro de 1949, o Café Pérola é inaugurado, Mao Tsé-tung estabelece a República Popular da China e a Cortina de Bambu cai. Nós não sabemos o quanto essa cortina irá ser permeável ou o que ela significa para nosso país, mas nossa inauguração é um sucesso. O calendário é popular, bem como nosso cardápio, que combina especialidades americanas e chino-americanas: rosbife, torta de maçã com sorvete de baunilha e café, ou porco agridoce, biscoitos de amêndoas e chá. O Café Pérola é limpo. A comida é fresca e consistente. Dia e noite forma-se uma fila na porta.

Pai Louie continua a mandar dinheiro para sua aldeia, remetendo fundos para Hong Kong e depois contratando alguém para entrar com o dinheiro na República Popular da China e levá-lo até a aldeia Wah Hong. Sam o alerta para não fazer isso.

– Talvez os comunistas confisquem o dinheiro. Talvez isso prejudique a família na aldeia.

Eu tenho outros temores. Talvez o governo americano diga que nós somos comunistas. É por isso que a maioria das famílias não está mais mandando dinheiro para casa.

E é verdade. Muitas pessoas que vivem em Chinatowns por todo o país pararam de mandar dinheiro para casa porque estão todas assustadas e perplexas. As cartas que recebemos da China nos confundem ainda mais.

Nós estamos felizes com o novo governo, escreve o primo do meu sogro, duas vezes realocado. *Agora todo mundo é igual. O patrão foi obrigado a dividir sua riqueza com o povo.*

Se eles estão tão contentes, nós nos perguntamos, então por que tanta gente está tentando sair de lá? Esses são homens, como o tio Charley, que voltaram para a China com suas economias. Aqui na América eles sofreram e foram humilhados por serem considerados inferiores e indignos de cidadania, mas suportaram tudo, acreditando que haveria grande prosperidade, alegria e respeito aguardando-os em seu país natal. Mas só encontraram amargura ao voltar para a China, que os trata como patrões, capitalistas e cães de guarda do imperialismo. Os mais desafortunados morrem nos campos ou nas praças das aldeias. Os mais afortunados fogem para Hong Kong, onde morrem falidos e infelizes. Uns poucos sortudos voltam para *casa*, na América. Tio Charley é um desses.

– Os comunistas tiraram tudo que você tinha? – Vern pergunta da cama.

– Eles não tiveram chance de fazer isso – tio Charley responde, esfregando os olhos inchados e coçando seus eczemas. – Quando cheguei lá, Chiang Kai-shek e os nacionalistas ainda estavam no poder. Eles pediram a todo mundo para trocar seu ouro e seu dinheiro estrangeiro por bônus do governo. Imprimiram bilhões de *yuan* chineses, mas esses não valiam nada. Um saco de arroz, que antes custava doze *yuan*, logo passou a custar sessenta e três milhões de *yuan*. As pessoas levavam o dinheiro em carrinhos de mão para fazer compras. Você queria comprar um selo postal? Custava o equivalente a seis mil dólares americanos.

– Você está falando mal do Generalíssimo? – Vern pergunta nervosamente. – É melhor não fazer isso.

– Só estou dizendo que, quando os soldados comunistas chegaram, eu não tinha mais nada.

Todos aqueles anos de trabalho com a promessa de voltar para a China como um homem da Montanha Dourada, e agora ele está de volta onde começou – trabalhando como lavador de copos para a família Louie. Eu recupero minhas forças e vou trabalhar com Sam, o que é maravilhoso sob muitos aspectos. Consigo ficar com meu marido e também consigo estar com May todos os dias até as cinco horas, quando volto para casa para fazer o jantar e ela vai para o General Lee ou para o Soochow, que se mudaram para a Nova Chinatown, para se encontrar com diretores de elenco e gente do ramo. Às vezes é difícil acreditar que somos irmãs. Eu me agarro a lembranças de nossa casa em Xangai; May se agarra a lembranças de seu tempo de linda garota. Eu uso meu avental engordurado e um chapéu de papel; ela usa lindos vestidos feitos de tecidos com as cores da terra – siena, ametista, celadom e azul lagoa.

Sinto-me mal com a minha aparência até o dia em que minha velha amiga Betsy – que, agora que a China está fechada, está a caminho da casa dos pais – entra pela porta do café. Nós temos a mesma idade, trinta e três anos, mas ela parece vinte anos mais velha. Ela está magra, quase esquelética, e o cabelo ficou grisalho. Eu não sei se isso é por causa do tempo que ela passou no campo de concentração japonês ou se é consequência das dificuldades dos últimos meses.

– Nossa Xangai acabou – ela diz quando a levo para o escritório de May no fundo do Pérola, para tomarmos um chá só nós três. – Ela nunca mais vai ser o que foi. Xangai era o meu lar, mas eu nunca mais tornarei a vê-la. Nenhuma de nós tornará a vê-la.

Minha irmã e eu trocamos olhares. Nós tivemos momentos de tristeza quando achamos que nunca mais voltaríamos para casa por causa dos japoneses. Depois que a guerra terminou, tivemos esperança de que um dia poderíamos voltar para uma visita, mas agora a sensação é outra. É uma sensação de que esta situação se tornará permanente.

Medo

Já é quase meio-dia do segundo sábado de novembro de 1950. Não tenho muito tempo até a hora de pegar Joy e sua amiga Hazel Yee na nova Igreja Metodista Chinesa, onde elas têm aulas de chinês. Desço correndo, apanho a correspondência e subo depressa de volta para o apartamento. Examino rapidamente as contas e separo duas cartas. Uma delas foi enviada de Washington, D.C. Eu reconheço a letra de Betsy no envelope e a enfio no bolso. A outra carta é endereçada a Pai Louie e vem da China. Eu a deixo junto com as contas sobre a mesa da sala para ele ver quando voltar para casa esta noite. Em seguida, pego minha bolsa e um suéter, desço e vou a pé até a igreja, onde espero do lado de fora por Joy e Hazel.

Quando Joy era pequena, eu queria que ela aprendesse a falar e escrever chinês. O único lugar para isso – e você tem que admitir que os missionários foram espertos – era uma das missões em Chinatown. Não bastava que tivéssemos que pagar um dólar por mês pelas aulas de Joy cinco dias e meio por semana ou que ela tivesse que ir à escola dominical, mas um dos pais também tinha que ir ao culto nos domingos, o que venho fazendo regularmente há sete anos. Embora muitos pais reclamem dessa norma, ela me parece justa. E às vezes eu gosto de ouvir os sermões, que me fazem lembrar dos que eu ouvia em Xangai quando era menina.

Eu abro a carta de Betsy. Já faz treze meses que Mao tomou o poder na China e quatro meses e meio que a Coreia do Norte – com a ajuda do Exército Popular da China – invadiu a Coreia do Sul. Apenas quatro anos atrás, a China e os Estados Unidos eram aliados. Agora, aparentemente da noite para o dia, a China Comunista se tornou – depois da Rússia – o segundo pior inimigo dos Estados Unidos. Nesses dois últimos meses, Betsy me escreveu várias vezes para me contar que sua lealdade foi questionada porque ela ficou na China tanto tempo e que seu pai é uma das muitas pessoas no Departamento de Estado acusadas de serem comunistas e simpatizantes da China. Em Xangai, dizer que uma pessoa era simpatizante da China era um elogio; agora, em Washington, é como dizer que a pessoa é assassina de crianças. Betsy escreve:

Meu pai está numa situação difícil. Como eles podem culpá-lo por coisas que escreveu vinte anos atrás criticando Chiang Kai-shek e o que ele estava fazendo com a China? Eles estão chamando papai de simpatizante do comunismo e o reprovam por ajudar a "perder a China". Mamãe e eu estamos torcendo para ele não perder o emprego. Se eles resolverem mandá-lo embora, espero que permitam que ele mantenha sua pensão. Felizmente, ele ainda tem amigos no Departamento de Estado que sabem a verdade sobre ele.

Ao dobrar a carta e guardá-la de volta no envelope, eu me pergunto o que deveria responder. Acho que não ajudará em nada a Betsy dizer que estamos todos com medo.

Joy e Hazel aparecem. Elas têm doze anos e já estão há sete semanas na sexta série. Elas se acham praticamente adultas, mas são meninas chinesas, portanto são pouco desenvolvidas fisicamente. Eu sigo atrás delas, que andam de mãos dadas, cochichando a caminho do Café Pérola. Nós paramos rapidamente no açougue, na Broadway, para comprar um quilo de *char siu* fresco, a carne de porco cheirosa que é o ingrediente secreto do chow mein de Sam. A loja está lotada hoje, e todo mundo está assustado, como tem estado desde que esta nova guerra começou. Algumas pessoas se retraíram no silêncio. Outras caíram em depressão. E algumas, como o açougueiro, estão zangadas.

– Por que eles não nos deixam em paz? – pergunta em sze yup a ninguém em particular. – Você acha que eu tenho culpa de Mao querer espalhar o comunismo? Isso não tem nada a ver comigo!

Ninguém discute com ele. Nós todos temos o mesmo sentimento.

– Sete anos! – ele grita enquanto parte um pedaço de carne com o cutelo. – Faz sete anos que o Ato de Exclusão foi derrubado. Agora o governo *lo fan* promulgou uma nova lei para poder prender os comunistas se houver uma emergência nacional. Qualquer um que algum dia tenha dito uma única palavra contra Chiang Kai-shek é suspeito de ser comunista. – Ele sacode o cutelo para nós. – E você nem precisa fazer uma crítica. Basta ser um chinês vivendo nesta droga de país! Sabem o que isso significa? Cada um de vocês é um suspeito!

Joy e Hazel pararam de conversar e estão olhando para o açougueiro de olhos arregalados. Tudo o que uma mãe deseja é proteger seus filhos, mas eu não posso proteger Joy de tudo. Quando caminhamos juntas, sempre consigo distraí-la das manchetes de jornal que vociferam em inglês e em chinês. Posso pedir aos tios para não falar em guerra quando eles vêm jantar no domingo, mas as notícias estão por toda parte, assim como os boatos.

Joy é jovem demais para compreender que, com a suspensão dos direitos de habeas corpus, qualquer pessoa – inclusive sua mãe e seu pai – pode ser detida e ficar presa indefinidamente. Nós não sabemos o que será considerado como uma emergência nacional, mas o internamento dos japoneses ainda está bem fresco em nossas mentes. Recentemente, quando o governo pediu às nossas organizações locais – desde a Associação Beneficente Chinesa até o Clube da Juventude Chinesa – para entregar as listas de seus associados em vinte e quatro horas, muitos vizinhos entraram em pânico, sabendo que seus nomes estariam na lista de pelo menos um dos quarenta grupos visados. Depois nós lemos no jornal chinês que o FBI tinha grampeado a sede da Aliança Chinesa dos Trabalhadores de Lavanderia e decidido investigar todos os assinantes do *China Daily News*. Desde então, eu agradeço por Pai Louie ser assinante do *Ching Sai Yat Po*, o jornal pró-Kuomintang, pró-cristão, pró-assimilação, e só comprar uma vez ou outra o *China Daily*.

Eu não sei até onde o açougueiro irá na sua fúria, mas não quero que as meninas ouçam isso. Eu já estou saindo da loja com elas quando o açougueiro se acalma o suficiente para me atender. Enquanto embrulha o *char siu* em papel cor-de-rosa, ele me diz num tom mais moderado:

– A situação não está tão ruim aqui em Los Angeles, sra. Louie. Mas eu tinha um primo em San Francisco que cometeu suicídio para não ser preso. Ele não tinha feito nada de errado. Eu já soube de outras pessoas que foram mandadas para a prisão e que agora estão aguardando deportação.

– Nós todos já ouvimos histórias como essa – digo. – Mas o que podemos fazer?

Ele me entrega a carne de porco.

– Eu já senti medo por tanto tempo que estou cansado. Estou simplesmente exausto. E frustrado...

Quando sua voz recomeça a crescer em intensidade, eu saio da loja com as meninas. Elas ficam caladas durante o resto do percurso até o Pérola. Quando chegamos, as meninas vão direto para a cozinha. May, que está em seu escritório falando no telefone, sorri e acena. Sam está batendo uma mistura na batedeira para o seu porco agridoce, que é muito popular entre nossos fregueses. Eu não posso deixar de notar que ele está usando uma tigela menor do que usava um ano atrás, quando abrimos. A nova guerra afastou grande parte da nossa clientela; alguns negócios em Chinatown tiveram que fechar as portas. E, fora de Chinatown, há tanto medo dos chineses da China que muitos chineses americanos perderam seus empregos ou não conseguem ser contratados.

Nós podemos não ter tantos fregueses quanto antes, mas não estamos numa situação tão difícil como algumas pessoas. Em casa, estamos economizando, comendo mais arroz e menos carne. Também temos May, que ainda dirige um negócio lucrativo, trabalha como agente e aparece num ou noutro filme ou programa de televisão. A qualquer momento, os estúdios vão começar a fazer filmes sobre a ameaça do comunismo. Quando isso acontecer, May vai ficar muito ocupada. O dinheiro que ela ganhar vai engrossar as economias da família, para ser repartido entre todos nós.

Eu entrego o *char siu* a Sam, e depois preparo uma bandeja de lanche para as meninas que combina iguarias chinesas e ocidentais: amendoim, laranja, biscoitos de amêndoa e dois copos de leite integral. Elas largam os livros sobre a mesa. Hazel se senta e cruza as mãos no colo para esperar, enquanto Joy vai até o rádio que temos na cozinha para distrair os empregados e o liga.

Eu faço um sinal para ela.

– Nada de rádio esta tarde.

– Mas, mamãe...

– Não quero discussão. Você e Hazel têm que fazer o dever de casa.

– Mas por quê?

Porque eu não quero que vocês ouçam más notícias é o que eu penso, mas não digo. Detesto mentir para minha filha, mas nesses últimos meses estou sempre inventando desculpas para ela não ouvir rádio: eu estou com dor de cabeça ou o pai dela está de mau humor. Eu até já tentei um abrupto "Porque eu disse que não", que parece funcionar, mas não posso usá-lo todo dia. Como Hazel está aqui, tento algo novo:

– O que a mãe de Hazel iria dizer se eu deixasse vocês ouvirem rádio? Nós queremos que vocês só tirem 10. Não quero dizer à sra. Yee que a decepcionei.

– Mas você sempre nos deixou ouvir rádio antes. – Quando eu sacudo a cabeça, Joy se vira para o pai em busca de ajuda. – Papai? Sam nem levanta a cabeça.

– Obedeça à sua mãe.

Joy desliga o rádio, vai até a mesa e senta-se ao lado de Hazel. Joy é uma criança obediente, e eu sou grata por isso, porque esses últimos quatro meses têm sido difíceis. Eu sou muito mais moderna do que as mães de Chinatown, mas não sou tão moderna quanto Joy gostaria que eu fosse. Eu disse a ela que em breve ela irá receber a visita da irmãzinha vermelha e o que isso significa em termos de garotos, mas não consigo falar com ela sobre esta nova guerra.

May entra na cozinha. Ela beija Joy, faz um carinho em Hazel e se senta defronte delas.

– Como vão minhas garotas favoritas? – pergunta.

– Estamos bem, tia May – Joy responde de cara feia.

– Isso não me pareceu muito animado. Alegrem-se. Hoje é sábado. Vocês já foram à escola chinesa e têm o resto do fim de semana livre. O que gostariam de fazer? Querem que eu leve vocês duas ao cinema?

– Podemos ir, mamãe? – Joy pergunta ansiosamente.

Hazel, que qualquer um pode ver que adoraria passar a tarde no cinema, diz:

– Eu não posso ir. Tenho dever de casa para fazer.

– E Joy também tem – digo.

May acata o que eu digo sem hesitação.

– Então é melhor vocês acabarem logo.

Desde que meu bebê morreu, minha irmã e eu estamos muito próximas. Como mamãe teria dito, somos como longas trepadeiras com raízes entrelaçadas. Quando estou deprimida, May está alegre. Quando estou alegre, ela está deprimida. Quando ganho peso, ela perde. Quando perco peso, ela ainda continua perfeita. Nós não compartilhamos necessariamente as mesmas emoções ou modos de ver o mundo, mas eu a amo exatamente como ela é. Meus ressentimentos desapareceram – pelo menos até a próxima vez que ela ferir meus sentimentos ou que eu fizer alguma coisa que a deixe tão irritada e frustrada que ela se afaste de mim.

– Eu posso ajudar, se vocês quiserem – May diz para as meninas. – Se terminarmos depressa, talvez possamos sair para tomar um sorvete.

Joy olha para mim, com os olhos brilhando.

– Vocês podem ir *se* terminarem o dever de casa.

May põe os cotovelos na mesa.

– Então o que temos aqui? Matemática? Eu sou boa nisso.

Joy responde:

– Nós temos que apresentar um relatório para a turma.

– Sobre a guerra – Hazel termina por ela.

Sinto uma súbita dor de cabeça. Por que a professora das meninas não pode ser um pouco mais sensível a respeito deste assunto?

Joy abre a pasta, tira um exemplar dobrado do *Los Angeles Times* e o abre sobre a mesa. Ela aponta para um dos artigos.

– Nós estávamos pensando em usar este aqui.

May começa a ler o artigo em voz alta:

"Hoje o governo dos Estados Unidos emitiu uma ordem proibindo que os estudantes chineses que estudam na América voltem para o seu país, temendo que eles levem segredos científicos e tecnológicos com eles." May faz uma pausa, olha para mim e volta a ler: "O governo também proibiu todas as transferências financeiras para a China e até para a colônia britânica de Hong Kong, para que o dinheiro não possa mais atravessar a fronteira. Aqueles que forem apanhados tentando enviar dinheiro para parentes na China serão multados em até dez mil dólares e condenados a até dez anos de prisão."

Eu ponho a mão no bolso e apalpo a carta de Betsy. Se as coisas estão perigosas para alguém como o sr. Howell, então podem ficar muito piores para gente como o Pai Louie, que tem mandado dinheiro para a família na China há anos.

"Em reação a isso", eu ouço May lendo, "as Seis Companhias, a mais poderosa organização chino-americana nos Estados Unidos, organizou uma virulenta campanha anticomunista, na esperança de interromper as críticas e evitar ataques às Chinatowns por todo o país." May levanta os olhos do jornal e pergunta às meninas:

– Vocês estão com medo? – Quando elas balançam afirmativamente as cabeças, ela diz: – Não tenham medo. Vocês nasceram aqui. São americanas. Vocês têm todo o direito de estar aqui. Não precisam ter medo.

Eu concordo que elas têm o direito de estar aqui, mas acho que devem ter medo. Tento usar o mesmo tom de voz que usei quando alertei Joy pela primeira vez a respeito de rapazes: firme e sério.

– Mas vocês têm que tomar cuidado. Algumas pessoas vão olhar para vocês e vão ver meninas de raça amarela e ideologia vermelha. – Eu franzo a testa. – Entendem o que eu estou dizendo?

– Sim – Joy responde. – Nós temos falado sobre isso na classe com nossa professora. Ela diz que, por causa da nossa aparência, algumas pessoas podem nos considerar inimigas, mesmo sendo cidadãs.

Ao ouvir as palavras dela, eu sei que tenho que me esforçar mais para proteger minha filha. Mas como? Nós nunca aprendemos a enfrentar olhares de raiva ou baderneiros.

– Andem juntas de casa para a escola e da escola para casa, como eu falei – digo. – Continuem a estudar direito e...

– Isso é tão típico da sua mãe – May diz. – Tomem cuidado, tomem cuidado. Nossa mãe também era assim. Mas olhem para nós agora!

– Ela estende o braço por cima da mesa e segura as mãos das duas meninas. – Vai ficar tudo bem. Não pensem que têm que esconder quem vocês são. Nada de bom pode vir de guardar segredos desse jeito. Agora vamos terminar o dever para podermos ir tomar um sorvete.

As meninas sorriem. Enquanto elas trabalham, May continua falando com elas, forçando-as a examinar com mais profundidade as questões levantadas pelo artigo. Talvez ela esteja fazendo a coisa certa. Talvez elas sejam jovens demais para terem tanto medo. E talvez, se fizerem o trabalho, não ficarão tão ignorantes a respeito do que está acontecendo em volta delas quanto May e eu éramos em Xangai. Mas isso me agrada? Nem um pouco.

Naquela noite, depois do jantar, Pai Louie abre a carta que veio da aldeia Wah Hong: "Nós não precisamos de nada. Seu dinheiro não é necessário", diz a carta.

– Vocês acham que isso é verdade? – Sam pergunta.

Pai Louie passa a carta para Sam, que a examina antes de passar para mim. A caligrafia é simples e clara. O papel está adequadamente amassado e rasgado, como o das cartas que recebemos no passado.

– A assinatura parece a de sempre – digo, entregando a carta a Yen-yen.

– Deve ser verdadeira – ela diz. – Ela viajou muito até chegar aqui.

Uma semana depois, nós ficamos sabendo que este primo tentou fugir, foi capturado e depois morto.

Digo a mim mesma que um Dragão não deve sentir medo. Mas eu estou com medo. Se alguma coisa acontecer aqui – e eu tremo diante dessa possibilidade –, eu não sei o que vou fazer. A América é o nosso lar, e eu temo todo dia que o governo vá encontrar um jeito de nos expulsar do país.

Pouco antes do Natal, nós recebemos uma ordem de despejo. Temos que achar outro lugar para morar. Sam e eu poderíamos continuar juntando dinheiro para Joy e alugar um canto para nós, mas a única coisa que temos – nossa força – vem da família. Essa é uma tradição conservadora chinesa, mas Yen-yen, Pai Louie, Vern e Sam são as únicas pessoas que May e eu temos no mundo. Todos, exceto Joy e Vern, participam, e eu recebo a incumbência de procurar uma nova casa para todos nós.

Não faz muito tempo, cheia de otimismo com o nascimento do nosso filho, eu procurei uma casa para Sam e eu comprarmos e fui rechaçada por corretores que se recusaram a me mostrar casas mesmo depois que as leis já tinham sido mudadas. Falei com pessoas que tinham comprado casas e se mudaram para lá à noite, e que tiveram lixo atirado em seus quintais. Naquela época, Sam disse que queria ir "para onde nos aceitassem". Nós somos chineses e somos uma família de três gerações que escolhemos viver juntos. Eu só conheço um lugar que irá nos aceitar completamente: Chinatown.

Vejo um pequeno bangalô perto de Alpine Street. Disseram-me que tem três quartos pequenos, uma varanda fechada que pode ser usada para dormir e dois banheiros. Uma cerca baixa coberta de rosas rodeia a propriedade. O gramado é um retângulo ressecado. Flores do campo remanescentes do verão estão marrons e murchas. Alguns crisântemos, que parecem nunca ter sido podados, estão murchos e secos. No alto, o céu azul promete outro inverno ensolarado. Eu nem preciso entrar na casa para saber que encontrei nosso lar.

Agora eu entendo que para cada coisa boa que acontece alguma coisa ruim também tem que acontecer. Quando estamos empacotando as coisas, Yen-yen diz que está cansada. Ela se senta no sofá da sala e morre. Ataque cardíaco, o médico diz, porque ela tem trabalhado muito cuidando de Vern, mas nós sabemos que não é isso. Ela morreu de coração partido: seu filho se desmanchando diante dos seus olhos, um neto que nasceu morto, a maior parte da riqueza que a família construiu ao longo de muitos anos virando cinzas e agora esta mudança. O funeral dela é pequeno e simples. Afinal de contas, ela não era uma pessoa importante, e sim apenas uma esposa e mãe. As carpideiras se inclinam três vezes diante do seu caixão. Depois temos um banquete de dez mesas de dez pessoas no Restaurante Soochow, onde são servidos os pratos adequados, quase sem tempero.

A morte dela é terrível para todos nós. Eu não consigo parar de chorar, enquanto Pai Louie se recolhe num silêncio de dar pena. Mas nenhum de nós tem tempo para passar o período de luto confinado, quieto e jogando dominó, como todo mundo faz, aqui em Chinatown, porque na semana seguinte nós nos mudamos para nossa nova casa. May anuncia que não pode dormir na mesma cama que Vern, e todo mundo compreende. Ninguém – por mais amorosa e leal – iria querer dormir ao lado de alguém que sofre de suores noturnos e de um abscesso na espinha que fede a podre, pus e sangue, do jeito que os pés contidos de mamãe fediam. Duas camas de solteiro são armadas na varanda fechada – uma para minha irmã e uma para minha filha. Eu não tinha pensado nessa eventualidade, e isso me preocupa, mas não há nada que eu possa fazer a respeito. May guarda suas roupas no armário de Vern, onde seu arco-íris de vestidos de seda, cetim e brocado quase saem pela porta, suas bolsas enchem as prateleiras e seus sapatos coloridos cobrem o chão; Joy tem direito a duas gavetas no armário de rouparia do corredor ao lado do banheiro compartilhado por ela, Pai Louie e May e que atende às necessidades de Vern.

Agora cada um de nós tem que encontrar um jeito de ajudar a família. Eu me recordo de um dos ditados de Mao que foi ironizado pela imprensa americana: "Todo mundo trabalha, então todo mundo come." Cada um de nós recebe uma tarefa: May continua contratando figurantes para filmes e programas de televisão, Sam se ocupa do Pérola, Pai Louie toca sua loja de objetos raros, Joy estuda bastante na escola e ajuda a família quando tem um tempo livre. Yen-yen deveria cuidar do filho doente, mas essa tarefa é transferida para mim. Eu gosto muito de Vern, mas não quero ser enfermeira. Quando entro no quarto dele, o cheiro forte de carne podre me bate no rosto. Quando ele se senta, sua espinha escorrega para baixo e ele fica do tamanho de um garotinho. Sua carne é mole e pesada, como quando seus pés ficam dormentes. Eu aguento um dia, e depois falo com meu sogro para reclamar da decisão.

– Quando você não quer ajudar a família, parece que você mora na América – ele diz.

– Mas eu moro na América – retruco. – Eu gosto muito do meu cunhado. Você sabe disso. Mas ele não é meu marido. Ele é marido de May.

– Mas você tem coração, Pérol-ah. – A voz dele está embargada de emoção. – Você é a única pessoa em quem eu confio para cuidar do meu filho.

Eu digo a mim mesma que o destino é inevitável e que o único destino certo é a morte, mas me pergunto por que o destino tem que ser sempre tão trágico. Nós, chineses, acreditamos que há muitas maneiras de melhorar o destino: costurando amuletos nas roupas de nossos filhos, pedindo ajuda a mestres do *feng shui* para escolher datas favoráveis e confiando na astrologia para nos dizer se devemos nos casar com um Rato, um Galo ou um Cavalo. Mas onde está a minha sorte – a boa que deve vir para nós em forma de felicidade? Eu estou numa casa nova, mas, em vez de um bebê para cuidar, tenho que tomar conta de Vern. Eu estou simplesmente exausta. E sinto medo o tempo todo. Eu preciso de ajuda. Preciso de alguém que me escute.

No domingo seguinte, eu vou à igreja com Joy como sempre faço. Ouvindo o reverendo, lembro-me da primeira vez que Deus entrou na minha vida. Eu era uma garotinha, e um *lo fan* vestido de preto se aproximou de mim na rua, em frente à nossa casa em Xangai. Ele queria me vender uma Bíblia por duas moedas de cobre. Entrei em casa e pedi dinheiro à mamãe. Ela me empurrou, dizendo:

– Diga a esse adorador de um Deus só para cultuar seus antepassados. Ele vai se dar melhor no outro mundo.

Eu tornei a sair, pedi desculpas ao missionário por tê-lo feito esperar e dei o recado de mamãe. Em seguida, ele me deu a Bíblia de graça. Era o meu primeiro livro, e fiquei excitada em ganhá-lo, mas naquela noite, depois que fui dormir, mamãe o jogou fora. O missionário, porém, não desistiu de mim. Ele me convidou para a missão metodista. "Venha só para brincar", ele disse. Mais tarde ele me convidou para frequentar a escola da missão, também de graça. Mamãe e Baba não podiam recusar uma pechincha daquelas. Quando May ficou mais velha, começou a ir junto comigo. Mas aquela noção de Jesus não penetrou em nós. Nós

Destino

éramos cristãs de aparência, nos aproveitando da comida e das aulas do demônio estrangeiro, mas ignorando suas palavras e crenças. Quando nos tornamos lindas garotas, qualquer resquício de cristianismo que houvesse em nós desapareceu. Depois do que aconteceu com a China, com Xangai e com a minha casa durante a guerra, depois do que aconteceu com mamãe e comigo no casebre, eu soube que não podia haver um único Deus bom e generoso. E agora tornamos a passar por tantas provações e perdas, das quais a pior foi a morte do meu filho. Nem todas as ervas chinesas que tomei, as oferendas que fiz, os questionamentos a respeito do significado dos meus sonhos foram capazes de salvá-lo, porque eu estava procurando ajuda no lugar errado. Ali, sentada no banco duro da igreja, eu sorrio para mim mesma ao me lembrar do missionário que encontrei na rua tantos anos atrás. Ele sempre disse que a verdadeira conversão era inevitável. Agora ela finalmente veio. Eu começo a rezar – não por Pai Louie, cuja vida de privações e trabalho está chegando ao fim; não pelo meu marido, que carrega os encargos da família no seu leque de ferro; não pelo meu bebê no outro mundo; não por Vern, cujos ossos estão se desmanchando diante dos meus olhos; mas para eu ter paz de espírito, entender o sentido de todas as coisas ruins que aconteceram na minha vida e acreditar que talvez todo esse sofrimento vá ser recompensando no céu.

Eternamente linda

Eu rego as berinjelas e os tomates, depois levo a mangueira até a trepadeira de pepinos que cobre a treliça ao lado do incinerador. Quando termino, enrolo a mangueira, passo por baixo do varal e volto para a varanda. Ainda é cedo nesta manhã de domingo no verão de 1952, e vai fazer um calor de rachar. Eu gosto desta expressão *calor de rachar* porque ela faz todo o sentido neste deserto de cidade. Em Xangai, sempre parecia que você ia morrer cozida na umidade.

Quando nos mudamos para esta casa, eu disse a Sam "Eu só quero que tenhamos comida para comer, e também quero trazer um pouco da China para cá". Então, Sam e eu e alguns tios transformamos o gramado numa horta. Eu trouxe os crisântemos de volta à vida e eles floresceram lindamente no outono passado, e cuidei dos gerânios que enfeitam a parede da varanda. Nos últimos dois anos, acrescentei vasos de orquídeas, um pé de laranjinha e azáleas. Tentei plantar peônias – a mais amada das flores chinesas –, mas aqui nunca faz frio suficiente para elas florescerem direito. Meus rododendros também não deram certo. Sam pediu um bambuzal; agora estamos sempre vendo novos brotos crescendo em lugares que não queremos.

Eu subo os degraus e entro na varanda, onde jogo meu avental em cima da máquina de lavar, faço as camas de May e Joy, e depois vou para a cozinha, Sam e eu somos coproprietários da casa junto com o resto da família, mas eu sou a mulher mais velha da casa. A cozinha é território meu, e esse aposento me faz literalmente perder o fôlego. Debaixo da pia, há duas latas de café: uma para gordura de bacon, outra para minhas economias e de Sam para mandar Joy para a universidade. Um oleado cobre a mesa, e uma garrafa térmica com água quente está sempre a mão para fazer um chá. Uma panela wok está permanentemente sobre o fogão; num caldeirão sobre um dos bicos de trás, algumas ervas fervem para um tônico para Vern. Eu preparo uma bandeja de café da manhã e atravesso a sala e o corredor com ela.

O quarto de Vern pertence a um homem que é uma eterna criança. Fora o armário com as roupas de May – a única coisa que lembra que Vern é um homem casado –, os diversos modelos montados por ele decoram o quarto. Aviões de guerra pendem do teto, presos em linhas de pesca. Navios, submarinos e carros de corrida enchem prateleiras que vão do chão ao teto.

Ele está acordado, ouvindo pelo rádio um comentário sobre a guerra na Coreia do Norte e a ameaça do comunismo, e trabalhando num dos seus modelos. Eu deposito a bandeja, levanto a cortina de bambu e abro a janela para que a cola não o deixe tonto.

– Quer mais alguma coisa?

Ele sorri docemente. Após três anos de tuberculose óssea, parece um garotinho que não foi à escola por estar doente.

– Tinta e pincel?

Eu os coloco ao alcance dele.

– Seu pai vai ficar com você hoje. Se precisar de alguma coisa, basta chamar que ele virá.

Eu me recuso a pensar que algo de ruim irá acontecer se os deixarmos sozinhos em casa, porque sei exatamente como será o dia deles: Vern vai trabalhar no seu modelo, comer um almoço simples, sujar as calças e trabalhar mais um pouco no seu modelo. Pai Louie vai fazer trabalhos leves, preparar aquele almoço simples, evitar as calças sujas do filho indo até a esquina comprar o jornal e cochilar até chegarmos em casa.

Eu me despeço de Vern e, então, vou até a sala, onde Sam cuida do altar da família. Ele se inclina diante da fotografia de Yen-yen. Como não temos retratos de todos os que partiram, ele colocou uma das bolsas de pano de mamãe sobre o altar e uma miniatura de riquixá para representar Baba. Numa caixinha, tem uma mecha de cabelo do meu filho. Sam presta homenagem à família toda com frutas de cerâmica ao estilo camponês.

Eu passei a amar esta sala. Pendurei retratos da família na parede atrás do sofá. Todo inverno, desde que nos mudamos para lá, armamos uma árvore de Natal no canto e a decoramos com bolas vermelhas. Enfeitamos nossas janelas da frente com luzes de Natal de modo que a sala se ilumine com a notícia do nascimento de Jesus. Nas noites frias, May, Joy e eu nos revezamos diante do aquecedor até nossas camisolas de flanela se encherem de ar como se fôssemos criaturas de neve.

Observo Joy ajudar o avô a se sentar em sua cadeira e servir-lhe chá. Tenho orgulho de Joy ser uma perfeita menina chinesa. Ela respeita o avô, a pessoa mais velha da família, acima de todos, inclusive eu e o pai. Ela entende que tudo o que faz não só é da conta do avô como cabe a ele decidir. Ele quer que ela aprenda a bordar, costurar, lavar e cozinhar. Na loja, depois da escola, ela faz vários trabalhos que antes eu fazia – varre, tira o pó, dá brilho nos objetos.

– Seu treinamento como futura esposa e mãe dos meus bisnetos é importante – Pai Louie diz, e nós todos tentamos honrar isso. E, embora não tenhamos mais esperança de voltar para a China, ele ainda acrescenta: – Nós não queremos que Pan-di se torne americanizada. Nós todos voltaremos para a China um dia. – Sentimentos como esse mostram que ele está decaindo. É difícil acreditar que um dia ele tenha nos governado com tanta autoridade ou que tivéssemos tanto medo dele. Nós costumávamos chamá-lo de Velho, mas agora ele é um homem muito velho, que vai enfraquecendo lentamente, se afastando de nós, perdendo suas lembranças, sua força e sua ligação com as coisas que sempre o motivaram: dinheiro, negócios, família.

Joy se inclina diante do avô e nós duas vamos a pé até a igreja metodista para o culto de domingo. Assim que o sermão termina, Joy e eu vamos para a praça central de Chinatown para nos encontrar com Sam, May, tio Fred, Mariko e as filhas deles num dos salões da associação de moradores do bairro. Nós entramos para um grupo – uma espécie de sindicato – composto por membros das igrejas congracionista, presbiteriana e metodista de Chinatown. Nós nos reunimos uma vez por mês. Ficamos em pé orgulhosamente, colocamos as mãos sobre o coração e recitamos o Juramento. Depois todas as famílias vão para Bamboo Lane e entram nos automóveis para a corrida até Santa Monica Beach. Sam, May e eu nos sentamos no banco da frente do nosso Crysler, Joy e as duas meninas Yee – Hazel e sua irmã mais moça, Rose – se apertam no banco de trás, e então nos dirigimos em caravana para oeste no Sunset Boulevard. Carros com enormes barbatanas saem acelerados na nossa frente, seus para-brisas cintilando no sol do verão. Passamos por casas antigas em Echo Park e por mansões cor-de-rosa e palmeiras em Beverly Hills, onde entramos em Wilshire Boulevard e continuamos na direção oeste, passando por supermercados tão grandes quanto hangares de aviões, estacionamentos e gramados do tamanho de campos de futebol, e cascatas de buganvíleas e de glórias-da-manhã.

A voz de Joy soa mais alto quando ela insiste num ponto com Hazel e Rose, e eu sorrio para mim mesma. Todo mundo diz que minha filha tem um dom para línguas. Aos catorze anos, ela fala os dialetos sze yup e wu com a mesma perfeição com que fala inglês, e domina muito bem o chinês escrito. Todo Ano-Novo chinês ou quando alguém está comemorando alguma data, as pessoas pedem a Joy para escrever rimas apropriadas com sua bela caligrafia, que é considerada por todos como sendo *tong gee* – não corrompida pela idade adulta. Esse elogio não é suficiente para mim. Eu sei que Joy pode obter mais crescimento espiritual e aprender mais sobre os caucasianos indo à igreja fora de Chinatown, o que fazemos uma vez por mês.

– Deus ama a todos – sempre digo à minha filha. – Ele quer que você construa uma vida boa e seja feliz. Isso também é verdadeiro no que se refere à América. Você pode fazer qualquer coisa nos Estados Unidos. Não se pode dizer o mesmo em relação à China.

Também digo a Sam coisas semelhantes a essa, porque as palavras e crenças cristãs criaram fortes raízes em mim. Minha fé em Deus e em Jesus faz parte do patriotismo e da lealdade que sinto pelo país da minha filha, a América. E, é claro, ser cristão atualmente está profundamente ligado ao sentimento anticomunista. Quando nos perguntam sobre a guerra na Coreia, dizemos que somos contra a interferência da China vermelha; quando nos perguntam sobre Taiwan, dizemos que apoiamos o Generalíssimo e madame Chiang Kai-shek. Dizemos que somos a favor do rearmamento moral, de Jesus e da liberdade. Frequentar uma igreja ocidental é uma coisa prática a fazer, assim como foi frequentar uma missão em Xangai.

– Você tem que ser prático a respeito dessas coisas – eu disse a Sam, mas, no íntimo, eu me tornei uma crente em um só Deus, e ele sabe disso.

Sam pode não gostar, mas vem às nossas reuniões na igreja porque ama a mim, à nossa família, a tio Fred e suas filhas, e gosta desses piqueniques. Nossos passeios o fazem sentir-se americano. De fato, embora nossa filha tenha finalmente saído da sua fase de vaqueira, quase tudo o que fazemos nos faz sentir mais americanos. Em dias como o de hoje, Sam ignora os aspectos ligados a Deus e se diverte com o que gosta: preparar a comida, comer fatias de melancia que não foram contaminadas por água suja de rio e celebrar a amizade da família. Ele considera essas aventuras puramente sociais e benéficas para as crianças.

Sam para num estacionamento ao lado do píer de Santa Monica e nós descarregamos o carro. Nossos pés ardem quando atravessamos a areia, desenrolamos nossas mantas e armamos as barracas. Sam e Fred ajudam os outros homens a cavar um buraco para o churrasco. May, Mariko e eu ajudamos outras esposas e mães a arrumar as travessas de batatas, vagens e saladas de frutas; formas de gelatina com marshmallow, nozes e cenouras raladas; e travessas de carnes frias. Assim que o fogo é aceso, nós entregamos aos homens bandejas de asas de frango marinadas em molho de soja, mel e sementes de gergelim, e costeletas de porco em molho de Pequim e cinco temperos. O ar do oceano se mistura com o aroma da carne, as crianças brincam nas ondas, os homens cuidam do churrasco e as mulheres se sentam para fofocar. Mariko fica afastada. Ela segura o bebê Mamie sobre o quadril enquanto vigia de perto suas outras filhas, Eleanor e Bess, que estão construindo um castelo de areia.

Minha irmã, que não tem filhos, é chamada por todos de tia May. Como Sam, ela não acredita em um único Deus. Longe disso! Ela trabalha muito, às vezes ficando acordada até tarde para conseguir figurantes para uma filmagem ou passando, ela mesma, a noite inteira num set. Pelo menos, é o que ela diz. Eu francamente não sei aonde ela vai, e não pergunto. Mesmo quando ela está em casa, dormindo, o telefone às vezes toca às quatro ou cinco da manhã, uma ligação de alguém que acabou de perder todo o dinheiro no jogo e precisa de um trabalho. Nada disso, *nada disso*, combina com minhas crenças em um único Deus, e essa é uma das razões para eu trazê-la nestas excursões à praia.

– Veja aquela mulher recém-saída do navio – May diz, ajeitando seus óculos escuros e seu chapéu de abas largas. Ela inclina delicadamente a cabeça na direção de Violet Lee, que protege os olhos com seus dedos longos e olha para o mar, onde Joy e suas amigas pulam ondas de mãos dadas. Diversas mulheres aqui, inclusive Violet, são recém-saídas do navio. Agora, quase quarenta por cento da população chinesa em Los Angeles consiste em mulheres, mas Violet não era nem uma esposa nem uma noiva de guerra. Ela e o marido vieram para Los Angeles para estudar; ela, bioengenharia, Rowland, engenharia. Quando a China fechou, eles ficaram presos aqui com o filho. Eles não são filhos de papel, sócios de papel, ou operários, mas ainda assim são *wang k'uo nu*, escravos expatriados.

Violet e eu nos damos bem. Ela tem quadris estreitos, o que mamãe sempre dizia que marcava uma mulher tagarela. Nós somos melhores amigas? Eu olho rapidamente para minha irmã. De jeito nenhum. Violet e eu somos boas amigas, como Betsy e eu costumávamos ser. May será sempre não só minha irmã e minha cunhada, mas também minha melhor amiga, eternamente. Isso posto, May não sabe do que está falando. Embora seja verdade que muitas das mulheres novas pareçam recém-saídas do navio – como nós um dia –, a maioria delas é exatamente igual à Violet: mulheres instruídas, que vieram para o país com seu próprio dinheiro e não tiveram que passar uma só noite em Chinatown, que compraram bangalôs e casas em Silver Lake, Echo Park ou Highland Park, onde os chineses são bem-vindos. Não só esses chineses não moram em Chinatown como não trabalham lá. Não se trata de funcionários de lavanderia, faxineiros, funcionários de restaurantes ou balconistas de lojas. Eles são o que a China tem de melhor – aqueles que têm recursos para sair. Eles já progrediram mais do que nós. Violet agora ensina na USC e Rowland trabalha na indústria aeroespacial. Eles só vêm a Chinatown para ir à igreja e comprar mantimentos. Eles se juntaram ao nosso grupo para que o filho possa conhecer outras crianças chinesas.

May olha para um garoto.

– Você acha que aquele garoto quer nossa ABC? – pergunta, desconfiada. O garoto a que se refere é o filho de Violet; a ABC [American Born Chinese] é minha filha chinesa nascida na América.

– Leon é um ótimo garoto e um bom aluno – digo, vendo o menino mergulhar na onda. – Ele é o primeiro da classe na escola, assim como Joy é a primeira da classe na escola dela.

– Você parece mamãe falando de mim e de Tommy – May diz, implicando comigo.

– Não será ruim se Leon e Joy vierem a se conhecer melhor – respondo calmamente, sem ficar ofendida com a comparação. Afinal de contas, o motivo da existência dessa associação é querermos que os meninos e as meninas se conheçam, na esperança de que um dia possam se casar. Existe nisso uma expectativa implícita de que eles se casem com chineses.

– Ela tem sorte por não ser obrigada a aceitar um casamento arranjado – May suspira. – Mas mesmo com animais, você quer um puro-sangue e não um vira-lata.

Quando perde o seu país de origem, o que você conserva e o que abandona? Nós conservamos as coisas que temos condições de conservar: comida chinesa, idioma chinês e enviar dinheiro às escondidas para os parentes de Louie em sua aldeia natal. Mas, e quanto a um casamento arranjado para minha filha? Sam não é Z.G., mas é um homem bom e gentil. E Vern, um deficiente, nunca bateu em May e nunca perdeu dinheiro em apostas.

– Não force nenhum casamento – May continua. – Deixe-a ter uma boa educação. – (Eu venho trabalhando para isso desde que Joy nasceu.)

– Eu não tive o que você teve em Xangai – minha irmã reclama –, mas ela devia ir para a universidade, como você foi. – Ela faz uma pausa, para dar mais ênfase ao que disse, como se eu não tivesse ouvido isso antes. – Mas é bom que ela tenha boas amigas – May acrescenta quando as meninas se agarram ao verem uma onda grande se aproximar. – Você se lembra de quando podíamos rir assim? Achávamos que nada de ruim jamais poderia acontecer conosco.

– A essência da felicidade não tem nada a ver com dinheiro – digo e acredito nisso. Mas May morde o lábio, e eu vejo que disse a coisa errada.

– Nós achamos que o mundo tinha acabado quando Baba perdeu tudo.

– E acabou mesmo – May diz. – Nossas vidas teriam sido muito diferentes se ele tivesse poupado o nosso dinheiro em vez de perdê-lo, e é por isso que eu trabalho tanto agora para ganhá-lo.

Ganhar e gastar em roupas e joias para você mesma, eu penso, mas não digo. Nossas diferentes atitudes em relação a dinheiro estão dentre as muitas coisas que aborrecem minha irmã.

– O que estou querendo dizer – tento novamente, torcendo para não estragar o bom humor de May –, é que Joy tem sorte de ter amigas, assim como eu tive sorte de ter você. Mamãe se casou e nunca mais tornou a ver as irmãs, mas você e eu temos uma à outra, sempre. – Eu passo o braço pelos ombros dela e a aperto com carinho. – Às vezes eu acho que um dia nós vamos acabar dividindo um quarto como quando éramos pequenas, só que estaremos num asilo de velhos. Vamos fazer as refeições juntas. Vamos vender cupons de rifa juntas. Vamos fazer artesanato juntas...

– Vamos a matinês juntas – May acrescenta, sorrindo.

– E vamos cantar salmos juntas.

May franze a testa ao ouvir isso. Eu cometi outro erro, e acrescento depressa:

– E vamos jogar mah-jongg! Vamos ser duas senhoras aposentadas, gordas, jogando mah-jongg e reclamando de tudo.

May concorda com a cabeça, olhando pensativamente para o horizonte sobre o mar.

Quando chegamos em casa, encontramos Pai Louie dormindo na sua cadeira. Eu dou alguns canudos para Joy, Hazel e Rose e as mando para o quintal, onde elas catam grãos de pimenta do chão, enchem seus canudos e sopram as inofensivas bolinhas cor-de-rosa em cima das outras, rindo, gritando e correndo entre as plantas. Sam e eu vamos para o quarto de Vern para trocar sua fralda. A janela aberta melhora um pouco o cheiro de doença, fezes, urina e pus. May chega com o chá. Nós ficamos reunidos ali por alguns minutos para contar a Vern sobre o dia, e depois eu volto para a cozinha. Começo a preparar o jantar, lavando arroz, picando gengibre e alho, e partindo os bifes.

Pouco antes de começar a cozinhar, eu mando as meninas Yee para casa. Enquanto preparo carne *lo mein* com molho de tomate, Joy põe a mesa – uma tarefa que em Xangai sempre foi feita por nossas empregadas sobre atenta supervisão de mamãe. Joy arruma os pauzinhos em pares bem combinados, caso contrário isso indicaria que a pessoa que os usasse iria perder um barco, um avião ou um trem (não que algum de nós esteja indo para algum lugar). Enquanto eu ponho a comida na mesa, Joy chama a tia, o pai e o avô. Tentei ensinar à minha filha as coisas que mamãe tentou me ensinar. A grande diferença é que minha filha prestou atenção e aprendeu. Ela nunca fala na hora do jantar – algo que May e eu não conseguimos nunca aprender. Ela nunca deixa cair os pauzinhos com medo do azar, nem os deixa levantados dentro da tigela de arroz, porque isso é algo que só se faz em funerais e seria uma grosseria com seu avô, que ultimamente vem pensando em sua mortalidade.

Quando o jantar termina, Sam ajuda o Pai a voltar para sua cadeira. Eu limpo a cozinha, enquanto May leva um prato de comida para Vern. Estou com as mãos enfiadas na água com sabão, olhando para o jardim iluminado com um resto de luz naquela noite de verão, quando ouço minha irmã voltando. O som dos seus passos é familiar e reconfortante. Então, eu ouço uma exclamação abafada – uma respiração tão profunda e assustada que sinto uma súbita apreensão. Será Vern? Pai? Sam?

Corro até a porta da cozinha para olhar. May está parada no meio da sala, com o prato vazio de Vern na mão, o rosto vermelho e uma expressão que não consigo interpretar. Ela está olhando para a cadeira de Pai, e eu penso que o velho deve ter morrido. Penso que, se a morte veio hoje, não é uma coisa tão ruim. Ele tem mais de oitenta anos, passou um dia tranquilo com o filho, jantou com a família e não há mais ressentimentos entre nós.

Eu entro na sala para enfrentar essa tristeza e, então, fico imóvel, tão chocada quanto minha irmã. O velho está vivo. Está sentado com os pés para cima, o cachimbo na boca e um exemplar de *China Reconstructs* na mão, bem à vista de nós duas. É chocante vê-lo com essa revista. Ela vem da China Vermelha e é uma peça de propaganda comunista. Tem havido rumores de que o governo tem espiões em Chinatown para ver quem compra coisas assim. Pai Louie, que não pode ser considerado de forma alguma um simpatizante do regime comunista, nos disse para evitar as lojas onde a revista é vendida por baixo do balcão.

Mas não é a revista que nos choca tanto; é a capa, que meu sogro está exibindo com tanto orgulho. A imagem é muito familiar para nós: a glória da Nova China está exemplificada por duas moças vestidas com roupas de camponesas, o rosto cheio de vida, os braços carregados de frutas e legumes, praticamente cantando as glórias do novo regime – tudo em tons de vermelho. Essas duas lindas garotas são instantaneamente identificadas: May e eu. O artista, que sem hesitação adotou o estilo exuberante favorecido pelos comunistas, é também claramente identificável pela delicadeza e precisão de suas pinceladas. Z.G. está vivo, e ele não se esqueceu de mim e de minha irmã.

– Eu fui até a loja de fumo quando Vern estava dormindo. Vejam – Pai Louie diz, com um orgulho inquestionável na voz enquanto fita a capa onde estamos. Não tenho nenhuma dúvida de que somos nós, vendendo não sabonete, pó de arroz ou leite em pó, mas uma colheita gloriosa ao lado do Lunghua Pagoda, onde Z.G., May e eu um dia soltamos pipas. – Vocês ainda são lindas garotas. – Pai soa quase triunfante. Ele trabalhou a vida toda, e para quê? Ele nunca voltou para a China. Sua esposa morreu. Seu filho é um inválido. Ele nunca teve um neto. Os negócios dele encolheram. Mas uma coisa ele fez muito bem. Ele conseguiu duas lindas garotas para Vern e Sam.

May e eu nos aproximamos dele. É difícil dizer o que sinto: surpresa, espanto por ver May e eu com a mesma aparência que tínhamos quinze anos atrás, com nossas faces rosadas, olhos alegres e sorrisos sedutores, um certo medo por ter esta revista dentro de casa, e louca de alegria por Z.G. ainda estar vivo.

Quando vejo, Sam está do meu lado, gesticulando e falando animadamente:

– É você! Você e May!

Eu fico vermelha como se tivesse sido apanhada numa travessura. Eu fui mesmo apanhada. Ergo os olhos para May, pedindo ajuda. Nós sempre fomos capazes de nos entender por meio de um único olhar.

– Z.G. deve ter pintado isto – May diz calmamente. – Que bom ele se lembrar de nós assim. Ele deixou Pérola especialmente bonita, não acham?

– Ele pintou vocês duas exatamente como eu as vejo – Sam diz, sempre o bom marido e o cunhado delicado. – Sempre lindas. Eternamente lindas.

– Razoavelmente lindas – May concorda alegremente –, embora nenhuma de nós jamais tenha ficado bem com roupa de camponesa.

Mais tarde, depois que todo mundo vai dormir, eu me reúno com minha irmã na varanda fechada. Nós nos sentamos na cama dela, de mãos dadas, olhando para a revista. Por mais que eu ame Sam, uma parte de mim exulta por saber que do outro lado do oceano, em Xangai – eu preciso acreditar que Z.G. está lá –, num país que está fechado para mim, o homem que amei tanto tempo atrás ainda me ama.

Uma semana depois, nós percebemos que a fraqueza e a letargia de Pai Louie são mais do que apenas sinais de velhice. Ele está doente. O médico nos diz que ele tem câncer de pulmão, e que não há nada a fazer. A morte de Yen-yen foi tão súbita e veio num momento tão inconveniente que nós não tivemos oportunidade de nos preparar para a morte dela nem de guardar o luto apropriado. Desta vez, cada um de nós reflete, à sua maneira, sobre os erros cometidos ao longo dos anos, e tenta se redimir no tempo que resta. Nos meses seguintes, muitas pessoas vêm nos visitar, e eu as vejo elogiar muito o meu sogro, considerando-o um bem-sucedido homem da Montanha Dourada. Mas, quando olho para ele nesses últimos dias, vejo apenas um homem arruinado. Ele trabalhou tanto e acabou perdendo seus negócios e propriedades na China e quase tudo o que construiu para si mesmo aqui. Agora, no fim, ele tem que contar com seu filho de papel para ter casa, comida, cachimbo e exemplares de *China Reconstructs* que Sam compra para ele na loja da esquina.

O seu único consolo nesses últimos meses, enquanto o câncer come seus pulmões, são as fotos que eu corto da revista e prendo na parede perto da sua cadeira. Tantas vezes eu o vejo com lágrimas rolando pelo rosto, contemplando o país que deixou quando era jovem: as montanhas sagradas, a Grande Muralha e a Cidade Proibida. Ele diz que odeia os comunistas, porque é o que todos têm que dizer, mas ele ainda ama a terra, a arte, a cultura e o povo da China que não têm nada a ver com Mao, a Cortina de Bambu ou o medo dos Vermelhos. Ele não está só na nostalgia e na saudade de sua terra. Muitos da velha guarda, como tio Wilburt e tio Charley, vêm à nossa casa e também se deliciam com essas imagens capturadas de sua terra perdida; o amor deles pela China é profundo, não importa o que ela tenha se tornado. Mas tudo isso acontece muito depressa, e Pai logo morre.

Um funeral é o evento mais importante na vida de uma pessoa – mais importante do que um nascimento, um aniversário, um casamento. Como Pai foi um homem que viveu mais de oitenta anos, seu funeral é muito maior do que o de Yen-yen. Alugamos um Cadillac conversível para passar por Chinatown com um grande retrato dele, emoldurado de flores, encostado no banco de trás. O motorista do carro fúnebre joga dinheiro pela janela para comprar demônios e outros espíritos malignos que possam tentar impedir o caminho. Uma banda de música segue atrás do cortejo, tocando canções folclóricas chinesas e marchas militares. No salão, trezentas pessoas se inclinam três vezes diante do caixão e mais três vezes diante de nós, os familiares enlutados. Nós damos moedas às carpideiras para dispersar o *sa hee* – ar poluído associado à morte. Todo mundo está vestido de branco, a cor da morte. Depois vamos para o restaurante Soochow para o *gaai wai jau* – o tradicional banquete de sete pratos "simples" que são: frango cozido, frutos do mar e legumes, destinados a "lavar as mágoas", desejar ao velho uma longa vida após a morte, nos lançar na nossa viagem de cura e nos encorajar a deixar para trás os vapores da morte antes de voltar para casa.

Nos três meses seguintes, mulheres vêm à nossa casa para jogar dominó com May e comigo que estamos vivendo nosso período de luto oficial. Eu me vejo contemplando as fotos que prendi na parede ao lado da cadeira de Pai Louie. Eu não consigo retirá-las de lá.

Pedacinho de ouro

— Por que eu não posso ir? – Joy pergunta, erguendo a voz. – Tia Violet e tio Rowland deixaram Leon ir.
– Leon é menino – respondo.
– Só custa vinte e cinco centavos. *Por favor.*
– Seu pai e eu não achamos certo que uma menina da sua idade ande sozinha pela cidade.
– Eu não vou estar sozinha. Todas as crianças irão.
– Você não é *todas* as crianças – digo. – Você quer que as pessoas olhem para você e vejam porcelana arranhada? Você tem que guardar o seu corpo como se fosse uma peça de jade.
– Mamãe, eu só estou pedindo para ir a uma festa no International Hall.

Yen-yen costumava dizer que um pedacinho de ouro não podia comprar um pedacinho de tempo, mas só recentemente eu comecei a entender o quanto o tempo é precioso e como ele passa depressa. Estamos em 1956, no verão seguinte à formatura de Joy no ensino médio. No outono, ela irá para a Universidade de Chicago, onde planeja estudar história. É muito longe, mas nós resolvemos deixá-la ir. O preço é maior do que esperávamos, mas Joy ganhou uma bolsa parcial e May também vai ajudar. Todo dia Joy pede para ir a um lugar ou outro. Se eu concordar com essa festa, vou ter que dizer sim para outras coisas: o baile com orquestra, a comemoração de aniversário no MacArthur Park, a festa que exige uma corrida de ônibus de ida e volta para casa.

– O que você acha que vai acontecer? – Joy pergunta, sem desistir. – Nós só vamos ouvir alguns discos e dançar um pouco.

May e eu também dizíamos coisas assim quando éramos jovens em Xangai, e não deu certo para nenhuma de nós.

– Você é jovem demais para sair com rapazes – digo.
– Jovem? Eu tenho dezoito anos! Tia May se casou com o tio Vern quando tinha a minha idade.

E já estava grávida, eu penso.
Sam tentou me acalmar acusando-me de ser rígida demais.
— Você se preocupa demais — ele disse. — Ela não está interessada em rapazes.
Mas qual é a moça da idade de Joy que não se interessa por rapazes? Eu me interessava. May também. Agora, quando Joy responde, ignora o que eu digo ou sai da sala quando eu digo a ela para ficar, até minha irmã ri de mim por eu ficar aborrecida, dizendo: "Nós fazíamos a mesma coisa quando tínhamos a idade dela."
E veja aonde isso nos levou, eu tenho vontade de gritar para ela.
— Eu nunca fui a um único jogo de futebol ou baile — Joy resume suas queixas. — As outras meninas já foram ao Palladium. Já foram ao Biltmore. Eu nunca posso fazer nada.
— Nós precisamos da sua ajuda no Pérola e na loja. Sua tia também precisa da sua ajuda.
— Por que eu deveria ajudar? Nunca me pagam nada.
— Todo o dinheiro...
— Vai para as economias da família. Vocês têm economizado para me mandar para a universidade. Eu *sei*. Mas eu só tenho dois meses antes de ir para Chicago. Você não quer que eu me divirta? Esta é minha última chance de ver meus amigos. — Joy cruza os braços e suspira como se fosse a pessoa mais infeliz do mundo.
— Você pode fazer o que quiser, mas tem que se dar bem na escola. Se você não quiser ir para a escola...
— Ficarei por minha conta— ela termina, recitando a frase com a fadiga de séculos.
Eu sou mãe de Joy e a vejo com olhos de mãe. Seus longos cabelos negros têm o azul das montanhas distantes. Seus olhos são negros e profundos como um lago no outono. Ela não teve o suficiente para comer quando estava na barriga, e é menor do que eu, menor do que May. Isso dá a ela a aparência de uma donzela de antigamente – esbelta como galhos de salgueiro balançados pela brisa, tão delicada como o voo das andorinhas –, mas por dentro ela ainda é um Tigre. Posso tentar domá-la, mas minha filha não pode escapar da sua natureza, assim como eu não posso escapar da minha. Desde a formatura, ela vem se queixando das roupas que faço para ela. "É tão embaraçoso", ela diz. Eu as fiz com amor. Eu as fiz porque não havia um lugar em Los Angeles, como o de madame Garnet em Xan-

gai, para eu levá-la para fazer vestidos sob medida. O que mais aborrece Joy é sua falta de liberdade, mas eu sei o que eu e May – especialmente May, na verdade, *apenas* May – fazíamos quando éramos jovens. Muitas dessas coisas não aconteceriam se Pai Louie ainda estivesse vivo. Ele já se foi há quatro anos. Sam, Joy e eu poderíamos ter usado a morte dele para irmos morar sozinhos, mas não fizemos isso. Sam tinha feito uma promessa quando Pai Louie o aceitou como mais do que um filho de papel. Eu posso não acreditar mais em antepassados, mas Sam acende incenso para o velho e faz oferendas de comida e roupas de papel para ele durante o Ano-Novo e outras festividades. Além disso, como poderíamos abandonar Vern, que viveu mais do que era esperado? Quem irá explicar para ele que seus pais se foram quando ele chamar por eles, como faz todos os dias? Como poderíamos deixar May sozinha para cuidar do marido, dirigir a Companhia Dourado de Acessórios e Figurantes e a loja de presentes e se ocupar da casa? Mas isso vai além da lealdade para com a família e das promessas feitas. Nós continuamos profundamente assustados.

Todo dia as notícias do governo são ruins. O cônsul dos Estados Unidos em Hong Kong acusou a comunidade chinesa de ser inclinada a fraude e perjúrio, já que "nos falta o equivalente ao conceito ocidental de juramento". Ele diz que todos os que entram em seu escritório querendo um visto para ir para os Estados Unidos usam papéis falsos. Angel Island já foi fechada há muito tempo, mas ele instituiu novos procedimentos que exigem a resposta a centenas de perguntas, o preenchimento de dúzias de formulários e a apresentação de affidavits, exames de sangue, raios X e impressões digitais, tudo no esforço de evitar que os chineses entrem nos Estados Unidos. Ele diz que quase todo chinês que mora na América – chegando até àqueles que vieram em busca de ouro mais de cem anos atrás e ajudaram a construir a estrada de ferro transcontinental há mais de oitenta anos – entrou aqui ilegalmente e não deve merecer confiança. Ele diz que somos responsáveis pelo tráfico de drogas, pelo uso de passaportes e outros papéis falsos, por falsificar dólares americanos e por recolher ilegalmente previdência social e pensão de veterano. Pior, ele afirma que, durante décadas, os comunistas enviaram filhos de papel – como Sam, Wilburt, Fred e tantos outros – para a América como espiões. Todo chinês que vive na América tem que ser investigado, ele insiste.

Durante anos, Joy voltou da escola com histórias sobre seus exercícios de proteção contra armas nucleares. Agora é como se quiséssemos viver cada dia nessa posição fetal – fechados em nossas casas com nossas famílias, torcendo para que as janelas, paredes e portas não sejam destruídas e transformadas em cinzas. Por todas essas razões – amor, medo –, nós permanecemos juntos e tentamos encontrar equilíbrio e ordem, mas, sem Pai Louie, estamos todo um pouco à deriva, especialmente minha filha.

– Você não tem que lavar roupa para os *lo fan*, preparar a comida deles, limpar suas casas ou atender a suas portas – digo. – Você não tem que ser assistente de escritório nem balconista de loja. Quando seu Baba e eu viemos para cá, sonhávamos em poder ter nosso próprio café e talvez um dia morar numa casa.

– Você e papai conseguiram isso.

– Sim, mas você pode conseguir muito mais. Quando sua tia e eu chegamos aqui, poucas pessoas conseguiam ter uma profissão. Eu posso contar nos dedos de uma única mão. – E conto. – Y. C. Hong, o primeiro advogado chinês-americano na Califórnia; Eugene Choy, o primeiro arquiteto chinês-americano em Los Angeles; Margaret Chung, a primeira médica chinesa-americana no país...

– Você já me contou isso um milhão de vezes...

– Eu só estou dizendo que você pode ser médica, advogada, cientista ou contadora. Você pode fazer o que quiser.

– Até escalar um poste telefônico? – pergunta ironicamente.

– Nós só queremos que você chegue ao topo – respondo calmamente.

– É por isso que estou indo para a universidade. Não quero nunca trabalhar no café ou na loja.

Eu também não quero, e era exatamente isso que eu estava dizendo. Mesmo assim, uma parte minha detesta que nossos negócios familiares – que permitiram que Joy tivesse casa, comida e roupas – sejam motivo de vergonha para ela. Eu tento – não pela primeira vez – fazê-la entender.

– Os filhos da família Fong se tornaram médicos e advogados, mas ainda ajudam no Bufê Fong – digo. – Aquele rapaz vai para o tribunal durante o dia. À noite, os juízes vão comer no restaurante. Eles dizem: "Eu não conheço você de algum lugar?" E quanto àquele rapaz Wong? Ele estudou na USC, mas não é orgulhoso a ponto de não querer ajudar o pai no posto de gasolina nos fins de semana.

– Não posso acreditar que você esteja me contando sobre Henry Fong. Normalmente você reclama que ele é "continental demais", porque se casou com uma moça cuja família veio da Escócia. E Gary Wong só está tentando se redimir por ter partido o coração da família ao se casar com uma *lo fan* e se mudar para Long Beach para viver uma vida eurasiana. Estou contente por você ter se tornado tão aberta.

É assim que transcorre o último verão de Joy em casa – com uma discussão atrás da outra. Em um de nossos encontros da igreja, Violet me diz que está passando a mesma coisa com Leon, que vai para Yale no outono.

– Às vezes, ele é tão desagradável quanto um peixe deixado atrás do sofá por vários dias. Aqui eles falam no pássaro que deixa o ninho. Leon quer mesmo voar para longe. Ele é meu filho, sangue do meu sangue, mas não entende que uma parte de mim também quer vê-lo partir. Vá! Vá! Leve esse fedor com você!

– A culpa é nossa – digo a Violet no telefone uma noite dessas quando ela liga em prantos depois que o filho reclamou que o sotaque dela significa que ela será sempre rotulada de estrangeira e que se alguém perguntar de onde ela é, ela deve responder que é de Taipei em Taiwan, e não de Pequim na República Popular da China, senão J. Edgar Hoover e seus agentes do FBI podem acusá-la de ser uma agente disfarçada numa missão de espionagem. – Nós criamos nossos filhos para serem americanos, mas o que nós queríamos eram filhos e filhas chineses.

May, ciente da discórdia na família, oferece a Joy um trabalho de figurante. Joy fica animadíssima.

– Mamãe! Por favor! Tia May diz que, se eu for trabalhar com ela, terei meu próprio dinheiro para livros, comida e roupas de inverno.

– Nós já economizamos o suficiente para isso. – Não é verdade. O dinheiro extra seria bem-vindo, mas ver Joy ir trabalhar com May é a última coisa que eu quero.

– Você nunca deixa que eu me divirta – minha filha reclama.

Eu observo que May não está dizendo nada, está apenas nos observando, sabendo que o feroz Tigre vai conseguir o que quer no fim. Então minha filha acompanha a tia por várias semanas. Toda noite, quando ela chega em casa, conta histórias de suas aventuras no set para o pai e os tios, mas ainda encontra maneiras de me criticar. May diz que eu devia ignorar a rebeldia de Joy, que isso faz parte da cultura hoje em dia e que só está tentando ser igual às garotas americanas da idade dela. May não entende o quanto eu me sinto confusa. Todo dia eu travo uma batalha interior: eu quero que minha filha seja patriótica e tenha todas as oportunidades que o fato de ser americana dará a ela. Ao mesmo tempo, eu me preocupo em ter fracassado em ensinar a Joy a ser uma boa filha, educada e chinesa.

Duas semanas antes de Joy partir para a Universidade de Chicago, eu vou até a varanda coberta dar boa-noite. May está na cama dela, numa extremidade da varanda, folheando uma revista. Joy está sentada sobre as cobertas da cama, escovando o cabelo e ouvindo aquele horrível Elvis Presley na vitrola. A parede sobre a cama dela é coberta de fotos que ela recortou de revistas de Elvis Presley e James Dean, que morreu no ano passado.

– Mamãe – Joy diz depois que dou um beijo nela. – Eu estive pensando. Eu agora já sei que tenho que tomar cuidado quando ela diz isso.

– Você sempre disse que tia May era a mais linda das lindas garotas de Xangai.

– Sim – digo, olhando para minha irmã, que ergue os olhos da revista. – Todos os artistas a adoravam.

– Bem, se é assim, por que o seu rosto está sempre em primeiro plano naquelas revistas que papai compra, você sabe, aquelas que vêm da China?

– Ah, isso não é verdade – digo, mas eu sei que é. Nos quatro anos desde que Pai Louie comprou aquele exemplar de *China Reconstructs*, Z.G. fez mais seis capas em que meu rosto e o de May estão perfeitamente reconhecíveis. Antigamente, artistas como Z.G. usavam lindas garotas para anunciar uma vida luxuriosa. Agora, os artistas usam cartazes, calendários e anúncios para comunicar a visão do Partido Comunista às massas analfabetas e também ao mundo lá fora. Cenas em salas íntimas, salões e banheiros foram substituídas por temas patrióticos: May e eu com os braços estendidos como se estivéssemos tentando alcançar um futuro brilhante, nós duas com lenços na cabeça, empurrando carrinhos de mão cheios de pedras para ajudar a construir uma represa, ou numa plantação, cuidando dos pés de arroz. Em todas as capas, meu rosto, com suas bochechas rosadas, e meu corpo, com suas linhas esbeltas, é a figura central, enquanto minha irmã assume uma posição secundária, atrás de mim, segurando a cesta onde coloco os legumes, firmando minha bicicleta, ou inclinando a cabeça sob o peso que carrega, enquanto eu olho para o céu. Tem sempre um vestígio de Xangai na pintura: o Whangpoo aparecendo do lado de fora da janela de uma fábrica, o Jardim Yu Yuan na Cidade Antiga onde os soldados uniformizados praticam tiro ao alvo, o glorioso Bund servindo para desfiles de operários. Os tons sutis, as poses românticas e os contornos suaves que Z.G. privilegiava foram substituídos por contornos em preto e cores chapadas, especialmente vermelho, vermelho, vermelho.

Joy se levanta e atravessa a varanda. Ela examina as capas de revista que May tem na parede ao lado de sua cama.

– Ele deve ter amado muito você – minha filha diz.

– Ah, acho que isso é impossível – May diz, disfarçando por mim.

– Você devia examinar isso aqui mais de perto. Não está vendo o que o artista fez? Garotas magras, pálidas e elegantes, como você devia ser, tia May, foram substituídas por mulheres robustas, saudáveis, de aparência forte, como mamãe. Você não me contou que o seu pai estava sempre reclamando que mamãe tinha o rosto de uma camponesa, bem corado? O rosto dela é perfeito para os comunistas.

Filhas às vezes podem ser cruéis. Elas às vezes dizem coisas sem querer, mas isso não significa que suas palavras não doam. Eu me viro para olhar pela janela, tentando esconder meus sentimentos.

– É por isso que ele amava você, tia May. Não é possível que você não perceba.

Eu respiro fundo, uma parte do meu cérebro ouvindo o que minha filha está dizendo, a outra reinterpretando o que ela disse antes. Quando ela disse "Ele deve ter amado muito você", não estava se referindo a mim. Estava se referindo a May.

– Porque olhe só – ouço minha filha dizer. – Aqui está mamãe, a perfeita camponesa do país, mas veja como ele pintou o seu rosto, tia May. Lindo, como se fosse o de uma fada ou uma deusa.

May não diz nada, mas eu percebo que está examinando as pinturas.

– Sabe, se ele visse vocês agora – minha filha continua –, provavelmente não as reconheceria.

Assim, minha filha consegue ferir tanto a mãe quanto a tia, cutucando nossas partes mais vulneráveis. Eu enfio as unhas na palma das mãos, mostro os dentes, dou meia-volta e ponho as mãos em seus ombros.

— Eu vim até aqui para dar boa-noite. Está na sua hora de dormir. E, May – digo calmamente –, você pode me ajudar com os livros do Café? Não consigo fechar as contas.

Minha irmã e eu tivemos uma vida inteira de falsos sorrisos e fuga de assuntos desagradáveis. Nós saímos da varanda, sem demonstrar que Joy nos magoou, mas, assim que chegamos à cozinha, nos abraçamos para nos consolar. Como as palavras de Joy conseguiram nos magoar tanto depois de todos esses anos? Porque, no fundo, nós ainda carregamos os sonhos do que poderia ter sido, do que deveria ter sido, do que desejávamos ter sido. Isso não significa que não estamos contentes. Nós estamos contentes, mas os desejos românticos da nossa juventude nunca desapareceram completamente. É como Yen-yen disse tantos anos atrás: "Eu olho no espelho e me surpreendo com o que vejo." Eu olho no espelho e ainda espero ver o meu eu de garota de Xangai – não da esposa e mãe que me tornei. E May? A meus olhos, ela não mudou nada. Ela ainda é linda – de uma beleza chinesa, eterna.

— Joy é só uma menina – digo à minha irmã. — Nós também dissemos e fizemos coisas tolas quando tínhamos a idade dela.

— Tudo sempre volta ao começo – May responde, e eu imagino se ela está pensando no sentido original do aforismo, que não importa o que fazemos na vida, sempre retornamos ao começo, que teremos filhos que irão nos desobedecer, magoar e desapontar da mesma forma que desobedecemos, magoamos e desapontamos os nossos pais, ou se ela está pensando em Xangai e em como, de certa forma, nós estamos presas nos últimos dias que passamos lá desde que partimos, para sempre destinadas a reviver a perda de nossos pais, de nosso lar, de Z.G. e carregar as consequências do meu estupro e da gravidez de May.

— Joy diz essas coisas malvadas para que eu e você nos unamos – digo, repetindo algo que Violet tinha dito para mim outro dia. — Ela sabe o quanto vamos nos sentir sós sem ela.

May desvia o olhar, com os olhos marejados.

Na manhã seguinte, quando vou até a varanda, as capas da *China Reconstructs* foram retiradas da parede e guardadas.

Nós estamos na plataforma da Union Station, dizendo adeus a Joy. May e eu usamos saias rodadas com anáguas por baixo e apertadas na cintura com finos cintos de couro. Na semana passada, nós tingimos nossos sapatos de salto alto para combinar com nossos vestidos, luvas e bolsas. Fomos ao Salão Palace para encrespar o cabelo e fazer um penteado de uma altura incrível, que agora protegemos com echarpes de cores alegres amarradas sob o queixo. Sam está usando seu melhor terno e tem uma expressão carregada no rosto. E Joy está... alegre.

May tira da bolsa o saquinho com as três moedas de cobre, três sementes de gergelim e três feijões verdes que mamãe deu a ela tantos anos atrás. Minha irmã perguntou se podia dá-la para Joy. Eu não me opus, mas gostaria de ter pensando nisso antes. May passa o cordão pelo pescoço de Joy e diz:

– Eu lhe dei isto no dia em que você nasceu para protegê-la. Agora espero que você use quando estiver longe de nós.

– Obrigada, tia – minha filha diz, segurando o saquinho. – Eu não vou espremer mais uma laranja ou vender mais uma gardênia enquanto viver – ela jura quando abraça o seu Baba. – Nunca vou usar tecido barato ou um dos seus vestidos de flanela – ela promete ao me beijar. – Nunca mais quero ver outro coçador de costas ou outro artigo de Cantão.

Nós percebemos sua alegria e respondemos com nossos melhores conselhos e últimas palavras: nós a amamos, ela deve escrever todo dia, ela pode telefonar se houver uma emergência, ela deve comer primeiro os bolinhos que seu Baba fez e depois os biscoitos e a manteiga de amendoim embrulhados na cesta de comida. Então, ela entra no trem, fica separada de nós por uma janela, acenando e dizendo coisas: "Eu amo vocês! Vou sentir saudades!" Nós caminhamos pela plataforma, acompanhando o trem quando ele sai da estação, acenando e chorando até perdê-lo de vista.

Quando voltamos para casa, é como se a energia elétrica tivesse sido desligada. Só há quatro de nós na casa agora, e o silêncio, especialmente durante o primeiro mês, é tão intolerável que May compra para ela um Ford Thunderbird cor-de-rosa novinho em folha, e Sam e eu compramos um aparelho de televisão. May vem para casa depois do trabalho, janta rapidamente, dá boa-noite a Vern e torna a sair. Recordando o amor de Joy pelas vaqueiras quando ela era pequena, o resto de nós se senta na sala para assistir a *Gunsmoke* e *Cheyenne*.

Queridos mamãe, papai, tia May e Vern, eu leio em voz alta. Nós estamos sentados em volta da cama de Vern. *Vocês escreveram perguntando*

se eu estou com saudades de casa. Como posso responder a essa pergunta e não deixá-los tristes? Se eu disser que estou me divertindo, vou ferir seus sentimentos. Se eu disser que estou solitária, então vocês ficarão preocupados comigo.
Eu olho para os outros. Sam e May balançam a cabeça, concordando. Vern enrola o lençol nos dedos. Ele não entende direito que Joy partiu, assim como não entendeu direito que seus pais se foram.
Mas eu acho que papai gostaria que eu dissesse a verdade, eu continuo a ler. *Eu estou muito feliz e estou me divertindo bastante. As aulas são interessantes. Estou escrevendo um trabalho sobre um escritor chinês chamado Lu Hsün. Vocês provavelmente nunca ouviram falar nele.*
– Ha! – minha irmã diz. – Nós poderíamos contar muitas histórias para ela. Lembra o que ele escreveu sobre lindas garotas?
– Continue a ler, continue a ler – Sam diz.

Joy não vem passar o Natal em casa, então nós não armamos uma árvore de Natal grande. Sam compra uma árvore bem pequena, que colocamos sobre a cômoda de Vern.

No final de janeiro, o entusiasmo inicial de Joy finalmente deu lugar à saudade de casa:

Não sei como alguém pode morar em Chicago. É tão frio. O sol nunca aparece e o vento não para de soprar. Obrigada pela roupa de baixo comprida da loja de suprimentos do exército, mas nem isso consegue me aquecer. Tudo é branco – o céu, o sol, o rosto das pessoas – e os dias são muito curtos por aqui. Eu não sei do que sinto mais saudade – de ir à praia ou de ficar com tia May nos sets de filmagem. Eu sinto saudade até do porco agridoce que papai prepara no Café.

Essa última parte é grave. Aquele porco agridoce é o pior tipo de prato *lo fan*: doce e empanado demais.
Em fevereiro, ela escreve:

Eu estava pretendendo arranjar um emprego com um dos meus professores durante as férias de primavera. Como é possível que nenhum deles tenha nada para mim? Eu me sento na primeira fila na minha aula de história, mas o professor escala todo mundo antes. Se não sobrar nada, pior para mim.

Eu escrevo de volta:

As pessoas sempre dizem que você não pode fazer coisas, mas não se esqueça de que pode fazer o que quiser. Não deixe de ir à igreja. Você sempre será aceita lá e pode conversar a respeito da Bíblia. É bom que as pessoas saibam que você é cristã.

A resposta dela:

As pessoas estão sempre me perguntando por que eu não volto para a China. Eu digo a elas que não posso voltar para um lugar onde nunca estive.

Em março, Joy de repente fica mais alegre.
– Talvez seja porque o inverno terminou – Sam sugere. Mas não é isso, porque ela ainda reclama do inverno interminável. Mas tem um rapaz...

Meu amigo Joe me convidou para entrar para a Associação Cristã Democrática de Estudantes Chineses. Eu gosto do pessoal do grupo. Nós discutimos integração, casamento inter-racial e relações familiares. Estou aprendendo um bocado, e é bom ver rostos simpáticos, cozinhar e comer junto.

Tirando esse Joe, seja ele quem for, eu fico feliz por ela ter entrado para um grupo cristão. Sei que ela vai encontrar companheirismo lá. Depois de ler essa carta para todo mundo, eu escrevo nossa resposta:

Seu pai quer saber de suas aulas neste semestre. Você está conseguindo acompanhar? Tia May quer saber o que as moças estão usando em Chicago e se você quer que ela mande alguma coisa para você. Eu não tenho muito a acrescentar. Aqui está tudo igual, ou quase igual. Nós fechamos a loja de presentes – não tinha movimento suficiente para contratar alguém para vender aquele "lixo", como você chamava. O movimento no Pérola continua bom e seu pai está atarefado. Tio Vern quer saber mais sobre Joe.

Na realidade, ele não tinha dito nada sobre Joe, mas o resto de nós está ardendo de curiosidade.

E você conhece sua tia – sempre trabalhando. O que mais? Ah, você sabe o que acontece por aqui. Todo mundo tem medo de ser chamado de comunista. Quando há problemas de negócios ou rivalidades no amor, a pessoa encontra uma solução rotulando a outra de comunista. "Você sabia que fulano é comunista?" Você sabe como é, pessoas fofocando, perseguindo o vento e agarrando sombras. Alguém vende mais mercadorias; deve ser comunista. Ela desprezou o meu amor; deve ser comunista. Felizmente, seu pai não tem inimigos e ninguém está cortejando a sua tia.

Esta é a minha maneira tortuosa de tentar fazer com que Joy escreva mais a respeito desse Joe. Mas se eu sou mãe de Joy, então ela é sem dúvida minha filha. Ela percebe logo minhas intenções. Como sempre, espero para ler a carta quando todo mundo chega e nós podemos nos reunir em volta da cama de Vern.

Você ia gostar de Joe, ela escreve.

Ele está estudando medicina. Vai à igreja comigo aos domingos. Você quer que eu reze, mas nós não rezamos na minha associação cristã. Você acha que só falamos em Jesus durante as reuniões, mas não é assim. Nós falamos sobre as injustiças que são feitas contra pessoas como você e papai, vovó e vovô. Nós falamos sobre o que aconteceu com os chineses no passado e com o que continua a acontecer com os negros. Na semana passada mesmo, nós fizemos um piquete em Montgomery Ward porque eles não contratam negros. Joe diz que a minoria tem que se unir. Joe e eu temos conseguido que as pessoas assinem petições. É bom pensar nos problemas dos outros para variar.

Quando termino de ler a carta, Sam pergunta:
– Você acha que esse Joe fala sze yup? Eu não quero que ela se case com alguém que não fale o nosso dialeto.
– Quem disse que ele é chinês? – May pergunta.
Isso nos deixa muito agitados.
– Eles fazem parte de uma organização chinesa – Sam diz. – Ele tem que ser chinês.
– E eles vão à igreja juntos – acrescento.
– E daí? Você sempre a encorajou a ir à igreja fora de Chinatown para conhecer outros tipos de pessoas – May diz, e três pares de olhos me olham acusadoramente.

Destino 295

— O nome dele é Joe — digo. — Esse é um bom nome. Parece chinês.
Enquanto fito o nome escrito com a caligrafia de Joy e tento concluir exatamente o que esse Joe pode ser, minha irmã — sempre minha diabólica irmã — cita outros Joes.
— Joe DiMaggio, Joseph Stalin, Joseph McCarthy...
— Escreva para ela — Vern interrompe. — Diga a ela que os comunistas não prestam. Ela vai arranjar encrenca.
Mas não é isso que eu escrevo. O que eu escrevo não é nem um pouco sutil: "Qual é o sobrenome de Joe?"

Ah, mamãe, você é tão engraçada. Eu posso imaginar perfeitamente você e papai, tia May e tio Vern aí sentados, preocupados com isso. O sobrenome de Joe é Kwok, OK? Às vezes, nós falamos em ir para a China para ajudar o país. Joe diz que nós, chineses, temos um ditado: Milhares e milhares de anos pela China. Ser chinês e carregar isso sobre seus ombros e dentro do seu coração pode ser um fardo pesado, mas também uma fonte de orgulho e alegria. Ele diz: "Nós não devemos tomar parte no que está acontecendo em nosso país?" Ele até me fez tirar um passaporte.

Eu me preocupei com Joy quando ela partiu. Eu me preocupei quando ela ficou com saudades de casa. Eu me preocupei por ela estar saindo com um rapaz quando não sabíamos quem ou o que ele era. Mas isso é diferente. Isso é realmente assustador.
— A China não é o país dela — Sam resmunga.
— Ele é comunista — Vern diz, mas ele acha que todo mundo é comunista.
— É só amor — May diz calmamente, mas eu percebo a preocupação na voz dela. — Moças dizem e fazem coisas estúpidas quando estão apaixonadas.
Dobro a carta e a guardo de volta no envelope. Não há nada que possamos fazer de tão longe, mas eu começo a entoar — algo que é mais do que uma oração, que é um pedido desesperado: *traga-a de volta para casa, traga-a de volta para casa.*

Dominó

Chega o verão e Joy vem para casa. Nós nos deliciamos com a doce música de sua voz. Tentamos evitar tocar nela, mas damos tapinhas em sua mão, alisamos seu cabelo e endireitamos sua gola. A tia dá revistas de cinema autografadas para ela, tiaras coloridas e um par de tamancos roxos. Eu preparo seus pratos favoritos: porco cozido com ovos de pato, ensopado de carne *lo mein*, asas de frango com feijão preto e tofu de amêndoas com coquetel de frutas em lata para a sobremesa. Todo dia Sam traz alguma iguaria para ela: pato assado do Açougue Sam Sing, bolo de creme batido com morangos frescos da Padaria Phoenix, e *bao* de porco do lugarzinho que ela tanto gosta em Spring Street.

Mas como Joy mudou nesses nove meses! Ela usa calças até as canelas e blusas de algodão sem mangas até a cintura. Ela usa o cabelo virado para fora. Por dentro, ela também mudou. Eu não estou dizendo que ela nos desafie ou nos ofenda como fez nos últimos meses que passou aqui antes de ir para Chicago. Mas ela voltou achando que é mais sabida do que nós a respeito de viagens (ela foi e voltou de Chicago de trem, e nenhum de nós entra num trem há anos), a respeito de finanças (ela tem uma conta no banco e um talão de cheques, enquanto Sam e eu ainda escondemos nosso dinheiro em casa, onde o governo – ou qualquer outra pessoa – não pode por a mão nele), mas principalmente a respeito da China. Ah, as aulas que ela nos dá!

Ela ataca o mais inocente de todos nós – o tio. Se o Javali – com sua natureza inocente – tem um defeito, é confiar em todo mundo e acreditar em quase tudo o que dizem a ele, mesmo que sejam estranhos, mesmo que sejam vigaristas, mesmo que seja uma voz no rádio. Anos ouvindo programas de rádio anticomunistas influenciaram para sempre a opinião de Vern a respeito da República Popular da China. Mas que tipo de alvo ele é? Não muito bom. Quando Joy declara – Mao ajudou o povo da China –, só o que o tio pode dizer é "Lá não há liberdade".

– Mao quer que os camponeses e operários tenham as mesmas chances que mamãe e papai querem que eu tenha – Joy insiste com determinação. – Pela primeira vez, ele está permitindo que pessoas do campo vão para a universidade. E não apenas os rapazes. Ele diz que as mulheres devem receber "salário igual para trabalho igual".

– Você nunca esteve lá – Vern diz. – Você não sabe nada sobre isso.

– Eu sei muita coisa sobre a China. Participei de muitos filmes sobre a China quando era menina.

– A China não é como nos filmes – seu pai, que normalmente fica fora dessas discussões, diz. Joy não responde. Não porque ele tente controlá-la como um pai chinês de verdade faria, nem porque ela é uma obediente filha chinesa. Ela é como uma pérola na palma da mão dele, sempre preciosa; para Joy, ele é o solo firme onde ela caminha, sempre firme e confiável.

Percebendo uma trégua momentânea, May tenta pôr um ponto final na linha de raciocínio de Joy.

– A China não é igual a um set de filmagem. Você não pode sair dela quando as câmeras param de filmar.

Essa foi uma das coisas mais duras que eu já ouvi minha irmã dizer a Joy, mas essa repreensão tão suave magoa o coração da minha filha. De repente, ele foca sua atenção em mim e May – duas irmãs que nunca se separaram, que são as melhores amigas e cuja união é mais profunda do que Joy jamais poderia imaginar.

– Na China, as moças não usam vestidos como os que você e tia May querem que eu use – ela me diz dois dias depois, quando estou passando roupa na varanda coberta. – Você não pode usar vestido para dirigir um trator, sabe? As meninas também não têm que aprender a bordar. Elas não precisam ir à igreja ou à escola chinesa. E não tem nada dessa coisa de obedecer, obedecer, que você e papai estão sempre falando.

– Pode ser – digo –, só que elas têm que obedecer ao presidente Mao. Como isso é diferente de obedecer aos pais ou ao imperador?

– Na China, ninguém passa necessidades. Todo mundo tem o que comer. – A resposta dela não é uma resposta, é só mais um slogan que aprendeu numa de suas aulas ou com aquele Joe.

– Talvez eles tenham o que comer, mas e quanto à liberdade?

– Mao acredita em liberdade. Você não conhece a nova campanha dele? Ele disse: "Deixe cem flores se abrirem". Sabe o que isso significa?
– Ela não espera a minha resposta. – Ele está convidando as pessoas a criticar a nova sociedade.

– E isso não vai acabar bem.

– Ah, mamãe, você é tão... – Ela olha para mim, pensando. Então ela diz: – Você sempre segue os outros pássaros. Você segue Chiang Kaishek porque as pessoas de Chinatown o seguem. E elas o seguem porque acham que têm que seguir. Todo mundo sabe que ele não passa de um ladrão. Ele roubou dinheiro e obras de arte quando fugiu da China. Veja como ele e a esposa vivem agora! Então, por que a América apoia os Kuomintang e Taiwan? Não seria melhor ter laços com a China? Trata-se de um país muito maior, com muito mais gente e recursos. Joe diz que é melhor conversar com as pessoas do que ignorá-las.

– Joe, Joe, Joe. – Eu dou um suspiro. – Nós nem conhecemos esse Joe e você ouve o que ele diz sobre a China? Ele já esteve lá?

– Não – Joy admite de má vontade –, mas ele gostaria de ir. Eu também gostaria de ir um dia para ver onde você e titia moravam em Xangai e para ir à sua aldeia.

– Ir à China? Deixe-me dizer-lhe uma coisa. Não é fácil para uma serpente voltar para o inferno depois de ter provado o paraíso. E você não é uma serpente. Você é apenas uma garota que não sabe nada sobre isso.

– Eu estive estudando...

– Esqueça as aulas. Esqueça o que um rapaz qualquer disse. Vá lá fora e olhe ao redor. Você não notou que há estranhos aqui em Chinatown?

– Sempre haverá os *lo fan* de sempre – ela diz.

– Eles não são os *lo fan* de sempre. Eles são agentes do FBI. – Eu conto a ela sobre um deles que aparece todo dia em Chinatown fazendo perguntas. Ele começa no Mercado Internacional em Spring, passa pelo Pérola na Ord e segue pela Broadway até a praça central na Nova Chinatown, onde visita o Restaurante General Lee. De lá, ele continua até o armazém de Jack Lee na Hill, depois vai para a parte mais nova de Nova Chinatown do outro lado da rua e visita os negócios da família Fong, e, finalmente, volta para o centro da cidade.

– O que eles estão procurando? A Guerra da Coreia terminou.

– Mas o medo que o governo tem da China Vermelha não terminou. Está pior do que nunca. Na sua escola, eles não lhe ensinaram a respeito da teoria do dominó? Um país sucumbe ao comunismo, depois outro e outro. Esses *lo fan* estão com medo. Quando eles ficam com medo, fazem coisas ruins para pessoas como eu e você. É por isso que temos que apoiar o Generalíssimo.

– Você se preocupa demais.
– Eu dizia a mesma coisa para a minha mãe, mas ela estava certa e eu estava errada. Coisas ruins já estão acontecendo. Você não sabe porque não estava aqui. – Eu torno a suspirar. Como posso fazê-la entender? – Enquanto você esteve fora, o governo iniciou uma coisa chamada Programa de Confissão. Ele está por todo o país, provavelmente na sua Chicago também. Eles estão perguntando, não, estão nos metendo medo para nos obrigar a confessar quem veio para cá como filho de papel. Eles dão cidadania às pessoas se elas delatarem seus amigos, seus vizinhos, seus sócios e até os membros de sua família que vieram para cá como filhos de papel. Eles querem saber quem ganhou dinheiro trazendo filhos de papel. O governo fala em efeito dominó. Bem, aqui em Chinatown, se você dá um único nome, isso também cria um efeito dominó que atinge não apenas um membro da família, mas todos os sócios de papel e filhos de papel e parentes e vizinhos que você conhece. Mas o que eles mais querem são comunistas. Se você informar que alguém é comunista, então você com certeza consegue sua cidadania.
– Nós somos todos cidadãos. Não somos culpados de nada.
Durante anos Sam e eu nos vimos divididos entre o desejo americano de compartilhar, de ser honesto, e contar a verdade a Joy, e nossa crença arraigada de chineses de que você nunca deve revelar nada. Nosso costume chinês venceu, e nós guardamos segredo de nossa filha acerca do meu status e do de Sam, bem como dos seus tios e do seu avô, por duas razões muito simples: não queríamos que ela se preocupasse e não queríamos que dissesse a coisa errada à pessoa errada. Ela está bem mais velha do que quando foi para o jardim de infância, mas nós aprendemos que até o menor erro pode ter graves consequências.
Eu penduro a camisa passada de Sam no cabide e me sento ao lado de minha filha.
– Eu quero contar a você de que forma eles estão procurando pessoas, para você saber caso alguém se dirija a você. Eles estão procurando pessoas que enviaram dinheiro para a China...
– Vovô Louie fez isso.
– Exatamente. E eles estão procurando pessoas que tentaram, legalmente, tirar as famílias da China depois que esta foi fechada. Eles querem saber se as pessoas são leais à China ou aos Estados Unidos.
– Faço uma pausa para ver se ela está me acompanhando. Então eu digo:

— Nosso modo chinês de pensar nem sempre combina com o modo americano de ser. Nós acreditamos que ser humilde, respeitoso e honesto proporciona uma melhor compreensão de cada situação, evita que outras pessoas sejam prejudicadas e resulta num final feliz. Essa forma de pensar pode prejudicar a nós e a muitas outras pessoas agora.

Eu respiro fundo e conto a ela algo que tive medo de contar por carta.

— Você se lembra da família Yee? — É claro que ela se lembra. Ela era muito amiga da menina mais velha, Hazel, e brincava bastante com os outros garotos Yee nos encontros da nossa associação. — O sr. Yee é um filho de papel. Ele trouxe a sra. Yee para cá através de Winnipeg.

— Ele é um filho de papel? — Joy pergunta, surpresa, talvez impressionada.

— Ele resolveu confessar para poder ficar aqui com a família, já que seus quatro filhos são cidadãos americanos. Ele contou ao INS que tinha trazido a esposa usando seu falso status. Agora ele é um cidadão americano, mas o INS iniciou um processo de deportação contra a sra. Yee, porque ela é um esposa de papel. Eles têm dois filhos em casa que ainda não têm dez anos de idade. O que eles farão sem a mãe? O INS quer mandá-la de volta para o Canadá. Pelo menos, ela não voltará para a China.

— Talvez fosse melhor para ela ir para a China.

Quando ouço isso, não sei quem está falando — um papagaio tolo que repete tudo o que aquele Joe disse a ela ou uma demonstração da estupidez e teimosia da sua mãe biológica.

— É da mãe de Hazel que estamos falando! Era assim que você se sentiria se *eu* fosse deportada para a China? — Eu espero a resposta dela. Como ela não diz nada, eu me levanto, guardo a tábua de passar roupa e vou dar uma olhada em Vern.

Essa noite Sam carrega Vern para o sofá para podermos jantar e ver *Gunsmoke* todos juntos. A noite está quente, então o jantar é frio e simples — fatias de melancia bem geladas. Estamos tentando seguir o que a srta. Kitty está dizendo a Matt Dillon quando Joy começa de novo a falar sobre a República Popular da China. Durante nove meses, a ausência dela deixou um buraco na nossa família. Nós sentimos saudade de sua voz e de seu lindo rosto. Mas preenchemos esse buraco com a televisão, com uma conversa calma entre nós quatro e com pequenos projetos que May e eu desenvolvemos juntas. Depois de duas semanas da chegada de Joy em casa, parece que ela ocupou espaço demais com suas opiniões, seu desejo de chamar atenção, sua necessidade de dizer o quanto somos atrasados e sua mania de provocar discórdia entre a tia e eu, quando tudo o que queremos é descobrir se o oficial vai ou não beijar a srta. Kitty.

Sam, que normalmente aceita tudo o que vem da boca da filha, finalmente se irrita e pergunta em sze yup, do modo mais calmo possível:

– Você tem vergonha de ser chinesa? Porque uma filha chinesa bem-educada ficaria calada e deixaria seus pais, sua tia e seu tio assistirem ao programa.

Essa foi uma pergunta muito errada, porque de repente Joy começa a dizer coisas horríveis. Ela debocha da nossa frugalidade:

– Ser chinês? Eu não sei por que ser chinês significa ter que guardar galões vazios de molho de soja para servir de lata de lixo. – Ela debocha de mim: – Só chineses supersticiosos acreditam no zodíaco. Ah, Tigre isso, Tigre aquilo. – Ela magoa a tia e o tio: – E quanto a casamentos arranjados? Olhem para tia May, casada com alguém que... que... – Ela hesita como nós todos hesitamos de vez em quando até se decidir por: – nunca toca nela com amor ou carinho. – Ela faz uma careta de nojo. – E vejam como vocês vivem todos juntos.

Ouvindo-a falar, eu ouço May e eu vinte anos atrás. Fico triste por ter tratado os meus pais daquele jeito, mas quando Joy começa a ofender o pai...

– E se ser chinês significa ser como você... A comida que você faz no café deixa as suas roupas fedorentas. Seus fregueses insultam você. E os pratos que você prepara são gordurosos, salgados demais e têm muito MSG.

Essas palavras abalam Sam. Ao contrário de May e de mim, ele sempre amou Joy incondicionalmente, de todo o coração.

– Dê uma olhada no espelho – ele diz lentamente. – O que você pensa que é? O que você pensa que os *lo fan* veem quando olham para você? Você não passa de um pedaço de *jook sing*, bambu oco.

– Papai, você devia falar comigo em inglês. Você mora aqui há quase vinte anos. Ainda não aprendeu a língua? – Ela pisca os olhos algumas vezes e diz: – Você parece um... um... um recém-chegado do navio.

O silêncio na sala é cruel e profundo. Percebendo o que fez, ela inclina a cabeça de lado, afofa o cabelo e depois sorri, e eu reconheço imediatamente o sorriso de May de tanto anos atrás. É um sorriso que diz: *Eu sou levada, sou desobediente, mas você me ama assim mesmo.* Eu vejo, embora Sam não consiga ver, que isso tem menos a ver com Mao, Chiang Kai-shek, Coreia, o FBI ou como nós escolhemos viver nossas vidas nesses últimos vinte anos do que com o modo como nossa filha se sente em relação à família. May e eu achávamos que mamãe e baba eram antiquados, mas Joy sente vergonha de nós.

"Às vezes, você acha que tem todo o futuro à sua frente", mamãe costumava dizer. "Quando o sol estiver brilhando, pense no tempo em que ele não estará, porque mesmo sentada em casa, com as portas fechadas, o infortúnio pode cair na sua cabeça."

Eu a ignorei quando ela estava viva e não prestei atenção suficiente à medida que fui ficando mais velha, mas, depois de tantos anos, eu tenho que admitir que foi a previdência de mamãe que nos salvou. Sem suas economias guardadas, nós teríamos morrido ali mesmo em Xangai. Algum instinto profundo a motivou e a fez prosseguir quando May e eu estávamos paralisadas de medo. Ela era como uma gazela que, sob circunstâncias desesperadas, ainda tentou salvar seus filhotes do leão. Eu sei que tenho que proteger minha filha – dela mesma, desse Joe e suas ideias românticas a respeito da China Vermelha, de cometer os erros que tanto prejudicaram minhas escolhas e as de May –, mas não sei como.

Vou até o Pérola para pegar comida para Vern quando vejo o agente do FBI parar tio Charley na calçada. Passo pelos dois homens – tio Charley me ignora como se não me conhecesse – e entro no Café, deixando a porta toda aberta. Lá dentro, Sam e nossos funcionários continuam a trabalhar, mas com os ouvidos atentos para conseguir escutar a conversa do lado de fora. May sai do escritório dela, e nós ficamos ao lado do balcão, fingindo conversar, mas observando e ouvindo tudo.

– Então, Charley, você voltou para a China – o agente diz de repente em sze yup, numa voz tão alta que eu olho surpresa para minha irmã. É como se ele não quisesse apenas que nós escutássemos o que está dizendo, mas também que soubéssemos que ele sabe falar o dialeto do nosso distrito.

– Eu fui para a China – tio Charley admite. Nós mal conseguimos ouvir o que ele diz, tão trêmula está sua voz. – Perdi minhas economias e voltei para cá.

– Nós ouvimos dizer que você falou mal de Chiang Kai-shek.

– Eu não falei.

– As pessoas dizem que sim.
– Que pessoas?
O agente não responde. Em vez disso, ele pergunta:
– Não é verdade que você culpa Chiang Kai-shek por ter perdido o seu dinheiro?
Charley coça o pescoço coberto de brotoejas e chupa os lábios.
O agente espera e, então, pergunta:
– Onde estão os seus papéis?
Tio Charley olha pela vitrine, procurando ajuda, apoio ou uma possível fuga.
O agente – um *lo fan* robusto de cabelos louros e sardas no nariz e no rosto – sorri e diz:
– Sim, vamos entrar. Eu gostaria de conhecer a sua *família*.
O agente entra no Café, e tio Charley entra atrás dele de cabeça baixa. O *lo fan* se dirige a Sam, mostra o distintivo e diz em sze yup:
– Eu sou o agente especial Jack Sanders. Você é Sam Louie, certo?
– Quando Sam concorda com a cabeça, o agente continua. – Eu sempre digo que não tem sentido perder tempo com essas coisas. Alguém nos disse que você costumava comprar o *China Daily News*.

Sam fica imóvel, examinando o estranho, pensando em sua resposta, esvaziando o rosto de qualquer emoção. Os poucos fregueses, que não conseguem entender as palavras, mas com certeza sabem que o distintivo não pode significar nada de bom, aparentemente prendem a respiração para ver o que Sam vai fazer.

– Eu comprava o jornal para o meu pai – Sam diz em sze yup, e eu vejo a decepção no rosto dos fregueses por não conseguirem acompanhar isso tão de perto quanto gostariam. – Ele morreu cinco anos atrás.

– Aquele jornal é simpático aos Vermelhos.

– Meu pai o lia algumas vezes, mas ele era assinante do *Chung Sai Yat Po*.

– Mas parece que seu pai era simpatizante de Mao.

– De jeito nenhum. Por que ele apoiaria Mao?

– Então, por que ele comprava também a revista *China Reconstructs*? E por que você continuou a comprá-la depois que ele morreu?

Sinto uma vontade súbita de ir ao banheiro. Sam não pode dizer a verdade – que os rostos de sua esposa e de sua cunhada apareceram em capas daquela revista. Ou será que o homem do FBI já sabe que

aqueles rostos são nossos? Ou será que ele olha para as belas garotas de uniforme verde com estrelas vermelhas nos quepes e acha que todas as chinesas são iguais?
 – Eu soube que na sua sala, sobre o sofá, você tem páginas da revista coladas na parede, imagens da Grande Muralha e do Palácio de Verão. Isso significa que alguém – um vizinho, um amigo, um competidor que esteve dentro da casa – denunciou isso. Por que não tiramos as imagens depois que Pai morreu?
 – Nos seus últimos meses de vida, meu pai gostava de contemplar essas imagens.
 – Talvez ele tivesse tanta simpatia pela China Vermelha que quisesse voltar para casa.
 – Meu pai era um cidadão americano. Ele nasceu aqui.
 – Então, eu quero ver os documentos dele.
 – Ele está morto – Sam repete –, e eu não tenho os documentos dele aqui.
 – Então talvez seja melhor eu ir até sua casa, ou você prefere vir ao nosso escritório? Assim poderá levar também os seus documentos. Eu quero acreditar em você, mas você tem que provar sua inocência.
 – Provar minha inocência ou provar que eu sou um cidadão?
 – É a mesma coisa, sr. Louie.
 Quando chego em casa com o almoço de Vern, não digo nada para ele nem para Joy. Não quero que eles se preocupem. Quando Joy pergunta se pode sair aquela noite, eu digo, o mais calmamente possível:
 – Tudo bem. Mas tente voltar antes da meia-noite. – Ela acha que finalmente venceu a mãe, mas eu a quero fora de casa.
 Assim que Sam e May voltam para casa, nós tiramos das paredes as imagens mencionadas pelo agente. Sam põe numa sacola todos os exemplares do *China Daily News* que meu sogro guardou por causa de um ou outro artigo. Eu mando May tirar da gaveta as capas de revista que Z.G. pintou de nós duas.
 – Não acho que isso seja necessário – May diz.
 Eu respondo secamente:
 – Por favor, não discuta comigo. – Como May não se mexe, eu suspiro, impaciente. – São só figuras na capa de uma revista. Se você não quiser pegá-las, eu faço isso.

May aperta os lábios e se vira para ir até a varanda. Quando ela sai, eu procuro fotografias que acho que possam ser – e esta é uma palavra que eu jamais pensei que usaria – incriminadoras.

Enquanto Sam faz outra revista na casa, May e eu levamos o que juntamos para queimar no incinerador. Eu ponho fogo na minha pilha de fotografias e espero May jogar lá dentro as capas de revista, que traz apertadas contra o peito. Como ela não se mexe, eu as arranco da mão dela e as atiro no fogo. Enquanto observo o rosto – *meu* rosto – que Z.G. pintou com tanta perfeição ser consumido pelo fogo, penso por que deixamos que aquelas coisas entrassem na casa. Eu sei a resposta. Sam, May e eu não somos melhores do que Pai Louie. Nós nos tornamos americanos nas roupas, na comida, no idioma, no nosso desejo de dar um futuro para Joy, mas nem uma vez em todos esses anos nós deixamos de sentir saudades do nosso país.

– Eles não nos querem aqui – digo baixinho, com os olhos nas chamas. – Jamais nos quiseram. Eles vão nos enganar, mas nós precisamos enganá-los também.

– Talvez Sam devesse confessar e acabar logo com isso – May sugere. – Assim ele vai conseguir sua cidadania e nós não vamos precisar nos preocupar com nada disso.

– Você sabe que não basta ele confessar seu próprio status. Ele vai ter que expor outras pessoas: tio Wilbur, tio Charley, eu...

– Vocês deviam confessar todos juntos. Então vão conseguir sua cidadania. Não é isso que você quer?

– É claro que eu quero. Mas e se o governo estiver mentindo?

– Por que o governo mentiria?

– Quando foi que ele *não* mentiu? E se eles resolverem nos deportar? Se provarem que Sam é ilegal, então eu também poderei ser deportada.

Minha irmã pensa um pouco. Então ela diz:

– Eu não quero perder você. Prometi ao Pai Louie que não deixaria que eles a mandassem embora. Sam tem que confessar por Joy, por você, por todos nós. Esta é uma chance de anistia, de unir a família e de ficarmos finalmente livres de segredos.

Eu não entendo por que minha irmã não vê – não quer ver – os problemas, mas ela está casada com um cidadão de verdade, veio para cá como sua esposa legítima e não enfrenta as mesmas ameaças que Sam e eu.

Minha irmã me abraça e me puxa para perto dela.

– Não se preocupe, Pérola – ela diz, como seu eu fosse a *moy moy* e ela a *jie jie*. – Vamos contratar um advogado para cuidar disso.
– Não! Nós já passamos por isso antes, você e eu, em Angel Island. Nós não vamos deixar que eles façam nada a Sam, a mim, a qualquer um de nós. Nós vamos trabalhar juntos para virar as acusações contra eles, como fizemos em Angel Island. Nós vamos confundi-los. O importante é manter a mesma história.
– Sim, isso é verdade – Sam diz, saindo da escuridão e jogando mais um saco de jornais e lembranças no incinerador. – Acima de tudo, nós temos que provar que somos os americanos mais leais que já existiram. May não gosta disso, mas ela é minha *moy moy* e cunhada, e tem que obedecer.

Joy – a quem eu contei o mínimo possível, acreditando que sua ignorância iria nos ajudar a manter nossa história – e May não são chamadas para interrogatório, e ninguém vem à nossa casa para entrevistar Vern. Mas, nas quatro semanas seguintes, Sam e eu – quase sempre juntos, para eu poder traduzir para o meu marido quando somos transferidos do agente especial Sanders para o agente especial Mike Billings, que trabalha na INS, não fala uma palavra de qualquer dialeto chinês e é tão simpático quanto o diretor Plumb de tantos anos antes – somos chamados para vários interrogatórios. Sou interrogada a respeito da minha aldeia natal, um lugar onde nunca estive. Sam é interrogado sobre o motivo pelo qual seus pais o deixaram na China quando ele tinha sete anos. Nós somos interrogados a respeito do nascimento de Pai Louie. Perguntam-nos – com sorrisos condescendentes – se conhecemos alguém que tenha ganhado dinheiro vendendo vagas de papel.

– Alguém lucrou com isso – Billings afirma. – Diga-nos quem foi.

Nossas respostas não ajudam sua investigação. Nós dizemos a ele que recolhemos papel alumínio durante a guerra e vendemos bônus de guerra. Dizemos que apertamos a mão de madame Chiang Kai-shek.

– Vocês têm uma fotografia para provar isso? – Billings pergunta, mas de todas as fotos que tiramos aquele dia, deixamos de tirar esta.

No início de agosto, Billings muda de estratégia.

– Se o seu pai nasceu mesmo aqui, então por que ele continuou a mandar dinheiro para a China mesmo depois que deveria ter parado?

Eu não espero pela resposta de Sam e me apresso em responder.

– O dinheiro ia para sua aldeia ancestral. Sua família está lá há quinze gerações.
– É por isso que o seu marido continua a mandar dinheiro para fora do país?
– Nós fazemos o que podemos por nossos parentes que estão presos em lugares ruins – traduzo para Sam.
Ao ouvir isso, Billings dá a volta na mesa, levanta Sam pelas lapelas e grita na cara dele:
– Admita. Você manda dinheiro porque é comunista!
Eu não tenho que traduzir a frase para Sam porque ele entende o que o homem está dizendo, mas eu a traduzo no mesmo tom de voz que venho usando o tempo todo para mostrar que nada que Billings diga vai nos afastar da nossa história, vai tirar a nossa confiança e a nossa verdade. Mas, de repente, Sam – que não é ele mesmo desde a noite em que Joy debochou dele por causa de sua comida e do seu inglês e que não vem dormindo bem desde o dia em que o agente Sanders entrou no Café Pérola – dá um salto, enfia o dedo na cara de Billings e diz que *ele* é um comunista. Aí eles começam a gritar um com o outro "Não, você é um comunista!" "Não, *você* é que é comunista!", e eu fico ali sentada traduzindo as acusações de uma língua para outra. Billings vai ficando cada vez mais zangado, mas Sam continua firme e equilibrado. Finalmente, Billings cala a boca, senta na cadeira e olha zangado para nós. Ele não tem provas contra Sam, assim como Sam não tem provas contra o agente do INS.
– Se vocês não querem confessar e não querem dizer quem vendeu papéis falsos em Chinatown, então talvez possam nos contar alguma coisa sobre seus vizinhos.
Sam recita serenamente um aforismo, que eu traduzo:
– Varra a neve defronte da sua casa, e não se meta com a geada no alto da casa de outra família.
Nós parecemos estar ganhando, mas, numa briga, braços finos não vencem pernas fortes. O FBI e o INS interrogam tio Wilburt e tio Charley, que se recusam a confessar, não dizem nada sobre nós, nem delatam Pai Louie, que vendeu os papéis para eles. *Aqueles que não empurram os cães que estão se afogando já podem ser considerados decentes.*
Quando tio Fred traz a família para jantar no domingo, nós pedimos a Joy para levar as meninas para brincar do lado de fora para que ele possa nos contar sobre a visita do agente Billings à casa dele, em

Silver Lake. A experiência de Fred no Exército, seus anos de faculdade, seu trabalho como dentista praticamente acabaram com seu sotaque. Ele tem vivido uma vida boa com Mariko e as filhas. O rosto dele é cheio e redondo, e ele é um tanto barrigudo.

– Eu disse a ele que sou um veterano, que servi no exército e lutei pelos Estados Unidos – ele conta. – Ele olha para mim e diz: "E você conseguiu sua cidadania." Bem, é claro que eu consegui minha cidadania! Foi o que o governo prometeu. Então ele puxa uma pasta e diz para eu dar uma olhada nela. É minha pasta de imigração de Angel Island! Vocês se lembram de tudo aquilo que estava nos nossos cadernos de instrução? Bem, está tudo na pasta. Ela contém informações sobre o velho e sobre Yen-yen. Ela tem a lista de nossas datas de nascimento e um resumo de nossas histórias, já que somos todos parentes. Ele me pergunta por que eu não contei a verdade sobre meus pseudoirmãos quando me alistei. Eu não contei nada a ele.

Ele pega a mão de Mariko. Ela está pálida de medo como todos nós.

– Eu não me importo com que eles fiquem no nosso pé – ele continua. – Mas quando começam a ir atrás das minhas filhas, que nasceram aqui... – Ele balança a cabeça, zangado. – Na semana passada, Bess voltou para casa chorando. Sua professora da quinta série mostrou um filme para a turma sobre a ameaça comunista. Ele mostrava russos com chapéus de pele e chineses, bem, parecidos conosco. No final do filme, o narrador pediu que os alunos chamassem o FBI ou a CIA se vissem alguém que parecesse suspeito. Quem parecia suspeito na turma? A minha Bess. Agora, as amigas não querem mais brincar com ela. Eu também tenho que me preocupar com o que vai acontecer com Eleanor e com a pequena Mamie. Sempre digo às meninas que elas receberam os nomes das primeiras-damas. Elas não têm que ter medo.

Mas é claro que elas têm que ter medo. Nós todos estamos com medo. Quando você fica presa debaixo d'água, só consegue pensar em ar. Eu me lembro de como me sentia em Xangai nos dias que se seguiram à mudança em nossas vidas – como as ruas que antes pareciam excitantes de repente passaram a feder a fezes e mijo, como as lindas mulheres de repente não passavam de garotas com três buracos, como todo o dinheiro e prosperidade de repente deixavam tudo triste, devasso e inútil. O modo como vejo Los Angeles e Chinatown nesses tempos difíceis e assustadores não podia ser mais diferente. As palmeiras, as frutas e as verduras do meu quintal, os vasos de gerânio em frente às lojas e nas varandas, tudo parece cintilar de vida, mesmo no calor do verão. Contemplo as ruas e vejo promessa. Em vez de lama, corrupção e feiura, eu vejo grandeza, liberdade, franqueza. Não suporto que o governo esteja nos perseguindo com suas terríveis – e, Deus me ajude, verdadeiras – acusações a respeito de nossa cidadania, mas suporto menos ainda pensar que minha família e eu possamos perder este lugar. Sim, é só Chinatown, mas é a minha casa, a nossa casa.

Nesses momentos, eu me arrependo de ter passado tantos anos sentindo-me solitária, com saudade de Xangai: envolvendo-a num halo dourado de pessoas, lugares e comidas que, como Betsy me escreveu tantas vezes, não existem mais e nunca mais irão existir. Eu repreendo a mim mesma: como não enxerguei o que estava bem na minha frente durante todos esses anos? Como pude deixar de absorver toda essa doçura em vez de sofrer com lembranças que não passavam de cinzas e poeira?

Em desespero, eu ligo para Betsy em Washington para ver se há algo que o pai dela possa fazer por nós. Embora ele também esteja sofrendo perseguições, Betsy promete que ele vai examinar o caso de Sam.

– Meu pai nasceu em San Francisco-ah – Sam diz no seu inglês carregado.

Quatro dias se passaram desde que nós jantamos com Fred, e agora Sanders e Billings chegaram inesperadamente em nossa casa. Sam está sentado na ponta da cadeira de Pai Louie. Os outros homens estão sentados no sofá. Eu estou sentada numa cadeira de espaldar reto, torcendo para Sam não permitir que eles falem comigo. Sinto a mesma sensação que senti quando os bandidos da Gangue Verde deram seu ultimato a mim e a May, na sala da nossa casa, tantos anos atrás.

– Então prove. Mostre-me a certidão de nascimento dele – diz o agente Billings.

– Meu pai nasceu em San Francisco-ah – Sam insiste com firmeza.

– *São Francisco-ah* – Billings repete em tom de deboche. – É claro que foi em San Francisco, por causa do terremoto e do incêndio. Nós não somos imbecis, sr. Louie. Dizem que, para que tantos chineses tenham nascido nos Estados Unidos antes de 1906, toda chinesa que estava aqui naquela época tem que ter tido quinhentos filhos. Mesmo que por algum milagre isso possa ter acontecido, como é que só nasceram meninos e nenhuma menina? Vocês as mataram?

– Eu ainda não tinha nascido – Sam responde em sze yup. – Eu não morava aqui.

– Eu tenho sua ficha de Angel Island. Nós queremos que você veja algumas fotografias. – Billings coloca duas fotografias sobre a mesinha. A primeira é a do garotinho com a qual o diretor Plumb tentou me confundir anos atrás. A outra mostra Sam quando ele chegou a Angel Island, em 1937. Com as duas imagens lado a lado, fica claro que as duas fotos não podem ser da mesma pessoa. – Confesse e depois conte-nos sobre seus irmãos de mentira. Não deixe sua mulher e sua filha sofrerem por lealdade a homens que não se entregarão para ajudar vocês.

Sam examina as fotografias, torna a se recostar na cadeira e diz, com a voz trêmula:

– Eu sou filho verdadeiro do meu pai. Irmão Vern pode confirmar.

É como se seu leque de ferro estivesse desmoronando diante dos meus olhos, mas eu não sei por quê. Quando me levanto, vou para trás da cadeira dele e ponho as mãos no descanso para ele saber que estou ali, eu entendo por quê. Joy está parada na porta da cozinha, diretamente na linha de visão de Sam. Ele está amedrontado por ela e envergonhado por si mesmo.

– Papai – Joy grita e corre para dentro da sala. – Faça o que eles estão pedindo. Conte a verdade. Você não tem nada a esconder. – Nossa filha não sabe a verdade, mas ela é tão inocente, e aqui, eu vou dizer, tão estúpida quanto a tia, que diz: – Se você disser a verdade, coisas boas vão acontecer. Não foi isso que você me ensinou?

– Está vendo, até sua filha quer que você diga a verdade – Billings insiste.

Mas Sam não arreda pé da sua história.

– Meu pai nasceu em San Francisco-ah.

Joy continua a chorar e a implorar. Vern choraminga no quarto ao lado. Eu fico ali parada, sem poder fazer nada. E minha irmã está fora, trabalhando num filme ou comprando um vestido novo ou fazendo qualquer outra coisa.

Billings abre sua pasta, tira um papel e o entrega a Sam, que não sabe ler inglês.

– Se você assinar este papel dizendo que veio para cá ilegalmente – ele diz –, nós vamos retirar sua cidadania, que aliás não é verdadeira. Depois que você tiver assinado o papel e confessado, nós lhe daremos imunidade, uma nova cidadania, uma cidadania *de verdade*, desde que você nos dê os nomes de *todos* os seus amigos, parentes e vizinhos que vieram para cá ilegalmente. Estamos particularmente interessados em outros filhos de papel que o seu pseudopai trouxe para cá.

– Ele está morto. Que importância tem isso agora?

– Mas nós temos a ficha dele. Como ele pode ter tantos filhos? Como ele pode ter tantos sócios? Onde eles estão agora? E não se incomode em contar sobre Fred Louie. Nós sabemos tudo sobre ele. Ele conseguiu sua cidadania de modo justo. Conte-nos apenas sobre os outros e nos diga onde poderemos encontrá-los.

– O que vocês vão fazer com eles?

– Não se preocupe com isso. Preocupe-se apenas com você.

– E vocês vão me dar papéis?

– Você vai conseguir cidadania legal, como eu disse. Mas se você não confessar, então nós iremos deportá-lo de volta para a China. Você e sua esposa não querem ficar aqui com sua filha, para evitar que ela se meta em encrencas?

Joy faz um gesto de surpresa ao ouvir isso.

– Ela pode ser uma ótima aluna, mas está na Universidade de Chicago – Billings continua. – Todo mundo sabe que aquilo é um antro de comunistas. Você sabe com que tipo de gente ela anda saindo? Sabe o que ela anda fazendo? Ela é membro da Associação Cristã Democrática de Estudantes Chineses.

– Esse é um grupo cristão – digo, mas quando olho para minha filha, vejo uma sombra passar pelo rosto dela.

– Eles dizem que são cristãos, sra. Louie, mas se trata de uma frente comunista. A ligação de sua filha com aquele grupo é o motivo pelo qual nós examinamos a ficha do seu marido. Ela tem feito piquetes e buscado assinaturas para petições. Se vocês nos ajudarem, podemos relevar essas infrações. Ela nasceu aqui, e é só uma criança. – Ele olha para Joy, que chora no meio da sala. – Provavelmente ela não sabia o que estava fazendo, mas se vocês dois forem mandados de volta para a China, como poderão ajudá-la? Querem arruinar a vida dela também?

Billings faz um aceno na direção de Sam, que se levanta.

– Vamos deixá-los agora, sr. Louie, mas não podemos prolongar muito mais esta discussão. Ou você nos diz o que queremos saber ou vamos examinar mais de perto a sua filha. Entendeu?

Depois que eles saem, Joy corre até a cadeira do pai, abaixa-se ao lado dela e soluça no colo de Sam.

– Por que eles estão fazendo isso conosco? Por quê? Por quê?

Eu me ajoelho ao lado da minha filha, envolvo-a em meus braços e olho para Sam, buscando a esperança e a força que ele sempre demonstrou ter.

– Eu saí de casa para ganhar a vida – Sam diz, com uma voz distante, os olhos mergulhados na escuridão do desespero. – Vim para a América em busca de oportunidades. Eu fiz o melhor que pude...

– É claro que sim.

Ele me olha, resignado.

– Eu não quero ser deportado de volta para a China – ele diz, desolado.

– Você não vai ter que voltar. – Eu ponho a mão no braço dele.

– Mas se isso acontecer, eu vou com você.

Ele olha para mim.

– Você é uma boa mulher, mas e quanto a Joy?

– Eu também vou com você, papai. Eu sei tudo sobre a China, e não tenho medo.

Enquanto ficamos ali abraçados, algo que Z.G. disse muito tempo atrás me vem à cabeça. Eu me lembro dele falando de *ai kuo*, o amor pelo seu país, e de *ai jen*, a emoção que você sente pela pessoa que ama. Sam enfrentou o destino e deixou a China, e, mesmo depois de tudo o que aconteceu, ele não parou de acreditar na América, mas ele ama Joy acima de tudo.

– Eu ok – ele diz em inglês, acariciando a cabeça da filha. Então ele volta a falar em sze yup. – Vocês duas vão ver tio Vern. Estão ouvindo ele lá dentro? Ele precisa de ajuda. Está assustado.

Joy e eu nos levantamos. Eu enxugo as lágrimas da minha filha. Quando Joy se vira para ir para o quarto do tio, Sam segura minha mão. Ele enfia um dos dedos por baixo da minha pulseira de jade, detendo-me, mostrando o quanto me ama.

– Não se preocupe, Zhen Long – ele diz. Quando me solta, ele fita a própria mão por um segundo, esfregando as lágrimas da filha entre seus dedos.

Vern está muito nervoso quando entro em seu quarto. Ele murmura palavras incoerentes sobre a frase de Mao "Deixe cem flores se abrirem" e sobre como o presidente agora está condenando à morte todo mundo que ele encorajou a criticar o governo. Vern está tão confuso que não consegue separar isso do que escutou na sala. Enquanto ele resmunga e chora – e ele está tão nervoso que sujou a fralda e toda vez que ele se mexe ou dá um soco na cama, um fedor horrível entra pelas minhas narinas –, eu queria que minha irmã estivesse aqui. Eu queria, talvez pela milésima vez, que ela cuidasse do marido dela. Eu e Joy levamos um bom tempo para acalmar Vern e limpá-lo. Quando saímos do quarto, Sam não está mais lá.

– Nós precisamos conversar sobre esse seu grupo – digo a Joy –, mas vamos esperar até seu pai voltar.

Joy não se desculpa. Ela diz com a certeza absoluta da juventude e de alguém que foi criado na América:

– Nós somos todos cidadãos, e este é um país livre. Eles não podem fazer nada conosco.

Eu suspiro.

– Mais tarde. Vamos falar nisso mais tarde, com seu pai.

Eu vou até o banheiro do meu quarto para tirar o cheiro de Vern de mim. Lavo as mãos e o rosto na pia, e, quando levanto a cabeça, vejo o interior do closet pelo espelho...

– Sam! – grito.

Eu corro até o closet, onde Sam está pendurado. Ponho os braços ao redor de suas pernas e levanto para tirar o peso do seu pescoço. Tudo fica preto diante dos meus olhos, meu coração bate descompassado e meus ouvidos zumbem com meus gritos de terror.

O infinito oceano humano

Eu não largo Sam enquanto Joy não traz um banquinho e uma faca, e o solta. Eu não saio do lado dele quando as pessoas vêm e o levam para a funerária. Cuido do corpo de Sam o melhor possível, tocando-o com todo o amor e o carinho que não consegui demonstrar quando estava vivo. Então, May vai me buscar na funerária e me leva para casa. No carro, ela diz:

– Você e Sam eram como um par de patos mandarim, sempre juntos. Como um par de pauzinhos, bem casados, sempre em harmonia. – Agradeço-lhe por suas palavras tradicionais, mas elas não me ajudam.

Eu fico acordada a noite inteira. Escuto Vern se mexendo na cama no quarto ao lado e May consolando, baixinho, a minha filha na varanda coberta, mas, por fim, a casa fica silenciosa. *Quinze baldes tirando água do poço, sete subindo e oito descendo*, o que quer dizer que estou cheia de ansiedades, dúvidas, e sem conseguir conciliar o sono, onde meus sonhos irão me atormentar. Fico parada na janela, uma brisa ligeira agitando minha camisola. O luar parece que brilha apenas sobre mim.

Dizem que os casamentos são arranjados no céu, que o destino é capaz de unir pessoas que estão muito distantes umas das outras, que tudo é decidido antes do nascimento, e por mais que nos distanciemos do nosso caminho, por mais que nossa sorte mude – para melhor ou para pior –, tudo o que podemos fazer é cumprir o que o destino determinou. Isso, no fim, é a nossa bênção e a nossa desgraça.

Remorsos queimam a minha pele e se abrigam em meu coração. Eu não fiz bastante coisa de marido/mulher com Sam. Muitas vezes eu o considerei um mero puxador de riquixá. Permiti que a saudade do passado o fizesse sentir que não me bastava, que nossa vida juntos nunca era o bastante, que Los Angeles nunca era o bastante. Pior, eu não o ajudei o suficiente nos seus últimos dias. Eu devia ter lutado mais contra o FBI, contra o INS e contra toda essa confusão de imigração. Por que eu não percebi que ele não podia mais carregar o peso de nossos fardos sobre seu leque de ferro?

De manhã bem cedo, evitando passar pela varanda coberta, eu saio pela porta da frente e vou até os fundos da casa. Sei que há suicídios demais na nossa comunidade, mas parece que a morte de Sam acrescentou um novo grão de sal ao infinito oceano humano de sofrimento e dor. Do outro lado da minha cerca coberta de rosas, eu imagino meus vizinhos padecendo e expressando a dor dos tempos. Naquele momento de silêncio e tristeza, eu sei o que tenho que fazer.

Volto para o meu quarto, procuro um retrato de Sam e o levo para o altar da família na sala, que ele cuidava com tanto zelo. Coloco o retrato dele ao lado dos retratos de Yen-yen e de Pai. Contemplo as outras coisas que Sam colocou no altar para representar os outros que perdemos: meus pais, os pais, irmãos e irmãs dele, e o nosso filho. Eu espero, pelo bem de Sam, que esta versão do outro mundo exista e que ele esteja com todos eles agora, olhando do Terraço de Observação para mim, para Joy, May e Vern. Eu acendo incenso e me inclino três vezes. Apesar da minha crença em um só Deus, prometo fazer isso todos os dias até morrer e me encontrar com Sam, seja no Paraíso dele ou no meu.

Eu acredito em um só Deus, mas também sou chinesa, então sigo as duas tradições no funeral de Sam. Um funeral chinês – o mais importante de todos os ritos – é a última vez que honramos a pessoa que nos deixou, que damos a ele a oportunidade de salvar sua honra e contamos aos mais jovens todos os feitos e as realizações de seu mais novo antepassado. Eu quero tudo isso para Sam. Escolho o terno que ele irá usar no caixão. Coloco fotografias minhas e de Joy em seus bolsos, para que ele nos tenha junto dele quando for para o Paraíso Chinês. Certifico-me de que Joy, May, Vern e eu usemos preto – não o branco chinês. Nós rezamos agradecendo pela graça de termos tido Sam, pedimos bênçãos e perdão para os vivos e misericórdia para todos. Não há uma orquestra, apenas Bertha Hom no órgão, tocando "Amazing Grace", "Nearer, My God, to Thee" e "America the Beautiful". Depois temos um banquete simples, modesto e triste no Soochow de cinco mesas – apenas cinquenta pessoas, minúsculo comparado com o funeral de Pai Louie, menor até do que o memorial de Yen-yen, tudo por causa do medo dos nossos vizinhos, amigos e fregueses. *Você pode contar sempre com as pessoas para lotar suas festas quando está por cima, mas não deve sonhar com pessoas mandando carvão para você na neve.*

Sento-me na mesa principal entre minha irmã e minha filha. Elas fazem e dizem todas as coisas certas, mas ambas gotejam culpa: May por não ter estado presente quando tudo aconteceu, Joy por achar que foi a causadora do suicídio do pai. Eu sei que devia dizer a elas para não se sentirem assim. Ninguém, *ninguém*, poderia ter previsto que Sam ia fazer essa loucura. Mas ao fazê-la, ele livrou Joy, os tios e eu de investigações posteriores. Como o agente Billings me disse quando passou lá em casa depois que Sam morreu:

– Com Sam e seu sogro mortos, nós não podemos provar nada. E talvez estivéssemos enganados a respeito do grupo do qual sua filha faz parte. Essa deve ser uma boa notícia para você, mas ouça este pequeno conselho: quando sua filha voltar para a escola em setembro, diga a ela para ficar longe de *todas* as organizações chinesas, só para se precaver.

Eu olhei para ele e disse:

– Meu sogro nasceu em San Francisco. Meu marido sempre foi um cidadão.

Como posso ser tão clara com o homem do INS e não saber como falar com minha irmã ou consolar minha filha? Eu sei que ambas estão sofrendo, mas não consigo ajudá-las. Eu preciso que *elas me* ajudem. Mas mesmo quando elas tentam – trazendo-me xícaras de chá, exibindo seus olhos vermelhos e inchados, sentando na minha cama enquanto choro –, sou tomada de imensa tristeza e... raiva. Por que minha filha foi se juntar àquele grupo? Por que ela não tratou o pai com o devido respeito nas últimas semanas de vida dele? Por que minha irmã sempre incentivou o lado americano de Joy em relação a roupas, penteados e atitudes? Por que minha irmã não ajudou mais a Sam e a mim durante esse período difícil? Por que ela não cuidou do marido – durante todos esses anos, mas especialmente no dia da morte de Sam? Se ela estivesse cuidando dele, como cabia a uma boa esposa, então eu poderia impedir Sam de se matar. Eu sei que é só a minha dor falando. É mais fácil sentir raiva delas do que desespero pela morte de Sam.

Violet e o marido, também na nossa mesa, embrulham as sobras de comida para eu levar para casa. Tio Wilburt se despede. Tio Fred, Mariko e as meninas vão para casa. Tio Charley demora um bom tempo, mas o que ele pode dizer? O que qualquer um deles pode dizer? Eu balanço a cabeça, aperto a mão deles do jeito americano e agradeço por terem vindo, fazendo o possível para me comportar como uma viúva digna. Uma viúva...

Durante o período de luto, as pessoas devem nos visitar, trazer comida e jogar dominó, mas, assim como no funeral, a maioria dos nossos vizinhos e amigos mantém distância. As fofocas não param, mas eles não entendem que os meus problemas poderiam se tornar problemas deles a qualquer momento. Só Violet tem coragem de nos visitar. Pela primeira vez na vida, eu sou grata por ter alguém além de May para me consolar.

Sob muitos aspectos, Violet – com seu emprego e sua casa em Silver Lake – é mais assimilada do que nós, mas ela está se arriscando em vir aqui, uma vez que ela e Rowland têm mais a temer do que eu e Sam. Afinal de contas, Violet e sua família ficaram presos aqui quando a China fechou. Os empregos de Violet e Rowland – que um dia pareceram importantes – agora os tornam alvos. Talvez eles sejam espiões que foram deixados aqui para obter a tecnologia e o conhecimento dos Estados Unidos. No entanto, ela vence o medo para me visitar.

– Sam era um bom Boi – Violet diz. – Ele tinha integridade e suportou a carga de sua honradez. Ele seguiu as regras da natureza, empurrando pacientemente a roda do destino. Ele não teve medo do seu destino. Sabia o que tinha que fazer para salvar você e Joy. Um Boi sempre faz o que é preciso para proteger o bem-estar da família.

– Minha irmã não acredita no zodíaco chinês – May a interrompe.

Eu não sei por que ela diz isso. Com certeza, houve um tempo em que eu não acreditava nessas coisas, mas foi há muito tempo. Eu sei, no meu coração, que minha irmã jamais deixará de ser um Carneiro e que eu serei sempre um Dragão, que Joy será sempre um Tigre e que meu marido era um Boi – confiável, metódico, calmo, e, como Violet disse, alguém que carregava uma carga enorme. Esse comentário, como tantos outros que saem da boca de May, revela quão pouco ela me conhece. Por que não percebi isso antes?

Violet não reage ao comentário de May. Ela dá um tapinha no meu joelho e recita um velho ditado:

– Todas as coisas leves e puras flutuam para o alto e se integram ao Céu.

Na minha vida, nunca houve três milhas de estrada reta nem três dias de sol. Fui corajosa no passado, mas agora estou devastada. Meu sofrimento é como as nuvens densas que não podem se dispersar. Eu não consigo pensar além do negror das minhas roupas e do meu coração.

Mais tarde nesta noite – depois que Vern foi alimentado, as luzes foram apagadas e Joy saiu com duas das meninas Yee para conversar e tomar chá –, May bate à porta do meu quarto. Eu me levanto e abro a porta. Estou usando uma camisola, meu cabelo está desarrumado e meu rosto inchado de chorar. Minha irmã usa um vestido justo de cetim cor de esmeralda, seu cabelo está impecavelmente penteado e suas orelhas ostentam brincos de jade e diamantes. Ela vai a algum lugar. Eu nem pergunto aonde.

– O segundo cozinheiro não apareceu no Café – ela diz. – O que você quer que eu faça?

– Tanto faz. O que você resolver está bom.

– Eu sei que este é um período difícil para você, e eu sinto muito. Sinto mesmo. Mas eu preciso de você. Você não entende a pressão que sofro agora com o Café, Vern, as responsabilidades com a casa, além da minha empresa. As coisas estão muito agitadas neste momento.

Eu fico ouvindo enquanto ela pensa alto quanto deve cobrar a uma produtora para fornecer figurantes, roupas e acessórios como carrinhos de mão, carrinhos de comida e riquixás.

– Eu sempre baseio meu aluguel em dez por cento do valor do artigo – May continua. Eu entendo que ela está tentando fazer com que eu saia do quarto, me reconecte com a vida, volte a ajudá-la como sempre fiz, mas, realmente, eu não entendo nada do seu negócio e, neste momento, eu *não estou ligando*. – Eles querem alugar algumas peças por vários meses, talvez um ano, e algumas coisas, como os riquixás, são insubstituíveis. Então, quanto você acha que devo cobrar pelo aluguel? Cada um deles custa cerca de duzentos e cinquenta dólares, então eu poderia cobrar vinte e cinco dólares por semana. Mas estou achando que devia cobrar mais, porque onde iremos comprar outros se acontecer alguma coisa com estes?

– O que você quiser fazer está bom para mim.

Eu começo a fechar a porta, mas ela torna a abri-la.

– Por que você não me deixa entrar? Você podia tomar um banho. Eu podia pentear seu cabelo. Talvez você pudesse pôr um vestido para darmos uma volta...

– Eu não quero atrapalhar os seus planos – digo, mas estou pensando: *Quantas vezes no passado ela me deixou em casa com nossos pais em Xangai, no apartamento com Yen-yen e agora com Vern, para sair e fazer... o que quer que ela faça?*

– Você precisa se juntar de novo aos vivos.

– Só faz duas semanas que...

May me lança um olhar zangado.

– Você precisa sair e conviver com sua família. Joy voltará em breve para Chicago. Ela precisa que você converse com ela.
– Não me diga como tratar a minha filha.
Ela segura o meu pulso, rodeando a pulseira de mamãe com a mão.
– Pérola. – Ela dá uma sacudidela no meu pulso. – Eu sei que isso é terrível para você. Uma grande tristeza. Mas você ainda é jovem. É linda. Você tem uma filha. Você tem a mim. E você tem *tudo*. Veja como Joy a ama. Veja como Sam a amou.
– Sim, e ele está morto.
– Eu sei, eu sei – ela diz, com compaixão. – Eu só estava tentando ajudar. Não pensei que ele fosse se matar.

As palavras dela pairam no ar diante dos meus olhos como caracteres elegantemente desenhados, o silêncio é tão pesado que eu leio diversas vezes, até que finalmente eu pergunto:
– O que você está dizendo?
– Nada. Eu não estou dizendo nada.

Minha irmã nunca soube mentir.
– May!
– Tudo bem! Tudo bem! – Ela solta o meu pulso, levanta as duas mãos e as sacode num gesto de frustração. Então ela faz uma pirueta sobre os saltos altos e se dirige para a sala. Eu vou atrás dela. Ela para, se vira e diz rapidamente: – Eu contei ao agente Sanders sobre Sam.
– Você fez o quê? – pergunto, ainda sem querer acreditar no que ela está dizendo.
– Eu fiz isso pelo Pai Louie. Antes de morrer, ele pareceu pressentir o que estava por vir. Ele me fez prometer que eu faria o que fosse preciso para manter você e Sam em segurança. Ele não queria que a família fosse separada...
– Ele não queria que Vern fosse deixado sozinho com você – digo. Mas isso não é relevante agora. O que ela está dizendo sobre Sam não pode ser verdade. Não pode ser verdade, por favor.
– Sinto muito. Pérola, eu sinto muito. – E então May deixa o resto da confissão sair dos seus lábios atabalhoadamente. – O agente Sanders costumava me acompanhar algumas vezes quando eu vinha para casa depois do trabalho. Ele perguntava sobre Joy e queria saber sobre você e Sam também. Ele dizia que esta era uma oportunidade para conse-

guir anistia. Dizia que, se eu contasse a ele a verdade a respeito do status de Sam como filho de papel, então nós trabalharíamos juntos para conseguir a cidadania dele e a sua. Eu achei que se pudesse mostrar ao agente Sanders que eu era uma boa americana, então ele veria que vocês também eram bons americanos. Você não entende? Eu tinha que proteger Joy, mas também estava com medo de perder você, minha irmã, a única pessoa na minha vida que me amou sem restrições, que ficou ao meu lado e tomou conta de mim. Se vocês tivessem feito o que eu disse, contratado um advogado e confessado, então os dois teriam se tornado cidadãos. Nunca mais teriam que ter medo, e eu e você nunca mais teríamos que nos preocupar em sermos separadas uma da outra. Mas você e Sam continuaram mentindo. A ideia de que Sam poderia se enforcar nunca me passou pela cabeça.

Eu amei minha irmã desde o instante em que ela nasceu, durante muito tempo fui como uma lua girando em torno do seu planeta encantador. Agora, eu me afasto dela com ódio. Minha irmã, minha estúpida, estúpida irmã.

– Saia.

Ela olha para mim com aquele seu ar de Carneiro – complacente e imbecil.

– Eu moro aqui, Pérola. Para onde você quer que eu vá?

– Saia! – grito.

– Não! – Esta é uma das primeiras vezes na vida que ela me desobedece tão diretamente. Então, numa voz dura e áspera, ela repete: – Não. Você vai me ouvir. Anistia era uma coisa que fazia sentido. Era a coisa *segura* a fazer.

Eu sacudo a cabeça, me recusando a escutar.

– Você arruinou a minha vida.

– Não, Sam arruinou a sua vida.

– Isso é tão típico de você, May, pôr a culpa em outra pessoa.

– Eu nunca teria falado com o agente Sanders se achasse que havia algum perigo para você ou para Sam. Não posso acreditar que você me ache capaz de uma coisa dessas. – Ela parece tomar coragem, ali parada, no seu elegante vestido de cetim cor de esmeralda. – O agente Sanders e o outro deram a vocês todas as chances...

– Se você chama intimidação de chance.

– Sam era um filho de papel – May continua. – Ele estava aqui ilegalmente. Pelo resto da minha vida, eu vou me culpar pelo suicídio de

Sam, mas isso não modifica o fato de que eu fiz o que era certo para vocês dois e para a nossa família. Só o que você e Sam tinham a fazer era contar a verdade.
– Você não pensou quais seriam as consequências disso?
– É claro que sim! Vou tornar a dizer: o agente Sanders disse que se você e Sam confessassem, vocês receberiam anistia. *Anistia!* Seus papéis seriam carimbados, vocês se tornariam legalmente cidadãos e pronto. Mas você e Sam eram teimosos demais, caipiras chineses e ignorantes demais para se tornarem americanos.
– Então, agora você está me culpando por tudo o que aconteceu?
– Eu não quis dizer isso, Pérola!
Mas tinha dito! Eu fico tão zangada que não consigo raciocinar direito.
– Eu quero que você saia da minha casa. Nunca mais quero tornar a vê-la. Nunca mais.
– Você sempre me culpou por tudo. – A voz dela estava calma, *calma.*
– Porque tudo o que aconteceu de ruim na minha vida foi mesmo por sua causa.

Minha irmã fica olhando para mim, esperando, como se estivesse pronta para ouvir o que tenho a dizer. Se é isso que ela quer...
– Baba gostava mais de você – digo. – Ele tinha que se sentar ao seu lado. Mamãe gostava tanto de você que tinha que se sentar bem defronte a você, para poder olhar para a sua linda filha e não para a que tinha um rosto vermelho e feio.
– Você sempre sofreu da doença do olho vermelho. – Minha irmã faz um muxoxo, como se minhas acusações fossem insignificantes. – Você sempre teve ciúme e inveja de mim, mas *você* era a única apreciada por mamãe e por Baba. Quem amava mais quem? Eu vou dizer. Baba gostava de olhar para *você.* Mamãe tinha que se sentar ao *seu* lado. Vocês três sempre falavam em sze yup. Vocês tinham sua língua secreta. Vocês sempre me deixavam de fora.

Isso me deixa paralisada no lugar por um momento. Sempre acreditei que eles falavam comigo em sze yup para proteger May de uma coisa ou de outra, mas e se eles faziam isso como uma manifestação de carinho, uma forma de mostrar que eu era especial para eles?
– Não! – digo tanto para ela quanto para mim mesma. – Não era assim.
– Baba gostava de você o suficiente para criticá-la. Mamãe gostava de você o suficiente para comprar creme de pérolas para você. Ela nunca

me deu nada precioso, nem creme de pérolas, nem sua pulseira de jade. Eles a mandaram para a universidade. Ninguém perguntou se eu queria ir! E embora você tenha ido, o que você aproveitou disso? Veja a sua amiga Violet. Ela fez alguma coisa, mas você? Não. Todo mundo quer vir para a América pelas oportunidades. As oportunidades surgiram para você, mas você não as aproveitou. Você preferiu ser uma vítima, uma *fu yen*. Mas o que importa de quem Baba e mamãe gostavam mais, ou se eu tive as mesmas oportunidades que você? Eles estão mortos, e isso já foi há muito tempo.

Mas sei que não é assim para mim, e sei que também não é para May. Imagine como nossa disputa pelo afeto de nossos pais se repetiu na nossa batalha por Joy. Agora, depois de passarmos uma vida inteira juntas, estamos dizendo o que sentimos verdadeiramente. Os tons do nosso dialeto wu sobem e descem, agudos, cáusticos e acusatórios enquanto despejamos todo o mal que guardamos em cima uma da outra, acusando uma à outra por cada desgraça que aconteceu conosco. Eu não esqueci a morte de Sam e sei que ela também não esqueceu, mas não conseguimos nos controlar. Talvez seja mais fácil brigar por injustiças que carregamos por muitos anos do que encarar a traição de May e o suicídio de Sam.

– Mamãe sabia que você estava grávida? – pergunto, expressando uma suspeita que guardei durante anos. – Ela amava você. Ela me fez prometer que tomaria conta de você, minha *moy moy*, minha irmãzinha. E eu tomei. Eu trouxe você para Angel Island, onde eu fui humilhada. E desde então fiquei presa aqui em Chinatown, cuidando de Vern e trabalhando aqui na casa enquanto você faz seja lá o que for com aqueles homens.

Então, porque estou tão zangada e magoada, eu digo algo que sei que vou lamentar para sempre, mas existe tanta verdade nisto que as palavras voam da minha boca antes que eu consiga impedir.

– Eu tive que cuidar da sua filha mesmo quando o meu bebê morreu.

– Você sempre demonstrou amargura por ter que tomar conta de Joy, mas também fez o possível para me afastar dela. Quando ela era bebê, você a deixava no apartamento com Sam quando eu a chamava para passear comigo.

– Não era por isso. – (Ou era?)

– Então você culpava a mim e a todo mundo por obrigá-la a ficar em casa com ela. Mas, quando alguém se oferecia para sair um pouco com Joy, você negava.

– Isso não é verdade. Eu deixei você levá-la para os sets de filmagem...
– E depois não me permitiu nem mais esse prazer – ela diz com tristeza. – Eu a amava, mas ela foi sempre um peso para você. Você tem uma filha. Eu não tenho nada. Eu perdi todo mundo: minha mãe, meu pai, minha filha.
– E eu fui estuprada por muitos homens para proteger você! Minha irmã balança a cabeça como se estivesse esperando que eu fosse dizer isso.
– Então, agora eu vou ter que escutar sobre *esse* sacrifício? De novo?
– Ela respira fundo. Eu posso ver que ela está tentando se acalmar. – Você está nervosa. Eu entendo isso. Mas nada disso tem a ver com o que aconteceu com Sam.
– É claro que tem! *Tudo* entre nós tem a ver ou com sua filha ilegítima ou com o que os macacos fizeram comigo.

Os músculos no pescoço de May se retesam e sua raiva ressurge com força, igualando-se à minha.

– Se você quer mesmo falar sobre aquela noite, tudo bem, porque há anos eu estou esperando por isso. Ninguém pediu para você ir lá. Mamãe disse claramente para você ficar comigo. Ela queria que *você* ficasse segura. Era com você que ela falava em sze yup, murmurando seu amor por você, como sempre fez, para que eu não entendesse. Mas eu entendi que ela amava você o bastante para dizer palavras carinhosas para você e não para mim.

– Você está deturpando a verdade, como sempre faz, mas não vai funcionar. Mamãe amava tanto você que enfrentou aqueles homens sozinha. Eu não podia permitir isso. Eu tinha que ajudá-la. Eu tinha que salvar você. – Enquanto falo, lembranças daquela noite enchem meus olhos. Onde quer que mamãe esteja agora, será que tem noção de tudo o que sacrifiquei pela minha irmã? Mamãe me amava? Ou, em seus últimos momentos, mamãe se decepcionou comigo uma última vez? Mas eu não tenho tempo para esses questionamentos quando minha irmã está parada na minha frente, com as mãos nas cadeiras, seu lindo rosto refletindo sua irritação.

– Essa foi uma única noite. Uma única noite no contexto de uma vida inteira! Há quanto tempo você a vem usando, Pérola? Há quanto tempo você a usa para manter distância entre você e Sam, entre você e Joy? Quando estava delirando, você me contou coisas que obviamente

não se lembra. Você disse que mamãe gemeu quando você entrou na sala cheia de soldados. Você disse que achou que ela estava aborrecida porque você não estava me protegendo. Acho que você se enganou. Ela deve ter ficado desesperada por você não ter se protegido. Você é mãe. Você sabe que o que eu estou dizendo é verdade. Isso é como um tapa na minha cara. May tem razão. Se Joy e eu estivéssemos na mesma situação...
— Você acha que foi corajosa e abriu mão de muita coisa — May continua. Eu não ouço condenação nem insulto em sua voz, apenas uma grande angústia, como se ela é que tivesse sofrido. — Mas, na verdade, você foi covarde, medrosa, fraca e insegura, esses anos todos. Nem uma única vez você perguntou o que mais aconteceu no casebre naquela noite. Nem uma única vez você pensou em me perguntar como foi segurar mamãe nos braços enquanto ela morria. Você alguma vez pensou em perguntar onde, como ou se ela foi enterrada? Quem você acha que se encarregou disso? Quem você acha que nos tirou daquele casebre quando a coisa sensata a fazer seria deixar você para trás para morrer?
Eu não gosto das perguntas dela. E gosto menos ainda das respostas que passam pela minha cabeça.
— Eu só tinha dezoito anos — May continua. — Eu estava grávida e apavorada. Mas eu empurrei você no carrinho de mão e consegui levá-la até o hospital. Eu salvei sua vida, Pérola, mas você ainda está carregando ressentimento, medo e culpa depois de tantos anos. Você acha que sacrificou tanto para cuidar de mim, mas os seus sacrifícios foram apenas desculpas. Fui eu que me sacrifiquei para cuidar de você.
— Isso é mentira.
— É mesmo? — Ela faz uma breve pausa e então diz: — Você pensou alguma vez como tem sido a vida para mim aqui? Ver minha filha todo dia, mas sempre ser mantida a distância? Ou fazer coisa de marido/mulher com Vern? Pense nisso, Pérola. Ele nunca pode ser um marido de verdade.
— O que você está dizendo?
— Que nós nunca teríamos vindo parar aqui neste lugar que parece ter causado tanta infelicidade a você se não fosse por você. — À medida que a agressividade desaparece da voz dela, suas palavras calam fundo em mim, agitando meu coração. — Você permitiu que uma noite, uma noite terrível, trágica, a fizesse fugir sem parar. E eu, como sua *moy moy*,

fui atrás. Porque a amo, e percebi que você foi destroçada para sempre e jamais seria capaz de enxergar a beleza e a sorte da sua vida.
Eu fecho os olhos, tentando me acalmar. Nunca mais quero ouvir a voz dela. Nunca mais quero olhar para ela.
– Você quer ir embora, por favor? – peço.
Mas ela não desiste.
– Responda com honestidade. Nós estaríamos aqui na América se não fosse por você?
A pergunta dela me fere como uma faca, porque muito do que ela disse é verdade. Mas eu ainda estou tão zangada e magoada por ela ter delatado Sam que eu respondo da forma mais agressiva possível.
– De jeito nenhum. Nós não estaríamos aqui na América se você não tivesse feito coisa de marido/mulher com um rapaz qualquer! Se você não tivesse me obrigado a ficar com o seu bebê...
– Ele não era um rapaz qualquer – May diz, com a voz tão macia quanto uma nuvem. – Ele era Z.G.
Eu achei que não podia ser mais ferida do que já tinha sido. Estava enganada.
– Como teve coragem? Como pode fazer uma coisa dessas comigo? Você sabia que eu amava Z.G.
– Sim – ela admite. – Z.G. achava engraçado o modo como você ficava olhando para ele durante nossas sessões, o modo como você o procurou, implorando. Mas eu me senti muito mal por isso.
Dou um passo para trás. Uma traição atrás da outra.
– Essa é outra das suas mentiras.
– É mesmo? Joy percebeu: quem tinha o rosto vermelho de uma camponesa nas capas de *China Reconstructs* e quem tinha o rosto pintado com amor?
Enquanto ela fala, imagens do passado passam pela minha mente. May com a cabeça encostada no peito de Z.G. enquanto eles dançavam, Z.G. pintando cada mecha do cabelo dela, Z.G. arrumando peônias ao redor do corpo nu dela...
– Desculpe – ela diz. – Isso foi cruel. Eu sei que você o guardou no coração esses anos todos, mas foi apenas uma paixão da juventude, muito tempo atrás. Você não percebe? Z.G. e eu... – Ela fica com a voz embargada. – Você teve uma vida inteira com Sam. Z.G. e eu só tivemos algumas semanas.
– Por que você não me contou?

– Eu sabia que você gostava dele. Foi por isso que não disse nada. Eu não queria magoá-la.

E aí eu entendi o que estava bem na minha cara havia vinte anos.

– Z.G. é o pai de Joy.

– Quem é Z.G.?

Nem eu nem minha irmã esperávamos ouvir esta voz. Eu me viro e lá está Joy, parada na porta da cozinha, os olhos como duas pedrinhas pretas no fundo de uma jarra de narcisos. A expressão dela – fria, dura e implacável – me diz que já está ouvindo há muito tempo. Eu estou destroçada com a morte de Sam e com a versão da minha irmã de nossas vidas, mas fico inteiramente horrorizada com o fato de minha filha ter ouvido tudo isso. Eu dou dois passos na direção de Joy, mas ela se afasta de mim.

– Quem é Z.G.? – ela torna a perguntar.

– Ele é o seu verdadeiro pai – May responde, com uma voz doce e cheia de amor. – E eu sou a sua verdadeira mãe.

Nós três ficamos paradas na sala como estátuas. Eu vejo May e eu através dos olhos de Joy: uma mãe – que tentou ensinar a filha a ser obediente à moda chinesa e brilhante à moda americana – vestindo uma camisola velha, com o rosto vermelho de lágrimas, sofrimento e raiva; e uma outra mãe – que mimou a filha com presentes e a expôs ao glamour e ao dinheiro de *Haolaiwu* – linda e elegante. Libertada de décadas de segredos, May parece estar em paz, apesar de tudo o que aconteceu esta noite. Minha irmã e eu temos brigado por sapatos, por quem teve uma vida melhor, e por quem é mais bonita e mais inteligente, mas, desta vez, eu não tenho nenhuma chance. Eu sei quem vai ganhar. Durante tanto tempo eu refleti sobre o meu destino. Não foi suficiente para mim perder meu filho e meu marido. Agora as lágrimas da maior perda da minha vida rolam pelo meu rosto.

Quando nosso cabelo fica branco

Eu me deito na cama, com um buraco enorme no peito onde costumava ficar meu coração. Eu me sinto destroçada. Ouço May e Joy falando baixinho. Depois, ouço as vozes delas exaltadas e portas batendo, mas não volto para lá para lutar por minha filha. Não tenho mais forças para isso. Talvez nunca tenha tido. Talvez May esteja certa a meu respeito. Eu sou fraca. Talvez eu tenha sempre sentido medo, tenha sido sempre uma vítima, uma *fu yen*. May e eu crescemos na mesma casa, com os mesmos pais, e, no entanto, minha irmã sempre foi capaz de cuidar de si mesma. Ela aproveitou as oportunidades: minha aquiescência em ficar com Joy, a oferta de Tom Gubbins de um trabalho e o que resultou disso, seu desejo constante de sair e se divertir, enquanto eu aceitei tudo o que aconteceu de ruim como sendo meramente má sorte.

Mais tarde ainda, eu ouço água caindo no banheiro e a descarga do vaso. Ouço Joy abrindo e fechando suas gavetas no armário da rouparia. Quando o silêncio finalmente se instala na casa, minha mente mergulha em lugares mais profundos e sombrios. Minha irmã me fez pensar nas coisas de uma forma inteiramente nova, mas nada disso muda o que aconteceu com Sam. Eu nunca a perdoarei por isso! Só que... só que... talvez ela tivesse razão em relação à anistia. Talvez não confessar voluntariamente tenha sido um erro terrível tanto da minha parte quanto da parte de Sam, que resultou numa tragédia terrível para ele. Mas por que May não nos contou que ia nos delatar, mesmo sendo para o nosso próprio bem? Eu sei muito bem qual é a resposta para isso: Sam e eu estávamos sempre com medo de alguma coisa nova. Nós tínhamos medo de deixar a família e viver sozinhos, medo de sair de Chinatown, medo de deixar nossa filha se tornar o que dizíamos que queríamos que ela fosse: americana. Se May tivesse tentando nos contar, nós não teríamos ouvido.

Eu sei que, na minha pior característica de Dragão, eu posso ser teimosa e orgulhosa. Se você irritar um fêmea Dragão, o céu é capaz de despencar. Realmente, o céu despencou esta noite, mas eu preciso dizer a Joy que ela é e sempre será minha filha e que, não importa o que ela sinta a respeito de mim ou de Sam ou da tia, eu a amarei eternamente. Vou fazê-la entender o quanto ela foi amada e protegida e o quanto me orgulho dela. Tenho muita esperança de que ela irá me perdoar. Quanto a May, não sei se vou conseguir perdoá-la ou mesmo se desejo perdoá-la. Não sei se quero continuar me relacionando com ela, mas estou disposta a dar a ela uma chance de me explicar tudo de novo.

Eu devia ir até a varanda fechada, acordá-las e fazer tudo isso agora mesmo, mas é tarde e está silencioso lá fora e já aconteceu muita coisa nesta noite terrível.

– Acorde! Acorde! Joy foi embora!

Eu abro os olhos e vejo minha irmã me sacudindo. Ela está histérica. Eu me levanto, com o coração disparado de medo.

– O quê?

– É Joy. Ela foi embora.

Saio do quarto e corro até a varanda fechada. As duas camas parecem ter sido usadas. Eu respiro fundo e tento me acalmar.

– Talvez ela tenha saído para andar um pouco. Talvez tenha ido ao cemitério.

May sacode a cabeça. Aí ela olha para o papel amassado que tem na mão.

– Encontrei isto na cama dela quando acordei.

May alisa o papel e me dá para ler.

Mamãe,
Não sei mais quem eu sou. Não entendo mais este país. Odeio que ele tenha matado papai. Sei que você vai achar que estou sendo precipitada e tola. Pode ser, mas preciso encontrar respostas. Talvez a China seja o meu verdadeiro lar, afinal de contas. Depois de tudo o que tia May me contou ontem à noite, acho que tenho que conhecer meu verdadeiro pai. Não se preocupe comigo, mamãe. Eu acredito muito na China e em tudo o que o presidente Mao está fazendo pelo país.
Joy

Respiro fundo e meu coração se acalma um pouco. Eu sei que Joy não vai fazer o que escreveu. Ela é um Tigre. Faz parte da sua natureza reagir e atacar, que foi exatamente o que ela fez no bilhete, mas não é possível que tenha feito o que escreveu. Mas May parece acreditar que sim.

– Ela fugiu mesmo? – May pergunta quando termino de ler a carta.
– Eu não estou preocupada e você também não devia se preocupar.
– Estou irritada com May por ela começar o dia com mais drama, quando o que eu queria era conversar, mas ponho a mão sobre seu braço para tranquilizá-la, tentando manter uma aparência de calma entre nós. – Joy estava nervosa ontem à noite. Nós todas estávamos. Ela provavelmente foi até a casa dos Yee para conversar com Hazel. Aposto que vai voltar para o café.
– Pérola. – Minha irmã engole em seco e depois respira antes de continuar. – Na noite passada, Joy perguntou a respeito de Z.G. e eu disse a ela que acho que ele ainda mora em Xangai, já que suas capas de revista sempre mostram algo da cidade. Tenho certeza de que ela foi para lá.

Eu não concordo.

– Ela não vai para a China para procurar Z.G. Ela não pode simplesmente entrar num avião e voar para Xangai. – Eu conto com os dedos as razões, esperando que a lógica acalme as preocupações de May. – Mao tomou conta do país oito anos atrás. A China está fechada para os ocidentais. Os Estados Unidos não têm relações diplomáticas...

– Ela poderia voar para Hong Kong – May me interrompe. – Trata-se de uma colônia britânica. De lá ela pode ir a pé para a China, do mesmo modo que o Pai Louie contratava pessoas para levar dinheiro para a família dele na aldeia de Wah Hong.

– Nem pense nisso. Joy não é comunista. Essa conversa toda dela não passa de... conversa.

May aponta para o bilhete.

– Ela quer conhecer seu verdadeiro pai.

Mas eu me recuso a aceitar o que minha irmã está dizendo.

– Joy não tem passaporte.

– Tem sim. Não se lembra? Aquele Joe ajudou-a a tirar um passaporte.

Ao ouvir isso, meus joelhos tremem. May me ajuda a ir até a cama, onde nos sentamos. Eu começo a chorar.

– Isso não. Não depois do que aconteceu com Sam.

May tenta me consolar, mas eu estou inconsolável. Logo eu sou invadida por uma sensação de culpa.

– Ela não foi embora só para procurar o pai. – Minhas palavras soam trêmulas e desesperadas. – O mundo dela ruiu. Tudo o que ela pensava que sabia era falso. Ela está fugindo de nós. Da sua mãe verdadeira... e de mim.

– Não diga isso. Você é a mãe verdadeira dela. Leia essa carta de novo. Ela me chama de tia e a você de mãe. Ela é sua filha, não minha.

Meu coração treme de dor e medo, mas eu me agarro nesta única palavra: *Mãe*.

May enxuga minhas lágrimas.

– Ela é *sua* filha – ela repete. – Agora pare de chorar. Nós precisamos pensar.

May tem razão. Preciso controlar minhas emoções, e nós temos que pensar num jeito de impedir minha filha de cometer um erro terrível.

– Joy vai precisar de muito dinheiro se quiser ir para a China – digo, pensando alto.

May parece entender o que estou dizendo. Ela é moderna e guarda o dinheiro dela no banco, mas Sam e eu seguimos a tradição de Pai Louie de guardar nossas economias por perto. Nós corremos para a cozinha e procuramos debaixo da pia a lata de café onde eu guardo quase todo o meu dinheiro. Ela está vazia. Joy levou o dinheiro, mas eu não perco a esperança.

– Quando você acha que ela partiu? – pergunto. – Vocês duas ficaram acordadas conversando...

– Por que eu não a ouvi se levantar? Por que eu não a ouvi fazendo a mala?

Eu também me culpo por isso, e uma parte minha ainda está confusa com tudo o que fiquei sabendo na noite passada, mas eu digo:

– Não podemos nos preocupar com coisas como essas neste momento. Temos que nos concentrar em Joy. Ela não pode ter ido longe. Nós ainda podemos encontrá-la.

– Sim, é claro. Vamos nos vestir. Vamos tomar dois carros.

– E quanto a Vern? – Mesmo neste momento de terror e luto, eu não consigo esquecer minhas responsabilidades.

– Você dirige até a Union Station e vê se ela está lá. Eu vou contar tudo a Vern e depois vou até a estação de ônibus.

Mas Joy não está na estação de ônibus, nem na estação de trem. May e eu nos reencontramos em casa. Ainda não sabemos ao certo para onde Joy foi. É difícil acreditar que ela tente realmente ir para a China, mas nós temos que agir como se ela fosse fazer isso se quisermos ter alguma chance de impedi-la. May e eu fazemos novos planos. Eu vou dirigir até o aeroporto e May vai ficar em casa e dar alguns telefonemas: para a família Yee, e ver se Joy disse alguma coisa para as meninas; para os tios, e ver se ela pediu algum conselho a eles sobre como entrar na China; e para Betsy e o pai dela em Washington, para checar se existe um modo legal de pegar Joy antes que ela deixe o país. Eu não encontro Joy no aeroporto, mas May recebe duas notícias preocupantes. Primeiro, Hazel Yee disse que, de manhã cedo, Joy tinha ligado do aeroporto, chorando, para dizer que estava deixando o país. Hazel não acreditou e perguntou para onde ela estava indo. Segundo May soube, por intermédio do pai de Betsy, que Joy pode pedir e receber um visto para Hong Kong ao desembarcar.

Como ainda não comemos, May abre duas latas de sopa de galinha e começa a esquentá-las no fogão. Eu me sento na mesa, observando minha irmã e me preocupando com minha filha. Minha linda, corajosa Joy está indo para onde não deveria ir: a República Popular da China. Mas Joy – por mais que ela pense que aprendeu sobre a China com os filmes, com aquele rapaz, Joe, com aquele grupo imbecil a que ela se juntou e com o que seus professores possam ter-lhe ensinado em Chicago – não sabe o que está fazendo. Ela agiu de acordo com sua natureza de Tigre, sob o impulso da raiva, da confusão e do entusiasmo. Ela agiu sob o impacto das paixões e confusões da noite passada. Como eu disse a May, acredito que a ida apressada de Joy para a China seja mais uma fuga de nós – das duas mulheres que brigam por ela desde que ela nasceu – do que a vontade de conhecer seu verdadeiro pai. E Joy não é capaz de entender o quanto poderá ser traumático – para não dizer perigoso – encontrar Z.G.

Mas se Joy não pode escapar da sua natureza, eu também não posso escapar da minha. A força da maternidade é muito forte. Penso na minha mãe e em tudo o que ela fez para salvar a mim e a May da Gangue Verde e para nos proteger dos japoneses. Mamãe pode ter sofrido muito com sua decisão de deixar meu pai para trás, mas foi o que ela fez. Sem dúvida, ela ficou apavorada ao enfrentar os soldados, mas não hesitou em fazer isso. Minha filha precisa de mim. Por mais perigosa ou arriscada que seja a viagem, eu preciso encontrá-la. Ela tem que saber que estarei sempre ao lado dela, incondicionalmente, qualquer que seja a situação.

Um sorriso me vem aos lábios quando percebo que, pela primeira vez, o fato de não ser uma cidadã dos Estados Unidos vai me ajudar. Eu não tenho passaporte americano. Só tenho minha carteira de identidade, que permitirá que eu deixe este país que nunca me quis. Tenho algum dinheiro guardado no forro do meu chapéu, mas não é suficiente para eu ir até a China. Vai demorar muito até eu vender o Café. Eu poderia ir ao FBI e confessar tudo e, mais, dizer que eu sou uma comunista ferrenha e que quero ser deportada...

May serve três tigelas de sopa e nós vamos para o quarto de Vern. Ele está pálido e confuso. Ele ignora a sopa e torce nervosamente o lençol.

– Onde está Sam? Onde está Joy?
– Eu sinto muito, Vern. Sam morreu – May diz a ele pela vigésima vez. – Joy fugiu. Você está entendendo, Vern? Ela não está aqui. Ela foi para a China.
– A China é um lugar ruim.
– Eu sei – ela diz. – Eu sei.
– Eu quero Sam. Eu quero Joy.
– Tente tomar sua sopa – May diz.
– Eu tenho que ir atrás de Joy – anuncio. – Talvez eu consiga encontrá-la em Hong Kong, mas irei até a China se for preciso.
– A China é um lugar ruim – Vern repete. – Você morre lá.
Eu ponho minha tigela no chão.
– May, você pode me emprestar o dinheiro?
Ela não hesita.
– É claro, mas não sei se tenho o suficiente.
Como ela poderia ter quando gasta tudo em roupas, joias, diversões e no seu carro elegante? Eu afasto esses sentimentos, lembrando a mim mesma que ela também ajudou a comprar esta casa e a pagar pela educação de Joy.
– Eu tenho – Vern diz. – Traga-me barcos. Uma porção de barcos.
May e eu nos entreolhamos sem entender.
– Eu preciso de barcos!
Eu entrego a ele o barco que está mais perto. Ele o atira no chão. O modelo quebra e lá dentro está um rolo de notas preso por um elástico.
– Meu dinheiro da poupança da família – Vern diz. – Mais barcos! Me dá mais barcos!
Nós começamos a destruir a coleção de navios, aviões e carros de corrida de Vern. O velho sempre foi mesquinho, mas justo. É claro que ele deu a Vern sua parte na poupança da família, mesmo depois que ele ficou inválido. Mas Vern, ao contrário de nós, nunca gastou seu dinheiro. Eu só me lembro de tê-lo visto gastar dinheiro uma única vez: quando ele levou May, Sam, Joy e eu à praia de ônibus, no nosso primeiro Natal em Los Angeles.
May e eu juntamos as notas e contamos o dinheiro sobre a cama de Vern. Há mais do que o suficiente para uma passagem de avião e até para subornos se isso for necessário.
– Eu vou com você – May diz. – Nós sempre funcionamos melhor quando estamos juntas.

Destino 333

– Você tem que ficar aqui. Você tem que tomar conta de Vern, do Café, da casa, dos antepassados.

– E se você encontrar Joy e depois as autoridades não deixarem você partir? – May pergunta.

Ela está preocupada com isso. Vern está preocupado com isso. E eu estou apavorada. Seríamos imbecis se não estivéssemos. Eu dou um sorriso triste.

– Você é minha irmã e é muito esperta. Você vai começar a trabalhar nesta ponta.

– Eu vou ligar de novo para Betsy e o pai dela – ela diz. – E vou escrever para o vice-presidente Nixon. Ele ajudou outras pessoas a sair da China quando era senador. Eu vou conseguir a ajuda dele.

Eu penso, mas não digo: *Isso não vai ser fácil.* Eu não sou cidadã americana e não tenho passaporte de país algum. E estamos falando da China Vermelha. Mas tenho que acreditar que ela vai fazer tudo o que puder para nos tirar da China, porque ela já conseguiu fazer isso antes.

– Eu passei meus primeiros vinte e um anos de vida na China e meus últimos vinte anos em Los Angeles – digo, com a voz tão firme quanto minha decisão. – Não sinto como se estivesse voltando para casa. Sinto como se estivesse perdendo a minha casa. Estou contando com você para garantir que Joy e eu tenhamos um motivo para voltar.

No dia seguinte, eu ponho na mala a carteira de identidade que me deram em Angel Island e as roupas de camponesa que May comprou para eu usar na fuga da China. Levo fotos de Sam para me dar coragem e de Joy para mostrar às pessoas que encontrar. Vou até o altar da família e me despeço de Sam e dos outros. Eu me lembro de algo que May disse alguns anos atrás: *Tudo sempre retorna ao começo.* Finalmente entendo o que ela quis dizer ao iniciar esta nova jornada – não só os erros serão repetidos, mas nós também teremos a chance de repará-los. Vinte anos atrás eu perdi minha mãe ao fugir da China; agora estou voltando à China, como mãe, para corrigir tanta coisa. Eu abro a caixa onde Sam guardou o saquinho que mamãe me deu e o penduro no pescoço. Ele me protegeu antes e espero que o que May deu a Joy antes de ela ir para a universidade a esteja protegendo agora.

Eu digo adeus e obrigada ao marido-menino, e então May me leva para o aeroporto. À medida que as palmeiras e as casas passam pela janela, eu revejo o meu plano: vou para Hong Kong, visto minhas roupas de camponesa e atravesso a fronteira a pé. Vou até as aldeias dos Louie e Chin – dois lugares que Joy já ouviu falar – para ver se ela está lá, mas meu coração de mãe me diz que não estará lá. Ela foi para Xangai para procurar seu verdadeiro pai e para saber mais sobre sua mãe e sua tia, e eu vou atrás dela. É claro que estou com medo de ser morta. Mais do que isso, estou com medo de tudo o que ainda temos a perder.

Eu olho para minha irmã, que está sentada atrás do volante do carro com muita determinação. Lembro-me dessa expressão de quando ela era pequena. Lembro-me dela de quando escondemos nosso dinheiro e as joias de mamãe no barco do pescador. Nós ainda temos muito o que dizer uma à outra para resolver as coisas entre nós. Há coisas que eu jamais perdoarei, e coisas pelas quais preciso me desculpar. Eu sei, com absoluta certeza, que ela estava errada a respeito do meu sentimento por estar na América. Posso não ter meus papéis, mas, depois de todos esses anos, eu sou americana. Eu não quero abrir mão disso – depois de tudo o que passei para chegar aqui. Conquistei minha cidadania da forma mais dura possível; eu a conquistei por Joy.

No aeroporto, May vai comigo até o portão de embarque. Quando chegamos lá, ela diz:

– Eu nunca vou conseguir me desculpar pelo que fiz com Sam, mas, por favor, saiba que eu estava tentando ajudar a vocês dois. – Nós nos abraçamos, mas sem lágrimas. Apesar de todas as coisas horríveis que foram ditas e feitas, ela é minha irmã. Pais morrem, filhas crescem e se casam, mas irmãs são para toda a vida. Ela é a única pessoa que resta no mundo que compartilha das minhas lembranças de nossa infância, de nossos pais, da nossa Xangai, das nossas lutas, das nossas tristezas, e, sim, até dos nossos momentos de felicidade e triunfo. Minha irmã é a única pessoa que me conhece de verdade, assim como eu a conheço. A última coisa que May me diz é: – Quando nossos cabelos ficarem brancos, ainda teremos nosso amor fraterno.

Quando me viro para entrar no avião, imagino se poderia ter feito algo de um modo diferente. Acho que teria feito tudo diferente, mas sei que tudo teria resultado no mesmo. Esse é o significado de destino. Mas se algumas coisas são determinadas pelo destino e algumas pessoas têm mais sorte do que outras, então eu também tenho que acreditar que ainda não encontrei o meu destino. Porque, de algum modo, eu vou achar Joy e vou trazer a minha filha, a *nossa* filha, de volta para casa, para junto de mim e de minha irmã.

Este livro foi composto em Minion Pro, corpo 10/13,
e impresso em papel off-set 75g,
em 2010 nas oficinas da JPA para a Editora Rocco.